Diogenes Taschenbuch 20236

Henry Rider Haggard

Sie

Ein Abenteuerroman
Aus dem Englischen von
Helmut Degner

Diogenes

Titel der Originalausgabe:
She – A History of Adventure,
London 1887
Die deutsche Erstausgabe
erschien 1970 im Diogenes Verlag
Umschlagillustration von
Tomi Ungerer

Veröffentlicht als Diogenes Taschenbuch, 1976

80/87/29/6
ISBN 3 257 20236 9

Inhalt

Einleitung

Bevor ich der Welt von einem der seltsamsten und geheimnisvollsten Abenteuer berichte, die je von Menschen erlebt worden sind, halte ich es für meine Pflicht, zu erklären, in welcher Beziehung ich dazu stehe. Vor allem möchte ich darauf hinweisen, daß ich nicht der Erzähler, sondern nur der Herausgeber dieser ungewöhnlichen Geschichte bin, und kurz schildern, auf welche Weise sie in meine Hände gelangte.

Als ich vor einigen Jahren in einer Universitätsstadt, die ich für den Zweck dieser Geschichte Cambridge nennen will, bei einem mir befreundeten Professor zu Besuch weilte, fielen mir eines Tages auf der Straße zwei Herren auf, die Arm in Arm gingen. Der eine war, ohne Übertreibung, der hübscheste junge Mann, den ich je gesehen habe: hochgewachsen und stattlich, kraftvoll und anmutig. Hinzu kam, daß sein Gesicht nicht nur schön, sondern auch edel war, und als er vor einer vorübergehenden Dame den Hut zog, sah ich, daß dichte goldene Locken seinen Kopf bedeckten.

»Du meine Güte!« sagte ich zu meinem Freund. »Dieser Mann sieht ja aus wie eine zum Leben erwachte Apollostatue. Welch herrliche Erscheinung!«

»Ja«, erwiderte er, »er ist der schönste Mann von Cambridge und zugleich einer der liebenswürdigsten. Man nennt ihn den ›Griechengott‹. Doch sieh dir auch den anderen an; er ist Vinceys – so heißt der Gott – Vormund und angeblich ein sehr gescheiter Kopf. Er wird ›Charon‹ genannt – ob seines Äußeren wegen oder weil er seinen Schützling über die tiefen Wasser der Examen geleitet hat, weiß ich nicht.«

Als ich ihn betrachtete, fand ich ihn auf seine Art nicht weniger interessant als den jungen Apoll an seiner Seite. Er war etwa vierzig Jahre alt und ebenso häßlich wie sein Begleiter schön. Er war ziemlich klein, hatte krumme Beine, eine breite, kräftige Brust und ungewöhnlich lange Arme, dunkles Haar und kleine Augen. Das Haar wuchs ihm tief in die Stirn hinein, und sein Bart reichte bis zum Haar hinauf, so daß von seinem Gesicht nicht viel zu sehen war. Alles in allem erinnerte er mich stark an einen Gorilla, und dennoch wirkte er überaus sympathisch und anziehend auf mich. Ich bat meinen Freund, mich ihm bekannt zu machen.

»Aber gern«, erwiderte mein Freund, »nichts leichter als das. Ich kenne Vincey und will dich ihm gern vorstellen.« Er tat es, und wir standen eine Weile beisammen und unterhielten uns – soviel ich mich entsinne, über die Zulus, denn ich war vor kurzem erst aus Südafrika zurückgekommen. Kurz darauf näherte sich uns jedoch eine korpulente, von einem hübschen jungen Mädchen begleitete Dame, und Mr. Vincey, der die beiden anscheinend gut kannte, schloß sich ihnen an und entfernte sich mit ihnen. Bereits beim Nahen der Damen änderte sich in auffallender Weise die Miene des älteren Herrn, der, wie ich indessen erfahren hatte, Holly hieß. Er verstummte plötzlich, warf seinem Begleiter einen vorwurfsvollen Blick zu, wandte sich, mir kurz zunickend, ab und ging hinüber auf die andere Straßenseite. Wie ich später hörte, stand er in dem Ruf, Frauen ebenso zu fürchten wie andere Leute einen tollwütigen Hund, was seinen hastigen Rückzug zu erklären schien. Vincey hingegen schien dem weiblichen Geschlecht durchaus nicht abgeneigt; jedenfalls erinnere ich mich, daß ich damals lachend zu meinem Freund sagte, er sei nicht gerade ein Mann, den ich der Dame meines Herzens gern vorstellen würde, denn die Wahrscheinlichkeit, daß sie ihre Zuneigung ihm zuwenden könnte, sei doch überaus groß. Er sah einfach gar zu gut aus, und dabei fehlten ihm gänzlich jene Selbstgefälligkeit und Überheblichkeit, welche die meisten hübschen Männer bei ihren Geschlechtsgenossen mit Recht unbeliebt machen.

Mein Besuch endete an diesem Abend, und ich habe danach lange Zeit nichts von ›Charon‹ und dem ›Griechengott‹ gesehen oder gehört. Genauer gesagt, ich habe bis zu dieser Stunde keinen der beiden wiedergesehen und werde es wohl auch kaum. Vor einem Monat jedoch erhielt ich einen Brief und zwei Pakete, deren eines ein Manuskript enthielt, und als ich den Brief öffnete, sah ich, daß er die Unterschrift ›Horace Holly‹ trug – ein Name, der mir im ersten Augenblick nichts sagte. Der Brief hatte folgenden Wortlaut:

»-College, Cambridge, 1. Mai 18 - -

Sehr geehrter Herr!

Sie werden, da wir uns nur so flüchtig kennengelernt haben, überrascht sein, einen Brief von mir zu erhalten. Wie Sie sich vielleicht erinnern, wurden mein Mündel Leo Vincey und ich Ihnen vor einigen Jahren in Cambridge auf der Straße vorgestellt. Doch ich will mich kurz fassen und sogleich mein Anliegen vorbringen. Ich las vor kurzem mit großem Interesse ein Buch, in dem Sie ein Abenteuer im Inneren Afrikas schildern. Wie ich wohl annehmen darf, ist dieses Buch aus Dichtung und Wahrheit gemischt. Wie dem auch sei – es hat mich auf eine Idee gebracht. Aus dem beiliegenden Manuskript (welches ich Ihnen zusammen mit dem Skarabäus ›Königlicher Sohn der Sonne‹ und der Tonscherbe übersende) werden Sie ersehen, daß mein Mündel oder, besser gesagt, mein Adoptivsohn Leo Vincey und ich ebenfalls ein Abenteuer in Afrika erlebt haben, welches so viel wunderbarer als das von Ihnen erzählte ist, daß ich mich – offen gestanden – aus Furcht, Sie könnten mir nicht glauben, fast scheue, Sie damit vertraut zu machen. Wie Sie in dem Manuskript lesen werden, hatten wir eigentlich beschlossen, diese Geschichte nicht der Öffentlichkeit zu übergeben, solange wir noch am Leben sind. Ganz sicher wären wir diesem Entschluß auch treu geblieben, hätte sich nicht ein besonderer Umstand ergeben. Aus Gründen, die Sie nach Lektüre des Manuskriptes erraten werden, werden wir uns wieder auf eine Reise begeben, diesmal nach Zentralasien, wo, wenn überhaupt auf dieser Welt, wahre Weisheit zu finden ist, und wir nehmen an, daß unser Aufenthalt dort von sehr langer Dauer sein wird. Möglicherweise werden wir überhaupt nicht mehr zurückkehren. Unter diesen veränderten Umständen erhebt sich die Frage, ob wir berechtigt sind, einfach aus der Befürchtung heraus, wir könnten uns lächerlich machen oder auf Unglauben stoßen, der Menschheit einen Bericht über ein rätselhaftes Phänomen vorzuenthalten, welches nach unserer Überzeugung von unvergleichlicher Bedeutung ist. Leo und ich sind in dieser Beziehung verschiedener Ansicht, doch nach langen Diskussionen sind wir übereingekommen, Ihnen die Geschichte zu übersenden und die Entscheidung, ob sie veröffentlicht werden soll oder nicht, Ihnen zu überlassen, wobei nur ein einziger Vorbehalt gemacht sei: daß Sie unsere wirklichen Namen verschweigen und von unserer Identität nur so viel mitteilen, als die Glaubwürdigkeit der Erzählung erfordert.

Was ist dem noch hinzuzufügen? Ich glaube, lediglich die nochmalige Versicherung, daß in beiliegendem Manuskript alles so geschildert ist, wie es sich tatsächlich zugetragen hat. Auch was ›Sie‹ betrifft, habe ich nichts weiter zu sagen. Von Tag zu Tag bedauern wir mehr, daß wir die Gelegenheit, unser Wissen durch diese wunderbare Frau bereichern zu lassen, nicht besser genützt haben. Wer mag sie gewesen sein? Wie kam sie wohl in die Höhlen von Kôr, und was war ihre wirkliche Religion? Wir haben keine Antwort darauf gefunden, und leider werden wir wohl auch keine mehr finden; zumindest nicht so bald. Diese und viele andere Fragen lassen mir keine Ruhe, doch was nützt es, sich darüber den Kopf zu zerbrechen?

Wollen Sie also diese Aufgabe übernehmen? Wir lassen Ihnen völlige Freiheit, und Ihr Lohn wird das Verdienst sein, der Menschheit die phantastischste – und dennoch wahre – Geschichte dargeboten zu haben, die sich auf Erden je zugetragen hat. Lesen Sie das Manuskript (von dem ich eine gute Abschrift für Sie angefertigt habe) und geben Sie mir bald Nachricht.

Hochachtungsvoll Ihr sehr ergebener

L. HORACE HOLLY.

P.S. Sollten Sie sich zur Veröffentlichung entschließen und der Verkauf des Buches Gewinn abwerfen, so verfügen Sie darüber bitte nach Belieben; falls Ihnen jedoch ein Verlust entsteht, so sind meine Anwälte, die Herren Geoffrey und Jordan, angewiesen, Ihnen diesen zu ersetzen. Wir vertrauen die Scherbe, den Skarabäus und die Pergamente Ihrer Obhut an und werden sie vielleicht einmal zurückverlangen. L. H. H.«

Dieser Brief setzte mich, wie man sich wohl denken kann, in nicht geringes Erstaunen, doch noch erstaunter war ich, als ich nach vierzehn Tagen, in denen andere dringende Arbeiten mich daran hinderten, das Manuskript endlich las. Ich beschloß sofort, mich der Sache anzunehmen, und teilte dies Mr. Holly mit, erhielt jedoch eine Woche später meinen Brief mit einem Begleitschreiben seiner Anwälte zurück, in dem mir diese mitteilten, daß ihr Klient und Mr. Leo Vincey bereits nach Tibet abgereist seien und keine Adresse hinterlassen hätten.

Dies ist alles, was ich zu sagen habe. Über die Geschichte mag der Leser sich selbst ein Urteil bilden. Ich übergebe sie ihm, wie ich sie erhalten habe – abgesehen von einigen wenigen Änderungen, die ich vornahm, um die Identität der Akteure der Öffentlichkeit zu verbergen. Jeglichen persönlichen Kommentars will ich mich enthalten. Anfangs neigte ich zu der Ansicht, diese Geschichte einer in die Majestät ihrer ungezählten Jahre gehüllten Frau, auf welcher der Schatten der Ewigkeit ruht wie der dunkle Fittich der Nacht, sei eine gewaltige Allegorie, deren Sinn ich nicht zu enträtseln vermöge. Dann wieder glaubte ich, es sei vielleicht ein kühner Versuch, die Folgen faktischer Unsterblichkeit an einem sterblichen Wesen zu demonstrieren, das seine Kraft aus der Erde zieht, in dessen Brust jedoch Leidenschaften auflodern und erlöschen, wie sich in der unvergänglichen Welt, die es umgibt, die Winde und Fluten unaufhörlich erheben und senken. Doch später ließ ich auch diesen Gedanken fallen. Mir scheint diese Geschichte den Stempel der Wahrheit zu tragen. Ich muß es anderen überlassen, sie zu enträtseln, und so übergebe ich denn nach dieser kurzen, durch die Umstände gebotenen Einleitung der Welt den Bericht über Ayesha und die Höhlen von Kôr.

Der Herausgeber

P.S. Bei nochmaligem Durchlesen der Geschichte ist mir ein, wie ich glaube, sehr wesentlicher Punkt aufgefallen, auf den ich die Aufmerksamkeit des Lesers lenken möchte. Er wird bemerken, daß nichts an Leo Vinceys Charakter, soweit wir ihn kennenlernen, dazu angetan scheint, einen so mächtigen Geist wie den Ayeshas zu fesseln. Er ist nicht einmal – jedenfalls in meinen Augen – besonders interessant. Man sollte sogar meinen, daß es Mr. Holly unschwer hätte gelingen müssen, ihn auszustechen. Könnte es sein, daß auch in diesem Fall die Gegensätze sich anzogen, daß gerade die Fülle und der Reichtum ihres Geistes eine seltsame physische Reaktion auslösten, die sie der rein äußerlichen Schönheit eines Mannes verfallen ließ? Oder ist die wahre Erklärung die, daß Ayesha, die weiter und tiefer zu blicken vermochte als wir, den in der Seele ihres Geliebten verborgenen Keim und Funken der Größe entdeckte und erkannte, daß er, genährt durch ihre Lebenskraft, befruchtet durch ihr Wissen und bestrahlt von der Sonne ihres Wesens, aufblühen würde wie eine Blume und aufstrahlen wie ein Stern, um die Welt mit Duft und Licht zu erfüllen?

Auch hierauf weiß ich keine Antwort, sondern muß es dem Leser überlassen, sich anhand der von Mr. Holly nachstehend geschilderten Tatsachen sein eigenes Urteil zu bilden.

1

Ein Besucher

Es gibt Ereignisse, die sich in allen Einzelheiten so tief dem Gedächtnis einprägen, daß man sie nie vergißt. Mir ergeht es so mit dem folgenden, das mir so klar vor Augen steht, als hätte es sich erst gestern zugetragen.

Es ist in diesem Monat etwas über zwanzig Jahre her, daß ich, Ludwig Horace Holly, eines Abends in meinem Zimmer in Cambridge saß und mir über eine mathematische Aufgabe den Kopf zerbrach. Ich wollte in einer Woche mein Fellowship-Examen ablegen, und mein Tutor und meine Kollegen waren überzeugt, daß ich es glänzend bestehen würde. Müde und erschöpft schob ich schließlich mein Buch beiseite, ging zum Kamin und stopfte mir eine Pfeife. Auf dem Kaminsims stand eine brennende Kerze, hinter der ein langer schmaler Spiegel hing, und als ich mir die Pfeife anzünden wollte, fiel mein Blick auf mein Bild darin. Ich hielt inne und betrachtete es nachdenklich. Das Streichholz brannte weiter, bis es mir die Finger versengte und ich es wegwerfen mußte; doch ich blieb stehen und starrte, tief in Gedanken versunken, auf mein Spiegelbild.

»Hoffentlich«, sagte ich schließlich laut, »werde ich es einmal mit dem, was in meinem Kopf drin ist, zu etwas bringen, denn mit seinem Äußeren wird wohl kaum viel auszurichten sein.«

Diese Bemerkung dürfte dem Leser ziemlich unverständlich sein, und deshalb möchte ich hinzufügen, daß ich damit auf meine körperlichen Mängel anspielte. Die meisten Männer im Alter von zweiundzwanzig Jahren besitzen wenigstens in mehr oder weniger starkem Grad die Anmut der Jugend, doch mir war selbst diese versagt. Klein und untersetzt, mit einer unförmig breiten Brust, langen mageren Armen, plumpen Gesichtszügen, tiefliegenden grauen Augen, einer niedrigen, halb von dichtem schwarzem Haar überwucherten Stirn – so sah ich vor einem Vierteljahrhundert aus, und daran hat sich bis heute nicht viel geändert. Ich war gebrandmarkt wie Kain – von der Natur gebrandmarkt mit einer ungewöhnlichen Häßlichkeit; doch die Natur hatte mich auch mit einer stählernen Kraft und ansehnlichen geistigen Fähigkeiten ausgestattet. So häßlich war ich, daß meine stets peinlich auf ihr Äußeres bedachten Studienkollegen, so stolz sie auf meine körperliche Kraft und Gewandtheit und meine sportlichen Leistungen waren, sich nur ungern mit mir zusammen sehen ließen. War es ein Wunder, daß ich menschenscheu und schwermütig wurde, daß ich mich zurückzog, am liebsten allein arbeitete und keine Freunde hatte – oder zumindest nur einen? Die Natur hatte mich dazu bestimmt, einsam zu leben und nur an ihrer Brust Trost suchen zu dürfen. Frauen stieß mein Anblick ab. Erst eine Woche zuvor hatte mich eine, als sie glaubte, ich könne es nicht hören, ein Scheusal genannt und geäußert, ich hätte sie davon überzeugt, daß der Mensch vom Affen abstamme. Nur einmal hatte eine Frau Neigung zu mir geheuchelt, und ich hatte sie mit meiner ganzen aufgestauten Zärtlichkeit überschüttet. Doch dann erhielt ein anderer eine kleine Erbschaft, auf die ich gerechnet hatte, und sie wandte sich von mir ab. Ich flehte sie an wie nie zuvor oder danach einen anderen Menschen, mich nicht zu verlassen, denn ich war vernarrt in ihr süßes Gesicht und liebte sie von ganzem Herzen; und zur Antwort führte sie mich schließlich vor einen Spiegel, stellte sich neben mich und schaute hinein.

»Nun«, sagte sie, »wenn ich schön bin, was sind dann wohl Sie?«

Und damals war ich erst zwanzig Jahre alt.

So stand ich also da und starrte mich an, und eine irgendwie grimmige Genugtuung über meine Einsamkeit erfüllte mich, hatte ich doch weder Vater noch Mutter, noch Geschwister; und plötzlich klopfte es an der Tür.

Ich lauschte einen Augenblick, bevor ich öffnete, denn es war fast schon Mitternacht, und ich hatte keine Lust, noch jemanden zu empfangen. Ich hatte nur einen einzigen Freund auf dem College, ja auf der ganzen Welt – vielleicht war er es.

Da hörte ich den Betreffenden vor der Tür husten, und weil ich diesen Husten kannte, öffnete ich sogleich.

Ein großer, schlanker Mann von etwa dreißig Jahren, dessen Gesicht die Spuren einstiger großer Schönheit trug, stürzte herein, keuchend unter der Last eines eisernen Kastens, den er an einem Griff in der rechten Hand trug. Er stellte den Kasten auf den Tisch und bekam einen so schrecklichen Hustenanfall, daß er ganz purpurrot im Gesicht wurde. Schließlich sank er auf einen Sessel und begann Blut zu speien. Ich schenkte etwas Whisky in ein Glas und reichte es ihm. Er trank und schien sich ein wenig zu erholen.

»Wie kannst du mich nur so lange draußen in der Kälte stehen lassen?« sagte er vorwurfsvoll. »Du weißt doch, Zugluft kann der Tod für mich sein.«

»Ich hatte doch keine Ahnung, daß du es bist«, erwiderte ich. »Du kommst sehr spät.«

»Ja, und es wird wohl mein letzter Besuch sein«, sagte er mit einem unheimlichen Lächeln. »Mit mir geht's zu Ende, Holly. Den morgigen Tag werde ich nicht mehr erleben.«

»Unsinn!« sagte ich. »Ich werde gleich einen Arzt holen.«

Er winkte ungehalten ab. »Es ist kein Unsinn; doch ich will keinen Arzt. Ich habe Medizin studiert und weiß, wie es mit mir steht. Mir kann kein Arzt mehr helfen. Meine letzte Stunde ist gekommen! Seit einem Jahr schon lebe ich nur noch durch ein Wunder. Jetzt höre mir einmal zu – so aufmerksam, wie du noch nie jemandem zugehört hast, denn ich werde meine Worte nicht wiederholen können. Wir sind seit zwei Jahren Freunde; sage mir, was du von mir weißt.«

»Ich weiß, daß du reich bist und daß du aus einer Laune heraus dein Studium in einem Alter begonnen hast, in dem die meisten anderen damit fertig sind. Ich weiß, daß du verheiratet warst und deine Frau gestorben ist und daß du mein bester, ja mein einziger Freund bist.«

»Weißt du, daß ich einen Sohn habe?«

»Nein.«

»Er ist fünf Jahre alt. Meine Frau ist bei seiner Geburt gestorben, und deshalb habe ich seinen Anblick nie ertragen können. Holly, wenn du zustimmst, möchte ich dich zu seinem Vormund machen.«

Ich sprang vor Überraschung fast von meinem Stuhl auf. »Mich?« rief ich.

»Ja, dich. Ich habe dich nicht zwei Jahre lang vergeblich studiert. Seit ich weiß, daß ich nicht mehr lange leben werde, habe ich jemanden gesucht, dem ich den Jungen und dies hier« – er klopfte auf den eisernen Kasten – »anvertrauen kann. Du bist genau der Richtige, Holly; denn du bist wie ein starker Baum – im Innern kräftig und kerngesund. Hör zu: Der Junge ist der letzte Sproß einer der ältesten Familien der Welt. Vielleicht kommt dir das unglaubwürdig vor, doch eines Tages wirst du den über jeden Zweifel erhabenen Beweis dafür in Händen haben, daß mein fünfundsechzigster oder sechsundsechzigster direkter Vorfahre, ein gebürtiger Grieche namens Kallikrates[1], ein ägyptischer Isispriester war. Sein Vater war einer der von Hak-Hor, einem mendesischen Pharao der neunundzwanzigsten Dynastie, angeworbenen griechischen Söldner; sein Großvater oder Urgroßvater der von Herodot erwähnte Kallikrates[2]. Um das Jahr 339 v. Chr., als das Pharaonenreich unterging, brach dieser Kallikrates sein Priestergelübde und floh mit einer Prinzessin königlichen Blutes, die ihn liebte, aus Ägypten. Ihr Schiff strandete an der afrikanischen Küste, in der Gegend der heutigen Delagoa-Bucht oder etwas nördlich davon. Die ganze Besatzung kam ums Leben; nur er und seine Frau wurden gerettet. Sie erlitten viel Ungemach, wurden aber schließlich von der mächtigen Königin eines wilden Volkes aufgenommen,

[1] Der Schöne und Starke oder genauer: der durch Schönheit Starke. L.H.H.

[2] Der von meinem Freund hier erwähnte Kallikrates war ein Spartaner, von dem Herodot (Herod. IX. 72) sagt, er sei wegen seiner Schönheit berühmt gewesen. Er fiel in der glorreichen Schlacht von Platää (22. September 479 v. Chr.), in der die Lakedämonier und Athener unter Pausanias die Perser vernichtend schlugen und fast dreihunderttausend von ihnen töteten. L.H.H.

einer weißen Frau von ungewöhnlicher Schönheit, die unter Umständen, auf die ich jetzt nicht näher eingehen kann, über welche dich jedoch eines Tages der Inhalt dieses Kastens in Kenntnis setzen wird, schließlich meinen Vorfahren Kallikrates ermordete. Seine Frau konnte jedoch – wie, weiß ich nicht – nach Athen entkommen, und sie gebar bald darauf ein Kind, dem sie den Namen Tisisthenes gab, das heißt ›der mächtige Rächer‹. Aus unbekannten Gründen übersiedelte die Familie fünfhundert oder mehr Jahre später nach Rom, wo die meisten ihrer Mitglieder, wahrscheinlich um den im Namen Tisisthenes ausgedrückten Rachegedanken zu erhalten, den Beinamen Vindex, ›der Rächer‹, annahmen. Dort blieben sie weitere fünfhundert Jahre bis um das Jahr 770, in dem Karl der Große in die Lombardei einfiel, wo sie damals ansässig waren. Das Oberhaupt der Familie scheint sich dem großen Kaiser angeschlossen zu haben; es folgte ihm über die Alpen und ließ sich schließlich in der Bretagne nieder. Acht Generationen später kam sein direkter Nachkomme unter der Regentschaft Edwards des Bekenners nach England und brachte es dort unter Wilhelm dem Eroberer zu Macht und Ansehen. Von damals bis zum heutigen Tage kann ich meine Herkunft lückenlos zurückverfolgen. Die Vinceys – dazu wurde der Name verstümmelt, nachdem die Familie sich in England niedergelassen hatten – haben sich übrigens in keiner Weise besonders ausgezeichnet oder hervorgetan. Teils waren sie Soldaten, teils Kaufleute – im großen und ganzen angesehene, doch durchaus unbedeutende Bürger. Von der Zeit Karls II. bis zum Beginn dieses Jahrhunderts waren sie Kaufleute. Um 1790 setzte sich mein Großvater, der eine Brauerei besaß und damit ein ansehnliches Vermögen erwarb, zur Ruhe. Er starb 1821, und mein Vater, der ihm folgte, brachte den größten Teil des Geldes durch. Als er vor zehn Jahren starb, hinterließ er mir eine jährliche Rente von etwa zweitausend Pfund. Ich unternahm damals in Zusammenhang damit« – er deutete auf den eisernen Kasten – »eine Expedition, die leider erfolglos blieb. Auf dem Rückweg bereiste ich Südeuropa und kam auch nach Athen. Dort lernte ich meine geliebte Frau kennen, die wohl, genau wie mein alter griechischer Vorfahre, den Beinamen ›die Schöne‹ verdient hätte. Ich heiratete sie, und ein Jahr später, bei der Geburt meines Sohnes, ist sie gestorben.«

Er schwieg eine Weile, den Kopf in die Hand gestützt. Dann fuhr er fort:

»Meine Heirat hatte mich von einem Plan abgelenkt, auf den ich jetzt nicht näher eingehen kann. Ich habe keine Zeit, Holly – keine Zeit! Wenn du die Vormundschaft übernimmst, wirst du eines Tages alles darüber erfahren. Nach dem Tod meiner Frau beschäftigte ich mich wieder mit diesem Plan. Doch zuerst schien es mir notwendig, mir eine genaue Kenntnis der orientalischen Sprachen anzueignen, vor allem des Arabischen. Zu diesem Zweck kam ich hierher, doch bald bin ich erkrankt, und nun ist es aus mit mir.« Und als wollte er diese Worte bekräftigen, verfiel er in einen neuen schrecklichen Hustenanfall.

Ich gab ihm noch einen Schluck Whisky, und nachdem er sich ein wenig erholt hatte, fuhr er fort:

»Ich habe meinen Sohn Leo nicht gesehen, seit er ein ganz kleines Kind war. Ich konnte seinen Anblick nicht ertragen. Er soll ein hübscher, aufgeweckter Junge sein. In diesem Brief« – er zog ein an mich adressiertes Kuvert aus der Tasche – »habe ich dargelegt, wie ich mir seine Erziehung denke. Ich habe in dieser Hinsicht ein wenig eigenartige Vorstellungen und möchte deshalb keinen Fremden damit betrauen. Ich frage dich noch einmal: Willst du diese Aufgabe übernehmen?«

»Dazu müßte ich erst wissen, worin sie besteht«, erwiderte ich.

»Du sollst den Jungen zu dir nehmen, bis er fünfundzwanzig Jahre alt ist, und ihn keinesfalls auf eine Schule schicken. An seinem fünfundzwanzigsten Geburtstag endet deine Vormundschaft. Dann wirst du mit diesen Schlüsseln, die ich dir hiermit übergebe« – er legte sie auf den Tisch –, »den eisernen Kasten öffnen und ihn den Inhalt lesen lassen. Er soll dann entscheiden, ob er die Reise unternehmen will oder nicht. Wohlgemerkt, er ist in keiner Weise dazu verpflichtet. Und nun zu den Bedingungen. Mein gegenwärtiges Einkommen beträgt zweitausendzweihundert Pfund im Jahr. Die Hälfte davon habe ich dir – vorausgesetzt, du übernimmst die Vormundschaft – auf Lebenszeit vermacht. Das heißt, tausend Pfund davon sind für dich selbst als Entschädigung für deine Bemühungen bestimmt und hundert Pfund jährlich für den Unterhalt des Jungen. Der Rest soll liegenbleiben und sich verzinsen, damit Leo, wenn er sich mit fünfundzwanzig Jahren entschließen sollte, die Reise zu unternehmen, das dafür nötige Geld zur Verfügung steht.«

»Und wenn ich früher sterben sollte?« fragte ich.

»Dann muß das Vormundschaftsgericht sich seiner annehmen. Du darfst nur nicht vergessen, ihm den Kasten testamentarisch zu vermachen. Ich bitte dich nochmals, Holly – schlage es mir nicht ab. Glaube mir, es wird nicht zu deinem Schaden sein. Du bist dieser Welt nicht gewachsen, mein Lieber. In ein paar Wochen wirst du dein Fellowship-Examen machen, und das Einkommen, das du dann erhalten wirst, wird es dir, zusammen mit dem Geld, das ich dir vermache, ermöglichen, ganz der Wissenschaft zu leben und dich deinem geliebten Sport zu widmen.«

Er hielt inne und sah mich erwartungsvoll an, doch ich zögerte noch immer. Sein Ersuchen schien mir doch gar zu seltsam.

»Tu's mir zuliebe, Holly. Wir sind doch gute Freunde, und ich habe keine Zeit mehr, andere Vorkehrungen zu treffen.«

»Also schön«, sagte ich. »Ich bin einverstanden – vorausgesetzt, daß in diesem Brief nichts steht, was mich umstimmen könnte.«

»Ich danke dir von ganzem Herzen, Holly. Mache dir deshalb keine Sorgen. Schwöre mir bei Gott, daß du dem Jungen ein guter Vater sein und die darin niedergelegten Anweisungen befolgen wirst.«

»Ich schwöre es«, sagte ich feierlich.

»Gut. Aber denke daran, daß ich eines Tages vielleicht Rechenschaft von dir fordern werde, denn wenn ich auch tot und vergessen sein werde, so werde ich dennoch leben. Glaube mir, Holly, es gibt keinen Tod, nur eine Wandlung, und ich bin überzeugt, daß sich auch hier auf Erden diese Wandlung unter gewissen Umständen unendlich weit hinausschieben läßt.« Und wieder bekam er einen furchtbaren Hustenanfall.

»Ich muß jetzt gehen«, sagte er. »Den Kasten habe ich dir ausgehändigt, und das Testament, demzufolge man dir den Jungen übergeben wird, befindet sich unter meinen Papieren. Du wirst reich entschädigt, Holly, und ich weiß, du bist ein Ehrenmann – solltest du jedoch deinen Eid brechen, bei Gott, so wird mein Geist dich heimsuchen.«

Ich schwieg, denn ich war zu bestürzt, um ein Wort hervorzubringen.

Er nahm die Kerze, hob sie hoch und betrachtete sich im Spiegel. Sein Gesicht war einst schön gewesen, doch die Krankheit hatte es entstellt. »Futter für die Würmer«, sagte er. »Ein merkwürdiger Gedanke, daß ich in wenigen Stunden steif und kalt sein werde. Zu Ende ist die Reise, aus das Spiel. Ach, Holly, das Leben ist all die Mühsal nicht wert, es sei denn, man liebt – das meine wenigstens war es nicht. Vielleicht wird mein Sohn Leo, wenn er genügend Glauben und Mut hat, das Glück finden. Leb wohl, mein Freund!« Und in einem plötzlichen Anfall von Zärtlichkeit umarmte er mich und küßte mich auf die Stirn, bevor er zur Tür ging.

»Nun warte doch, Vincey«, rief ich. »Wenn du wirklich so krank bist, wie du glaubst, solltest du mich doch lieber einen Arzt holen lassen.«

»Nein, nein«, sagte er ernst. »Versprich mir, daß du das nicht tun wirst. Ich werde sterben, und wie eine vergiftete Ratte will ich allein sterben.«

»Was für ein Unsinn«, erwiderte ich. Er sagte lächelnd: »Vergiß nichts«, und ging hinaus. Ich setzte mich, rieb mir die Augen und fragte mich, ob ich dies alles nur geträumt habe. Doch da diese Annahme absurd war, verwarf ich sie und erwog, ob Vincey vielleicht betrunken gewesen war. Ich wußte, er war sehr krank; dennoch schien es mir ausgeschlossen, daß sein Befinden so schlecht war, daß er mit solcher Bestimmtheit annehmen konnte, er werde die Nacht nicht überleben. Wenn er dem Tode so nahe war, dann hätte er wohl kaum so herumgehen und den schweren Eisenkasten tragen können. Und auch seine Geschichte schien mir, als ich darüber nachdachte, gänzlich unglaublich, denn ich war damals noch nicht alt genug, um zu wissen, daß auf dieser Welt viele Dinge geschehen, die der Mensch mit seinem begrenzten Verstand nicht fassen kann und deshalb für unmöglich hält. Zu dieser Einsicht bin ich erst vor kurzem gelangt. War es möglich, daß ein Mann einen fünfjährigen Sohn besaß, den er seit seiner frühesten Kindheit nicht gesehen hatte? Nein. War es möglich, daß er seinen eigenen Tod mit solcher Bestimmtheit vorhersehen konnte? Nein. War es möglich, daß er seinen Stammbaum bis auf mehr als drei Jahrhunderte vor Christus zurückverfolgen konnte, daß er einem Studienkollegen plötzlich die unumschränkte Vormundschaft über sein Kind anvertraute und ihm sein halbes Vermögen vermachte? Ganz gewiß nicht. Doch wenn dem so war, was hatte dann das Ganze zu bedeuten? Und was befand sich in dem versiegelten eisernen Kasten?

Die ganze Sache verwirrte und beunruhigte mich dermaßen, daß ich es schließlich nicht länger aushielt und beschloß, eine Nacht darüber zu schlafen. Ich sprang also auf, verwahrte die von Vincey mir übergebenen Schlüssel und den Brief in meiner Dokumentenmappe, sperrte den eisernen Kasten in einen Reisekoffer, ging zu Bett und schlief rasch ein.

Mir schien, als hätte ich erst wenige Minuten geschlafen, als mich jemand weckte, indem er meinen Namen rief. Ich fuhr auf und rieb mir die Augen – es war heller Tag, acht Uhr schon.

»Was ist denn mit dir los, John?« fragte ich den Collegediener, der für Vincey und mich die Aufwartung besorgte. »Du blickst ja drein, als hättest du ein Gespenst gesehen!«

»Ja, Sir, das habe ich«, erwiderte er, »– noch viel schlimmer, ich habe einen Toten gesehen. Soeben wollte ich Mr. Vincey wie immer wecken, und er liegt kalt und tot in seinem Bett!«

2

Die Jahre vergehen

Der Tod des armen Vincey rief auf dem College natürlich große Aufregung hervor; doch da man wußte, daß er sehr krank gewesen war, und der Arzt ohne Bedenken den Totenschein ausstellte, leitete man keine weitere Untersuchung ein. Man war damals in dieser Hinsicht nicht so genau wie heute; ja man empfand allgemein eine gewisse Abneigung dagegen, da sie meistens einen Skandal hervorrief. Unter diesen Umständen und vor allem, da niemand Fragen an mich stellte, fühlte ich mich nicht verpflichtet, über die Unterredung in der Nacht vor Vinceys Tod nähere Angaben zu machen, und sagte lediglich, er habe mich – wie so oft – nur kurz besucht. Am Tage der Beerdigung erschien ein Anwalt aus London, folgte den sterblichen Überresten meines Freundes zum Grab und reiste dann mit seinen sämtlichen Papieren und Habseligkeiten wieder ab – ausgenommen natürlich den Eisenkasten, den Vincey mir übergeben hatte. Eine Woche lang hörte ich nichts von der Sache, was mir ganz recht war, denn ich stand ja vor meinem Examen, ein Umstand, der mich auch daran gehindert hatte, am Begräbnis teilzunehmen oder mit dem Anwalt zu sprechen. Endlich war das Examen überstanden, und ich ging nach Hause und sank mit dem befriedigenden Gefühl, recht gut abgeschnitten zu haben, in einen Sessel.

Doch bald schon wandten sich meine Gedanken, befreit von dem Druck der letzten Tage, den Geschehnissen in der Nacht vor Vinceys Tod zu, und wieder fragte ich mich, was das alles wohl zu bedeuten hatte, ob ich wohl noch irgend etwas von dieser Angelegenheit hören würde, und wenn nicht, was ich dann mit diesem merkwürdigen Eisenkasten anfangen sollte. So saß ich da und sinnierte und grübelte, bis mir von alldem ganz wirr im Kopf wurde: der geheimnisvolle mitternächtliche Besuch, die so schnell bewahrheitete Todesprophezeiung, der feierliche Eid, den ich geleistet hatte, und Vinceys Andeutung, er werde in einer anderen Welt Rechenschaft von mir verlangen. Hatte er womöglich Selbstmord begangen? Es sah fast so aus. Und von welcher Reise hatte er gesprochen? Das Ganze war so unheimlich, daß ich, ansonsten keineswegs nervös oder allzu leicht durch Dinge, welche die Grenzen des Natürlichen zu überschreiten scheinen, aus der Fassung zu bringen, beinahe Angst bekam und zu wünschen begann, ich hätte nichts damit zu tun. Um wieviel mehr würde ich mir dies heute, mehr als zwanzig Jahre danach!

Wie ich so saß und grübelte, klopfte es an der Tür, und ein Brief in einem großen blauen Kuvert wurde mir übergeben. Ich sah auf den ersten Blick, daß der Brief von einem Anwalt stammte, und eine innere

Stimme sagte mir, daß er mit meiner Vormundschaft zusammenhing. Der Brief, der heute noch in meinem Besitz ist, lautete wie folgt:

»Sehr geehrter Herr!

Unser Klient, der am 9. d. M. in Cambridge verstorbene Mr. L. Vincey, hat ein Testament hinterlassen, dessen Vollstrecker wir sind und von dem wir eine Abschrift beifügen. Auf Grund dieses Testamentes erhalten Sie auf Lebenszeit die Hälfte des von dem Verstorbenen hinterlassenen und in Staatsanleihen angelegten Vermögens unter der Voraussetzung, daß Sie die Vormundschaft über seinen einzigen, derzeit fünf Jahre alten Sohn Leo Vincey übernehmen. Hätten wir nicht selbst entsprechend Mr. Vinceys klaren und präzisen Anweisungen das fragliche Dokument aufgesetzt und hätte er uns nicht erklärt, für seinen Entschluß sehr gute Gründe zu haben, so erschienen uns die darin enthaltenen Bestimmungen derart ungewöhnlich, daß wir uns verpflichtet fühlen würden, das Vormundschaftsgericht darauf aufmerksam zu machen, um eventuell die Zurechnungsfähigkeit des Erblassers nachprüfen zu lassen. Da uns jedoch der Erblasser als eine Persönlichkeit von klarstem Verstand und Scharfsinn bekannt war und wir wissen, daß er keine Verwandten besitzt, die er mit der Vormundschaft über das Kind hätte betrauen können, nehmen wir von diesem Schritt Abstand.

In Erwartung Ihrer Instruktionen bezüglich der Übergabe des Kindes und der Zahlung der Ihnen zustehenden Dividenden zeichnen wir

hochachtungsvoll
Geoffrey und Jordan.«

Ich legte den Brief hin und überflog das Testament, welches, nach seiner völligen Unverständlichkeit zu schließen, gemäß striktesten juristischen Prinzipien abgefaßt schien. Immerhin konnte ich daraus entnehmen, daß es genau das enthielt, was mir mein Freund vor seinem Tode gesagt hatte. Also war es doch wahr. Ich mußte den Jungen zu mir nehmen. Plötzlich fiel mir der Brief ein, den mir Vincey zusammen mit dem Kasten übergeben hatte. Ich holte und öffnete ihn. Er enthielt lediglich die mir bereits mündlich gegebene Anweisung, den Kasten an Leos fünfundzwanzigstem Geburtstag zu öffnen, sowie Richtlinien für die Erziehung des Jungen, die Griechisch, höhere Mathematik und Arabisch umfassen sollte. Am Schluß stand eine Nachschrift des Inhalts, daß ich, falls der Junge vor seinem fünfundzwanzigsten Lebensjahr starb, den Kasten öffnen und entsprechend den darin enthaltenen Informationen handeln solle, falls ich dies für richtig hielte. Wenn nicht, sollte ich den Inhalt vernichten, ihn jedoch auf keinen Fall in fremde Hände gelangen lassen.

Da dieser Brief mir nichts Neues sagte und keinerlei Anlaß bot, das meinem Freund gegebene Versprechen nicht zu erfüllen, blieb mir nur eines übrig – den Herren Geoffrey und Jordan zu schreiben, daß ich zur Übernahme der Vormundschaft bereit sei, und zwar in zehn Tagen. Darauf begab ich mich ins Sekretariat des Colleges, erzählte den Herren dort von der Geschichte so viel, wie ich für nötig hielt, und konnte sie mit einiger Mühe dazu überreden, ein Auge zuzudrücken und mir, falls ich eine Fellowship erhielt, zu gestatten, das Kind zu mir zu nehmen. Dies wurde mir unter der Bedingung bewilligt, daß ich mein Logis im College aufgab und mir anderweitig eine Wohnung suchte. Dies tat ich, und es gelang mir, ganz in der Nähe des Colleges eine meinen Vorstellungen entsprechende Wohnung zu finden. Nun hieß es, sich nach einer Bedienung für den Jungen umzusehen, und ich faßte in dieser Hinsicht sogleich einen festen Entschluß – nämlich keine weibliche Person zu engagieren, die mich tyrannisieren und mir die Zuneigung des Jungen stehlen würde. Schließlich war er alt genug, um ohne weibliche Betreuung auszukommen. Ich begab mich deshalb auf die Suche nach einem geeigneten Diener und machte schließlich einen sehr ordentlichen, kräftigen jungen Mann ausfindig, der Knecht in einem Reitstall gewesen war. Er erklärte mir, daß er zusammen mit sechzehn Geschwistern aufgewachsen sei, deshalb mit Kindern gut umzugehen verstünde und gern bereit sei, Leo in seine Obhut zu nehmen, sobald er einträfe. Nachdem ich sodann den Eisenkasten in die Stadt gebracht und in meiner Bank deponiert hatte, kaufte ich einige Bücher über die Pflege und Erziehung von Kindern, die ich zuerst allein studierte und dann Job – so hieß der junge Mann – vorlas, und wartete.

Endlich traf das Kind in Begleitung einer älteren Person ein, die beim Abschied von ihm bitterlich weinte. Es war in der Tat ein schöner Junge! Seine Augen waren grau, seine Stirne breit und sein Gesicht, schon in diesem frühen Alter, fein geschnitten wie eine Kamee. Das reizendste an ihm jedoch war sein Haar, das in dichten, golden schimmernden Locken seinen wohlgeformten Kopf bedeckte. Als die Bonne sich schließlich von ihm losriß, weinte auch er ein wenig. Nie werde ich dieses Bild vergessen. Die Sonnenstrahlen fielen durchs Fenster herein auf seine goldenen Locken, während er so dastand, die kleine Faust auf das eine Auge gepreßt und mit dem anderen uns musternd. Ich streckte ihm, in meinem Sessel sitzend, die Hand entgegen, während Job in seiner Ecke einen gackernden Laut von sich gab, von dem er aus Erfahrung wußte, daß er auf Kinder beruhigend und Vertrauen einflößend wirkte, und dazu schob er ein überaus scheußliches Holzpferd auf und ab. Dies dauerte ein paar Minuten; dann streckte der kleine Bursche plötzlich seine Ärmchen aus und lief zu mir.

»Dich hab' ich lieb«, sagte er, »du bist häßlich, aber gut.«

Zehn Minuten später aß er mit sichtlichem Behagen ein dickes Butterbrot; Job wollte Marmelade darauf tun, doch ich erinnerte ihn ungehalten an die ausgezeichneten Bücher, die wir gelesen hatten, und verbot es ihm.

In ganz kurzer Zeit (ich hatte inzwischen meine Fellowship erhalten) wurde der Junge zum Liebling des ganzen Colleges, wo er allen Vorschriften und Verboten zum Trotz ständig aus- und einging. Alle verwöhnten ihn durch Geschenke, und mit einem inzwischen verstorbenen Professor, der als großer Griesgram und Kinderfeind galt, hatte ich seinetwegen eine ernste Auseinandersetzung. Da Leo nämlich häufig einen verdorbenen Magen hatte, wies ich Job an, genau auf ihn aufzupassen, und so stellte sich heraus, daß dieser gewissenlose alte Mann den Kleinen in seine Wohnung zu locken und mit ungeheuren Mengen Likörbonbons zu füttern pflegte. Job sagte ihm, er solle sich schämen, so etwas zu tun, »noch dazu in seinem Alter, in dem er längst Großvater sein könnte, wenn er seine

Pflicht getan hätte« – womit Job meinte, wenn er sich verehelicht hätte. Daraus entstand unser Streit.

Leider ist es mir nicht vergönnt, noch länger bei diesen köstlichen Jahren zu verweilen, an die ich mich so gerne erinnere. Eines nach dem anderen verging, und mit ihnen wuchs unsere gegenseitige Zuneigung. Nur wenige Söhne wurden wohl so geliebt, wie ich Leo liebe, und nur wenige Väter kennen die tiefe, unerschütterliche Zuneigung, die Leo für mich empfindet.

Das Kind wuchs zum Knaben heran und der Knabe zum Jüngling, während erbarmungslos die Jahre entschwanden, und mit ihm wuchsen seine körperlichen und geistigen Vorzüge. Als er etwa fünfzehn Jahre alt war, nannte man ihn auf dem College »den Schönen«, während man mich als »das Scheusal« bezeichnete. »Der Schöne und das Scheusal« wurden wir genannt, wenn wir zusammen spazierengingen, was wir täglich taten. Einmal stürzte sich Leo wütend auf einen großen, kräftigen Metzgergesellen, der uns diese Spitznamen nachrief, und verprügelte ihn. Ich ging weiter und tat, als ob ich nichts sehe, und erst als der Kampf gar zu hitzig wurde, drehte ich mich um und spornte Leo an. Das ganze College zerriß sich damals über uns den Mund, doch ich konnte einfach nicht anders. Später erfanden die Studenten andere Namen für uns. Sie nannten mich »Charon« und Leo den »Griechengott«! Über meinen Namen will ich bescheiden hinweggehen, denn ich muß zugeben, daß ich nie hübsch war und mit zunehmendem Alter auch nicht wurde. Was Leo betrifft, so gab es wohl keinen treffenderen Namen für ihn. Mit einundzwanzig Jahren hätte er zu einer Statue des jungen Apoll Modell stehen können. Ich habe nie jemanden gesehen, der ihm an Schönheit gleichkam, und dabei war er sich dieser Schönheit gänzlich unbewußt. Er hatte einen brillanten, scharfen Verstand, doch zum Gelehrten fehlte es ihm an Ausdauer und Verbohrtheit. Ich sorgte gewissenhaft dafür, daß er entsprechend den Anweisungen seines Vaters erzogen wurde, und das Ergebnis war alles in allem, besonders im Griechischen und Arabischen, befriedigend. Um ihm beim Studium des Arabischen helfen zu können, lernte ich diese Sprache ebenfalls, doch nach fünf Jahren kannte er sie ebenso gut wie ich – und fast so gut wie der Professor, der uns darin unterrichtete. Da ich ein begeisterter Sportler war – es war meine einzige Leidenschaft –, fuhren wir jeden Herbst zum Jagen und Fischen, manchmal nach Schottland, manchmal nach Norwegen, einmal sogar nach Rußland. Ich bin ein guter Schütze, doch auch auf diesem Gebiet war er mir bald überlegen.

Als Leo achtzehn war, zog ich wieder in meine frühere Wohnung und ließ ihn auf meinem College immatrikulieren, und mit einundzwanzig errang er seinen akademischen Titel – einen recht respektablen, wenn auch nicht sehr hohen. Damals erzählte ich ihm zum erstenmal von seiner Geschichte und dem auf ihn harrenden Geheimnis. Er war natürlich sehr neugierig, doch ich erklärte ihm, seine Neugier noch nicht befriedigen zu können. Damit ihm die Zeit schneller verging, schlug ich ihm vor, die Rechte zu studieren. Er war damit einverstanden und hörte die Vorlesungen in Cambridge.

Ich hatte seinetwegen nur eine Sorge: Fast jedes junge Mädchen, das ihm über den Weg lief, verliebte sich in ihn, und daraus entstanden allerlei Schwierigkeiten, auf die ich hier jedoch nicht näher eingehen möchte. Ich muß sagen, daß er sich im allgemeinen sehr korrekt benahm.

So verging die Zeit, und schließlich erreichte er seinen fünfundzwanzigsten Geburtstag, an dem diese seltsame und in mancher Hinsicht unheimliche Geschichte beginnt.

3

Die Amenartasscherbe

Am Tag vor Leos fünfundzwanzigstem Geburtstag fuhren wir nach London und holten von der Bank den vor zwanzig Jahren deponierten Kasten ab. Der gleiche Angestellte, dem ich ihn damals übergeben hatte, händigte ihn mir aus. Er erinnerte sich genau, wo er ihn untergestellt hatte. Hätte er das nicht mehr gewußt, so wäre es ihm schwergefallen, ihn zu finden, denn er war über und über mit Spinnweben bedeckt.

Am Abend kehrten wir mit unserer kostbaren Last nach Cambridge zurück. Wir taten beide in dieser Nacht vor Aufregung kaum ein Auge zu, und schon in aller Frühe erschien Leo im Schlafrock in meinem Zimmer und bat mich, sofort ans Werk zu gehen. Ich fand diese Neugier unziemlich und sagte ihm, der Kasten habe zwanzig Jahre lang gewartet, und so könne er wohl jetzt auch noch bis nach dem Frühstück warten. Um Punkt neun Uhr setzten wir uns an den Frühstückstisch, und ich war so in Gedanken versunken, daß ich statt eines Zuckerwürfels ein Stück Schinken in Leos Tee warf. Auch Job wurde von der Erregung angesteckt und zerbrach den Henkel meiner wertvollen Teetasse aus Sèvres-Porzellan, aus der Marat seinen Tee getrunken haben soll, bevor er im Bad erstochen wurde.

Endlich war abgeräumt. Job holte auf meine Anweisung den Kasten, stellte ihn behutsam, als traue er der ganzen Sache nicht recht, auf den Tisch und wollte das Zimmer verlassen.

»Warte, Job«, sagte ich. »Wenn Mr. Leo nichts dagegen hat, so hätte ich gern einen unparteiischen Zeugen dabei, der den Mund halten kann.«

»Einverstanden, Onkel Horace«, erwiderte Leo, der mich seit seiner Kindheit »Onkel« zu nennen pflegte.

Job salutierte scherzhaft, indem er sich mit der Hand an die Schläfe tippte.

»Verschließe die Tür, Job«, sagte ich, »und hole meine Dokumentenmappe.«

Er brachte sie, und ich entnahm ihr die Schlüssel, die mir Vincey, Leos armer Vater, in der Nacht vor seinem Tode übergeben hatte. Es waren drei – der größte ein verhältnismäßig moderner Schlüssel, der zweite uralt und der dritte ein ganz merkwürdiges Ding, wie ich es nie zuvor gesehen hatte: er bestand aus massivem Silber, hatte eine als Griff dienende Querstange, in die mehrere Kerben eingeschnitten waren, und ähnelte so einem vorsintflutlichen Schraubenschlüssel.

»Seid ihr bereit?« fragte ich, als wollte ich eine Mine sprengen. Da beide schwiegen, nahm ich den großen Schlüssel, strich etwas Salatöl auf den Bart, steckte ihn, nachdem meine zitternde Hand zweimal danebengetroffen hatte, ins Schloß und drehte ihn herum. Leo beugte sich vor, packte mit beiden Händen den Deckel und klappte ihn auf, was ihn einige Mühe kostete, da offenbar die Scharniere eingerostet waren. Ein zweiter, ebenfalls dick mit Staub bedeckter Kasten stand darin. Wir nahmen ihn ohne Schwierigkeit heraus und säuberten ihn mit einer Kleiderbürste.

Er schien aus Ebenholz oder einem anderen ähnlich festen schwarzen Holz zu bestehen und war auf allen Seiten von schmalen Eisenbändern umschlossen. Da das schwere Holz an manchen Stellen schon ganz morsch und bröcklig war, mußte er ungeheuer alt sein.

»Nun diesen«, sagte ich und führte den zweiten Schlüssel ein.

Job und Leo beugten sich in atemloser Spannung vor. Der Schlüssel drehte sich, ich hob den Deckel und stieß einen Schrei aus – kein Wunder, denn in dem Ebenholzkasten stand ein wunderbares Silberkästchen, etwa zwölf Zoll breit und acht Zoll hoch. Es schien eine ägyptische Arbeit zu sein, denn die vier Füße stellten Sphinxe dar, und auch der gewölbte Deckel trug eine Sphinx. Das Kästchen war natürlich infolge seines hohen Alters voller Flecken und Beulen, doch ansonsten recht gut erhalten.

Ich hob es heraus, stellte es auf den Tisch, steckte unter tiefem Schweigen den merkwürdigen Silberschlüssel hinein und drehte ihn vorsichtig hin und her, bis das Schloß endlich nachgab und das Kästchen offen vor uns stand. Es war bis zum Rand mit Schnitzeln aus irgendeinem braunen Material gefüllt, das eher Pflanzenfasern als Papier glich. Als ich eine etwa drei Zoll dicke Schicht entfernte, stieß ich auf einen

Brief in einem gewöhnlichen modernen Umschlag, auf dem in der Schrift meines Freundes Vincey stand:

»An meinen Sohn Leo, falls er dieses Kästchen öffnet.«

Ich gab den Brief Leo, der einen Blick auf den Umschlag warf, ihn auf den Tisch legte und mir bedeutete fortzufahren.

Als nächstes kam ein sorgfältig zusammengerolltes Pergament zum Vorschein. Ich rollte es auf und sah, daß es ebenfalls von Vincey beschrieben war und die Überschrift trug: »Übersetzung der griechischen Unzialschrift auf der Scherbe.« Nachdem ich es neben den Brief gelegt hatte, nahm ich eine zweite, stark vergilbte und zerknitterte Pergamentrolle heraus. Als ich sie aufrollte, stellte ich fest, daß es gleichfalls eine Übersetzung der griechischen Unzialschrift war, jedoch in Mönchslatein; Stil und Form der Lettern deuteten darauf hin, daß sie aus dem Anfang des sechzehnten Jahrhunderts stammten. Unter dieser Rolle lag auf einer zweiten Schicht des faserigen Materials ein harter, schwerer, in gelbe Leinwand gehüllter Gegenstand. Langsam und behutsam entfernten wir das Leinen und fanden darunter eine sehr große, ohne Zweifel überaus alte Scherbe von schmutziggelber Farbe. Sie schien von einer mittelgroßen Amphora zu stammen und war zehneinhalb Zoll lang, sieben Zoll breit, etwa einen viertel Zoll dick und auf der Außenseite dicht mit einer stellenweise verblichenen, doch größtenteils gut lesbaren griechischen Unzialschrift bedeckt, die mit größter Sorgfalt ausgeführt war, offenbar mittels einer Rohrfeder, deren sich die Alten häufig zu bedienen pflegten. Irgendwann vor langer Zeit war dieses wunderbare Fragment einmal in zwei Stücke zerbrochen und mit Zement und acht langen Nieten wieder zusammengefügt worden. Auch auf der Innenseite befanden sich zahlreiche Inschriften, die jedoch von der verschiedensten Art waren, also anscheinend von verschiedenen Händen und aus verschiedenen Zeiten stammten.

»Ist noch mehr drin?« flüsterte Leo aufgeregt.

Ich tastete herum und holte etwas Hartes hervor, das in einen kleinen Leinenbeutel eingenäht war. Darin befanden sich ein hübsches Miniaturbild aus Elfenbein und ein kleiner, schokoladenbrauner Skarabäus, der diese Symbole trug:

Wie wir später feststellten, bedeuteten sie »Suten se Ra«, das heißt: »Königlicher Sohn Ras oder der Sonne.« Das Miniaturbild stellte Leos Mutter dar – eine hübsche, dunkeläugige Griechin. Auf der Rückseite stand in Vinceys Handschrift: »Mein geliebtes Weib.«

»Das ist alles«, sagte ich.

»Gut«, erwiderte Leo und legte das Bild, das er zärtlich betrachtet hatte, hin. »Nun laß uns den Brief lesen.« Ohne Zögern erbrach er das Siegel und las uns folgendes vor:

»Mein Sohn Leo!

Wenn Du diesen Brief öffnest, hast Du das Mannesalter erreicht, und ich bin schon so lange tot, daß fast alle, die mich kannten, mich vergessen haben werden. Bedenke jedoch, wenn Du dies liest, daß ich gewesen bin und – wer weiß? – vielleicht noch bin, daß ich Dir durch diesen Brief über den Abgrund des Todes die Hand reiche und aus der Stille des Grabes zu Dir spreche. Obwohl ich tot bin und Du Dich meiner nicht erinnerst, bin ich in der Stunde, da Du dieses liest, dennoch bei Dir. Seit Deiner Geburt bis zum heutigen Tage habe ich Dein Gesicht kaum gesehen. Vergib mir das, mein Sohn. Dein Leben kostete das Leben einer Frau, die ich von ganzem Herzen liebte, und der Schmerz darüber erfüllt mich heute noch. Wäre ich am Leben geblieben, so hätte ich dieses törichte Gefühl gewiß überwunden; doch es ist mir nicht beschieden weiterzuleben. Meine Leiden, körperlich und geistig, übersteigen meine Kraft, und sobald ich alle Vorkehrungen für Dein künftiges Wohlergehen getroffen habe, gedenke ich ihnen ein Ende zu bereiten. Möge Gott mir verzeihen, falls ich unrecht handle. Doch mir ist ohnedies bestenfalls nur noch ein Jahr beschieden.«

»Er hat also Selbstmord begangen«, rief ich aus. »Dacht' ich's mir doch!«

»Doch nun genug von mir«, las Leo, ohne darauf einzugehen, weiter. »Was ich noch zu sagen habe, soll Dir, dem Lebenden, gelten – nicht mir, dem Toten, der schon so vergessen ist, als hätte er niemals gelebt. Mein Freund Holly (dem ich Dich, wenn er damit einverstanden ist, anvertrauen werde) wird Dir wohl von dem ungewöhnlich hohen Alter Deines Geschlechts erzählt haben. In diesem Kästchen findest Du genügend Beweise dafür. Die Scherbe mit der von Deiner fernen Ahne niedergeschriebenen Legende hat mir mein Vater auf seinem Totenbett übergeben, und seither hat sie unablässig meine Phantasie beschäftigt. Schon mit neunzehn Jahren beschloß ich, gleich einem unserer Vorfahren zur Zeit der Königin Elisabeth, den dieser Entschluß ins Unglück stürzte, ihr Geheimnis zu ergründen. Was ich dabei erlebte, kann ich hier nicht näher schildern, doch dies habe ich mit meinen eigenen Augen gesehen: An der Küste Afrikas, in einer bisher unerforschten Gegend nördlich der Sambesimündung, befindet sich ein Vorgebirge, an dessen äußerster Spitze ein Fels aufragt, der, ganz wie ihn die Inschrift schildert, die Form eines Negerkopfes hat. Als ich dort landete, erfuhr ich von einem umherziehenden Eingeborenen, der wegen eines Verbrechens von seinem Stamm ausgestoßen worden war, daß es tief im Landesinnern große becherförmige Gebirge und von endlosen Sümpfen umgebene Höhlen gibt. Er berichtete mir weiter, daß die Leute dort eine arabische Mundart sprechen und von einer *schönen weißen Frau* beherrscht werden, die sie nur selten zu Gesicht bekommen, die aber über alles Lebende und Tote Macht haben soll. Zwei Tage, nachdem er mir dies erzählt hatte, starb dieser Mann an einem Fieber, welches er sich beim Durchqueren der Sümpfe zugezogen hatte, und Mangel an Lebensmitteln und die Symptome einer Krankheit, die mich später aufs Lager warf, zwangen mich, zu meiner Dhau zurückzukehren.

Von den Abenteuern, die ich danach erlebte, will ich hier nicht sprechen. An der Küste Madagaskars erlitt ich Schiffbruch und wurde nach einigen Monaten von einem englischen Schiff gerettet, das mich nach Aden brachte. Von dort begab ich mich in der Absicht, nach gründlichen Vorbereitungen meine Expedition fortzusetzen, nach England. Unterwegs machte ich in Griechenland Station, wo ich – ›omnia vincit amor‹ – Deine geliebte Mutter kennenlernte und heiratete, wo Du geboren wurdest und sie starb. Damals befiel mich meine jetzige Krankheit, und ich kehrte nach England zurück, um zu sterben. Trotz allem gab ich die Hoffnung jedoch nicht auf und begann Arabisch zu lernen, um, falls ich doch wieder gesunden sollte, wieder nach Afrika zu gehen und das Rätsel, das so viele Jahrhunderte in unserer Familie überliefert wurde, zu lösen. Ich bin jedoch nicht gesund geworden, und damit ist die Geschichte für mich zu Ende.

Nun liegt alles an Dir, mein Sohn, und so übergebe ich Dir die Ergebnisse meiner Arbeit und die ererbten Beweise für ihren Ursprung. Ich werde Vorsorge treffen, daß sie erst in Deine Hände gelangen, wenn Du ein Alter erreicht hast, in dem Du imstande sein wirst zu entscheiden, ob Du das größte Rätsel der Welt entschleiern oder das Ganze als eine dumme Fabel, entsprungen dem zerrütteten Gehirn einer Frau, abtun willst.

Ich glaube nicht, daß es eine Fabel ist; ich glaube, daß es einen Ort gibt, wo die Lebenskräfte der Welt sichtbar existieren, und daß dieser Ort aufzuspüren ist. Das Leben gibt es; warum sollte es nicht auch Mittel geben, es unendlich zu verlängern? Ich möchte Dich jedoch keineswegs beeinflussen. Lies und urteile selbst. Entschließest Du Dich, das Rätsel zu lösen, so habe ich dafür gesorgt, daß Dir die erforderlichen Mittel zur Verfügung stehen. Solltest Du jedoch zu der Überzeugung gelangen, daß das Ganze eine Schimäre ist, so beschwöre ich Dich, vernichte die Scherbe und die Schriften und erlöse dadurch unser Geschlecht für immer von diesem unseligen Erbe. Vielleicht wäre es das klügste. Das Unbekannte gilt stets als schrecklich, nicht weil die Menschen von Geburt abergläubisch sind, sondern weil es oft in der Tat schrecklich ist. Wer sich mit den ungeheuren geheimen Kräften, welche die Welt beleben, befaßt, kann ihnen leicht zum Opfer fallen. Und wenn Du das Ziel erreichen solltest, wenn Du aus dieser Prüfung in ewiger Jugend und Schönheit, gefeit gegen Zeit und Leid, enthoben dem natürlichen Verfall von Fleisch und Geist, hervorgehen solltest – wer vermag zu sagen, ob Dir dies zum Glück gereichen würde? Wähle, mein Sohn, und möge die Macht, die alle Dinge lenkt und die da sagt: ›Bis hierher und nicht weiter!‹ Deine Wahl zum Glück für Dich und die Welt lenken, die Du, falls Du Erfolg hast, eines Tages gewiß allein durch die Kraft Deiner ungeheuren Erfahrung beherrschen würdest. – Lebe wohl!«

So endete jäh der Brief, der keine Unterschrift und kein Datum trug.

»Was hältst du davon, Onkel Holly?« sagte Leo mit bebender Stimme, als er ihn auf den Tisch legte. »Wir haben ein Geheimnis erwartet; nun haben wir, scheint's, eins gefunden!«

»Was ich davon halte? Offen gesagt – daß dein armer Vater nicht ganz bei Verstand war«, erwiderte ich gereizt. »Ich dachte mir das schon an jenem Abend vor zwanzig Jahren, als er in mein Zimmer trat. Du siehst ja selbst, der Arme hat sein Ende selbst beschleunigt. Es ist der reinste Unsinn.«

»Ganz recht, Sir«, sagte feierlich Job, der ein höchst nüchterner Wirklichkeitsmensch war.

»Nun, immerhin sollten wir nachsehen, was auf der Scherbe steht«, sagte Leo, nahm die von seinem Vater stammende Übersetzung und las vor:

»Ich, Amenartas, aus dem Königlichen Hause der Pharaonen Ägyptens, Frau des Kallikrates (des durch Schönheit Starken), eines Priesters der Isis, welche die Götter lieben und die Dämonen fürchten, verkünde, dem Tode nahe, meinem kleinen Sohn Tisisthenes (dem Mächtigen Rächer): Ich floh mit Deinem Vater in den Tagen des Nectanebes[1] aus Ägypten und bewog ihn, aus Liebe zu mir sein Gelübde zu brechen. Wir flohen südwärts übers Meer und wanderten zweimal zwölf Monde an der Küste Libyens (Afrikas), die der aufgehenden Sonne zugewandt ist und wo an einem Flusse sich ein großer Fels erhebt, geformt wie der Kopf eines Äthiopiers. Vier Tage weit von der Mündung des Flusses erlitten wir Schiffbruch. Einige ertranken, andere erkrankten und starben. Uns beide jedoch führten wilde Männer durch Wüsten und Sümpfe, über denen Schwärme von Seevögeln den Himmel verdunkelten, und nach zehn Tagen gelangten wir an einen hohlen Berg, wo die Ruinen einer großen Stadt stehen und wo es Höhlen gibt, deren Ende noch kein Mensch gesehen hat; und sie brachten uns zur Königin des Volkes, das Fremden Töpfe auf die Köpfe setzt, einer Zauberin, die um alle Dinge weiß und deren Leben und Schönheit ewig ist. Und sie blickte auf deinen Vater Kallikrates mit Augen der Liebe und wollte mich töten und ihn zum Manne nehmen, doch er liebte mich und fürchtete sie und wies sie ab. Da führte sie uns durch schwarze Ma-

[1] Necht-nebf oder Nectanebo II., der letzte eingeborene Pharao Ägyptens; floh 339 v. Chr. vor Ochus nach Äthiopien. Der Herausgeber.

gie auf schrecklichen Wegen zu der großen Schlucht, an deren Eingang tot der alte Philosoph lag, und zeigte uns die Flammensäule des Lebens, die nie erlischt und deren Stimme die Stimme des Donners ist; und sie trat in die Flammen und trat unversehrt und noch schöner daraus hervor. Dann schwor sie, deinen Vater unsterblich wie sich selbst zu machen, wenn er mich tötete und sie zum Weibe nähme, denn mich konnte sie nicht töten, weil sie gegen die Zauberkraft meines Volkes machtlos war. Und er hielt seine Hand vor die Augen, um ihre Schönheit nicht zu sehen, und widerstand ihr. Da tötete sie ihn in ihrem Zorn mit ihrer Zauberkraft; doch dann weinte sie um ihn und trug ihn fort mit lauten Klagen. Da sie mich fürchtete, schickte sie mich zur Mündung des großen Flusses, wohin die Schiffe kommen, und auf einem dieser Schiffe, das mich weit forttrug, wurdest Du geboren, und nach vielen Wanderungen kam ich endlich nach Athen. Nun sage ich Dir, mein Sohn Tisisthenes: Suche diese Frau auf und ergründe das Geheimnis des Lebens, und wenn Du kannst, räche Deinen Vater Kallikrates und töte sie; wenn Du Dich aber fürchtest oder es nicht vermagst, so sage ich dies zu allen, die Deinem Samen entsprießen und nach Dir kommen, bis endlich ein Tapferer sich unter ihnen findet, der in den Flammen baden und auf dem Platz der Pharaonen sitzen wird. All die Dinge, von denen ich gesprochen habe, mögen unglaublich sein, doch ich selbst habe sie gesehen, und ich lüge nicht.«

»Möge Gott ihr das verzeihen«, stöhnte Job, der mit offenem Mund gelauscht hatte.

Ich selbst sagte nichts; mein erster Gedanke war, daß mein armer Freund in seiner geistigen Verwirrung sich die ganze Geschichte ausgedacht hatte, obwohl es höchst unwahrscheinlich schien, daß jemand so etwas erfinden konnte. Um meine Zweifel zu beseitigen, nahm ich die Scherbe und begann die griechische Unzialschrift darauf zu lesen, und ich muß sagen, wenn man bedenkt, daß es von einer Ägypterin stammte, war es ein sehr gutes Griechisch. Nachstehend eine genaue Wiedergabe der Inschrift:

ΑΜΕΝΑΡΤΑΣΤΟΥΒΑΣΙΛΙΚΟΥΓΕΝΟΥΣΤΟΥΑ
ΙΓΥΓΤΙΟΥΗΤΟΥΚΑΛΛΙΚΡΑΤΟΥΣΙΣΙΔΟΣΙΕΡ
ΕΩΣΗΝΟΙΜΕΝΘΕΟΙΤΡΕΦΟΥΣΙΤΑΔΕΔΑΙΜΟ
ΝΙΑΥΓΟΤΑΣΣΕΤΑΙΗΔΗΤΕΛΕΥΤΩΣΑΤΙΣΙΣ
ΘΕΝΕΙΤΩΓΑΙΔΙΕΓΙΣΤΕΛΛΕΙΤΑΔΕΣΥΝΕΦΥΓΟ
ΝΓΑΡΓΟΤΕΕΚΤΗΣΑΙΓΥΓΤΙΑΣΕΓΙΝΕΚΤΑΝΕΒ
ΟΥΜΕΤΑΤΟΥΣΟΥΓΑΤΡΟΣΔΙΑΤΟΝΕΡΩΤΑΤΟ
ΝΕΜΟΝΕΓΙΟΡΚΗΣΑΝΤΟΣΦΥΓΟΝΤΕΣΔΕΓΡΟ
ΣΝΟΤΟΝΔΙΑΓΟΝΤΙΟΙΚΑΙΚΔΜΗΝΑΣΚΑΤΑΤΑ
ΓΑΡΑΘΑΛΑΣΣΙΑΤΗΣΛΙΒΥΗΣΤΑΓΡΟΣΗΛΙΟΥ
ΑΝΑΤΟΛΑΣΓΛΑΝΗΘΕΝΤΕΣΕΝΘΑΓΕΡΓΕΤΡΑ
ΤΙΣΜΕΓΑΛΗΓΛΥΓΤΟΝΟΜΟΙΩΜΑΑΙΘΙΟΓΟΣ
ΚΕΦΑΛΗΣΕΙΤΑΗΜΕΡΑΣΔΑΓΟΣΤΟΜΑΤΟΣΓΟ
ΤΑΜΟΥΜΕΓΑΛΟΥΕΚΓΕΣΟΝΤΕΣΟΙΜΕΝΚΑΤΕ
ΓΟΝΤΙΣΘΗΜΕΝΟΙΔΕΝΟΣΩΙΑΓΕΘΑΝΟΜΕΝΤ
ΕΛΟΣΔΕΥΓΑΓΡΙΩΝΑΝΘΡΩΓΩΝΕΦΕΡΟΜΕΘΑ
ΔΙΑΕΛΕΩΝΤΕΚΑΙΤΕΝΑΓΕΩΝΕΝΘΑΓΕΡΓΤΗΝ
ΩΝΓΛΗΘΟΣΑΓΟΚΡΥΓΤΕΙΤΟΝΟΥΡΑΝΟΝΗΜ
ΕΡΑΣΙΕΩΣΗΛΘΟΜΕΝΕΙΣΚΟΙΛΟΝΤΙΟΡΟΣΕΝ
ΘΑΓΟΤΕΜΕΓΑΛΗΜΕΝΓΟΛΙΣΗΝΑΝΤΡΑΔΕΑΓ
ΕΙΡΟΝΑΗΓΑΓΟΝΔΕΩΣΒΑΣΙΛΕΙΑΝΤΗΝΤΩΝΞ
ΕΝΟΥΣΧΥΤΡΑΙΣΣΤΕΦΑΝΟΥΝΤΩΝΗΤΙΣΜΑΓΕ
ΙΑΜΕΝΕΧΡΗΤΟΕΓΙΣΤΗΜΗΔΕΓΑΝΤΩΝΚΑΙΔ
ΗΚΑΙΚΑΛΛΟΣΚΑΙΡΩΜΗΝΑΓΗΡΩΣΗΝΗΔΕΚΑ
ΛΛΙΚΡΑΤΟΥΣΤΟΥΣΟΥΓΑΤΡΟΣΕΡΑΣΘΕΙΣΑΤ
ΟΜΕΝΓΡΩΤΟΝΣΥΝΟΙΚΕΙΝΕΒΟΥΛΕΤΟΕΜΕΔ
ΕΑΝΕΛΕΙΝΕΓΕΙΤΑΩΣΟΥΚΑΝΕΓΕΙΘΕΝΕΜΕΓΑ
ΡΥΓΕΡΕΦΙΛΕΙΚΑΙΤΗΝΞΕΝΗΝΕΦΟΒΕΙΤΟΑΓΗ
ΓΑΓΕΝΗΜΑΣΥΓΟΜΑΓΕΙΑΣΚΑΘΟΔΟΥΣΣΦΑΛ
ΕΡΑΣΕΝΘΑΤΟΒΑΡΑΘΡΟΝΤΟΜΕΓΑΟΥΚΑΤΑΣ
ΤΟΜΑΕΚΕΙΤΟΟΓΕΡΩΝΟΦΙΛΟΣΟΦΟΣΤΕΘΝΕ
ΩΣΑΦΙΚΟΜΕΝΟΙΣΔΕΔΕΙΞΕΦΩΣΤΟΥΒΙΟΥΕΥ
ΘΥΟΙΟΝΚΙΟΝΑΕΛΙΣΣΟΜΕΝΟΝΦΩΝΗΝΙΕΝΤ

ΑΚΑΘΑΠΕΡΒΡΟΝΤΗΣΕΙΤΑΔΙΑΓΥΡΟΣΒΕΒΗΚ
ΥΙΑΑΒΛΑΒΗΣΚΑΙΕΤΙΚΑΛΛΙΩΝΑΥΤΗΕΑΥΤΗΣ
ΕΞΕΦΑΝΗΕΚΔΕΤΟΥΤΩΝΩΜΟΣΕΚΑΙΤΟΝΣΟ
ΝΠΑΤΕΡΑΑΘΑΝΑΤΟΝΑΠΟΔΕΙΞΕΙΝΕΙΣΥΝΟΙΚ
ΕΙΝΟΙΒΟΥΛΟΙΤΟΕΜΕΔΕΑΝΕΛΕΙΝΟΥΓΑΡΟΥ
ΝΑΥΤΗΑΝΕΛΕΙΝΙΣΧΥΕΝΥΠΟΤΩΝΗΜΕΔΑΠΩ
ΝΗΝΚΑΙΑΥΤΗΕΧΩΜΑΓΕΙΑΣΟΔΟΥΔΕΝΤΙΜΑ
ΛΛΟΝΗΘΕΛΕΤΩΧΕΙΡΕΤΩΝΟΜΜΑΤΩΝΠΡΟΙ
ΣΧΩΝΙΝΑΔΗΤΟΤΗΣΓΥΝΑΙΚΟΣΚΑΛΛΟΣΜΗ
ΟΡΩΗΕΠΕΙΤΑΟΡΓΙΣΘΕΙΣΑΚΑΤΕΓΟΗΤΕΥΣΕΜ
ΕΝΑΥΤΟΝΑΠΟΛΟΜΕΝΟΝΜΕΝΤΟΙΚΛΑΟΥΣΑ
ΚΑΙΟΔΥΡΟΜΕΝΗΕΚΕΙΘΕΝΑΠΗΝΕΓΚΕΝΕΜΕΔ
ΕΦΟΒΩΙΑΦΗΚΕΝΕΙΣΣΤΟΜΑΤΟΥΜΕΓΑΛΟΥΠ
ΟΤΑΜΟΥΤΟΥΝΑΥΣΙΠΟΡΟΥΠΟΡΡΩΔΕΝΑΥΣΙ
ΝΕΦΩΝΠΕΡΠΛΕΟΥΣΑΕΤΕΚΟΝΣΕΑΠΟΠΛΕΥΣ
ΑΣΑΜΟΛΙΣΠΟΤΕΔΕΥΡΟΑΘΗΝΑΖΕΚΑΤΗΓΑΓ
ΟΜΗΝΣΥΔΕΩΤΙΣΙΣΘΕΝΕΣΩΝΕΠΙΣΤΕΛΛΩΜ
ΗΟΛΙΓΩΡΕΙΔΕΙΓΑΡΤΗΝΓΥΝΑΙΚΑΑΝΑΖΗΤΕΙ
ΝΗΝΠΩΣΤΟΤΟΥΒΙΟΥΜΥΣΤΗΡΙΟΝΑΝΕΥΡΗ
ΣΚΑΙΑΝΑΙΡΕΙΝΗΝΠΟΥΠΑΡΑΣΧΗΔΙΑΤΟΝΣΟ
ΝΠΑΤΕΡΑΚΑΛΛΙΚΡΑΤΗΝΕΙΔΕΦΟΒΟΥΜΕΝΟ
ΣΗΔΙΑΑΛΛΟΤΙΑΥΤΟΣΛΕΙΠΕΙΤΟΥΕΡΓΟΥΠΑ
ΣΙΤΟΙΣΥΣΤΕΡΟΝΑΥΤΟΤΟΥΤΟΕΠΙΣΤΕΛΛΩΕ
ΩΣΠΟΤΕΑΓΑΘΟΣΤΙΣΓΕΝΟΜΕΝΟΣΤΩΠΥΡΙΛ
ΟΥΣΑΣΘΑΙΤΟΛΜΗΣΕΙΚΑΙΤΑΑΡΙΣΤΕΙΑΕΧΩΝ
ΒΑΣΙΛΕΥΣΑΙΤΩΝΑΝΘΡΩΠΩΝΑΠΙΣΤΑΜΕΝΔ
ΗΤΑΤΟΙΑΥΤΑΛΕΓΩΟΜΩΣΔΕΑΑΥΤΗΕΓΝΩΚ
ΑΟΥΚΕΨΕΥΣΑΜΗΝ

Zur besseren Lesbarkeit hier auch eine Wiedergabe in Kursivschrift:

Ἀμενάρτας, τοῦ βασιλικοῦ γένους τοῦ Αἰγυπτίου, ἡ τοῦ Καλλικράτους Ἴσιδος ἱερέως, ἣν οἱ μὲν θεοὶ τρέφουσι τὰ δὲ δαιμόνια ὑποτάσσεται, ἤδη τελευτῶσα Τισισθένει τῷ παιδὶ ἐπιστέλλει τάδε· συνέφυγον γάρ ποτε ἐκ τῆς Αἰγυπτίας ἐπὶ Νεκτανέβου μετὰ τοῦ σοῦ πατρός, διὰ τὸν ἔρωτα τὸν ἐμὸν ἐπιορκήσαντος. φυγόντες δὲ πρὸς νότον διαπόντιοι καὶ κ'δ' μῆνας κατὰ τὰ παραθαλάσσια τῆς Λιβύης τὰ πρὸς ἡλίου ἀνατολὰς· πλανηθέντες, ἔνθαπερ πέτρα τις μεγάλη, γλυπτὸν ὁμοίωμα Αἰθίοπος κεφαλῆς, εἶτα ἡμέρας δ' ἀπὸ στόματος ποταμοῦ μεγάλου ἐκπεσόντες, οἱ μέν κατεποντίσθημεν, οἱ δὲ νόσῳ ἀπεθάνομεν· τέλος δὲ ὑπ' ἀγρίων ἀνθρώπων ἐφερόμεθα διὰ ἑλέων τε καὶ τεναγέων ἔνθαπερ πτηνῶν πλῆθος ἀποκρύπτει τὸν οὐρανὸν, ἡμέρας ι, ἕως ἤλθομεν εἰς κοῖλόν τι ὄρος, ἔνθα ποτὲ μεγάλη μὲν πόλις ἦν, ἄντρα δὲ ἀπείρονα· ἤγαγον δὲ ὡς βασίλειαν τὴν τῶν ξένους χύτραις στεφανούντων, ἥτις μαγείᾳ μὲν ἐχρῆτο ἐπιστήμῃ δὲ πάντων καὶ δὴ καὶ κάλλος καὶ ῥώμην ἀγήρως ἦν· ἡ δὲ Καλλικράτους τοῦ σοῦ πατρὸς ἐρασθεῖσα τὸ μὲν πρῶτον συνοικεῖν ἐβούλετο ἐμὲ δὲ ἀνελεῖν· ἔπειτα, ὡς οὐκ ἀνέπειθεν, ἐμὲ γὰρ ὑπερεφίλει καὶ τὴν ξένην ἐφοβεῖτο, ἀπήγαγεν ἡμᾶς ὑπὸ μαγείας καθ' ὁδοὺς σφαλερὰς ἔνθα τὸ βάραθρον τὸ μέγα, οὗ κατὰ στόμα ἔκειτο ὁ γέρων ὁ φιλόσοφος τεθνεώς, ἀφικομένοις δ' ἔδειξε φῶς τοῦ βίου εὐθύ, οἷον κίονα ἑλισσόμενον φώνην ἱέντα καθάπερ βροντῆς, εἶτα διὰ πυρὸς βεβηκυῖα ἀβλαβὴς καὶ ἔτι καλλίων αὐτὴ ἑαυτῆς ἐξεφάνη. ἐκ δὲ τούτων ὤμοσε καὶ τὸν σὸν πατέρα ἀθάνατον ἀποδείξειν, εἰ συνοικεῖν οἱ βούλοιτο ἐμὲ δε ἀνελεῖν, οὐ γὰρ οὖν αὐτὴ ἀνελεῖν ἴσχυεν ὑπὸ τῶν ἡμεδαπῶν ἣν καὶ αὐτὴ ἔχω μαγείας. ὁ δ' οὐδέν τι μᾶλλον ἤθελε, τὼ χεῖρε τῶν ὀμμάτων προίσχων ἵνα δὴ τὸ τῆς γυναικὸς κάλλος μὴ ὁρῴη· ἔπειτα ὀργισθεῖσα κατεγοήτευσε μὲν αὐτόν, ἀπολόμενον μέντοι κλάουσα καὶ ὀδυρομένη ἐκεῖθεν ἀπήνεγκεν, ἐμὲ δὲ φόβῳ ἀφῆκεν εἰς στόμα τοῦ μεγάλου ποταμοῦ τοῦ ναυσιπόρου, πόρρω δὲ ναυσίν, ἐφ' ὧνπερ πλέουσα ἔτεκόν σε, ἀποπλεύσασα μόλις ποτὲ δεῦρο Ἀθηνάζε κατηγαγόμην. σὺ δέ, ὦ Τισίσθενες, ὧν ἐπιστέλλω μὴ ὀλιγώρει· δεῖ γὰρ τὴν γυναῖκα ἀναζητεῖν ἤν πως τὸ τοῦ βίου μυστήριον ἀνεύρῃς, καὶ ἀναιρεῖν, ἤν που παρασχῇ, διὰ τὸν σὸν πατέρα Καλλικράτην. εἰ δὲ φοβούμενος ἢ διὰ ἄλλο τι αὐτὸς λείπει τοῦ ἔργου, πᾶσι τοῖς ὕστερον αὐτὸ τοῦτο ἐπιστέλλω, ἕως ποτὲ ἀγαθός τις γενόμενος τῷ πυρὶ λούσασθαι τολμήσει καὶ τὰ ἀριστεῖα ἔχων βασιλεῦσαι τῶν ἀνθρώπων· ἄπιστα μὲν δὴ τὰ τοιαῦτα λέγω, ὅμως δὲ ἃ αὐτὴ ἔγνωκα οὐκ ἐψευσάμην.

Die Übersetzung Vinceys war, wie ich bei näherer Untersuchung feststellte, genau und elegant.

Auf der nach außen gewölbten Seite der Scherbe, neben der Unzialschrift am oberen Rand, befand sich in mattroter Farbe die gleiche Zeichnung, die wir bereits auf dem ebenfalls in dem Kästchen liegenden Skarabäus gesehen hatten. Die Hieroglyphen oder Symbole waren hier jedoch umgekehrt angeordnet, als seien sie auf Wachs gepreßt gewesen. Ob dies die Kartusche[1] des Kallikrates oder eines Prinzen oder Pharaos war, von dem seine Frau Amenartas abstammte, vermag ich nicht zu sagen; auch weiß ich nicht, ob sie gleichzeitig mit der griechischen Unzialschrift auf die Scherbe gezeichnet oder erst später von irgendeinem anderen Mitglied der Familie nach dem Skarabäus kopiert wurde. Doch dies war noch nicht alles. Unter der Schrift befand sich, gleichfalls in mattem Rot, die etwas unbeholfene Zeichnung des Kopfes und der Schultern einer Sphinx mit zwei Federn, den Symbolen der Königswürde, die auf den Bildern von heiligen Stieren und Göttern häufig anzutreffen sind, die ich aber noch nie bei einer Sphinx gesehen hatte.

Außerdem stand auf der rechten Seite der Scherbe, neben der Unzialschrift, in Rot gemalt und in blauer Farbe unterzeichnet, folgender sonderbarer Vers:

HIMMEL, MEER UND ERDENBALL
BERGEN WUNDER ÜBERALL.
HOC FECIT
DOROTHEA VINCEY.

Zutiefst verblüfft drehte ich die Scherbe um. Sie war von oben bis unten mit Inschriften und Namen in grie-

[1] Die Kartusche, falls es wirklich eine war, kann nicht die des Kallikrates gewesen sein, wie Mr. Holly annimmt. Kallikrates war ein Priester und als solcher nicht zu einer Kartusche berechtigt. Kartuschen waren das Vorrecht des ägyptischen Königshauses. Er hätte seinen Namen oder Titel jedoch auf einem Oval anbringen können. Der Herausgeber.

chischer, lateinischer und englischer Sprache bedeckt. Die erste, in griechischer Unzialschrift, stammte von Tisisthenes und lautete: »Ich konnte nicht gehen. Tisisthenes an seinen Sohn Kallikrates.« Hier ihre Nachbildung und ihre Wiedergabe in Kursiv:

ΟΥΚΑΝΔΥΝΑΙΜΗΝΓΟΡΕΥΕϹΘΑΙΤΙϹΙϹΘΕΝΗ
ϹΚΑΛΛΙΚΡΑΤΕΙΤΩΙΓΑΙΔΙ

οὐκ ἂν δυναίμην πορεύεσθαι.
Τισισθένης Καλλικράτει τῷ παιδί.

Dieser Kallikrates, der offenbar nach griechischer Sitte den Namen seines Großvaters trug, versuchte anscheinend das Vermächtnis auszuführen, denn seine stark verblaßte und kaum noch leserliche Eintragung lautete: »Ich gab die Reise auf, denn die Götter waren gegen mich. Kallikrates an seinen Sohn.« Nachstehend die Abschrift:

ΤΩΝΘΕΩΝΑΝΤΙΣΤΑΝΤΩΝΕΓΑΥΣΑΜΗΝΤΗΣ
ΓΟΡΕΙΑΣΚΑΛΛΙΚΡΑΤΗΣΤΩΙΓΑΙΔΙ

τῶν θεῶν ἀντιστάντων ἐπαυσάμην τῆς πορείας.
Καλλικράτης τῷ αιδί.

Zwischen diesen beiden Eintragungen, deren zweite von oben nach unten geschrieben und so schwach und undeutlich war, daß ich sie ohne die von Vincey verfertigte Nachbildung wohl kaum hätte entziffern können, stand der forsche, moderne Namenszug eines Lionel Vincey, »Aetate sua 17«, der wohl von Leos Großvater stammte. Rechts davon entdeckte ich die Initialen »J. B. V.« und darunter eine Anzahl griechischer Unterschriften in Unzial- und Kursivschrift sowie mehrmals den Satz »An meinen Sohn«, der darauf hindeutete, daß die Scherbe gewissenhaft von Generation zu Generation weitervererbt worden war.

Die nächste lesbare Inschrift nach den griechischen Namenszügen lautete: »Romae, A. U. C.« Sie zeigte, daß die Familie inzwischen nach Rom übergesiedelt war. Das Datum ihrer dortigen Niederlassung ist leider mit Ausnahme der Endung CVI für immer verlorengegangen, denn gerade an der Stelle, wo es stand, war ein Stück der Scherbe abgebrochen.

Es folgten sodann zwölf lateinische Unterschriften, die über die ganze Scherbe verstreut waren. Sie alle endeten, mit nur drei Ausnahmen, mit dem Namen »Vindex«, ›der Rächer‹, den die Familie nach ihrer Übersiedlung nach Rom anstelle des griechischen Tisisthenes, das gleichfalls ›Rächer‹ bedeutet, angenommen zu haben schien. Dieser Name verwandelte sich sodann in »De Vincey« und schließlich in das einfache, moderne »Vincey«. Wie seltsam, daß auf diese Weise der von einer Ägypterin vor Christi Geburt geleistete Racheschwur in einem englischen Familiennamen erhalten blieb!

Einige der römischen Namen auf der Scherbe habe ich später in Geschichtswerken und anderen Annalen wiedergefunden. Es waren, wenn ich mich recht entsinne, die folgenden:

MUSSIUS VINDEX

SEX. VARIUS MARULLUS

C. FUFIDIUS C. F. VINDEX

und

LABERIA POMPEIANA CONIUX MACRINI VINDICIS,

wovon der letzte natürlich der einer römischen Dame war.

Die folgende Liste umfaßt sämtliche lateinischen Namen auf der Scherbe:

C. CAECILIUS VINDEX
M. AIMILIUS VINDEX
SEX. VARIUS MARULLUS
Q. SOSIUS PRISCUS SENECIO VINDEX
L. VALERIUS COMINIUS VINDEX
SEX. OTACILIUS M. F.
L. ATTIUS VINDEX
MUSSIUS VINDEX
C. FUFIDIUS C. F. VINDEX
LICINIUS FAUSTUS
LABERIA POMPEIANA CONIUX MACRINI VINDICIS
MANILIA LUCILLA CONIUX MARULLI VINDICIS

Auf diese römischen Namen folgt offenbar eine Lücke von mehreren Jahrhunderten. Nie wird sich in Erfahrung bringen lassen, was mit der Scherbe in jenen dunklen Zeiten geschah und wie es kam, daß sie von der Familie aufbewahrt wurde. Wie man sich entsinnen wird, hatte mein armer Freund Vincey mir erzählt, daß seine römischen Vorfahren sich später in der Lombardei niederließen und dann, als Karl der Große in diese einfiel, mit ihm über die Alpen zogen und sich in der Bretagne ansiedelten, von wo sie unter der Herrschaft Edwards des Bekenners nach England übersiedelten. Woher er dies alles wußte, ist mir nicht bekannt, denn auf der Scherbe findet sich kein Hinweis auf die Lombardei oder Karl den Großen, während, wie man gleich sehen wird, die Bretagne erwähnt wird. Doch weiter: Die nächsten Eintragungen auf der Scherbe, wenn man von einem länglichen Fleck aus Blut oder roter Farbe absieht, sind zwei rote Kreuze, die wohl

Kreuzfahrerschwerter darstellen, und ein zierliches in Scharlach und Blau gemaltes Monogramm (»D. V.«), welches vielleicht von der gleichen Dorothea Vincey stammt, die den bereits erwähnten Vers schrieb. Links davon standen in blassem Blau die Initialen »A. V.« und das Datum 1800.

Dann folgte die vielleicht merkwürdigste Inschrift auf diesem ungewöhnlichen Relikt. Sie ist in gotischen Buchstaben und lateinischer Sprache abgefaßt, läuft quer über die Kreuze oder Kreuzfahrerschwerter hinweg und trägt das Datum 1445. Wir entdeckten außerdem, was noch sonderbarer ist, auf einer zweiten Pergamentrolle in dem Kästchen eine gleichfalls in gotischen Buchstaben verfaßte Übersetzung der lateinischen Inschrift. Nachstehend ist sie wiedergegeben. Lateinische Inschrift auf der Scherbe:

Ista reliq̄ia est valde misticū et myrificū op̄s
q̄d maiores mei ex Armorica sc̄ Brittania
mīore secū cōvehebāt et q̄dm sc̄s cleric̄s sēper p̄ri
meo in manv ferebat q̄d pēitus illvd destrueret
affirmās q̄d esset ab ipso sathana cōflatū prestigi-
osa et dyabolica arte q̄re p̄ter mevs cōfregit illvd
ī dvas p̄tes q̄s q̄dm ego Johs̄ de Viccto salvas
servavi et adaptavi sicvt ap̄paret die lūe p̄x post
fest beate Mrie virḡ anni grē mccccxlv.

Modernisierte Schriftform dieser Inschrift:

»Ista reliquia est valde misticum et myrificum opus, quod majores mei ex Armorica, scilicet Britannia Minore, secum convehebant; et quidam sanctus clericus semper patri meo in manu ferebat quod penitus illud destrueret, affirmans quod esset ab ipso Sathana conflatum prestigiosa et diabolica arte, quare pater meus confregit illud in duas partes, quas quidem ego Johannes de Vinceto salvas servavi et adaptavi sicut apparet die lunae proximo post festum beatae Mariae Virginis anni gratiae MCCCCXLV.«

Übersetzung dieser Inschrift:

»Diese Relique ist ein sehr mystisches und wundersames Werk, welches meine Vorfahren aus Armorica, das ist Klein-Britannien (die Bretagne), mitgebracht haben; ein Geistlicher riet meinem Vater eindringlich, sie gänzlich zu vernichten, da sie vom Satan selbst durch magische und teuflische Kunst angefertigt sei, weshalb mein Vater sie nahm und in zwei Stücke zerbrach, doch ich, Johannes de Vincey, rettete beide Teile und fügte sie, wie Ihr seht, wieder zusammen am heutigen Montag nach dem Fest der Heiligen Jungfrau Maria im Jahre des Heils 1445.«

Die nächste und vorletzte Eintragung stammte aus der Zeit Königin Elisabeths und trug das Datum 1564: »Eine höchst seltsame Historie, die meinen Vater das Leben gekostet hat; denn auf der Suche nach dem Platz an der Ostküste Afrikas wurde seine Pinasse bei Lorenzo Marquez von einer portugiesischen Galeone versenkt, wobei er ertrank. – John Vincey.«

Es folgte die letzte Inschrift, die, nach der Schreibweise zu schließen, von einem Vertreter der Familie um die Mitte des 18. Jahrhunderts stammte. Es war eine nicht ganz korrekte Wiedergabe des bekannten Zitats aus ›Hamlet‹; sie lautete:

»Es gibt mehr Dinge zwischen Himmel und Erde,
Als du dir in deiner Schulweisheit träumen läßt,
Horatio.«

»So, mein lieber Leo«, sagte ich, nachdem ich alle

diese Schriften, soweit sie lesbar waren, sorgfältig untersucht hatte, »das wäre alles. Nun kannst du dir deine eigene Meinung über das Ganze bilden. Die meine steht bereits fest.«

»Und wie sieht sie aus?« fragte er neugierig.

»So: Ich halte diese Scherbe für echt und glaube, daß sie, so seltsam das auch scheinen mag, seit dem vierten Jahrhundert v. Chr. in deiner Familie weitervererbt worden ist. Die Eintragungen beweisen das eindeutig, und wir müssen diese Tatsache, so unwahrscheinlich sie auch sein mag, akzeptieren. Doch das ist auch schon alles. Daß deine Ahne, die ägyptische Prinzessin, oder ein von ihr beauftragter Schreiber die Eintragung verfaßt hat, steht für mich außer Zweifel, doch ebenso fest bin ich davon überzeugt, daß ihre Leiden und der Verlust ihres Gatten ihren Geist verwirrt haben und daß sie nicht ganz bei Verstand war, als sie dies niederschrieb.«

»Und wie willst du erklären, was mein Vater gesehen und gehört hat?« fragte Leo.

»Das war ein reiner Zufall. Sicher gibt es an der afrikanischen Küste Felsen, die wie Männerköpfe aussehen, und viele Leute, die ein verstümmeltes Arabisch sprechen. Zweifellos gibt es auch eine Menge Sümpfe dort. Ich muß dir ganz ehrlich sagen, Leo – ich glaube, daß dein Vater, als er diesen Brief schrieb, nicht ganz bei Sinnen war. Er hatte Schweres durchgemacht, und da er eine sehr lebhafte Phantasie hatte, hat er sich zu sehr mit dieser Geschichte beschäftigt. Jedenfalls glaube ich, daß das Ganze völliger Unsinn ist. Ich weiß, es gibt in der Natur seltsame Dinge und Kräfte, die wir nur selten bemerken und, wenn wir sie bemerken, nicht begreifen. Doch solange ich es nicht mit meinen eigenen Augen sehe, was wohl kaum je der Fall sein wird, kann ich einfach nicht glauben, daß es irgendein Mittel gibt, den Tod zu besiegen, oder daß mitten in einem afrikanischen Sumpf eine weiße Zauberin lebt oder gelebt hat. Unsinn, mein Junge, nichts als Unsinn! – Was meinst du, Job?«

»Daß es eine Lüge ist, Sir. Falls es aber doch wahr ist, so hoffe ich, Mr. Leo wird sich auf so etwas nicht einlassen, denn dabei kann nichts Gutes herauskommen.«

»Vielleicht habt ihr beide recht«, sagte Leo ruhig. »Ich will mich darüber nicht äußern und nur das eine sagen: Ich werde die Sache ein für allemal aufklären, und wenn ihr nicht mitkommen wollt, dann werde ich es allein tun.«

Ich sah den jungen Mann an und merkte, daß er es ernst meinte. Wenn Leo etwas ernst meint, dann verzieht er immer auf eine merkwürdige Weise den Mund, eine Gewohnheit, die er schon als Kind hatte. Ich dachte jedoch gar nicht daran, Leo zu erlauben, irgendwohin allein zu gehen; dazu hing ich viel zu sehr an ihm. Ich bin kein Mann mit vielen Freundschaften und Bindungen. Die Umstände sind in dieser Hinsicht gegen mich, und Männer wie Frauen scheuen vor mir zurück, oder ich bilde mir das ein, was auf dasselbe herauskommt. Sie scheinen aus meinem reichlich abstoßenden Äußeren auf mein Inneres zu schließen, und da mir dies unerträglich ist, habe ich mich weitgehend von der Welt und den Menschen zurückgezogen. Leo war für mich die ganze Welt – Bruder, Kind und Freund –, und ich war entschlossen, wohin er auch gehen mochte, nicht von seiner Seite zu weichen. Natürlich durfte ich ihm nicht zeigen, welche Macht er über mich hatte, und ich sann nach einer Möglichkeit, mich aus der Affäre zu ziehen.

»Ja, Onkel, ich werde es tun; und wenn ich die ›Flammensäule des Lebens‹ auch nicht finde, so werde ich dort zumindest ausgezeichnete Gelegenheit zur Jagd finden.«

Da war die Möglichkeit, und ich nutzte sie sofort.

»Zur Jagd?« sagte ich. »Ja, sicherlich; daran dachte ich gar nicht. Es muß ein ziemlich wildes Land sein, voll von Großwild. Ich wollte immer schon vor meinem Tode noch einen Büffel erlegen. Weißt du, mein Junge, an diese ganze Geschichte glaube ich nicht, aber das Wild reizt mich, und wenn du nach reiflicher Überlegung wirklich dorthin fahren willst, so werde ich mir Urlaub nehmen und dich begleiten.«

»Dachte ich's mir doch«, sagte Leo, »daß du dir so etwas nicht entgehen lassen wirst. Doch wie steht es mit dem Geld? Es wird ein reichlich teurer Spaß werden.«

»Zerbrich dir deshalb nicht den Kopf«, erwiderte ich. »Wir haben dein ganzes Vermögen, das sich all die Jahre gut verzinst hat, und außerdem habe ich noch zwei Drittel von dem, was mir dein Vater für deine Versorgung hinterlassen hat. An Geld mangelt's also nicht.«

»Schön, dann laß uns dies alles gleich einpacken und in die Stadt fahren, um nach unseren Gewehren zu sehen. Wie steht's, Job, kommst du auch mit? Höchste Zeit, daß du einmal etwas von der Welt siehst.«

»Ach, Herr«, antwortete Job, »mir liegt nicht viel an fremden Ländern, aber wenn die Herren diese Reise machen, dann brauchen sie doch jemanden, der für sie sorgt; und nachdem ich Ihnen nun zwanzig Jahre treu gedient habe, kann ich Sie doch jetzt nicht im Stich lassen.«

»So ist's recht, Job«, sagte ich. »Große Wunder wirst du wohl nicht erleben, doch ein paar schöne Jagden sind sicher auch nicht zu verachten. Und jetzt hört mich gut an, ihr beiden. Ich möchte nicht, daß ihr irgendeinem Menschen von diesem Unsinn erzählt.« Ich deutete auf die Scherbe. »Wenn das bekannt würde und mir irgend etwas zustieße, dann würden meine Verwandten mich für verrückt erklären und mein Testament anfechten, und ich würde zum Gespött von ganz Cambridge werden.«

Drei Monate nach diesem Tag schwammen wir auf dem Ozean – unterwegs nach Sansibar.

4

Die Bö

Wie verschieden ist die Szene, die ich jetzt zu schildern habe, von der soeben beschriebenen! Wo ist mein stilles Studierzimmer, wo sind die im Winde schwankenden englischen Ulmen, die krächzenden Krähen, meine vertrauten Bücher? Um uns ist nichts als der riesige, ruhige Ozean, silbern glänzend im Schein des afrikanischen Vollmonds. Eine sanfte Brise füllt das große Segel unserer Dhau und treibt uns durch das leise an ihre Planken plätschernde Wasser. Die meisten Männer der Besatzung schlafen, denn es ist kurz vor Mitternacht; nur Mahomed, ein kräftiger, tiefbrauner Araber, steht am Ruder und lenkt das Schiff gemächlich nach den Sternen. Drei Meilen oder etwas mehr an Steuerbord zieht sich eine dünne, dunkle Linie hin, die Ostküste Mittelafrikas. Wir segeln vor dem Nordostmonsun südwärts, zwischen dem Festland und dem Riff, das Hunderte von Meilen weit diese gefährliche Küste säumt. Die Nacht ist still, so still, daß man ein Flüstern auf der ganzen Dhau vernimmt; so still, daß ein schwacher, grollender Laut von dem fernen Land übers Wasser bis zu uns dringt.

Der Araber am Ruder hebt die Hand und sagt nur: »Simba!«[1]

Wir richten uns alle auf und lauschen. Und wieder ertönt dieser dumpfe, majestätische Laut, der uns erschaudern läßt.

»Falls der Kapitän sich nicht verrechnet hat, was ich für sehr wahrscheinlich halte, müßten wir morgen vormittag gegen zehn Uhr bei diesem geheimnisvollen Felsen mit dem Männerkopf sein«, sagte ich. »Dann kann die Jagd beginnen.«

»Ja, und die Suche nach der Ruinenstadt und dem ›Feuer des Lebens‹«, verbesserte mich Leo. Er nahm seine Pfeife aus dem Mund und lachte.

»Unsinn!« erwiderte ich. »Du hast doch übrigens heute nachmittag bei dem Mann am Ruder dein Arabisch erprobt. Was hat er dir gesagt? Er ist doch sein halbes unnützes Leben lang in Geschäften (wahrscheinlich Sklavengeschäften) durch diese Gewässer gefahren und auch schon einmal an diesem ›Männerfelsen‹ gelandet. Hat er je etwas von der Ruinenstadt und den Felsen gehört?«

»Nein«, sagte Leo. »Er sagt, daß es dahinter nur

[1] Löwe

Sümpfe voller Schlangen, vor allem Pythons, und Wild gibt und daß dort keine Menschen leben. Doch das besagt nicht viel, denn ein solcher Sumpfgürtel zieht sich die ganze afrikanische Küste entlang.«

»Doch«, antwortete ich, »das besagt, daß es Malaria gibt. Aber daran siehst du, was diese Leute von dem Land hier denken. Keiner von ihnen wird mit uns gehen. Sie halten uns für verrückt, und ich glaube fast, sie haben recht. Es sollte mich wundern, wenn wir das gute, alte England je wiedersehen. Bei meinem Alter ist das nicht so schlimm, doch ich mache mir Sorgen um dich, Leo, und um Job. Es ist der reine Wahnsinn, mein Junge.«

»Schon gut, Onkel Horace. Um mich brauchst du dich wirklich nicht zu sorgen; ich werde es schon überstehen. Doch sieh mal – was ist denn das für eine Wolke?« Er deutete auf einen dunklen Fleck am sternenhellen Himmel hinter uns.

»Frag doch mal den Mann am Ruder«, sagte ich.

Er stand auf, streckte sich und ging zu ihm. Gleich darauf kam er zurück.

»Er meint, es ist eine Bö, doch sie wird an uns vorüberziehen.«

In diesem Augenblick trat Job zu uns. Er sah in seinem Jagdanzug aus braunem Flanell sehr mannhaft und englisch aus, doch sein biederes, rundes Gesicht hatte, seit wir uns in diesen fremden Gewässern befanden, einen verdutzten Ausdruck.

»Verzeihung, Mr. Holly«, sagte er und tippte an seinen Hut, der ihm im Genick saß, »ich hätte eine Frage. Wir haben doch unsere Gewehre und all unsere Sachen und den Proviant hinten im Walboot – wäre es nicht gut, wenn ich dort schliefe? Die Blicke dieser schwarzen Burschen« – er senkte seine Stimme zu einem besorgten Flüstern – »gefallen mir gar nicht; sie scheinen alle Halunken zu sein. Was, wenn einige nachts ins Boot schlüpften und das Tau durchschnitten und damit verschwänden? Das wäre eine schöne Bescherung!«

Das Walboot hatten wir uns, wie ich erwähnen muß, eigens auf einer Werft in Dundee in Schottland bauen lassen. Wir hatten es mitgenommen, weil wir wußten, daß diese Küste von vielen kleinen Flußarmen durchzogen war, und damit rechneten, sie befahren zu müssen. Es war ein schönes Boot, dreißig Fuß lang, mit einer Vorrichtung zum Anbringen des Segels in der Mitte, einem kupferbeschlagenen Boden, um die Würmer fernzuhalten, und wasserdichten Abteilungen. Der Kapitän der Dhau hatte uns gesagt, daß er an dem ihm bekannten Felsen, welcher der auf der Scherbe und von Leos Vater beschriebene zu sein schien, wahrscheinlich infolge der Untiefen und der starken Brandung nicht würde landen können. Wir hatten deshalb an diesem Morgen eine Windstille dazu genutzt, die meisten unserer Sachen auf das Walboot zu bringen und Gewehre, Munition und Proviant in den dafür bestimmten wasserdichten Verschlägen zu verstauen, so daß wir, wenn der legendäre Felsen auftauchte, nur in das Boot zu steigen und damit an Land überzusetzen brauchten. Ein weiterer Grund für diese Vorsichtsmaßnahme war, daß arabische Kapitäne aus Nachlässigkeit oder infolge falscher Berechnungen häufig das angesteuerte Ziel verfehlen, und jeder Seemann weiß, daß eine Dhau mit ihrer besonderen Takelung nur vor dem Monsun herlaufen, doch nicht gegen ihn ankämpfen kann. Deshalb hatten wir uns darauf vorbereitet, jederzeit in das Boot steigen und zu dem Felsen hinüberrudern zu können.

»Ja, Job«, sagte ich, »das wäre vielleicht nicht schlecht, Decken sind genug da. Leg dich aber nicht so hin, daß dich der Mond bescheint und dir den Kopf verdreht oder dich blendet.«

»Ach Sir, ich glaube nicht, daß das viel ausmachen würde; vom Anblick dieser schwarzen Halunken ist er schon verdreht genug. Die sind nur für den Misthaufen gut. Stinken tun sie jedenfalls genug dafür.«

Job war, wie man sieht, kein Bewunderer der Sitten und Gebräuche unserer schwarzen Brüder.

Wir zogen also das Boot am Tau dicht heran, bis es direkt unter dem Heck der Dhau lag, und Job sprang mit der Grazie eines plumpsenden Kartoffelsacks hinein. Wir gingen zurück, setzten uns wieder aufs Deck und rauchten und plauderten dies und das. Die Nacht war so herrlich, und uns erfüllte eine solche Spannung, daß wir nicht die geringste Lust verspürten, uns schlafen zu legen. So saßen wir fast eine Stunde, und dann müssen wir wohl eingenickt sein. Ich erinnere mich nur noch schwach, daß Leo mir schlaftrunken erklärte, am besten erlege man einen Büffel, indem man ihn in den Kopf schieße, zwischen die Hörner oder so, daß ihm die Kugel mitten durch die Kehle fahre, und dergleichen Unsinn ...

Dann weiß ich nichts mehr – und plötzlich ein furchtbarer Windstoß, ein Schreckensschrei der auffahrenden Mannschaft und eine Woge, die auf unsere Köpfe niederpeitschte. Einige Männer eilten an die Halyards, um das Segel einzuholen, doch es gelang ihnen nicht. Ich sprang auf und klammerte mich an ein Tau. Der Himmel hinter uns war kohlschwarz, doch vor uns strahlte der Mond und erhellte die Finsternis. In seinem Schein raste eine riesige Sturzwelle auf uns zu, über zwanzig Fuß hoch, die schäumende Gischt weiß im Mondlicht schimmernd. Plötzlich sah ich, wie die schwarze Silhouette des Walbootes auf dem Kamm der zusammenbrechenden Woge hoch emporschwebte. Dann ein Wasserschwall, das wilde Rauschen der kochenden Gischt, und ich klammerte mich mit aller Kraft an das Tau, hing daran wie eine vom Sturm gepeitschte Fahne.

Dann verlief sich die Woge, die über uns hinweggegangen war. Mir schien es, als sei ich Minuten unter Wasser gewesen – dabei waren es nur Sekunden. Ich blickte nach vorn. Das Großsegel hatte sich losgerissen und flatterte hoch in der Luft wie ein riesiger verwundeter Vogel. Einen Augenblick herrschte Stille, und ich hörte, wie Job verzweifelt schrie: »Kommt hierher ins Boot!«

Obwohl halb betäubt, hatte ich doch genug Besinnung, zum Heck zu stürzen. Ich spürte, wie die Dhau unter mir sank – sie war voll Wasser. Unter ihr schwankte das Walboot wild hin und her, und ich sah, wie Mahomed, der arabische Steuermann, hineinsprang. Verzweifelt zerrte ich an dem Tau, um das Boot näher heranzubringen; dann sprang auch ich und rollte, von Job an einem Arm aufgefangen, über den Boden des Bootes. Die Dhau versank rasch in der Tiefe. Mahomed zog im letzten Moment sein krummes Messer, kappte das Tau, das uns mit ihr verband, und wir sausten, vom Sturm getrieben, über die Stelle, wo eben die Dhau noch gewesen war.

»Großer Gott«, schrie ich, »wo ist Leo? Leo! Leo!«

»Er ist ertrunken, Sir, Gott sei ihm gnädig!« brüllte

mir Job ins Ohr, doch in der rasenden Bö klang es wie ein leises Flüstern.

In tiefster Pein rang ich die Hände. Leo ertrunken, und ich am Leben, ihn zu betrauern!

»Achtung«, schrie Job, »da kommt noch eine!«

Ich drehte mich um; eine zweite riesige Woge brach über uns herein. Fast hoffte ich, in ihr umzukommen. Wie gebannt blickte ich ihr entgegen. Der Mond war jetzt von Wolkenfetzen fast verdeckt, doch sein Licht reichte aus, auf ihrem Kamm etwas Dunkles zu erkennen – einen Teil des Wracks, wie mir schien. Jetzt schlug sie über uns zusammen und füllte das Boot fast bis zum Rand mit Wasser. Doch dank der wasserdichten Abteile – der Himmel segne ihren Erfinder! – richtete es sich wieder auf wie ein Schwan. Durch die Gischt sah ich das schwarze Etwas auf der Woge auf mich zustürzen. Ich hob den rechten Arm, um es abzuwehren, und da schloß sich meine Hand um einen andern Arm, um ein Handgelenk, das ich mit aller Kraft umklammerte. Obwohl ich sehr kräftig bin, drohten das Gewicht und der Druck des treibenden Körpers mir fast den Arm auszurenken, und hätte die Sturzsee sich noch zwei Sekunden länger über uns ergossen, so hätte ich loslassen müssen oder wäre mitgerissen worden. Doch sie ging schnell vorbei, und wir standen bis zu den Knien im Wasser.

»Ausschöpfen! Ausschöpfen!« schrie Job und machte sich unverzüglich ans Werk.

Ich konnte mich jedoch nicht sogleich ans Ausschöpfen machen, denn in diesem Augenblick fiel ein letzter Strahl des hinter Wolken verschwindenden Mondes auf das Gesicht des Mannes, den ich gepackt hatte und der jetzt, halb schwimmend, auf dem Boden des Bootes lag.

Es war Leo! Die Woge hatte Leo zurückgebracht – tot oder lebendig, zurück aus den Klauen des Todes.

»Ausschöpfen!« schrie Job immer noch. »Sonst kentern wir!«

Ich ergriff ein großes Zinngefäß, das unter einem der Sitze angebracht war, und wir schöpften zu dritt aus Leibeskräften. Der Sturm fegte über uns hinweg und schleuderte das Boot hin und her, und der Wind und die salzige Gischt blendeten und verwirrten uns, doch wir arbeiteten mit der wilden Lust der Verzweiflung. Eine Minute! Drei Minuten! Sechs Minuten! Langsam hob das Boot sich aus dem Wasser, und zum Glück brach keine weitere Woge über uns herein. Nach weiteren fünf Minuten war das Boot wieder einigermaßen klar. Plötzlich aber übertönte das schreckliche Geheul des Orkans ein dumpferes, tieferes Brausen. Großer Gott! Es war die Stimme der Brandung!

In diesem Augenblick trat hinter der Bö der Mond wieder aus den Wolken hervor. Weit vor uns, jenseits des aufgewühlten Ozeans, fielen seine Strahlen auf einen dünnen Schaumstreifen, und dahinter sahen wir ein kurzes Stück gähnenden Dunkels, dem ein zweiter weißer Streifen folgte. Es war die Brandung, und ihr Tosen wurde immer lauter und klarer, während wir wie eine Schwalbe auf sie zuschossen. Kochend und schäumend lag sie vor uns wie ein Höllenrachen.

»Ans Steuer, Mahomed!« schrie ich auf arabisch. »Wir müssen durch!« Zugleich ergriff ich ein Ruder und bedeutete Job, es mir gleichzutun.

Mahomed kletterte nach hinten und packte das Steuer, und Job, der manchmal auf einem Fluß in der Heimat mit einem Boot gefahren war, steckte sein Ruder ins Wasser. In der nächsten Minute richtete sich der Bug des Bootes auf die Schaummassen, denen wir uns mit der Schnelligkeit eines Rennpferdes näherten. An der Stelle, auf die wir zurasten, schien die erste Brandungslinie etwas schmaler zu sein als rechts und links davon – anscheinend war dort eine Rinne mit tieferem Wasser. Ich drehte mich um und deutete darauf.

»Steure gut, Mahomed!« schrie ich. »Es geht um unser Leben!« Der Araber, ein geschickter, mit den Tücken dieser gefährlichen Küste wohlvertrauter Steuermann, umklammerte fest das Steuer, beugte sich weit vor und starrte mit weitaufgerissenen Augen auf das Höllengebrodel. Der Sog trieb den Bug des Bootes nach Steuerbord. Wenn wir fünfzig Meter rechts von der tieferen Stelle in die Brandung gerieten, waren wir verloren. Mahomed stemmte einen Fuß gegen den Sitz vor sich, und ich sah, wie seine braunen Zehen sich wie eine Hand spreizten, als er mit aller Kraft das Ruder herumriß. Das Boot machte eine kleine Schwenkung, doch sie reichte nicht aus. Ich brüllte Job zu, er solle Wasser schöpfen, während ich an meinem Ruder zerrte. Endlich gehorchte das Boot – keine Sekunde zu früh.

Himmel, wir waren mittendrin! Es folgten Minuten nervenzerreißender Aufregung, die sich nicht schildern lassen. Ich entsinne mich nur noch eines brüllenden Schaumgebirges, aus dem da und dort Wellen emporstiegen wie Rachegeister aus ihrem Ozeangrab. Einmal wurden wir rundherum gewirbelt, doch entweder durch einen glücklichen Zufall oder durch Mahomeds geschicktes Steuern kam das Boot wieder in die richtige Lage, bevor eine Sturzwelle über uns zusammenschlug – ein wahres Ungeheuer. Wir rasten unter ihr hindurch, und dann schossen wir unter einem wilden Freudenschrei des Arabers über das verhältnismäßig glatte Wasser zwischen den beiden Brandungen.

Indessen war das Boot bereits wieder halb voll Wasser, und kaum eine halbe Meile vor uns erhob sich die zweite Brandungswelle. Wieder machten wir uns daran, mit allen Kräften das Wasser auszuschöpfen. Glücklicherweise hatte der Sturm nachgelassen, und im hellen Mondschein erblickten wir ein über eine halbe Meile weit ins Meer hineinragendes Vorgebirge, dessen unter Wasser befindlicher Teil die Ursache dieser zweiten Brandungslinie zu sein schien. Das Ende dieses Vorgebirges bildete eine etwa eine Meile von uns entfernte Felskuppe. Gerade als wir das Boot zum zweitenmal einigermaßen klar gemacht hatten, schlug Leo zu meiner ungeheuren Erleichterung die Augen auf und murmelte benommen, seine Kleider seien vom Bett gefallen, und es sei an der Zeit, sich fertigzumachen, um zur Kirche zu gehen. Ich sagte ihm, er solle die Augen wieder schließen und sich ganz ruhig verhalten, was er, ohne von unserer gefährlichen Lage etwas zu bemerken, sofort tat. Mich erfüllte seine Bemerkung über die Kirche mit wildem Heimweh nach meiner gemütlichen Wohnung in Cambridge. Wie hatte ich nur so töricht sein können, sie zu verlassen!

Doch jetzt näherten wir uns wieder der Brandung, wenn auch mit verminderter Geschwindigkeit, denn der Wind hatte nachgelassen, und wir wurden nur noch von der Strömung oder der Flut getrieben – wie sich später herausstellte, war es die Flut.

Eine Minute später waren wir unter lautem Allahgeschrei des Arabers, einem Stoßgebet von mir und Jobs Flüchen wieder mitten darin. Das schreckliche

Schauspiel wiederholte sich, wenn auch diesmal nicht ganz so heftig, und Mahomeds geschicktes Steuern und die wasserdichten Abteile retteten uns das Leben. Binnen fünf Minuten waren wir durch und wurden, da wir vor Erschöpfung nichts weiter tun konnten, als ungefähr den Kurs des Bootes zu halten, mit beängstigender Schnelligkeit um das vorhin erwähnte Vorgebirge herumgetrieben.

Wir waren schon auf seiner anderen Seite, als unsere Geschwindigkeit plötzlich nachließ und wir schließlich fast ganz zum Stehen kamen. Wir schienen in einem toten Gewässer zu sein. Der Sturm hatte sich gänzlich gelegt und einen klaren, blauen Himmel hinterlassen. Der durch den Sturm hervorgerufene schwere Seegang brach sich an dem Vorgebirge, und die Flut, die so wild den Fluß hinaufgeströmt war – wir befanden uns jetzt in einer Flußmündung –, hatte ihre Kraft verloren. Während wir so ruhig dahintrieben, schöpften wir, bevor der Mond unterging, das Wasser aus dem Boot und richteten es wieder her, so gut es ging. Leo schlief fest, und ich hielt es für das klügste, ihn nicht zu wecken. Zwar waren seine Kleider durchnäßt, doch die Nacht war jetzt so warm, daß dies nach meiner – und Jobs – Ansicht einem Mann von so robuster Konstitution nicht schaden konnte. Überdies hatten wir ja auch keine trockenen zur Hand.

Der Mond ging jetzt unter, und wir trieben langsam weiter auf dem Wasser dahin und hatten endlich Muße, über das Erlebte und Überstandene nachzudenken. Job saß am Bug, Mahomed blieb auf seinem Posten am Steuer, und ich nahm in der Mitte des Bootes neben Leo Platz.

Langsam ging in keuscher Lieblichkeit der Mond

unter; er verschwand wie eine süße Braut, die sich in ihr Gemach zurückzieht, und lange Schatten verhüllten den Himmel wie ein Schleier, durch den zaghaft die Sterne blinzelten. Bald jedoch verblaßten auch sie vor der Helligkeit, die im Osten emporstieg. Immer ruhiger wurde die See, ruhig wie der zarte Nebel, der über ihr hing. Von Osten nach Westen eilten die Engel der Dämmerung, von Meer zu Meer, von Berg zu Berg, mit vollen Händen ihr Licht ausstreuend. Klar und herrlich entstiegen sie der Finsternis wie die Geister der Gerechten dem Grabe, schwebten über die ruhige See und die Küste, über die Sümpfe dahinter und die Berge darüber, über Menschen, die in Frieden schliefen und in Sorge wachten, über die Bösen und über die Guten, über die Lebenden und über die Toten, über die ganze weite Welt und alles, was auf ihr atmet oder einstmals geatmet hat.

Es war ein erhabener, wunderschöner Anblick, und dennoch stimmte er, vielleicht des Übermaßes an Schönheit wegen, traurig. Aufgang und Untergang der Sonne – Symbol des Werdens und Vergehens alles Menschlichen! Nie empfand ich dies so klar und eindringlich wie an diesem Morgen. Die Sonne, die heute für uns aufging, war gestern abend für achtzehn unserer Mitreisenden untergegangen – auf ewig untergegangen für achtzehn Menschen, die wir kannten!

Mit ihnen war die Dhau versunken, und sie trieben nun dahin zwischen Klippen und Seetang, menschliches Treibgut im großen Ozean des Todes! Nur wir vier hatten überlebt. Doch eines Tages, wenn die Sonne aufgeht, werden wir unter den Verlorenen sein, und andere werden diese herrlichen Strahlen betrachten und inmitten all der Schönheit in Traurigkeit versinken und angesichts des glanzvoll erwachenden Lebens des Todes gedenken.

Denn dies ist Menschenlos.

5

Der Kopf des Aethiopiers

Endlich hatten die Herolde und Vorläufer der Sonnenkönigin ihr Werk getan und die Schatten in die Flucht gejagt. Nun erhob sie sich strahlend aus ihrem Meeresbett und überflutete die Erde mit Licht und Wärme. Ich saß im Boot, lauschte dem leisen Plätschern des Wassers und sah zu, wie die Sonne aus dem Meer stieg, als sich unversehens die Felskuppe am Ende des von uns unter so großer Gefahr umschifften Vorgebirges zwischen mich und das majestätische Bild schob und es meinem Blick entzog. Ich starrte, tief in Gedanken versunken, weiter vor mich hin, bis plötzlich mein Blick auf die sich scharf vom hellen Himmel abhebenden Umrisse der Felskuppe fiel und ich zusammenzuckte, denn ich bemerkte, daß die Spitze des Felsens, der etwa achtzig Fuß hoch war und an seiner Basis hundertfünfzig Fuß Umfang haben mochte, wie ein Negerkopf geformt war, dessen Gesicht einen teuflischen, schreckenerregenden Ausdruck hatte. Es gab keinen Zweifel; klar hoben sich die wulstigen Lippen, die dicken Backen und die platte Nase von dem glühenden Hintergrund ab. Und da war auch der runde Schädel, dem wohl Wind und Wetter in Tausenden von Jahren seine Gestalt verliehen hatten, und um die Ähnlichkeit zu vollenden, wucherte darauf ein Gestrüpp von Unkraut oder Flechten, das dem Kraushaar eines riesigen Negers glich. Es war ein überaus seltsames Bild; so seltsam, daß ich heute annehme, es handle sich nicht um eine Laune der Natur, sondern um ein gigantisches Denkmal wie die ägyptische Sphinx, das ein vergessenes Volk aus dem Felsen schlug, vielleicht zur Abschreckung von Feinden, die sich von der See her näherten. Leider gelang es uns nicht festzustellen, ob dies der Fall war, denn der Felsen war sowohl von der Land- wie von der Wasserseite her sehr schwer zugänglich, und wir hatten auch Wichtigeres zu tun. Ich persönlich bin angesichts dessen, was wir später sahen, der Meinung, daß er von Menschenhand geformt wurde, doch wie dem auch sein mag – er steht dort und starrt düster von Jahrhundert zu Jahrhundert hinaus aufs Meer. Er stand dort schon vor zweitausend und mehr Jahren, als Amenartas, die ägyptische Prinzessin und Gemahlin von Leos fernem Vorfahren Kallikrates, sein teuflisches Gesicht erblickte, und ich zweifle nicht daran, daß er dort noch stehen wird, wenn so viele Jahrhunderte, wie zwischen ihrem und unserem Tag liegen, dem Jahr unseres Todes hinzugezählt werden.

»Was sagst du dazu, Job?« fragte ich unseren Diener, der, sich sonnend und düster vor sich hinstarrend, auf dem Bootsrand saß, und deutete auf den unheimlichen Kopf.

»Oh, mein Gott, Sir«, erwiderte Job, der ihn jetzt erst erblickte, »der Teufel selbst muß dafür Modell gesessen haben.«

Ich lachte und weckte damit Leo auf.

»Nanu«, sagte er, »was ist denn mit mir los? Ich bin ja ganz steif – wo ist die Dhau? Gebt mir doch bitte einen Kognak.«

»Sei froh, daß du nicht noch steifer bist, mein Junge«, antwortete ich. »Die Dhau ist untergegangen, und alle anderen, bis auf uns vier, sind ertrunken. Und du wurdest nur durch ein Wunder gerettet.« Und während Job in einem Spind nach dem Kognak suchte, berichtete ich ihm von unserem nächtlichen Abenteuer.

»Großer Gott!« sagte er leise. »Kaum zu glauben, daß gerade wir dazu auserkoren wurden, zu überleben!«

Job brachte die Kognakflasche, und wir taten alle einen tiefen Zug daraus. Auch die Sonne gewann jetzt an Kraft und durchwärmte unsere starren Glieder, wofür wir sehr dankbar waren, denn immerhin waren wir nun seit über fünf Stunden völlig durchnäßt.

»Sieh da«, sagte Leo, als er tief aufatmend die Flasche vom Mund nahm, »da ist ja dieser Kopf, von dem die Inschrift auf der Scherbe spricht, der ›wie der Kopf eines Äthiopiers geformte Felsen‹.«

»Ja«, sagte ich, »da ist er.«

»Ausgezeichnet«, erwiderte er. »Dann ist auch alles andere wahr.«

»Ich bin nicht so sicher, daß man dies daraus schließen kann«, sagte ich. »Daß dieser Kopf hier ist, wußten wir ja; denn dein Vater hat ihn gesehen. Höchstwahrscheinlich ist es aber nicht derselbe Kopf, von dem auf der Scherbe die Rede ist; und selbst wenn er es wäre, so würde das nichts beweisen.«

Leo lächelte überlegen. »Du bist ein ungläubiger Thomas, Onkel Horace«, sagte er. »Nun, wir werden ja sehen.«

»Das meine ich auch«, antwortete ich. »Doch jetzt richte bitte deine Aufmerksamkeit auf jene Sandbank, über die wir in die Flußmündung treiben. Nimm dein Ruder, Job. Wir wollen hineinrudern und uns nach einem Platz zum Landen umsehen.«

Die Flußmündung, in der wir uns jetzt befanden, schien nicht sehr breit zu sein, doch infolge der langen Nebelschwaden, die immer noch über ihren Ufern hingen, konnten wir ihre genauen Ausmaße nicht erkennen. Wie in den meisten ostafrikanischen Flußmündungen befand sich auch in dieser eine ausgedehnte Sandbank, die zweifellos bei Landwind oder Ebbe selbst für Boote mit sehr niedrigem Tiefgang unpassierbar war. Uns behinderte sie jedoch kaum, und wir gelangten leicht über sie hinweg. In etwa zwanzig Minuten hatten wir es geschafft und wurden von einem starken, wenn auch etwas veränderlichen Wind weiter stromauf getrieben. Mittlerweile hatte die heiß herniederbrennende Sonne den Nebel verscheucht, und wir sahen, daß die Flußmündung an dieser Stelle etwa eine halbe Meile breit war. Die beiden Ufer waren sumpfig und wimmelten von Krokodilen, die regungslos wie Baumstämme im Schlamm lagen. Ungefähr eine Meile vor uns entdeckten wir jedoch einen Streifen festen Landes, auf den wir zusteuerten. Nach einer weiteren Viertelstunde erreichten wir ihn und banden das Boot an einen schönen Baum, der breite, glänzende Blätter und magnolienartige Blüten hatte, nur daß sie nicht weiß, sondern rötlich[1] waren. Wir stiegen an Land, zogen uns aus, wuschen uns und breiteten unsere Kleider sowie den Inhalt des Bootes in der Sonne zum Trocknen aus. Sodann ließen wir uns im Schatten einiger Bäume nieder, bereiteten uns aus den

[1] Es gibt eine Magnolienart mit rötlichen Blüten – die in Sikkim heimische Magnolia Campbelli. – Der Herausgeber.

Büchsen mit eingemachter Zunge, von denen wir einen ansehnlichen Vorrat besaßen, ein kräftiges Frühstück und beglückwünschten uns, daß wir am Tag zuvor, ehe der Orkan die Dhau zerstörte, unsere Sachen und den Proviant in das Walboot umgeladen hatten. Als wir mit dem Essen fertig waren, schlüpften wir in unsere indessen getrockneten Kleider und fühlten uns wie neugeboren. Sieht man von unserer Müdigkeit und einigen Schrammen ab, so hatten wir das schreckliche Abenteuer, das unsere Gefährten das Leben kostete, heil überstanden. Leo war zwar halb ertrunken, doch für einen kräftigen jungen Mann von fünfundzwanzig Jahren ist das keine große Sache.

Nach dem Frühstück hielten wir Umschau. Wir befanden uns auf einem zweihundert Meter breiten und fünfhundert Meter langen Streifen trockenen Landes, der auf der einen Seite vom Fluß und auf der anderen, so weit das Auge reichte, von endlosen, öden Sümpfen begrenzt war. Dieser Landstreifen war etwa fünfundzwanzig Fuß höher als der Fluß und die ihn umgebenden Sümpfe, und es sah fast so aus, als sei er von Menschenhand angelegt.

»Dies war einst ein Landeplatz für Schiffe«, sagte Leo mit Bestimmtheit.

»Unsinn«, erwiderte ich. »Wer wäre denn so töricht, inmitten dieser schrecklichen Sümpfe in einem – falls überhaupt – von Wilden bewohnten Land einen Landeplatz zu bauen?«

»Vielleicht waren hier nicht immer Sümpfe, und vielleicht haben hier nicht immer Wilde gelebt«, sagte er trocken und blickte das steile Ufer hinab. »Sieh dir das an«, fuhr er fort und deutete auf eine Stelle, wo der Orkan der vergangenen Nacht einen Magnolienbaum entwurzelt und ein großes Stück Erde aus dem Ufer herausgerissen hatte. »Ist das nicht Mauerwerk? Wenn nicht, so sieht es doch ganz ähnlich aus.«

»Unsinn«, sagte ich wiederum, kletterte jedoch mit ihm zu der Stelle hinunter, und wir traten zwischen die herausgerissenen Wurzeln und das Ufer.

»Nun?« sagte er.

Diesmal gab ich keine Antwort, sondern pfiff nur leise durch die Zähne, denn an dem Fleck, wo die Erde sich gelöst hatte, sah man deutlich solides Mauerwerk aus mit braunem Zement verbundenen Steinblöcken, und der Zement war so hart, daß er sich mit der Feile meines Jagdmessers nicht ritzen ließ. Doch das war noch nicht alles; irgend etwas schimmerte durch die Erde am unteren Rand des Mauerwerks, und als ich die Erde wegschob, kam ein riesiger Steinring zum Vorschein, der etwa einen Fuß im Durchmesser maß und ungefähr drei Zoll dick war. Ich war sprachlos.

»Meinst du nicht auch, Onkel Horace, daß dies einmal ein Anlegeplatz war, an dem recht große Schiffe festgemacht haben?« sagte Leo grinsend.

Diesmal blieb mir mein »Unsinn« in der Kehle stecken – der Ring sagte genug. In fernen Zeiten mußten hier wirklich Schiffe gelegen haben, und diese Steinmauer war zweifellos der Rest eines massiven Kais. Vermutlich lag die dazugehörige Stadt unter den Sümpfen begraben.

»Es scheint fast, als ob an der Geschichte doch etwas dran ist, nicht wahr, Onkel Horace?« sagte Leo triumphierend. Ich dachte an den mysteriösen Negerkopf und ging nicht darauf ein.

»Gewiß«, sagte ich, »gibt es in einem Land wie Afrika mancherlei Überreste längst versunkener und vergessener Kulturen. Niemand kennt das Alter der ägyptischen Kultur, die sich sicherlich weit ins Innere des Landes ausgebreitet hat. Außerdem gab es die Babylonier und Phönizier und Perser und viele andere mehr oder weniger kultivierte Völker, ganz zu schweigen von den Juden, die heute in der ganzen Welt verstreut sind. Möglicherweise hatte eines dieser Völker hier Kolonien oder Handelsniederlassungen. Denke doch an die versunkenen persischen Städte bei Kilwa, die uns neulich der Konsul zeigte.«[1]

»Ganz recht«, sagte Leo, »aber vorhin hast du etwas völlig anderes gesagt.«

»Schön – aber was wollen wir jetzt anfangen?« fragte ich, das Thema wechselnd.

Leo schwieg, und wir gingen zum Rand des Sumpfes und sahen uns dort ebenfalls um. Er schien grenzenlos, und hier und dort flatterten aus ihm ungeheure Schwärme wilder Wasservögel der verschiedensten Art auf, die zuweilen fast den Himmel verdunkelten. Die Sonne stand jetzt hoch am Firmament, und in der

[1] Bei Kilwa an der ostafrikanischen Küste, etwa vierhundert Meilen von Sansibar, befindet sich ein vor einigen Jahren vom Meer freigelegtes Riff. An der Spitze dieses Riffs liegen persische Gräber, die nach den Daten ihrer noch lesbaren Inschriften mindestens siebenhundert Jahre alt sind. Unter diesen Gräbern liegt ein großes Trümmerfeld, das die Reste einer Stadt darstellt. In noch größerer Tiefe befindet sich ein zweites, eine noch ältere Stadt darstellendes Trümmerfeld, und noch tiefer ein drittes, bei dem es sich um die Reste einer unsagbar alten Stadt handelt. Unter dieser untersten Stadt wurden kürzlich glasierte Tongefäße gefunden, wie sie heute noch bei den Eingeborenen jener Gegend in Gebrauch sind. – Der Herausgeber.

Hitze stiegen dünne, widerliche Wolken giftiger Dünste von der Oberfläche des Sumpfes und den schaumbedeckten trägen Tümpeln auf.

»Zweierlei ist klar«, sagte ich zu meinen drei Gefährten, die angewidert das Schauspiel betrachteten, »erstens, daß wir durch diesen Sumpf nicht hindurchkommen, und zweitens, daß wir, falls wir hierbleiben, am Fieber sterben werden.«

»Das ist klar wie Tinte, Sir«, sagte Job.

»Gut, dann gibt es also nur zwei Möglichkeiten. Entweder kehren wir um und versuchen, mit unserem Boot irgendeinen Hafen anzulaufen, was allerdings ein ziemlich riskantes Unternehmen wäre, oder wir segeln oder rudern weiter stromauf und warten ab, wohin wir kommen.«

»Ich weiß nicht, was ihr vorhabt«, sagte Leo entschlossen, »– ich jedenfalls fahre den Fluß hinauf.«

Job verdrehte die Augen und stöhnte, und der Araber murmelte ebenfalls stöhnend »Allah«. Was mich betrifft, so bemerkte ich gelassen, daß es in unserer Lage ganz gleich sei, wohin wir gingen. Doch in Wirklichkeit brannte ich nicht weniger darauf, die Reise fortzusetzen, als Leo. Der riesige Negerkopf und der steinerne Anlegeplatz hatten derart meine Neugier angeregt, daß ich fest entschlossen war, sie um jeden Preis zu befriedigen. So bestiegen wir denn wieder unser Boot, verstauten alles, richteten den Mast auf, legten unsere Gewehre bereit und setzten unsere Fahrt fort. Glücklicherweise wehte der Wind vom Meer landeinwärts, so daß wir das Segel hissen konnten. Wie wir später herausfanden, wehte der Wind meistens bei Tagesanbruch einige Stunden lang landeinwärts und bei Sonnenuntergang seewärts, was ich mir nur so erklären kann, daß, wenn die Erde durch den Tau und die Nacht abgekühlt war, die heiße Luft nach oben stieg und der Wind vom Meer hereindrang, bis die Sonne auch ihn erwärmt hatte.

Unter Ausnützung dieses günstigen Windes segelten wir drei oder vier Stunden lang rasch stromauf. Einmal stießen wir auf eine Herde Flußpferde, die sich aufrichteten und uns so schrecklich anbrüllten, daß es Job und, wie ich gestehen muß, auch mir angst und bange wurde. Es waren die ersten Flußpferde, die wir gesehen hatten, und nach ihrer Neugier waren wir auch die ersten weißen Menschen, die sie zu Gesicht bekamen. Ein oder zwei Mal fürchtete ich fast, sie würden zu uns ins Boot kommen, um ihre Neugier zu stillen. Leo wollte auf sie schießen, doch ich brachte ihn davon ab, denn ich fürchtete die Folgen. Wir sahen auch Hunderte von Krokodilen, die sich am schlammigen Ufer sonnten, und aber Tausende von Wasservögeln. Wir erlegten einige davon, darunter eine Wildgans, die außer scharfen Sporen an den Flügeln auch zwischen den Augen einen dreiviertel Zoll langen Sporn hatte. Wir schossen keine zweite dieser Art, und so weiß ich nicht, ob es sich um eine Laune der Natur oder um eine besondere Spezies handelte. Job gab ihr den Namen ›Einhorngans‹.

Gegen Mittag wurde es unerträglich heiß, und aus den Sümpfen, die den Fluß säumten, stieg ein so gräßlicher Gestank auf, daß wir sogleich zur Vorsicht eine tüchtige Portion Chinin schluckten. Bald darauf flaute der Wind gänzlich ab, und da nicht daran zu denken war, unser schweres Boot in der Hitze gegen den Strom zu rudern, waren wir froh, am Ufer eine Gruppe weidenartiger Bäume zu entdecken. Wir legten uns in den Schatten darunter und ruhten uns, nach Luft schnappend, aus, bis der Sonnenuntergang unserer Qual ein Ende bereitete. Weiter stromauf sahen wir eine weite Wasserfläche, und wir beschlossen, erst einmal dorthin zu rudern und uns dann zu überlegen, wie wir die Nacht verbringen sollten. Gerade als wir das Boot losmachen wollten, kam jedoch in etwa fünfzig Meter Entfernung ein schöner Wasserbock mit großen, nach vorn gekrümmten Hörnern und einem weißen Streifen auf dem Rücken an den Fluß, um zu trinken. Trotz unserer Nähe bemerkte er uns nicht. Leo erblickte ihn zuerst, und als passionierter Jäger, der schon seit Monaten darauf versessen war, solch ein edles Wild vor die Flinte zu bekommen, richtete er sich sofort auf und verharrte reglos wie ein Jagdhund. Ich reichte ihm sein Jagdgewehr und ergriff auch das meine.

»Los«, flüsterte ich, »aber schieß ja nicht vorbei.«

»Vorbei!« erwiderte er flüsternd. »Das könnte ich nicht einmal, wenn ich wollte.«

Er legte an, und der rotbraune Bock, der sich inzwischen sattgetrunken hatte, hob den Kopf und blickte über den Fluß. Er stand auf einer kleinen Anhöhe, die sich durch den Sumpf zog und anscheinend gern vom Wild benützt wurde, und hob sich von dem roten Abendhimmel ab. Es war ein wunderbares Bild, und ich glaube, daß ich diesen faszinierenden Anblick, selbst wenn ich hundert Jahre alt werde, nie vergesse. Rechts und links breiteten sich unabsehbare, tödliche Dünste verströmende Sümpfe aus, da und dort von Tümpeln schwarzen, unbewegten Wassers unterbrochen, die wie Spiegel die roten Strahlen der untergehenden Sonne zurückwarfen. Hinter und vor uns wälzte sich träge der Fluß dahin, auf eine schilfumsäumte Lagune zu, auf deren Oberfläche eine sanfte Brise mit den langen Abendschatten spielte. Im Westen hing der riesige rote Feuerball der Sonne, der eben hinter dem dunstigen Horizont versank und den weiten Himmel, über den Kraniche und Wildvögel dahinzogen, golden und blutigrot färbte. Und inmitten dieser unendlichen Einöde wir – drei moderne Engländer in einem modernen englischen Boot –, und vor uns, klar abgehoben vom Abendhimmel, der edle Bock.

Paff! Mit mächtigen Sätzen eilt er davon. Leo hat ihn verfehlt. Paff! Wieder vorbei. Nun ist die Reihe an mir, doch er flitzt dahin wie ein Pfeil, schon über hundert Meter weit entfernt. Beim Himmel! Er strauchelt und überstürzt sich! »Es scheint, Master Leo, ich habe ein besseres Auge als du«, sage ich und kämpfe gegen den unedlen Jubel an, der in einem so herrlichen Moment selbst in der Brust des wohlerzogensten Sportsmannes aufsteigt.

»Verflucht, ja«, knurrt Leo; doch dann huscht rasch ein Lächeln über sein Gesicht, und er fügt hinzu: »Verzeih, alter Junge. Ich gratuliere dir; es war ein prächtiger Schuß, und die meinen waren nichts wert.«

Wir sprangen aus dem Boot, liefen zu dem Bock und stellten fest, daß die Kugel ihn ins Rückgrat getroffen hatte. Wir brauchten über eine Viertelstunde, um ihn zu reinigen und so viel von dem besten Fleisch herunterzuschneiden, wie wir tragen konnten. Nachdem wir es im Boot verstaut hatten, blieb uns gerade noch genügend Zeit, um zu der Lagune zu rudern, zu welcher sich der Fluß, an dieser Stelle in den Sumpf vorstoßend, erweiterte. Als wir etwa dreißig Faden vom

Ufer Anker warfen, verschwand das Licht. An Land zu gehen, wagten wir nicht, da wir nicht wußten, ob wir trockenen Boden zum Kampieren finden würden, und außerdem fürchteten wir die giftigen Ausdünstungen der Sümpfe, vor denen wir auf dem Wasser sicherlich besser geschützt waren. So entzündeten wir eine Laterne, verspeisten zum Abendbrot wieder eine eingemachte Rindszunge und versuchten sodann zu schlafen, was jedoch, wie wir bald feststellen mußten, unmöglich war. Ob sie durch die Laterne angelockt wurden oder durch den ungewohnten Geruch weißer Männer, auf die sie seit tausend Jahren gewartet hatten, weiß ich nicht; jedenfalls wurden wir plötzlich von Zehntausenden der blutdürstigsten und größten Moskitos, die mir je untergekommen sind, angegriffen. In ganzen Wolken stürzten sie sich auf uns und stachen und summten, bis wir fast verrückt wurden. Tabakqualm schien sie nur noch mehr anzustacheln, und schließlich blieb uns nichts anderes übrig, als uns bis über den Kopf in Decken einzuhüllen und uns schwitzend und kratzend und fluchend ihrer zu erwehren, so gut es ging. Während wir so saßen, ertönte plötzlich wie ein Donnergrollen in der Stille das Brüllen eines Löwen, dem gleich darauf das eines zweiten folgte; anscheinend schlichen die beiden durch das etwa sechzig Meter von uns entfernte Uferschilf.

»Ein Glück«, sagte Leo, seinen Kopf aus der Decke hervorstreckend, »daß wir nicht an Land sind, was, Onkelchen?« (So pflegte Leo mich zuweilen in seiner respektlosen Art zu nennen.) »Verdammt! Ein Moskito hat mich in die Nase gestochen«, rief er und zog rasch wieder seinen Kopf ein.

Wenig später ging der Mond auf, und trotz des

Gebrülls, das immer wieder vom Ufer zu uns herüberdrang, schliefen wir, uns völlig in Sicherheit wähnend, allmählich ein.

Was mich veranlaßte, meinen Kopf aus der Decke hervorzustrecken, weiß ich nicht; vielleicht hatte ich bemerkt, daß die Moskitos durch sie hindurchbissen – jedenfalls hörte ich, als ich es tat, Job erschrocken flüstern: »Oh, mein Gott, sehen Sie nur!«

Sofort blickten wir alle auf und gewahrten im Mondschein nahe dem Ufer zwei große, sich immer mehr erweiternde Kreise und in ihrem Mittelpunkt zwei dunkle, sich bewegende Gestalten.

»Was ist das?« fragte ich.

»Diese verdammten Löwen, Sir«, antwortete Job in einem Ton, in dem sich Gekränktsein, Respekt und Angst seltsam mischten. »Sie schwimmen hierher, um uns zu fressen.«

Ich blickte wieder hin – kein Zweifel, ich sah deutlich das Funkeln ihrer wilden Augen. Angelockt durch das Fleisch des erlegten Bockes oder durch uns selbst, schickten die hungrigen Bestien sich tatsächlich an, unsere Stellung zu stürmen.

Leo hatte bereits sein Gewehr ergriffen. Ich riet ihm zu warten, bis sie näher heran waren, und hob ebenfalls mein Gewehr. Gleich darauf erreichte auch schon das erste Tier, die Löwin, eine fünfzehn Fuß von uns entfernte Sandbank, wo das Wasser nur etwa fünfzehn Zoll tief war. Sie schüttelte sich und brüllte laut. In diesem Augenblick feuerte Leo, und die Kugel drang ihr mitten in den offenen Rachen und kam hinten am Hals wieder heraus. Sie sank zusammen und fiel ins hoch aufspritzende Wasser. Gleich dahinter kam der andere Löwe, ein voll ausgewachsenes Männchen. Er setzte eben die Vorderpranken auf die Sandbank, als etwas Seltsames geschah. Etwas bewegte sich im Wasser, so daß es aussah, wie wenn in einem englischen Teich ein Hecht einen kleineren Fisch verschlingt, nur tausendmal heftiger und wilder, und plötzlich stieß der Löwe ein fürchterliches Gebrüll aus und sprang, etwas Schwarzes hinter sich her ziehend, auf die Sandbank.

»Allah!« schrie Mahomed, »ein Krokodil hat ihn am Bein gepackt!« Er hatte recht. Wir sahen den langen Rachen mit den schimmernd weißen Zähnen und dahinter den Körper des Krokodils.

Und dann folgte ein ganz außerordentliches Schauspiel. Der Löwe erklomm die Sandbank ganz, während das halb darauf, halb im Wasser liegende Krokodil sein Hinterbein festhielt. Er brüllte, daß die Luft von dem Geräusch erzitterte, und dann drehte er sich mit einem wilden Knurren um und umklammerte mit seinen Pranken den Kopf des Krokodils. Das Krokodil, dem er, wie wir später feststellten, ein Auge ausgerissen hatte, ließ das Bein los und drehte sich auf die Seite, und im gleichen Moment biß es der Löwe in die Kehle, und sie wälzten sich, schrecklich miteinander ringend, auf der Sandbank. Es war unmöglich, ihren Bewegungen zu folgen, doch als sich uns wieder ein klareres Bild bot, hatte sich das Blatt gewendet: das Krokodil, dessen Kopf nur noch eine einzige blutige Masse war, hatte den Löwen mit eisernem Biß um die Weichen gepackt und schüttelte ihn hin und her. Das gequälte Tier biß, in seinem Todeskampf laut aufbrüllend, um sich, schlug mit seinen Pranken nach dem schuppigen Kopf seines Feindes und zerfetzte mit den Klauen seiner Hinterbeine den weichen Hals des Krokodils.

Ganz plötzlich kam das Ende. Der Kopf des Löwen sank auf den Rücken des Krokodils, und er starb mit schrecklichem Stöhnen, während das Krokodil noch einen Augenblick regungslos dastand und dann langsam, die Zähne immer noch in den Rumpf des Löwen eingegraben, auf die Seite rollte.

Dieses Todesduell war ein zugleich wundervolles und entsetzliches Schauspiel, wie es wohl nur wenige Menschen gesehen haben. Als es zu Ende war, befahlen wir Mahomed Wache zu halten und verbrachten die restliche Nacht so ruhig, wie die Moskitos es uns gestatteten.

6

Ein frühchristlicher Brauch

Am nächsten Morgen erhoben wir uns bei der ersten Dämmerung, säuberten uns, so gut es ging, und rüsteten uns zum Aufbruch. Als es so hell war, daß wir unsere Gesichter erkennen konnten, mußte ich laut auflachen. Jobs feistes, rundliches Gesicht war durch die Moskitostiche zum nahezu doppelten Umfang angeschwollen, und Leo sah nicht viel besser aus. Von uns dreien war ich noch am besten weggekommen, vermutlich infolge der größeren Zähigkeit meiner dunklen Haut und der Tatsache, daß sie größtenteils mit Haaren bedeckt war, denn seit unserer Abreise aus England hatte ich meinen von Natur aus üppigen Bart ungehindert wuchern lassen. Die beiden anderen hingegen waren verhältnismäßig gut rasiert, was dem Feind natürlich ein viel größeres Angriffsfeld geboten hatte. Nur Mahomed hatten die Moskitos gänzlich verschont – wahrscheinlich weil sie in ihm den wahren Gläubigen witterten. Wie oft wünschten wir uns in den nächsten Wochen, so zu riechen wie ein Araber!

Als wir uns, soweit das unsere geschwollenen Lippen zuließen, ausgelacht hatten, war es hell, und vom Meer her wehte eine frische morgendliche Brise, welche die über dem Sumpf hängenden Nebelschwaden zerriß und sie da und dort in großen bauschigen Ballen vor sich her trieb. Wir setzten unser Segel, warfen noch einen Blick auf die toten Löwen und das Krokodil, deren Häute wir leider zurücklassen mußten, da uns die Mittel, sie zu präparieren, fehlten, und verließen die Lagune. Als gegen Mittag der Wind abflaute, entdeckten wir zum Glück einen Fleck trockenen Landes, der sich zum Kampieren eignete. Wir zündeten ein Feuer an und brieten uns zwei wilde Enten und ein Stück Fleisch von dem erlegten Wasserbock. Das restliche Bockfleisch schnitten wir in Streifen und hängten es zum Trocknen in die Sonne, um nach Art der Buren ›Biltong‹ daraus zu machen. Auf diesem trocknen Fleck Land blieben wir bis zum nächsten Morgen und brachten die Nacht natürlich wieder im Kampf mit den Moskitos zu, doch ansonsten ohne Störung. Auch die nächsten ein, zwei Tage vergingen ohne besondere Abenteuer, abgesehen davon, daß wir einen überaus graziösen hornlosen Bock schossen und mancherlei Arten von Wasserlilien in voller Blüte sahen; einige davon waren blau und von besonderer Schönheit, doch kaum eine unversehrt, da es in dieser Gegend zahlreiche weiße Wassermaden mit grünen Köpfen gab, die sich von ihnen nährten.

Am fünften Tage unserer Reise, als wir uns nach meiner Schätzung einhundertfünfunddreißig bis einhundertvierzig Meilen westlich der Küste befanden, hatten wir das erste bedeutsame Erlebnis. An jenem Vormittag gegen elf Uhr legte sich der Wind, und nachdem wir noch ein Stück gerudert waren, machten wir erschöpft an einer Stelle halt, wo unser Fluß sich mit einem anderen von etwa fünfzig Fuß Breite vereinigte. Am Ufer wuchsen einige Bäume, unter denen wir kurz rasteten. Da das Land hier ziemlich trocken war, gingen wir sodann eine kurze Strecke den Fluß entlang, um die Gegend zu erkunden und ein paar Wasservögel zu schießen. Schon nach kaum fünfzig Metern erkannten wir, daß es unmöglich war, mit dem Walboot noch weiter stromauf zu fahren, denn keine zweihundert Meter von der Stelle, wo wir an Land gegangen waren, befand sich eine Reihe von Untiefen und Sandbänken, über denen das Wasser höchstens sechs Zoll maß. Wir waren in eine Wassersackgasse geraten.

Wir machten kehrt und gingen ein Stück das Ufer des anderen Flusses entlang, wobei wir bald aus verschiedenen Anzeichen den Schluß ziehen konnten, daß es sich um gar keinen Fluß, sondern um einen alten Kanal handelte, ähnlich jenem, der oberhalb Mombasas an der Küste von Sansibar den Tana mit dem Ozy verbindet und es den auf dem Tana herabkommenden Schiffen ermöglicht, unter Vermeidung der gefährlichen Sandbank vor der Tanamündung die See zu erreichen. Der Kanal vor uns war offenbar in einem fernen Zeitalter von Menschenhand angelegt worden, woher auch die aufgeworfenen Ufer rührten, die einstmals sicherlich als Treidelpfade gedient hatten. Von wenigen Stellen abgesehen, wo sie ausgehöhlt oder eingestürzt waren, standen diese aus festem Ton bestehenden Ufer im gleichen Abstand voneinander, und auch das Wasser schien überall gleich tief zu sein. Es hatte so gut wie keine Strömung, und so war seine Oberfläche dicht mit schwimmenden Pflanzen bedeckt, zwischen denen Wasservögel, Leguane und anderes Getier schmale Wasserbahnen freigehalten hatten. Da wir auf dem Fluß nicht mehr weiter konnten, gab es für uns nur zwei Möglichkeiten: zu versuchen, den Kanal zu benützen, oder zum Meer zurückzukehren. Hier konnten wir jedenfalls nicht bleiben, wenn wir uns nicht von der Sonne braten, den Moskitos auffressen lassen oder am Sumpffieber zugrunde gehen wollten.

»Nun, ich glaube, wir sollten es wagen«, sagte ich, und die anderen stimmten auf ihre Weise zu – Leo, als hätte ich den besten Witz der Welt gemacht; Job mit höflich unterdrücktem Widerwillen; und Mahomed mit einer Anrufung des Propheten und einer Verwünschung aller Ungläubigen und ihrer Art, zu denken und zu reisen.

So brachen wir denn, als die Sonne schon ziemlich tief am Horizont stand, wieder auf. Etwa eine Stunde lang konnten wir, wenn auch mit großer Mühe, das Boot rudern, doch dann wurden die Wasserpflanzen so dicht, daß wir uns einer höchst primitiven und beschwerlichen Methode bedienen und das Boot schleppen mußten. Zwei Stunden lang mühten Mahomed, Job und ich, den man für stark genug hielt, soviel wie die beiden anderen zu ziehen, uns am Ufer ab, während Leo im Boot saß und mit Mahomeds Messer die Pflanzen, die sich an seinem Bug sammelten, wegstieß. Nach Einbruch der Dunkelheit rasteten wir ein paar Stunden zur Freude der Moskitos, doch um Mitternacht zogen wir, die verhältnismäßige Kühle der Nacht nützend, weiter. Vor Morgengrauen ruhten wir wiederum einige Stunden aus und setzten dann unsere Arbeit fort, bis gegen zehn Uhr vormittags ein Gewitter mit einem fürchterlichen Wolkenbruch auf uns niederging und wir die nächsten sechs Stunden praktisch unter Wasser zubringen mußten.

Ich halte es nicht für nötig, die nächsten vier Tage unserer Reise in allen Einzelheiten zu schildern; es genügt wohl, wenn ich sage, daß sie die gräßlichsten meines ganzen Lebens waren – eine eintönige Folge von Schinderei, Hitze, Mühsal und Moskitoplage. Die ganze Zeit zogen wir durch ein Gebiet scheinbar endloser Sümpfe, und daß wir dem Fieber und dem Tod entgingen, verdankten wir wohl nur der ständigen Einnahme von Chinin und Abführmitteln und unserer ununterbrochenen schweren Arbeit. Am dritten Tag unserer Kanalfahrt erblickten wir einen runden Hügel, der durch die Sumpfnebel schimmerte, und als wir am vierten Abend kampierten, schien dieser Hügel nur noch fünfundzwanzig bis dreißig Meilen entfernt. Wir waren nun völlig erschöpft und glaubten das Boot mit unseren mit Blasen bedeckten Händen keinen Meter weiterziehen zu können. Am liebsten hätten wir uns hingelegt und in dieser entsetzlichen sumpfigen Einöde auf unser Ende gewartet. Es war eine furchtbare Situation, in der sich wohl kaum ein anderer zivilisierter Mensch je befunden hat; und als ich mich im Boot ausstreckte, verfluchte ich, bevor ich in einen Schlaf tiefster Erschöpfung sank, bitterlich die Torheit, die mich veranlaßt hatte, mich an einem so wahnwitzigen Unternehmen, das, wie mir jetzt klar war, nur mit unserem Tod in diesem grausigen Land enden konnte, zu beteiligen. Während ich langsam einschlummerte, stellte ich mir vor, wie unser Boot und seine unglückliche Mannschaft in zwei oder drei Monaten aussehen würden. Mit klaffenden Fugen würde es daliegen, halb voll stinkendem Wasser, das der den Nebel vor sich hertreibende Wind über unsere modernden Gebeine spülte, und das würde das Ende von uns sein, die wir uns anmaßten, einen Mythos zu erforschen und die Rätsel der Natur zu entschleiern.

Schon glaubte ich zu hören, wie das Wasser gegen unsere ausgedörrten, klappernden Gebeine schlug, wie mein Schädel gegen den Mahomeds und seiner gegen meinen rollte, und dann richtete Mahomed sich auf und starrte mich mit leeren Augenhöhlen an und verfluchte mich mit grinsenden Kinnladen, weil ich, ein Hund von einem Christen, einen wahren Gläubigen in seiner letzten Ruhe störte. Ich öffnete die Augen und erschauderte über meinen grauenvollen Traum, und sodann packte mich ein neuer Schauder, doch dies war kein Traum – zwei große Augen starrten funkelnd durch das trübe Dunkel auf mich nieder. Ich fuhr hoch und stieß einen entsetzten Schrei aus, so daß die anderen erwachten und gleichfalls schläfrig taumelnd und verwirrt aufsprangen. Und plötzlich blitzte kalter Stahl auf, und ein langer Speer berührte meinen Hals, und dahinter sah ich das Glitzern anderer Speere.

»Friede«, sagte eine Stimme auf arabisch oder in einem Dialekt, der dem Arabischen stark glich. »Wer seid ihr, die ihr auf dem Wasser dahergeschwommen kommt? Sprecht, oder ihr seid des Todes« – und der Stahl drückte sich so fest in meinen Hals, daß es mich kalt überlief.

»Wir sind Reisende, die der Zufall hierher verschlagen hat«, erwiderte ich in meinem besten Arabisch, das sie zu verstehen schienen, denn der Mann wandte den Kopf und sagte zu einer großen Gestalt im Hintergrund: »Vater, sollen wir sie töten?«

»Was ist die Farbe dieser Männer?« antwortete eine tiefe Stimme.

»Weiß ist ihre Farbe.«

»Tötet sie nicht«, lautete die Antwort. »Vor vier Sonnen sandte ›Sie‹, die Herrscherin, mir die Nachricht: ›Weiße Männer kommen, tötet sie nicht, sondern bringt sie zu mir.‹ Holt also die Männer und alles, was sie mit sich führen, aus dem Boot.«

»Komm!« sagte der Mann und zerrte mich an Land, und ich sah, daß andere Männer das gleiche mit meinen Gefährten taten.

Am Ufer stand eine Schar von etwa fünfzig Männern. Soviel ich in dem Halbdunkel erkennen konnte, waren sie alle mit riesigen Speeren bewaffnet, hoch gewachsen, kräftig und von verhältnismäßig heller Hautfarbe. Abgesehen von einem um die Hüften geschlungenen Leopardenfell waren sie nackt.

Gleich darauf brachten sie auch Leo und Job herbeigeschleppt und stellten sie neben mich.

»Was, zum Teufel, ist denn los?« rief Leo, sich die Augen reibend.

»Mein Gott! Jetzt sitzen wir schön in der Tinte!« rief Job, und im gleichen Augenblick taumelte Mahomed auf uns zu, von einer dunklen Gestalt mit erhobenem Speer gefolgt.

»Allah! Allah!« jammerte Mahomed. »Hilf mir! Hilf mir!«

»Vater, dies ist ein Schwarzer«, sagte eine Stimme. »Was soll nach dem Willen der Herrscherin mit ihm geschehen?«

»Sie sagte nichts von ihm; doch tötet ihn nicht. Komm her, mein Sohn.«

Der Mann trat zu ihm, und die große, dunkle Gestalt beugte sich zu ihm nieder und flüsterte ihm etwas ins Ohr.

»Gut, gut«, sagte der Mann und stieß ein Lachen aus, das mir das Blut in den Adern gefrieren ließ.

»Sind die drei Weißen da?« fragte die Gestalt.

»Ja, sie sind da.«

»Dann holt, was für sie vorbereitet ist, und nehmt ihre Sachen aus dem Floß.«

Kaum hatte er dies gesagt, kamen Männer herbeigeeilt, die – ich traute meinen Augen kaum – Sänften auf ihren Schultern trugen, und man bedeutete uns, darin Platz zu nehmen.

»Wie angenehm, daß man uns nach all der Plackerei tragen will«, sagte Leo, der allem stets die heiterste Seite abzugewinnen weiß.

Wohl oder übel tat ich es den anderen gleich und bestieg die mir zugedachte Sänfte, die ich höchst bequem fand. Sie schien aus einem aus Grasfasern gewebten Tuch zu bestehen, das jeder Bewegung nachgab und, da es unten und oben an der Holzstange befestigt war, Kopf und Nacken eine angenehme Stütze bot.

Kaum hatte ich mich darin niedergelassen, als auch schon die Träger, in einen eintönigen Singsang verfallend, lostrabten. Etwa eine halbe Stunde lag ich still da, dachte über unsere ungewöhnlichen Abenteuer nach und fragte mich, ob mir meine achtbaren verknöcherten Kollegen in Cambridge wohl glauben würden, wenn ich, durch ein Wunder in unsere vertraute Tafelrunde versetzt, ihnen davon erzählte. Es ist wirklich nicht meine Absicht, diese guten, gelehrten Leute zu beleidigen oder herabzusetzen, indem ich sie verknöchert nenne, doch ich habe die Erfahrung gemacht, daß selbst hochgebildete Professoren allzuleicht verknöchern, wenn sie beharrlich stets denselben Pfaden folgen. Ich selbst hatte mich bereits auf dem besten Weg dazu befunden, doch hatte sich in letzter Zeit mein Gesichtskreis bedeutend erweitert. So lag ich also da und grübelte und fragte mich, wie dies wohl alles enden würde, und schließlich schlief ich ein.

Ich muß wohl sieben oder acht Stunden geschlafen haben – es war ja auch seit dem Untergang der Dhau für mich die erste Gelegenheit, mich wirklich auszuruhen –, denn als ich erwachte, stand die Sonne schon hoch am Himmel. Die Träger trabten immer noch, und nach meiner Schätzung legten wir in der Stunde etwa vier Meilen zurück. Als ich durch den dünnen Seitenvorhang hinauslugte, sah ich zu meiner tiefen Erleichterung, daß wir die scheinbar endlosen Sümpfe verlassen hatten und nun über eine leicht gewellte Grasebene einem becherförmigen Hügel zustrebten. Ob es jener Hügel war, den wir vom Kanal aus gesehen hatten, weiß ich nicht, und ich habe dies auch später nicht herausfinden können, denn dieses Volk war, wie wir bald feststellen mußten, in solchen Dingen überaus verschwiegen. Neugierig betrachtete ich die Männer, die mich trugen. Sie waren wunderschön gewachsen, von gelblichbrauner Farbe, und kaum einer von ihnen maß unter sechs Fuß. Sie ähnelten in ihrem Aussehen stark den ostafrikanischen Somalis, nur daß ihr Haar nicht gekräuselt war, sondern in dichten schwarzen Locken bis auf ihre Schultern herabfiel. Ihre Gesichter waren scharf geschnitten und zum Teil von außerordentlicher

Schönheit; vor allem ihre Zähne waren regelmäßig und wohlgeformt. Doch trotz ihrer Schönheit hatte ich den Eindruck, noch nie so böse, finstere Mienen gesehen zu haben. Sie drückten eine Kälte und Grausamkeit aus, die mich erschreckte und mit einem unheimlichen Gefühl erfüllte.

Etwas anderes, das mir an ihnen auffiel, war, daß sie nie zu lächeln schienen. Manchmal verfielen sie in den monotonen Singsang, den ich bereits erwähnte, doch die meiste Zeit waren sie völlig stumm, und nie hellte auch nur das leiseste Lächeln ihre bösen, düsteren Gesichter auf. Welcher Rasse mochten sie wohl angehören? Ihr Sprache war ein verstümmeltes Arabisch, doch sie waren keine Araber; dessen war ich mir ganz sicher. Dazu war ihre Haut zu dunkelgelb. Ich weiß nicht warum, doch ihr Anblick erfüllte mich mit einer tiefen Furcht, deren ich mich beinahe schämte. Während ich meinen Gedanken nachhing, erschien plötzlich eine andere Sänfte neben der meinen. Ihre Vorhänge waren zurückgezogen, und so sah ich, daß ein alter Mann darin saß, gekleidet in ein weites weißes Gewand aus grobem Leinen. Mir kam sofort der Gedanke, daß er die dunkle Gestalt gewesen war, die am Ufer gestanden hatte und von den anderen mit »Vater« angeredet worden war. Es war ein wundersam aussehender alter Mann mit einem schneeweißen Bart, so lang, daß die Enden über die Seiten der Sänfte herabhingen, und einer Hakennase, über der zwei scharfe Augen funkelten. Seine Miene strahlte einen weisen und zugleich sardonischen Humor aus, der sich nur schwer beschreiben läßt.

»Bist du wach, Fremder?« fragte er mit tiefer Stimme.

»Gewiß, mein Vater«, erwiderte ich höflich, denn ich

hielt es für ratsam, mich mit diesem unheimlichen Methusalem gut zu stellen.

Er strich sich über seinen schönen weißen Bart und lächelte leise.

»Aus welchem Lande du auch stammen magst – es ist ein Land, in dem man unsere Sprache kennt und in dem man seine Kinder zur Höflichkeit erzieht«, erwiderte er. »Doch sage mir, mein fremder Sohn, was sucht ihr in diesem Land, das seit undenklichen Zeiten keines Fremden Fuß betreten hat? Seid ihr des Lebens überdrüssig?«

»Wir kamen hierher, um Neues zu suchen«, antwortete ich kühn. »Wir sind des Alten müde und deshalb übers Meer gezogen, um das Unbekannte kennenzulernen. Wir gehören einem tapferen Stamm an, der den Tod nicht fürchtet, mein hochverehrter Vater, wenn es Neues zu erforschen gilt.«

»Hm, mag sein«, sagte der Alte. »Ich will dir nicht voreilig widersprechen, mein Sohn, sonst würde ich sagen, daß du lügst. Es könnte jedoch sein, daß ›Sie‹, die Herrscherin, eure Wünsche erfüllen wird.«

»Wer ist ›Sie‹, die Herrscherin?« fragte ich neugierig.

Der Alte warf einen Blick auf die Träger und sagte dann mit einem Lächeln, das nichts Gutes zu verkünden schien:

»Das wirst du bald erfahren, mein fremder Sohn, falls es ihr gefällt, sich euch im Fleisch zu zeigen.«

»Im Fleisch?« erwiderte ich. »Was will mein Vater damit sagen?« Doch der Alte stieß nur ein gräßliches Lachen aus und gab keine Antwort.

»Wie heißt das Volk meines Vaters?« fragte ich.

»Der Name meines Volkes ist Amahagger, das Volk der Felsen.«

»Und darf ich fragen, wie der Name meines Vaters ist?«

»Mein Name ist Billali.«

»Und wohin gehen wir, mein Vater?«

»Das wirst du schon sehen.« Und auf einen Wink von ihm liefen seine Träger zu der Sänfte, in der Job ruhte (wobei er sein eines Bein heraushängen ließ). Anscheinend konnte er jedoch mit Job nichts anfangen, denn gleich darauf sah ich, wie seine Träger zu Leos Sänfte eilten.

Da weiter nichts Besonderes geschah, überließ ich mich dem angenehmen Schaukeln und schlief bald wieder ein, denn ich war schrecklich müde. Als ich erwachte, sah ich, daß wir uns in einer Schlucht aus Lavagestein befanden, an deren steil abfallenden Wänden schöne Bäume und blühende Sträucher wuchsen.

Plötzlich machte diese Schlucht eine Biegung, und ein wunderbarer Anblick bot sich mir. Vor uns lag ein grünes, etwa vier bis sechs Meilen weites Plateau, das die Form eines römischen Amphitheaters hatte. Es war von mit Sträuchern bewachsenen Felsen umsäumt, doch in seiner Mitte lag üppiges Weideland, da und dort von hohen, prächtig gewachsenen Bäumen bestanden und von gewundenen Bächen durchflossen. Ziegen- und Rinderherden weideten darauf, doch sah ich keine Schafe. Zuerst konnte ich mir nicht erklären, was für ein seltsamer Ort dies war, doch dann wurde mir klar, daß es der Krater eines längst erloschenen Vulkans sein mußte, der später ein See gewesen und schließlich auf irgendeine unerklärliche Weise trockengelegt worden war. Und ich darf wohl hier gleich darauf hinweisen, daß meine späteren Beobachtungen und die Erforschung eines ähnlichen, doch noch wesentlich größeren Ortes diese Annahme bestätigten. Es erstaunte mich jedoch, daß, obwohl ich zwischen den Herden mehrere Hirten hin und her gehen sah, keinerlei menschliche Behausungen zu entdecken waren. Ich fragte mich, wo sie wohl alle wohnen mochten. Meine Neugier sollte bald gestillt werden. Die Träger unserer Sänften wandten sich nach links, gingen etwa eine halbe Meile die Kraterwand entlang und machten dann halt. Als der alte Billali aus seiner Sänfte stieg, tat ich es ihm nach, und Leo und Job folgten meinem Beispiel. Das erste, was ich sah, war Mahomed, unser armer arabischer Gefährte, der erschöpft auf dem Boden lag. Anscheinend hatte man ihm keine Sänfte zur Verfügung gestellt, sondern ihn gezwungen, den ganzen Weg zu Fuß zu gehen, und da er schon bei unserem Aufbruch sehr ermattet gewesen war, befand er sich nun in einem Zustand völliger Entkräftung.

Als wir uns umblickten, stellten wir fest, daß wir uns auf einem Hügel vor dem Eingang einer großen Höhle befanden, und auf diesem Hügel war der gesamte Inhalt unseres Bootes, bis zu den Rudern und Segeln, ausgebreitet. Um die Höhle herum standen in mehreren Gruppen die Männer, die uns begleitet hatten, sowie andere, ähnlich aussehende Leute. Sie alle waren hochgewachsen und hübsch, und ihre Hautfarbe zeigte die verschiedensten Schattierungen; manche waren dunkel wie Mahomed, andere gelb wie Chinesen. Sie waren, bis auf ein Leopardenfell um die Hüften, nackt, und jeder von ihnen hielt einen großen Speer in der Hand.

Auch einige Frauen befanden sich unter ihnen, die statt des Leopardenfells die gegerbte Haut eines kleinen roten Bockes trugen, ähnlich der des Oribi, nur ein wenig dunkler. Diese Frauen waren ohne Ausnahme sehr schön und hatten große dunkle Augen, feingeschnittene Gesichtszüge und volles, lockiges – nicht wie bei Negern gekraustes – Haar in allerlei Tönungen von Schwarz bis Kastanienbraun. Einige wenige trugen ein gelbliches Leinengewand, ähnlich dem Billalis, welches jedoch, wie wir bald erfuhren, eher eine Art Rangabzeichen als ein Kleidungsstück darstellte. Ihr Aussehen war weniger angsteinflößend als das der Männer, und zuweilen, wenn auch selten, lächelten sie sogar. Sowie wir ausgestiegen waren, umringten sie uns und betrachteten uns neugierig, doch ohne Erregung. Ihre größte Aufmerksamkeit erregten offenbar Leos große, athletische Gestalt und klargeschnittenes griechisches Gesicht, und als er höflich seinen Hut vor ihnen zog, erhob sich ein leises Murmeln der Bewunderung. Das war jedoch noch nicht alles, denn nachdem sie ihn kritisch von Kopf bis Fuß gemustert hatte, trat die schönste dieser jungen Frauen – sie trug ein Leinengewand und hatte kastanienbraunes Haar – plötzlich zu ihm, legte ihren Arm um seinen Hals, beugte sich vor und küßte ihn auf den Mund.

Mir stockte der Atem, denn ich sah Leo bereits von einem Speer durchbohrt, und Job rief: »Nein, so was – dieses Frauenzimmer!« Leo selbst blickte ein wenig erstaunt drein, doch dann kam er wohl zu dem Schluß, daß wir uns in einem Land befanden, in dem noch die Bräuche der ersten Christen herrschten, und so erwiderte er die Umarmung.

Ich starrte ihn entsetzt an und erwartete, daß etwas Furchtbares geschehen würde, doch zu meinem Erstaunen schienen zwar einige der jüngeren Frauen verärgert, doch die älteren sowie die Männer lächelten nur leise. Als wir später die Bräuche dieses seltsamen Volkes besser kennenlernten, löste sich das Rätsel. Es stellte sich heraus, daß im Gegensatz zu allen anderen wilden Völkern der Erde bei den Amahaggern die Frauen den Männern nicht nur völlig gleichgestellt, sondern auch durch keinerlei feste Bande an sie gefesselt sind. Von Bedeutung ist lediglich die Abstammung mütterlicherseits, und die Menschen dort sind auf eine lange, vornehme mütterliche Ahnenreihe ebenso stolz wie wir auf unseren väterlichen Stammbaum. Sie erkennen keinen Mann als ihren Vater an, selbst wenn ihre väterliche Herkunft genau bekannt ist. Jeder Stamm oder ›Haushalt‹, wie sie ihn nennen, hat nur einen männlichen Führer, der ›Vater‹ genannt wird und auserwählter und unumschränkter Gebieter ist. So war zum Beispiel Billali der Vater dieses ›Haushalts‹, der aus etwa siebentausend Seelen bestand, und außer ihm wurde kein anderer Mann so genannt. Wenn eine Frau zu einem Mann Zuneigung faßte, zeigte sie dies, indem sie zu ihm trat und ihn vor aller Augen umarmte, so wie es dies schöne und entschlossene Mädchen, das Ustane hieß, bei Leo getan hatte. Erwiderte er ihren Kuß, so war dies das Zeichen, daß er sie annahm, und diese Verbindung dauerte so lange, bis einer der beiden des anderen überdrüssig wurde. Ich muß jedoch betonen, daß der Gattenwechsel nicht so häufig war, wie man vielleicht annimmt. Er führte auch zu keinerlei Streitigkeiten, zumindest nicht unter den Männern. Wenn eine Frau sie eines anderen wegen verließ, so nahmen sie dies als ebenso natürlich hin wie wir die Einkommensteuer oder unsere Ehegesetze; als etwas Unabänderliches, das der Gemeinschaft dient, so unangenehm es für den einzelnen auch sein mag.

7

Ustane singt

Als die Kußszene vorbei war – übrigens fiel keiner der jungen Frauen ein, mich in gleicher Weise zu liebkosen, doch schlich eine von ihnen um Job herum, was dem Guten überaus peinlich schien –, trat der alte Billali zu uns und bedeutete uns, ihm in die Höhle zu folgen, wobei Ustane ungeachtet meiner Zeichen, daß wir lieber allein sein wollten, sich uns anschloß.

Bereits nach wenigen Schritten erkannte ich, daß die Höhle, in die wir traten, kein Gebilde der Natur, sondern von Menschenhand geschaffen war. Sie schien etwa hundert Fuß lang, fünfzig Fuß breit und sehr hoch zu sein und ähnelte stark einem Kirchenschiff. Von diesem Mittelschiff zweigten alle zehn oder fünfzehn Fuß Gänge ab, welche anscheinend zu kleineren Kammern führten. Ungefähr fünfzig Fuß vom Eingang der Höhle, wo es bereits dunkel wurde, brannte ein Feuer, das riesige Schatten an die umliegenden Wände warf. Vor diesem Feuer blieb Billali stehen, bat uns Platz zu nehmen und sagte, daß man uns gleich Nahrung bringen werde. So hockten wir uns denn auf die ausgebreiteten Felle nieder und warteten. Bald brachten einige junge Mädchen gekochtes Ziegenfleisch, geröstete Maiskolben und einen irdenen Topf mit frischer Milch. Wir waren halb verhungert, und ich habe wohl nie in meinem Leben mit solchem Genuß gegessen. Wir ließen nicht das geringste von den uns vorgesetzten Speisen übrig.

Als wir fertig waren, erhob sich Billali, unser Gastgeber, der uns wortlos zugesehen hatte, und hielt eine

Art Begrüßungsrede. Ein Wunder, so sagte er, sei geschehen. Nie habe man gedacht, daß jemals weiße Fremdlinge in das Land der Felsenbewohner eindringen würden. Zuweilen, doch nur sehr selten, seien schwarze Männer zu ihnen gekommen, welche ihnen berichtet hätten, daß es Weiße gebe, die mit Schiffen über das Meer führen, doch nie zuvor sei ein Weißer hier gewesen. Man habe uns beobachtet, wie wir das Boot den Kanal hinaufzogen, und er habe, wie er ganz offen sagte, uns bereits töten lassen wollen, da kein Fremder dieses Land betreten dürfe, doch ›Sie‹, die Herrscherin, habe befohlen, uns am Leben zu lassen und hierher zu bringen.

»Verzeih, mein Vater«, unterbrach ich ihn an dieser Stelle. »›Sie‹, die Herrscherin, wohnt doch weit von hier entfernt, soviel mir bekannt ist. Woher wußte sie von unserer Ankunft?«

Billali wandte sich um, und als er sah, daß wir allein waren – Ustane hatte sich bei Beginn seiner Rede zurückgezogen –, sagte er mit einem seltsamen leisen Lachen:

»Gibt es in eurem Land denn niemand, der ohne Augen sehen und ohne Ohren hören kann? Fragt nicht – ›Sie‹ wußte es.«

Als ich darauf die Achseln zuckte, fügte er hinzu, er habe keine weiteren Anweisungen erhalten, was mit uns geschehen solle, und deshalb werde er jetzt ›Sie‹, die Herrscherin – die der Einfachheit halber hinfort ›Hiya‹ oder ›Sie‹ genannt werden soll und die, wie er uns zu verstehen gab, die Königin der Amahagger war – aufsuchen und nach ihren Wünschen fragen.

Als ich ihn fragte, wie lange er fortbleiben werde, sagte er, wenn er sich sehr beeile, könne er vielleicht in fünf Tagen zurück sein, denn um dorthin zu kommen, wo ›Sie‹ wohne, müsse er viele Meilen Sumpf durchqueren. Man werde jedoch während seiner Abwesenheit um unser Wohlergehen besorgt sein. Er hoffe, da er uns sympathisch finde, daß ›Sie‹ eine für uns günstige Entscheidung fällen werde, doch wolle er uns nicht verhehlen, daß er dies für sehr zweifelhaft halte, denn solange er lebe und auch zu Lebzeiten seiner Mutter und Großmutter sei noch jeder fremde Eindringling unbarmherzig getötet worden, und dies auf eine Weise, die er, um uns nicht zu beunruhigen, verschweigen wolle. Stets sei dies auf Befehl der Herrscherin selbst geschehen; zumindest habe sie nie etwas getan, um einen Fremden zu retten.

»Aber wie ist das möglich?« fragte ich. »Du bist ein alter Mann, und die Zeit, von der du sprichst, reicht drei Menschenleben zurück. Zur Zeit deiner Großmutter kann ›Sie‹ doch noch nicht gelebt haben. Wie also konnte sie damals jemanden töten lassen?«

Wieder antwortete er mit jenem seltsamen leisen Lächeln; dann zog er sich mit einer tiefen Verbeugung zurück, und erst fünf Tage später sahen wir ihn wieder.

Als er fort war, sprachen wir über unsere Lage, die mich mit starkem Unbehagen erfüllte. Was wir von dieser geheimnisvollen Königin ›Sie‹, welche offenbar unbarmherzig jeden Fremdling töten ließ, gehört hatten, gefiel mir gar nicht. Auch Leo war bedrückt, tröstete sich jedoch mit dem Gedanken, daß diese ›Sie‹ zweifellos die Person sei, von der auf der Scherbe und in dem Brief seines Vaters die Rede war. Billalis Anspielungen auf ihr Alter und ihre Macht bewiesen das, meinte er. Ich selbst war von den Geschehnissen so überwältigt, daß ich keine Lust verspürte, diesen absurden Behauptungen entgegenzutreten; statt dessen schlug ich vor, hinauszugehen und, wenn möglich, ein Bad zu nehmen, das wir alle dringend nötig hatten.

Nachdem wir unseren Wunsch einem Mann mittleren Alters mit ungewöhnlich finsterer Miene, der offenbar beauftragt war, uns während Billalis Abwesenheit zu bedienen, mitgeteilt hatten, zündeten wir unsere Pfeifen an und verließen die Höhle. Draußen standen eine Menge Leute, die anscheinend auf unser Erscheinen warteten, doch als wir rauchend heraustraten, liefen sie in alle Richtungen davon und riefen einander zu, daß wir große Zauberer seien. In der Tat erregte nichts so großes Aufsehen wie unser Tabaksrauch – nicht einmal unsere Feuerwaffen.[1] Bald fanden wir einen klaren Bach, welcher von einem kräftigen unterirdischen Quell genährt wurde, und nahmen in aller Ruhe ein Bad, obgleich einige der Frauen, darunter auch Ustane, anfangs starke Neigung zeigten, uns ins Wasser zu folgen.

Als wir mit diesem höchst erfrischenden Bad fertig waren, stand die Sone schon tief am Himmel, und bei unserer Rückkehr in die Höhle war sie bereits untergegangen. Die Höhle war nun voller Menschen, die um mehrere unterdessen entzündete Feuer saßen und bei seinem flackernden Licht und dem mehrerer, teils an der Decke hängender, teils an den Wänden befestigter Lampen ihr Abendbrot einnahmen. Diese Lampen waren aus gebranntem Ton und hatten allerlei, manchmal recht hübsche Formen. Die größeren bestanden aus

[1] Wie wir feststellten, wuchs in diesem Land wie in allen anderen Teilen Afrikas Tabak, doch die Amahagger benutzten ihn in Unkenntnis seiner sonstigen gesegneten Eigenschaften lediglich zum Schnupfen und zu medizinischen Zwecken. L. H. H.

umfangreichen roten Krügen, welche mit geschmolzenem Fett gefüllt waren, auf dem eine Holzscheibe mit einem Docht aus Schilfrohr schwamm. Man mußte ständig darauf achten, daß diese Lampen nicht ausgingen, denn wenn der Docht niedergebrannt war, gab es keine Möglichkeit, ihn höherzustellen. Auch die kleineren Handlampen waren aus gebranntem Ton, besaßen jedoch einen Docht aus Palmenmark oder dem Stiel einer Farnpflanze, der durch ein geschickt angebrachtes Stück Hartholz hochgezogen werden konnte, wenn er niedergebrannt war.

Wir setzten uns und sahen diesen finsteren Leuten eine Weile zu, wie sie in düsterem Schweigen ihr Abendbrot verzehrten, während die riesigen Schatten über die Wände huschten, und als wir davon genug hatten, sagte ich unserem neuen Wärter, daß wir gern schlafen gehen wollten.

Wortlos erhob er sich, nahm mich höflich an der Hand und ging mit einer Lampe zu einem der kleinen Gänge, welche von der Haupthöhle abzweigten. Nach wenigen Schritten erweiterte sich dieser Gang plötzlich zu einer etwa acht Fuß im Quadrat messenden, aus dem Fels herausgehauenen Kammer. Auf der einen Seite befand sich, ungefähr drei Fuß über dem Boden, eine Steinplatte, die sich wie eine Koje in einer Schiffskajüte die ganze Wand entlangzog. Diese Steinplatte wies er mir zum Schlafen an. Die Kammer hatte weder ein Fenster noch ein Luftloch und war gänzlich unmöbliert; als ich mich genauer darin umsah, kam ich zu dem, wie sich später herausstellen sollte, richtigen Schluß, daß sie ursprünglich nicht als Schlafkammer für Lebende, sondern als Grabstätte für Tote gedient hatte und daß die Steinplatte einst eine Totenbahre gewesen war. Dieser

Gedanke ließ mich erschaudern, doch da ich ja schließlich irgendwo schlafen mußte, nahm ich mich zusammen und ging in die Höhle zurück, um mir meine Decke zu holen, die man zusammen mit den anderen Sachen aus dem Boot hierhergebracht hatte. Dort traf ich Job, der sich, als man ihn in ein ähnliches Gemach führte, entsetzt geweigert hatte, es zu betreten; ebensogut, meinte er, könnte er sich sofort in seines Großvaters Grab bestatten lassen. Er bat mich, die Nacht bei mir verbringen zu dürfen, was ich ihm nur allzu gern gestattete.

Die Nacht verlief völlig ruhig, abgesehen davon, daß ich einen furchtbaren Alptraum hatte und mir einbildete, lebendig begraben zu sein, woran zweifellos die grabesähnliche Umgebung schuld war. Am Morgen weckte uns ein lautes Trompetensignal, welches, wie wir später herausfanden, von einem jungen Amahagger auf einem ausgehöhlten Elefantenzahn geblasen worden war.

Wir errieten sogleich die Bedeutung des Signals, erhoben uns und gingen zu dem Bach, um uns zu waschen. Danach wurde das Frühstück aufgetragen. Während wir es einnahmen, trat plötzlich eine nicht mehr ganz junge Frau zu Job und küßte ihn öffentlich. Es war, von der Unschicklichkeit einmal abgesehen, die erheiterndste Szene, die ich je gesehen habe. Nie werde ich des ehrbaren Job Widerwillen und Entsetzen vergessen. Er ist, gleich mir, ein ausgesprochener Weiberfeind – wahrscheinlich weil er zusammen mit einer Schar von Schwestern aufgewachsen ist –, und die Gefühle, welche sich auf seinem Gesicht abzeichneten, als ihm bewußt wurde, daß diese Frau ihn nicht nur öffentlich und ohne sein Einverständnis, sondern noch dazu in Gegenwart seiner Herren umarmte, entziehen sich jeder Beschreibung. Er sprang auf und stieß die Frau, eine dralle Person von etwa dreißig Jahren, empört von sich.

»Nein, so etwas!« schrie er, worauf die Frau offenbar in der Annahme, er sei nur schüchtern, ihn wiederum umarmte.

»Scher dich weg! Fort mit dir, freches Frauenzimmer!« schimpfte er, mit seinem hölzernen Löffel vor ihrem Gesicht hin und her fuchtelnd. »Ich bitte vielmals um Verzeihung, meine Herren, doch Sie sind Zeuge, daß ich sie in keiner Weise ermutigt habe! Mein Gott, da kommt sie schon wieder! Halten Sie sie fest, Mr. Holly, bitte, halten Sie sie fest! Ich ertrage es nicht – nein, wirklich nicht! So etwas ist mir noch nie passiert, meine Herren, das schwöre ich. Es ist mir zutiefst zuwider!« Damit rannte er, so schnell er konnte, hinaus, und zum erstenmal sah ich die Amahagger lachen. Wer jedoch nicht lachte, war die Frau. Im Gegenteil, sie schäumte vor Wut, und die spöttischen Mienen der anderen Frauen reizten sie noch mehr. Buchstäblich schnaubend und bebend vor Empörung stand sie da, und ich wünschte Job und seine Skrupel zum Teufel, denn ich ahnte, daß er durch sein Benehmen die Gefahr, in der wir ohnedies bereits schwebten, noch vergrößert hatte. Und wie sich bald herausstellte, täuschte ich mich darin nicht.

Nachdem die Frau verschwunden war, kam Job in höchster Erregung zurück und betrachtete mißtrauisch jede Frau, die in seine Nähe kam. Ich benützte die nächste Gelegenheit, unseren Gastgebern zu erklären, daß Job verheiratet sei und in seiner Ehe sehr schlechte Erfahrungen gemacht habe; dies sei der Grund, weshalb er sich uns angeschlossen habe, und daher rühre seine tiefe Abneigung gegenüber Frauen. Doch meine Erklärungen stießen auf eisiges Schweigen, und mir wurde klar, daß man das Benehmen unseres Dieners als Beleidigung für den ganzen ›Haushalt‹ empfand, wenn auch die Frauen, dem Beispiel einiger ihrer zivilisierteren Schwestern folgend, sich über die Zurückweisung ihrer Gefährtin belustigten.

Nach dem Frühstück unternahmen wir einen Spaziergang und sahen uns die Viehherden der Amahagger und die von ihnen bepflanzten Felder an. Sie haben zwei Arten von Rindvieh; die eine ist groß und mager und ohne Hörner, gibt jedoch vorzügliche Milch, die andere, klein und fett, liefert ausgezeichnetes Fleisch, aber fast keine Milch. Die Ziegen sind langhaarig und werden nur ihres Fleisches wegen gezüchtet; jedenfalls sah ich nie, daß sie gemolken wurden. Die Landbestellung der Amahagger ist äußerst primitiv, und das einzige Gerät, dessen sie sich dazu bedienen, ist ein eiserner Spaten, denn dieses Volk versteht Eisen zu schmelzen und zu bearbeiten. Dieser Spaten ist ähnlich geformt wie eine große Speerspitze und besitzt keine Fußstütze. Infolgedessen ist das Graben äußerst mühsam und wird ausschließlich von Männern besorgt, während die Frauen, im Gegensatz zu den Bräuchen anderer wilder Völker, von jeder körperlichen Arbeit befreit sind. Doch ich erwähnte ja bereits, daß das schwache Geschlecht bei den Amahaggern eine besondere Vorzugsstellung genießt.

Anfangs waren wir uns über Ursprung und Verfassung dieses merkwürdigen Stammes gänzlich im unklaren, da seine Angehörigen über diese Dinge striktes Stillschweigen bewahrten. Im Laufe der nächsten vier

Tage, die ohne besondere Vorkommnisse verliefen, erfuhren wir jedoch einiges von Leos Freundin Ustane, die übrigens dem jungen Mann kaum von der Seite wich. Was ihren Ursprung betraf, so schien ihr nichts darüber bekannt zu sein. Es gab jedoch, wie sie uns berichtete, in der Nähe des Ortes, wo ›Sie‹ wohnte, einen Platz namens Kôr, an dem viele alte Mauern und Säulen standen. Dort hatten, wie die Weisen ihres Volkes sagten, einst Menschen gelebt, von denen sie wahrscheinlich abstammten. Niemand wage es, sich diesen Ruinen zu nähern, da sie von bösen Geistern bewohnt seien. Ähnliche Ruinen gebe es, so habe sie gehört, auch in anderen Teilen des Landes – überall dort, wo sich ein Berg über die Sümpfe erhebe. Auch die Höhlen, in denen sie hausten, seien von Menschen aus den Felsen herausgehauen worden, wahrscheinlich von den gleichen, welche die Städte errichtet hatten. Ihr Volk habe kein geschriebenes Gesetz, nur bestimmte Bräuche, die jedoch ebenso bindend seien. Wer gegen diese Bräuche verstoße, werde auf Befehl des Vaters des betreffenden ›Haushaltes‹ hingerichtet. Als ich sie nach der Todesart fragte, lächelte sie nur und meinte, ich würde vielleicht bald Zeuge einer solchen Hinrichtung werden.

Sie hätten jedoch auch eine Königin. ›Sie‹ sei ihre Königin, die sich aber nur sehr selten zeige, vielleicht alle zwei oder drei Jahre, wenn sie über irgendwelche Missetäter zu Gericht sitze. Sie sei dann in einen großen Mantel gehüllt, so daß niemand ihr Gesicht sehen könne. Ihre Bediensteten seien taub und stumm und könnten deshalb nichts verraten, doch sei sie angeblich schön wie kein anderes Weib auf Erden. Es heiße auch, daß sie unsterblich sei und Macht über alle Dinge habe, doch sie, Ustane, wisse nichts Näheres darüber. Sie glaube, daß die Königin sich von Zeit zu Zeit einen Gatten wähle, den sie, sobald sie ein weibliches Kind zur Welt gebracht habe, töten lasse. Wenn dieses Kind erwachsen sei, so trete es nach dem Tod der Mutter an deren Stelle. Doch über all dies wisse man nichts Genaues. Nur eines sei sicher: ›Sie‹ herrsche über das ganze Land, und jedem, der sich gegen sie auflehne, sei der Tod sicher. Sie halte sich eine Leibgarde, doch gebe es kein stehendes Heer.

Ich fragte, wie groß das Land sei und wie viele Menschen darin lebten. Sie erwiderte, es gebe zehn ›Haushalte‹, einschließlich des großen, dem die Königin angehöre, und alle ›Haushalte‹ lebten in Höhlen, die sich gleich dieser auf hochgelegenen Landstrichen befänden, welche von riesigen, nur auf geheimen Pfaden zu durchquerenden Sümpfen umgeben seien. Häufig bekriegten die ›Haushalte‹ einander, bis ›Sie‹ befehle, Frieden zu schließen, was dann jeweils unverzüglich geschehe. Diese Kriege sowie das Fieber, das man sich beim Durchschreiten der Sümpfe leicht zuziehe, verhinderten, daß die Bevölkerung allzu stark zunahm. Sie stünden mit keinem anderen Volk in Verbindung, und es lebe auch keines in der Nähe oder könne das ungeheure Sumpfgebiet durchqueren. Einmal habe eine Armee versucht, sie aus Richtung des großes Flusses (vermutlich des Sambesi) anzugreifen, doch sie habe sich in den Sümpfen verirrt, und da sie bei Nacht die Irrlichter fälschlich für feindliche Lagerfeuer gehalten hätte und darauf zumarschiert sei, wäre die Hälfte der gegnerischen Krieger ertrunken. Der Rest sei bald am Fieber gestorben oder verhungert, ohne daß man einen Schlag gegen sie hätte führen müssen. Die Sümpfe seien, wenn man nicht die geheimen Pfade kenne, völlig unpassierbar, und auch wir, erklärte sie, wären niemals ohne fremde Hilfe hierhergelangt.

Dies und manches andere erfuhren wir während der viertägigen Pause, die unseren weiteren Abenteuern voranging, von Ustane, und man kann sich sicher vorstellen, daß es uns genügend Anlaß zum Nachdenken gab. Das Ganze war äußerst merkwürdig, ja fast unglaublich, und das seltsamste daran schien, daß es mehr oder weniger mit der alten Inschrift auf der Scherbe übereinstimmte. Da gab es also eine geheimnisvolle Königin, umwoben von Legenden, die ihr allerlei schreckliche und wunderbare Eigenschaften zuschrieben; eine Königin mit dem unpersönlichen, mir jedoch reichlich unheimlichen Titel ›Sie‹. Mir war das alles unbegreiflich, und Leo ebenfalls, obgleich dieser natürlich immer wieder triumphierend darauf hinwies, daß es seine Meinung bestätige. Was Job betrifft, so hatte er es längst aufgegeben, nach einer vernunftgemäßen Erklärung für diese phantastischen Geschehnisse zu suchen; er nahm alles gelassen hin, wie es kam. Mahomed, der Araber, den übrigens die Amahagger höflich, doch mit kühler Verachtung behandelten, schien sich sehr zu ängstigen, doch bekam ich nicht aus ihm heraus, wovor. Er saß den ganzen Tag zusammengekauert in einer Ecke der Höhle und beschwor Allah und die Propheten, ihn zu beschützen. Als ich in ihn drang, sagte er mir schließlich, er fürchte sich, weil diese Leute gar keine Männer und Frauen, sondern Teufel seien und weil wir uns in einem verwünschten Land befänden; und, offen gesagt, ein- oder zweimal in den folgenden Tagen war ich nahe daran, ihm beizupflichten. So verging die Zeit, und endlich kam der Abend des vierten Tages seit Billalis Abreise.

Wir drei und Ustane saßen vor dem Schlafengehen um ein Feuer in der Höhle, als sie, die schweigend vor sich hingestarrt hatte, plötzlich aufstand, ihre Hand auf Leos goldene Locken legte und ihn ansprach. Noch heute sehe ich, wenn ich die Augen schließe, ihre stolze, schöne Gestalt vor mir, wie sie, abwechselnd in dunklen Schatten und den flackernd roten Widerschein des Feuers gehüllt, dastand und ihren düsteren Gedanken und Vorahnungen in einem Lied Ausdruck verlieh, das etwa wie folgt lautete:

»Du mein Erwählter – du bist's, auf den ich wartete von Anbeginn!
Wie schön bist du. Kein anderer hat so goldenes Haar, so weiße Haut.
Keiner kommt dir an Stärke gleich, ist so sehr Mann wie du!
Der Himmel deine Augen sind, das Licht darin die Sterne.
Wie edel bist du und wie heiter dein Antlitz –
Als ich dich erblickte, flog sogleich mein Herz dir zu, und ich begehrte dich.
Ich nahm dich zu mir, mein Geliebter,
Und hielt dich fest, daß dir kein Leid geschehe.
Ich deckte mit meinem Haar dein Haupt, um vor der Sonne Glut es zu beschützen,
Und war ganz dein, so wie du mein ganz bist gewesen.
So war es, bis ein böser Tag heranbrach;
Und was geschah an diesem Tag? Ach, mein Geliebter, ich weiß es nicht!
Ich weiß nur, daß du mir entschwandest, daß Dunkel mich umhüllte
Und daß dich jene mir entriß, die stärker ist und schöner als Ustane.

Du wandtest dich um und riefst meinen Namen, und deine Augen mühten sich, das Dunkel zu durchdringen. Doch ihre Schönheit siegte, und sie führte dich hinab Pfade des Schreckens,
und dann, ach! dann, mein Geliebter –«

Hier brach dieses seltsame Weib seinen uns gänzlich unverständlichen Singsang plötzlich ab und blickte mit funkelnden Augen in das tiefe Dunkel vor sich. Dann nahm ihr Gesicht einen starren, entsetzten Ausdruck an, als sehe sie ein grauenhaftes Bild vor sich. Sie nahm ihre Hand von Leos Kopf und deutete ins Dunkel. Wir alle blickten in die Richtung, in die ihre Hand wies, konnten jedoch nichts sehen. Sie hingegen schien etwas zu sehen, das sie zutiefst erschütterte, denn sie sank ohne einen Laut vor uns zu Boden.

Leo, den eine wirkliche Zuneigung zu dieser merkwürdigen jungen Frau erfüllte, war überaus erschrokken und besorgt, und mich befiel, wie ich ehrlich gestehen muß, eine abergläubische Furcht, denn das Ganze war zutiefst unheimlich.

Nach einer Weile kam Ustane wieder zu sich und richtete sich, krampfhaft erschaudernd auf.

»Was sollte das bedeuten, Ustane?« fragte Leo, der dank seiner langjährigen Studien recht gut Arabisch sprach.

»Nichts, mein Geliebter«, erwiderte sie mit einem leisen, gezwungenen Lachen. »Ich habe dir nur, wie es bei uns Brauch ist, ein kleines Lied vorgesungen. Es hatte wirklich nichts zu bedeuten. Wie könnte ich auch von Dingen sprechen, die noch nicht sind?«

»Und was hast du gesehen, Ustane?« fragte ich und sah sie scharf an.

»Nichts«, antwortete sie wiederum. »Gar nichts. Fragt mich nicht danach. Warum soll ich euch erschrekken?« Und dann wandte sie sich mit einem Blick tiefster Zärtlichkeit, wie ich ihn nie noch bei einer Frau, ob zivilisiert oder wild, gesehen hatte, Leo zu, nahm seinen Kopf in ihre Hände und küßte ihn wie eine Mutter auf die Stirn.

»Wenn ich dich verlassen habe, mein Geliebter«, sagte sie, »und wenn du nachts die Hand ausstrecken und mich nicht finden wirst, dann denke daran, wie sehr ich dich geliebt habe, obwohl ich es nicht wert bin, dir die Füße zu waschen. Jetzt aber wollen wir uns lieben und glücklich und zufrieden sein mit dem, was unser ist; denn im Grab gibt es keine Liebe und keine Wärme und keine Küsse – nur bittere Reue über das Versäumte. Diese Nacht ist unser; wer weiß, wem die nächste Nacht gehören wird?«

8

Das Fest und was danach geschah

Am Tage nach diesem seltsamen Geschehnis – welches uns alle tief beeindruckte und mit unheilvollen Ahnungen erfüllte – teilte man uns mit, daß uns zu Ehren am Abend ein Fest stattfinden werde. Ich versuchte dies zu verhindern und sagte, wir seien bescheidene Leute und ließen uns nicht gerne feiern, doch da meine Äußerungen mit mißfälligem Schweigen aufgenommen wurden, hielt ich es für das beste, den Mund zu halten.

So meldete man uns denn kurz vor Sonnenuntergang, daß alle Vorbereitungen getroffen seien, und ich begab mich mit Job in die Höhle, wo wir Leo und Ustane trafen. Die beiden waren soeben von einem Spaziergang zurückgekehrt und wußten nichts von dem geplanten Fest. Als ich sie davon unterrichtete, huschte ein Ausdruck des Entsetzens über Ustanes schöne Züge. Sie packte einen Mann, der eben an uns vorbeiging, am Arm und richtete in herrischem Ton eine Frage an ihn. Seine Antwort schien sie ein wenig zu beruhigen, denn sie blickte erleichtert drein, wenn auch nicht ganz befriedigt. Es schien, als ob sie darauf dem Mann gegenüber, der eine höhere Stellung bekleidete, irgendwelche Einwendungen erhob, doch er antwortete ihr barsch und schüttelte sie ab. Dann besann er sich offenbar eines anderen, nahm sie am Arm, führte sie zum Feuer und zwang sie, sich zwischen ihn und einen anderen Mann hinzusetzen. Aus irgendeinem Grund schien es ihr ratsam sich zu fügen.

Das Feuer in der Höhle war an diesem Abend ungewöhnlich groß, und wir sahen, daß darum in einem großen Kreis etwa fünfunddreißig Männer und zwei Frauen versammelt waren, daß heißt, Ustane und jene Frau, der zu entgehen Job den keuschen Joseph gespielt hatte. Die Männer bewahrten, wie üblich, tiefes Schweigen, und jeder hatte hinter sich in einem eigens dafür in den Fels geschlagenen Spalt seinen Speer stecken. Nur einer oder zwei von ihnen trugen das bereits erwähnte gelbliche Leinengewand, die übrigen nichts als das um die Hüften geschwungene Leopardenfell.

»Was mögen sie wohl vorhaben?« fragte Job ängstlich, »Herr, steh mir bei, da ist ja wieder dieses Weib! Nachdem ich sie so habe abblitzen lassen, wird sie mich nun wohl hoffentlich in Ruhe lassen. Ich kann mir nicht helfen, mich gruselt vor diesen Leuten! Doch schauen Sie, man hat Mahomed auch eingeladen. Sehen Sie nur, wie nett und höflich meine Herzensdame auf ihn einredet. Mein Gott, bin ich froh, daß ich nicht an seiner Stelle bin!«

Ich blickte hin und sah, daß die Frau tatsächlich zu Mahomed getreten war und den armen Mahomed aus der Ecke, in der er sich, zitternd vor Angst und laut Allah anrufend, niedergelassen hatte, zum Feuer führte. Er folgte ihr nur äußerst widerstrebend, vielleicht, weil er bisher stets sein Essen allein eingenommen hatte und ihm diese ungewohnte Ehre nichts Gutes zu verheißen schien. Jedenfalls merkte ich, daß ihn tiefste Angst erfüllte, denn seine zitternden Knie wollten kaum seinen großen, kräftigen Körper tragen, und ich glaube, daß ihn weniger die freundlichen Worte der Frau veranlaßten zu gehorchen, als der riesige Speer eines hünenhaften Amahaggers, der ihm auf dem Fuße folgte.

»Mir kommt das Ganze nicht recht geheuer vor«, sagte ich zu den anderen, »doch wir müssen zusehen, daß wir es so gut wie möglich überstehen. Habt ihr eure Revolver bei euch? Und sind sie geladen?«

»Ich habe meinen«, sagte Job und klopfte auf seinen Colt. »Mr. Leo jedoch hat nur sein Jagdmesser bei sich, aber das wird wohl auch genügen.«

Da wir es nicht für ratsam hielten zu warten, bis Leo seine Waffe geholt hatte, traten wir keck an das Feuer und setzten uns, den Rücken zur Wand, nebeneinander hin.

Sobald wir Platz genommen hatten, wurde ein Krug mit einem gegorenen Getränk herumgereicht, das gar nicht unangenehm schmeckte, doch leicht berauschte.

Man stellte es aus einer Getreideart her, deren Körner, ähnlich wie beim südafrikanischen Kafirkorn, am Halm in Trauben wachsen. Das Gefäß, das die Flüssigkeit enthielt, war von sehr merkwürdiger Form, und da es mehr oder weniger den vielen hundert anderen glich, die bei den Amahaggern in Gebrauch sind, möchte ich es ein wenig näher beschreiben. Diese Gefäße, die es in allen Größen gibt, müssen schon in uralten Zeiten angefertigt worden sein, vor Hunderten oder gar Tausenden von Jahren, denn sie finden sich in den Felsengräbern, welche ich später noch schildern werde. Ich persönlich glaube, daß sie wie bei den Ägyptern, mit denen die früheren Bewohner dieses Landes möglicherweise in Verbindung standen, zur Aufnahme der Eingeweide der Toten dienten. Leo hingegen ist der Ansicht, man habe sie, wie die etruskischen Amphoren, zum Gebrauch für die Geister der Verstorbenen in die Gräber gestellt. Sie haben meist zwei Henkel, und es gibt sie in den verschiedensten Größen, von wenigen Zoll bis zu drei Fuß. Ihre Form ist sehr schön und geschmackvoll, und sie bestehen aus einem sehr feinen schwarzen, nicht glänzenden, sondern ziemlich rauhen Material. Auf ihrer Außenseite sind Figuren eingelegt, die an Naturtreue und Anmut alles übertreffen, was ich je auf antiken Vasen gesehen habe. Manche dieser eingelegten Bilder stellen Liebesszenen von einer kindlichen Einfalt und Unbefangenheit dar, wie sie heute undenkbar wäre. Andere wiederum zeigen tanzende Mädchen oder Jagdszenen. Der Krug, aus dem wir tranken, zum Beispiel, zeigte auf der einen Seite eine höchst begabte Darstellung von Männern, offenbar weißer Hautfarbe, die mit Speeren einen Elefanten angriffen, während sich auf der anderen Seite das nicht ganz so gute Bild eines Jägers befand, der einen Pfeil auf eine flüchtende Antilope abschoß.

Doch zurück zu dem Fest. Fast eine ganze Stunde lang geschah nichts, außer daß immer wieder der Krug herumgereicht und hin und wieder Holz in das Feuer geworfen wurde. Niemand sprach ein Wort. In tiefem Schweigen saßen wir da und starrten in das große flakkernde Feuer und auf die tanzenden Schatten, welche die irdenen Lampen an die Wände warfen. Zwischen uns und dem Feuer lag ein großes Holzbrett mit vier Griffen, das einem Fleischertrog ähnelte, nur daß es nicht ausgehöhlt war. Daneben lag eine lange eiserne Zange, und auf der anderen Seite des Feuers eine zweite. Irgendwie erfüllte mich der Anblick des Brettes und der beiden Zangen mit Unbehagen. Ich saß da, starrte sie und die schweigsamen Männer mit ihren finsteren Gesichtern an und mußte daran denken, daß wir uns völlig in der Gewalt dieser Leute befanden, welche, zumindest mir, um so unheimlicher waren, als wir von ihrem wahren Wesen noch immer so gut wie nichts wußten. Vielleicht waren sie besser, als ich dachte, vielleicht aber auch viel schlimmer. Ich fürchtete das letztere, und ich sollte mich nicht täuschen. Es war ein eigenartiges Fest, denn es gab nicht das geringste zu essen.

Schließlich, als ich mir schon fast wie hypnotisiert vorkam, geschah endlich etwas. Ganz plötzlich rief ein Mann auf der anderen Seite des Kreises mit lauter Stimme:

»Wo ist das Fleisch, das wir essen werden?«

Daraufhin streckten alle den rechten Arm aus, deuteten auf das Feuer und antworteten einstimmig in tiefem, feierlichem Ton:

»Das Fleisch wird kommen.«

»Ist es eine Ziege?« fragte der Mann

»Es ist eine Ziege ohne Hörner, und mehr als eine Ziege, und wir werden sie töten«, antworteten sie im Chor, und zugleich wandten sie sich halb um, umklammerten mit der rechten Hand die Griffe ihrer Speere und ließen sie wieder los.

»Ist es ein Ochse?« fragte ein Mann.

»Es ist ein Ochse ohne Hörner, und mehr als ein Ochse, und wir werden ihn töten«, lautete die Antwort, und wieder umklammerten sie ihre Speere und ließen sie wieder los.

Nun folgte eine Pause, und ich sah voll Entsetzen, daß die Frau, die neben Mahomed saß, ihn zu liebkosen begann; sie streichelte seine Wangen und gab ihm allerlei Kosenamen, wobei sie seine zitternde Gestalt mit funkelnden Augen von oben bis unten musterte. Ich weiß nicht, warum uns dieser Anblick so erschreckte, doch wir waren alle zutiefst entsetzt, besonders Leo. Die Bewegungen, mit denen die Frau Mahomed liebkoste, glichen denen einer Schlange und waren offenbar Teil einer unheimlichen feststehenden Zeremonie.[1] Ich sah, wie Mahomed unter seiner braunen Haut erbleichte und vor Angst kreideweiß wurde.

»Ist das Fleisch zum Kochen bereit?« fragte wieder die Stimme, doch diesmal viel schneller.

»Es ist bereit, es ist bereit.«

»Ist der Topf heiß?« kreischte schrill die Stimme,

[1] Wie wir später erfuhren, dienten sie dazu, das Opfer in den Glauben zu versetzen, es sei der Gegenstand von Liebe und Bewunderung, und es zu besänftigen, damit es glücklich und zufrieden in den Tod ging. L. H. H.

und das Echo hallte schrecklich von den hohen Wänden der Höhle zurück.

»Er ist heiß, er ist heiß.«

»Großer Gott«, rief Leo. »Denk an die Inschrift auf der Scherbe: ›*Das Volk, das Fremden Töpfe auf die Köpfe setzt*‹!«

Noch während er es sagte und bevor wir irgend etwas tun konnten, sprangen zwei hünenhafte Kerle auf, packten die langen Zangen und stießen sie mitten ins Feuer, und das Weib, welches Mahomed liebkost hatte, zog plötzlich unter ihrem Gürtel eine aus Fasern geflochtene Schlinge hervor, warf sie ihm über die Schultern und zog sie zu, während die beiden neben ihm sitzenden Männer seine Beine umklammerten. Die beiden Kerle mit den Zangen schürten das Feuer auf, so daß die glühenden Holzscheite nach allen Richtungen davonflogen, und hoben einen großen irdenen, bis zur Weißglut erhitzten Topf daraus hervor. Im nächsten Augenblick waren sie, fast mit einem Satz, bei Mahomed, der sich verzweifelt wehrte. Er schlug laut brüllend um sich, und trotz der Schlinge und der Anstrengungen der beiden Männer, welche seine Beine festhielten, waren die zwei Kerle im Augenblick außerstande, ihr Vorhaben auszuführen, welches, so grauenhaft und unglaublich es scheinen mag, darin bestand, ihm den glühenden Topf über den Kopf zu stülpen.

Mit einem Schreckensschrei sprang ich auf, zog meinen Revolver und feuerte instinktiv auf das teuflische Weib, das Mahomed liebkost hatte und ihn jetzt mit ihren Armen umschlang. Die Kugel traf sie in den Rücken und tötete sie, und heute noch bin ich froh darüber, denn später erfuhr ich, daß sie sich die kannibalischen Gelüste der Amahagger zunutze gemacht hatte, um sich für die ihr durch Job zugefügte Beleidigung zu rächen. Sie sank tot zu Boden, und zugleich riß Mahomed sich mit übermenschlicher Anstrengung von seinen Peinigern los, sprang hoch in die Luft und fiel zu meinem Entsetzen sterbend auf die Tote nieder. Die Kugel aus meinem Revolver hatte beide durchbohrt und so nicht nur die Mörderin getötet, sondern auch ihr Opfer vor einem hundertmal gräßlicheren Ende bewahrt. Es war ein furchtbarer und doch höchst barmherziger Zufall.

Einen Augenblick herrschte verblüfftes Schweigen, denn die Amahagger hatten noch nie den Knall einer Schußwaffe gehört. Doch gleich darauf kam ein Mann neben uns wieder zu sich, ergriff seinen Speer und wollte sich auf Leo stürzen.

»Fliehe!« rief ich und rannte, so schnell ich konnte, ins Innere der Höhle, denn ins Freie konnte ich nicht, da auf der anderen Seite ein paar Männer im Weg standen, und überdies hatte ich vor dem Eingang der Höhle mehrere Menschen gesehen, deren Umrisse sich deutlich vom Abendhimmel abhoben. So lief ich weiter in die Höhle hinein, gefolgt von den anderen, und die Kannibalen, durch den Tod der Frau in fürchterliche Wut versetzt, stürzten uns nach. Mit einem Satz sprang ich über Mahomeds lang hingestreckten Körper hinweg. Dabei spürte ich an meinen Beinen die Hitze, welche der neben ihm liegende rotglühende Topf ausstrahlte, und sah, wie sich – da er noch nicht ganz tot war – seine Hände schwach bewegten. Am Ende der Höhle befand sich eine etwa drei Fuß hohe und acht Fuß breite Plattform, auf der nachts zwei brennende Lampen standen. Wozu sie sonst noch diente, war mir nicht bekannt – erst später sollte ich es erfahren. Jedenfalls sprangen wir alle drei hinauf, entschlossen, unser Leben so teuer wie möglich zu verkaufen. Als unsere Verfolger sahen, daß wir uns zu ihnen umdrehten, machten sie einige Sekunden lang verdutzt halt. Job stand auf der linken Seite der Plattform, Leo in der Mitte und ich rechts. Hinter uns waren die Lampen. Leo beugte sich vor und blickte auf die lange Reihe von Schatten, welche das Feuer und die brennenden Lampen warfen und zwischen denen die mordlüsternen Wilden mit ihren mattschimmernden Speeren hin und her huschten, selbst in ihrer Wut stumm wie Bulldoggen. Das einzige, was man ansonsten deutlich sah, war der im Dunkel leuchtende rotglühende Topf. In Leos Augen war ein seltsames Funkeln, und sein schönes Gesicht war starr wie Stein. In der rechten Hand hielt er sein großes Jagdmesser. Er zog seinen Riemen fest über das Handgelenk, legte seinen Arm um mich und drückte mich einen Augenblick an sich.

»Leb wohl, alter Junge«, sagte er, »mein lieber Freund, der du mir mehr als ein Vater warst. Gegen diese Schurken haben wir keine Chance. In wenigen Minuten werden sie uns getötet haben, und dann werden sie uns wohl fressen. Leb wohl. Ich habe dich in diese Sache hineingezogen, ich hoffe, du verzeihst mir. Leb wohl, Job.«

»Gottes Wille geschehe«, sagte ich und erwartete mit zusammengebissenen Zähnen das Ende. In diesem Augenblick hob Job seinen Revolver, feuerte mit einem Aufschrei und streckte einen Mann nieder – wenn auch nicht den, auf den er gezielt hatte, denn er war ein miserabler Schütze.

Nun stürzten sie sich auf uns, und auch ich feuerte, so schnell ich konnte, und brachte sie zum Stehen – Job und ich töteten oder verwundeten außer der Frau noch fünf Männer, ehe unsere Pistolen leer waren. Wir hatten jedoch keine Zeit, sie neu zu laden, denn sie stürmten weiter – mit einem fast bewundernswerten Mut, wenn man bedenkt, daß sie annehmen mußten, wir könnten endlos weiterschießen.

Ein großer Kerl schwang sich auf die Plattform, und Leo erschlug ihn mit einem einzigen Hieb seines kräftigen Armes und durchbohrte ihn zugleich mit seinem Messer. Ich tat das gleiche mit einem zweiten; Job hingegen verfehlte einen braunen Amahagger, und ich sah, wie dieser ihn mit den Armen umschlang und ihn von der Plattform herunterriß. Da Jobs Messer nicht mit einem Riemen an seinem Handgelenk befestigt war, entglitt es ihm, doch durch einen glücklichen Zufall traf es mit der Klinge nach oben auf den Boden auf, und der Amahagger, der zuunterst herabstürzte, fiel darauf und wurde davon durchbohrt. Was mit Job danach geschah, weiß ich nicht, doch ich glaube, daß er einfach auf dem Körper des Amahaggers liegenblieb und sich tot stellte. Ich selbst wurde gleich darauf in ein mörderisches Handgemenge mit zwei Wilden verwickelt, die zu meinem Glück ihre Speere nicht bei sich hatten; und zum erstenmal in meinem Leben kam mir die große körperliche Kraft, mit der die Natur mich ausgestattet hat, zugute. Ich hieb mit meinem Jagdmesser, das fast so groß und schwer war wie ein kurzes Schwert, derart auf den Kopf des einen Mannes ein, daß der scharfe Stahl seinen Schädel bis zu den Augen spaltete und so fest darin steckenblieb, daß es, als der Mann plötzlich zusammensank, meiner Hand entrissen wurde.

Im gleichen Augenblick gingen zwei andere auf mich los. Ich sah sie kommen, packte mit jedem Arm einen um die Hüften, und wir stürzten zusammen auf den Boden der Höhle nieder und wälzten uns übereinander. Es waren überaus starke Männer, doch ich war außer mir vor Wut, und mich packte jene Mordlust, die wohl den Zivilisiertesten ergreift, wenn Hiebe fallen und es um Tod und Leben geht. Ich umschlang mit meinen Armen die zwei schwarzen Teufel und preßte sie zusammen, bis ihre Rippen krachten. Sie wanden und krümmten sich wie Schlangen und hämmerten mit ihren Fäusten auf mich ein, doch ich ließ nicht los. Auf dem Rücken liegend, so daß ihre Körper mich vor den Speerstößen von oben schützten, drückte ich ihnen langsam das Leben aus, und dabei fragte ich mich, so seltsam dies scheinen mag, was wohl der ehrwürdige Vorstand meiner Colleges in Cambridge (der Mitglied der Friedensgesellschaft ist) und meine Kollegen sagen würden, wenn sie mich bei diesem blutigen Spiel sehen könnten. Bald erschlafften meine Angreifer und hörten auf, sich zu wehren. Dennoch wagte ich nicht, sie loszulassen, denn ich wußte, daß sie, wenn ich meinen Griff lockerte, wieder zu sich kommen würden. Da wir im Schatten der Plattform lagen, dachten die anderen Wilden offenbar, wir seien alle drei tot, denn sie kümmerten sich nicht weiter um uns.

Als ich, in dieser schrecklichen Umschlingung nach Atem ringend, einmal den Kopf wandte, sah ich im Licht der Lampen, daß nun auch Leo von der Plattform herunter war. Er stand noch auf den Beinen, und eine hin und her wogende Horde von Männern umringte ihn und versuchte ihn niederzureißen wie ein Rudel Wölfe einen Hirsch. Sein edles blasses, von goldenen Locken gekröntes Gesicht überragte sie, und er kämpfte mit einer verzweifelten Hingabe und Energie, die schön und schaurig zugleich anzusehen war. Er stieß einem der Männer sein Messer in die Brust – die Angreifer konnten in dem dichten Gewühl ihre langen Speere nicht benützen, und Messer oder Stöcke besaßen sie nicht. Der Mann brach zusammen, doch dann entwand ihm irgendeiner der Männer sein Messer, und er war ohne Waffe. Ich dachte schon, sein Ende sei gekommen. Doch nein! Mit der Kraft der Verzweiflung riß er sich los, packte den Körper des soeben Getöteten, hob ihn hoch in die Luft und schleuderte ihn mit solcher Wucht auf seine Feinde, daß ihrer fünf oder sechs zu Boden stürzten. Bis auf einen, dessen Schädel zerschmettert war, sprangen sie jedoch gleich wieder auf und fielen erneut über ihn her. Und langsam, mit unendlicher Mühe, rangen nun die Wölfe den Hirsch nieder. Selbst jetzt raffte er sich noch einmal auf und streckte einen Amahagger mit einem Faustschlag nieder, doch die Übermacht war zu groß, und schließlich stürzte er wie eine Eiche, alle, die ihn umklammerten, mit sich reißend, auf den Felsboden nieder. Sie packten ihn an Armen und Beinen und hielten ihn fest.

»Einen Speer!« rief eine Stimme. »Holt einen Speer, den Hals ihm zu durchbohren, und ein Gefäß, sein Blut aufzufangen!«

Ich schloß die Augen, als ich sah, wie einer der Männer mit einem Speer herbeieilte. Ich konnte Leo nicht zu Hilfe kommen, denn meine Kräfte schwanden, und die beiden Männer auf mir waren immer noch nicht tot. Eine entsetzliche Schwäche befiel mich.

Da erhob sich plötzlich ein Lärm, und ich öffnete unwillkürlich die Augen und blickte zu der Stelle, wo, wie ich glaubte, Leo den Todesstoß empfing. Das Mädchen Ustane hatte sich auf ihn geworfen und deckte, die Arme um seinen Hals geschlungen, seinen Körper mit ihrem Körper. Die Männer versuchten, sie von ihm loszureißen, doch sie wand ihre Beine um die seinen und klammerte sich an ihn wie ein Schlinggewächs. Da versuchten sie, ihn, ohne Ustane zu verletzen, in die Seite zu stechen, doch auch dort schützte sie ihn, und so gelang es ihnen lediglich, ihn zu verwunden.

Endlich verloren sie die Geduld.

»Durchbohrt den Mann und das Mädchen zusammen«, sagte eine Stimme, dieselbe, die bei dem unheimlichen Fest die Fragen gestellt hatte, »so werden sie wahrhaftig miteinander verbunden sein.«

Ich sah, wie der Mann mit dem Speer sich aufrichtete und ausholte, wie der kalte Stahl glitzerte. Wieder schloß ich die Augen.

Im gleichen Augenblick ertönte eine Donnerstimme, deren Echo von den Felswänden widerhallte:

»Haltet ein!«

Dann schwanden mir die Sinne, und mir war, als umhülle mich das Dunkel des Todes.

9

Ein kleiner Fuß

Als ich die Augen wieder aufschlug, lag ich auf einem Fell neben dem Feuer, um das wir uns zu jenem schrecklichen Fest versammelt hatten. An meiner Seite lag Leo, anscheinend immer noch bewußtlos, und über ihn beugte sich die schlanke Gestalt Ustanes, welche eine tiefe Speerwunde in seiner Seite mit kaltem Wasser auswusch und dann mit Leinen verband. Hinter ihr an der Wand der Höhle lehnte Job, unverletzt, wie es schien, doch zitternd und voller Schrammen. Auf der anderen Seite des Feuers lagen kreuz und quer, als hätten sie sich zutiefst erschöpft hingeworfen, um zu schlafen, die von uns in dem schrecklichen Kampf Getöteten. Ich zählte sie – es waren zwölf außer der Frau und dem armen, von mir getöteten Mahomed, der neben dem rußgeschwärzten Topf am Ende der Reihe lag. Links davon stand eine Gruppe von Männern, die den am Leben gebliebenen Kannibalen die Arme auf den Rücken banden und sie zu zweien aneinanderfesselten. Die Schurken ließen dies mit düsteren, gleichgültigen Mienen, die jedoch schlecht zu der in ihren Augen glühenden Wut paßten, über sich ergehen. Vor ihnen stand, Anweisungen erteilend, kein anderer als unser Freund Billali. Er sah ein wenig müde aus, wirkte jedoch mit seinem langen, wallenden Bart wie ein echter Patriarch und schien so ruhig und unbeteiligt, als überwache er das Schlachten eines Ochsen.

Plötzlich drehte er sich um, und als er sah, daß ich mich aufgerichtet hatte, kam er zu mir und fragte mich mit äußerster Höflichkeit, ob es mir besser gehe. Ich erwiderte, daß ich das Gefühl hätte, am ganzen Körper zerschlagen zu sein.

Daraufhin beugte er sich zu Leo nieder und untersuchte seine Wunde.

»Ein böser Stich«, sagte er, »doch die Eingeweide hat der Speer nicht verletzt. Er wird es überstehen.«

»Dank deines Eingreifens, mein Vater«, erwiderte ich. »Noch eine Minute, dann hätten diese Teufel uns ebenso getötet wie unseren Diener.« Ich deutete auf Mahomed.

Der Alte biß die Zähne zusammen, und ich sah, wie seine Augen böse aufblitzten.

»Keine Sorge, mein Sohn«, sagte er. »Schauerliche Rache wird sie treffen. Man wird sie vor ›Sie‹ bringen, und ihre Rache wird ihrer Größe würdig sein. Dieser Mann«, er deutete auf Mahomed, »dieser Mann ist eines gnadenvollen Todes gestorben im Vergleich zu dem, den diese menschlichen Hyänen sterben werden. Doch nun erzähle mir, wie es zu alldem kam.«

In wenigen Worten berichtete ich, was geschehen war.

»Dacht' ich's mir doch«, antwortete er. »Du mußt wissen, mein Sohn, es ist hier Sitte, daß Fremde, die ins Land kommen, mit dem Topf getötet und verzehrt werden.«

»Das ist ja eine merkwürdige Gastfreundschaft«, erwiderte ich. »Bei uns ist es gerade umgekehrt. In unserem Land bewirtet man Fremde und gibt ihnen zu essen. Hier werden sie gegessen.«

»Es ist eben so Sitte«, sagte er achselzuckend. »Ich halte es auch für eine schlechte Sitte, und außerdem«, fügte er nach kurzem Nachdenken hinzu, »schmecken mir Fremde nicht, besonders wenn sie durch die Sümpfe gewandert sind und sich von wilden Vögeln ernährt haben. Als ›Sie‹ uns den Befehl sandte, euer Leben zu schonen, sagte sie nichts von dem schwarzen Mann, und deshalb gelüstete es die Hyänen nach seinem Fleisch, und jene Frau, die du mit Recht getötet hast, stachelte sie dazu auf, sich über ihn herzumachen. Nun, sie werden dafür büßen. Es wäre besser für sie gewesen, nie das Licht der Welt erblickt zu haben, als vor die Herrscherin in ihrem furchtbaren Zorn hinzutreten. Jene, die von eurer Hand starben, sind glücklich zu preisen dagegen. Wahrlich, ihr habt euch tapfer geschlagen. Weißt du, du langarmiger alter Pavian, daß du den beiden dort drüben die Rippen zerbrochen hast, als wären es Eierschalen? Und der Junge, dieser Löwe, hat sich ganz prächtig gehalten. Drei hat er erschlagen, und der dort« – er deutete auf einen Körper, der sich noch ein wenig rührte – »wird auch bald tot sein, denn sein Schädel ist mittendurch gespalten, und noch viele andere von den Gefesselten sind verwundet. Es war ein wackerer Kampf, so ganz nach meinem Herzen, und ihr habt mich damit zum Freund gewonnen. Doch sage mir, du Pavian – ja, jetzt erst sehe ich, daß auch dein Gesicht voller Haare ist und ganz dem eines Pavians gleicht –, wie habt ihr jene getötet, die ein Loch im Körper haben? – Wie man mir erzählt hat, machtet ihr einen lauten Krach, und sie fielen tot um. Hat dieser Krach sie zu Boden gestreckt?«

Ich erklärte ihm, so gut ich konnte, doch in aller Kürze – denn ich war schrecklich müde –, die Eigenschaften des Schießpulvers, und er bat mich sofort, sie durch ein praktisches Experiment an einem der Gefangenen zu illustrieren. Er meinte, auf einen mehr oder weniger käme es nicht an und es würde nicht nur ihn sehr interessieren, sondern mir auch Gelegenheit geben, mich zu rächen. Als ich ihm sagte, daß es bei uns nicht Sitte sei, sich auf so grausame Weise zu rächen, und daß wir die Rache den Hütern des Gesetzes und einer höheren Macht, von der er nichts wüßte, überließen, war er zutiefst erstaunt. Ich fügte jedoch hinzu, daß ich ihn, wenn ich wieder gesund sei, gern zu einer Jagd mitnehmen würde und daß er dann selbst ein Tier töten könne, und darüber freute er sich wie ein Kind, dem man ein neues Spielzeug verspricht.

In diesem Augenblick öffnete Leo, belebt von einem Schluck Kognak, den Job ihm eingeflößt hatte, die Augen, und so brachen wir unsere Unterhaltung ab.

Wir trugen Leo, der immer noch sehr schwach und halb bewußtlos war, auf ein weiches Lager, wobei uns Job und die tapfere Ustane halfen, die ich am liebsten mit einem Kuß dafür belohnt hätte, daß sie meinen Leo unter Einsatz ihres eigenen Lebens gerettet hatte, doch ich fürchtete, sie könnte es mir übelnehmen. Sodann zog ich mich, am ganzen Körper voller Beulen und Schrammen, doch erfüllt von einem Gefühl der Sicherheit, das ich seit vielen Tagen nicht empfunden hatte, in meine kleine Grabkammer zurück, versäumte jedoch nicht, bevor ich mich niederlegte, der Vorsehung von ganzem Herzen dafür zu danken, daß sie mir nicht tatsächlich zur letzten Ruhestätte geworden war, wie es ohne eine glückliche Fügung, die ich nur ihr zuschreiben kann, an jenem Abend leicht der Fall hätte sein können. Wohl nur wenige Menschen sind je dem Tode so nahe gewesen und ihm dennoch entronnen wie wir an jenem schrecklichen Tag.

Mein Schlaf ist schon normalerweise nicht der beste, und die Träume, die mich in dieser Nacht heimsuchten, waren alles andere als angenehm. Ich sah den armen Mahomed, wie er dem glühend roten Topf zu entrinnen suchte, und im Hintergrund stand eine verschleierte Gestalt, die von Zeit zu Zeit das sie umhüllende Gewand öffnete und bald den Körper eines schönen, blühenden Weibes zeigte, bald die bleichen Knochen eines grinsenden Skeletts, das die geheimnisvollen und sinnlos scheinenden Worte sprach:

»*Was lebt, trägt schon den Tod in sich, und was tot ist, kann niemals sterben, denn im Kreise des Geistes sind Tod und Leben ein Nichts. Ja, alle Dinge leben ewiglich, nur zuweilen schlafen sie und sind vergessen.«*

Als endlich der Morgen kam, fühlte ich mich so steif und zerschlagen, daß ich mich nicht dazu überwinden konnte, aufzustehen. Gegen sieben Uhr kam Job hereingehumpelt, dessen Gesicht die Farbe eines faulen Apfels hatte. Er berichtete mir, daß Leo gut geschlafen habe, doch immer noch sehr schwach sei. Zwei Stunden später erschien Billali (den Job ›Billy‹ zu nennen pflegte); er hielt eine Lampe in der Hand und stieß mit seiner riesigen Gestalt fast an die Decke der kleinen Kammer. Ich stellte mich schlafend und betrachtete durch meine halbgeschlossenen Augenlider sein hämisches, doch wohlgeschnittenes altes Gesicht. Seine Falkenaugen auf mich richtend, strich er sich seinen prächtigen weißen Bart, der jedem Londoner Barbier als Reklame sicherlich hundert Pfund im Jahr wert gewesen wäre.

»Hm!« murmelte er leise, »wie häßlich er ist – so häßlich wie der andere schön – ein wahrer Pavian. Doch er gefällt mir. Seltsam, daß mir in meinem Alter noch wer gefallen kann. Wie sagt doch das Sprichwort – ›Mißtraue allen Männern und töte jene, denen du am meisten mißtraust; fliehe die Frauen, denn sie sind böse und werden dich am Ende vernichten‹. Ein gutes Sprichwort, vor allem der zweite Teil davon – es muß schon sehr alt sein. Dennoch gefällt mir dieser Pavian, und ich frage mich, woher er wohl seine Fertigkeiten hat. Ich hoffe nur, ›Sie‹ wird ihn nicht behexen. Armer Pavian! Er ist sicher sehr erschöpft von diesem Kampf, und ich will lieber gehen, um ihn nicht zu wecken.«

Ich wartete, bis er sich abgewandt hatte und auf Zehenspitzen fast bis zum Eingang geschlichen war; dann rief ich:

»Bist du es, mein Vater?«

»Ja, mein Sohn, ich bin's; doch laß dich nicht stören. Ich wollte nur nachsehen, wie es dir geht, und dir sagen, daß jene, die dich töten wollten, mein Pavian, bereits unterwegs zur Herrscherin sind. ›Sie‹ möchte, daß auch ihr sogleich zu ihr kommt, doch ich fürchte, dazu seid ihr noch nicht imstande.«

»Nein«, sagte ich, »zuerst müssen wir uns ein wenig erholen; doch ich bitte, mein Vater, laß mich hinaus ins Freie tragen. Hier drinnen ist mir gar nicht wohl.«

»Das glaube ich«, sagte er, »es ist ein unheimlicher Ort. Da fällt mir ein – als ich ein Junge war, fand ich hier einmal eine tote Frau. Sie lag dort, wo du jetzt liegst, ja, auf eben dieser Bank. Sie war so schön, daß ich immer wieder mit einer Lampe hier herein schlich und sie anschaute. Wären ihre Hände nicht kalt gewesen, so hätte man denken können, sie schlafe nur und werde eines Tages erwachen; so schön und friedlich lag sie da in ihrem weißen Gewand. Auch ihre Haut war weiß, und ihr Haar war blond und reichte fast bis zu ihren Füßen. Dort, wo ›Sie‹ wohnt, liegen noch viele gleich ihr in den Gräbern, denn jene, die sie beisetzten, verstanden sich auf die Kunst, die Toten vor dem Verfall zu schützen. Ja, Tag für Tag kam ich hierher und schaute sie an, bis ich mich schließlich – lache mich nicht aus, Fremdling, ich war ja damals ein törichter Junge – in jene Tote verliebte, in jene Hülle, die einst ihre entwichene Seele umschlossen hatte. Ich kroch zu ihr und küßte ihr kaltes Antlitz und fragte mich, wie viele Menschen wohl seit ihrer

Zeit gekommen und gegangen waren und wer sie wohl in jenen längst entschwundenen Tagen geliebt und umarmt haben mochte. Ich glaube, dieser Toten verdanke ich eine große Weisheit, mein Pavian, denn sie lehrte mich, wie kurz das Leben ist und wie lang der Tod und daß alles unter dieser Sonne den gleichen Weg geht und dereinst dem Vergessen anheimfällt. Ich betrachtete also diese Tote und dachte nach, und es schien, als erfülle sie mich mit dieser Weisheit, bis eines Tages meine Mutter, welche meine Veränderung bemerkte, mir folgte. Als sie die schöne weiße Tote sah, fürchtete sie, sie habe mich behext, womit sie ja nicht so unrecht hatte. So nahm sie, halb in Furcht, halb in Zorn, die Lampe, hob die Tote von der Bank auf, stellte sie an die Wand und zündete ihr Haar an. Sie ging sofort vom Kopf bis zu den Füßen in Flammen auf, denn die so erhaltenen Toten brennen wie Zunder. Dort oben an der Decke, mein Sohn, kannst du noch den Ruß sehen.«

Ich blickte zweifelnd hinauf – und wirklich, an dem Fels befand sich ein großer rußiger Fleck. Von der Wand war der Ruß natürlich im Lauf der Jahre abgerieben worden, doch an der Decke war er noch deutlich zu sehen.

»Sie verbrannte«, fuhr er nachdenklich fort, »bis auf die Füße, doch ich kam rechtzeitig zurück, um die Füße selbst zu retten. Ich schnitt das verbrannte Fleisch herunter, wickelte sie in ein Stück Leinwand und versteckte sie unter der Steinbank. Kaum zu glauben, aber ich erinnere mich so gut daran, als ob es erst gestern gewesen wäre. Wenn niemand sie gefunden hat, sind sie vielleicht noch da. Ich selbst habe diese Kammer seit jenem Tag nie mehr betreten. Warte, ich will einmal nachsehen!« Er kniete nieder und tastete mit seinem langen Arm unter der Steinbank herum. Plötzlich erhellte sich seine Miene, und er zog mit einem freudigen Aufschrei einen mit dickem Staub bedeckten Gegenstand hervor. Er klopfte den Staub ab, entfernte die zerfallene Leinenhülle, und meinem erstaunten Blick enthüllte sich ein schön geformter, nahezu weißer Frauenfuß, der so frisch und fest aussah, als habe man ihn eben erst dorthin gelegt.

»Siehst du, mein Sohn«, sagte er mit trauriger Stimme, »ich habe dir die Wahrheit gesagt. Ein Fuß ist noch da. Nimm ihn, mein Sohn, und sieh ihn dir gut an.«

Ich nahm dieses kalte Fragment in die Hand und betrachtete es, schwankend zwischen Staunen, Furcht und Faszination, im Licht der Lampe. Der Fuß war leicht, zweifellos viel leichter als zu der Zeit, da noch Leben ihn erfüllte, und das Fleisch daran strömte einen leisen aromatischen Duft aus. Es war weder zusammengeschrumpft noch schwarz oder häßlich wie das Fleisch ägyptischer Mumien, sondern glatt und schön und, ausgenommen die leicht angebrannten Stellen, frisch wie am Tag des Todes – ein wahrer Triumph der Balsamierkunst!

Armer kleiner Fuß! Ich legte ihn auf die Steinbank, auf welcher er so viele tausend Jahre geruht, und fragte mich, was für eine Schönheit er wohl durch den Prunk und das Gepränge einer längst versunkenen Kultur getragen haben mochte – zuerst als fröhliches Kind, dann als errötende Jungfrau und schließlich als vollerblühtes Weib. In welchen Hallen des Lebens war sein sanfter Schritt erklungen, mit welchem Mut war er den düsteren Weg des Todes hinabgeschritten? An wessen Seite war er im Dunkel der Nacht geschlichen, wenn der Negersklave auf dem Marmorboden schlief, wer hatte voll Ungeduld auf das Nahen seiner Schritte gehorcht? Schöner kleiner Fuß! Mag sein, daß er auf den stolzen Nacken eines Eroberers getreten war, der sich nur der Schönheit eines Weibes neigte, daß die Lippen von Edelleuten, ja von Königen sich auf seine juwelengeschmückte Weiße drückten.

Ich hüllte dieses Relikt der Vergangenheit wieder in die Reste des alten Leinentuches, das offenbar ein Teil des Totengewandes jener Frau war, denn es war angebrannt, und legte ihn – welch seltsamer Gegensatz – in meinen Koffer. Dann humpelte ich, auf Billali gestützt, zu Leo. Er war arg zerschlagen und sein Zustand viel schlechter als der meine. Trotz seiner außerordentlichen Blässe und Schwäche infolge des Blutverlustes aus der Speerwunde an seiner Seite war er jedoch bester Dinge und bat um ein Frühstück. Job und Ustane legten ihn auf das Tuch einer Sänfte, deren Stangen sie entfernten, und trugen ihn mit Billalis Hilfe in den Schatten am Eingang der Höhle, aus der man übrigens unterdessen alle Spuren des nächtlichen Kampfes entfernt hatte. Dort frühstückten wir alle und verbrachten den Tag und auch den größten Teil der beiden folgenden Tage.

Am dritten Morgen waren Job und ich wieder einigermaßen hergestellt. Da es auch Leo wesentlich besser ging, erfüllte ich Billalis immer wieder vorgebrachte Bitte und erklärte mich bereit, sogleich die Reise nach Kôr, wie der Wohnort der geheimnisvollen ›Sie‹ hieß, anzutreten, obwohl ich nachteilige Folgen für Leo fürchtete, dessen kaum verheilte Wunde durch die Bewegung wieder aufbrechen konnte. Hätte Billali nicht so ängstlich gedrängt, diesen Platz zu verlassen, und uns dadurch mit der Befürchtung erfüllt, es könnten uns, wenn wir noch länger blieben, neue Gefahren drohen, so hätte ich nicht eingewilligt.

10

Betrachtungen

Eine Stunde nachdem wir uns zum Aufbruch entschlossen hatten, wurden fünf Sänften, jede mit vier Trägern und zwei Ersatzmännern, zum Eingang der Höhle gebracht. Eine Schar von fünfzig bewaffneten Amahaggern bildete die Eskorte und trug das Gepäck. Drei der Sänften waren für uns, eine für Billali bestimmt, der uns, wie ich zu meiner Erleichterung erfuhr, begleiten wollte. Die fünfte war anscheinend für Ustane.

»Kommt die Dame mit uns, mein Vater?« fragte ich Billali, der die Vorbereitungen beaufsichtigte.

Achselzuckend erwiderte er:

»Wenn sie will. In unserem Lande tun die Frauen, was ihnen beliebt. Wir verehren sie und lassen ihnen ihren Willen, denn ohne sie könnte die Welt nicht bestehen; sie sind der Quell des Lebens.«

»Ah«, sagte ich, denn bisher war mir die Sache noch nie in diesem Licht erschienen.

»Ja, wir verehren sie«, fuhr er fort, »das heißt, bis zu einem gewissen Punkt – bis sie unerträglich werden. Das«, fügte er hinzu, »ist bei jeder zweiten Generation der Fall.«

»Und was tut ihr dann?« fragte ich neugierig.

»Dann«, erwiderte er mit leisem Lächeln, »raffen wir uns auf und töten die alten, um die jungen zu warnen und um ihnen zu zeigen, daß wir die Stärkeren sind. Auf diese Weise wurde vor drei Jahren meine arme Frau getötet. Es war sehr traurig, aber ehrlich gesagt, mein Sohn, mein Leben ist seither viel schöner, denn vor den jungen schützt mich ja mein Alter.«

»Kurz gesagt«, antwortete ich, einen Politiker zitierend, dessen Weisheit das Dunkel der Amahagger noch nicht erhellt hat, »du hast mehr Freiheit und weniger Verantwortung.«

Er schien über diesen Ausspruch zuerst ein wenig erstaunt, doch schließlich pflichtete er mir bei.

»Ganz recht, mein Pavian«, sagte er. »Ich verstehe, was du meinst. Die ›Verantwortungen‹ werden bei uns getötet, und deshalb gibt es bei uns so wenig alte Weiber. Nun ja – sie haben es sich selbst zuzuschreiben. Was ich von Ustane halten soll«, fuhr er in ernsterem Ton fort, »weiß ich nicht recht. Sie ist ein tapferes Mädchen, und sie liebt deinen Freund, den Löwen; du hast ja gesehen, wie sie sich an ihn klammerte und ihm das Leben rettete. Nach unserer Sitte ist sie seine Frau und hat das Recht, überallhin zu gehen, wo er hingeht, es sei denn«, fügte er bedeutsam hinzu, »›Sie‹ verbietet es, denn ihr Wort ist stärker als das Recht.«

»Und wenn ›Sie‹ ihr befiehlt, ihn zu verlassen, und das Mädchen sich weigert? Was dann?«

»Was geschieht«, sagte er achselzuckend, »wenn der Sturm dem Baum befiehlt, sich zu beugen, und er will nicht?«

Ohne auf eine Antwort zu warten, wandte er sich ab und ging zu seiner Sänfte, und zehn Minuten später waren wir unterwegs.

Wir brauchten über eine Stunde, um die becherförmige vulkanische Ebene zu durchqueren, und eine weitere halbe Stunde, um die Felswand auf der anderen Seite zu erklimmen. Oben angelangt, bot sich uns eine prachtvolle Aussicht. Vor uns lag ein langer, grasbewachsener Abhang, da und dort von Bäumen mit stachligen Ästen bestanden. Am Fuß dieses sanftgeneigten Abhangs, etwa neun oder zehn Meilen entfernt, sahen wir einen weiten Sumpf, über dem üble Dünste hingen wie Rauch über einer Stadt. Bergab hatten es die Träger leicht, und gegen Mittag erreichten wir den Rand des gräßlichen Sumpfes. Wir machten halt, um zu Mittag zu essen, und zogen dann auf einem gewundenen Pfad durch den Sumpf. Plötzlich wurde der Pfad, zumindest für unsere ungewohnten Augen, so undeutlich, daß er von den Fährten der Wassertiere und Vögel kaum noch zu unterscheiden war, und es ist mir bis zum heutigen Tag ein Rätsel, wie unsere Träger den Weg fanden. An der Spitze des Zuges marschierten zwei Männer mit zwei langen Stangen, die sie hin und wieder in den Boden vor sich stießen – eine Maßnahme, die deshalb notwendig war, weil sich aus Gründen, die mir nicht bekannt sind, die Beschaffenheit des Bodens häufig änderte und Stellen, die sich in diesem Monat gefahrlos überschreiten ließen, im nächsten den Wanderer verschlingen konnten. Nie sah ich eine ödere und trostlosere Landschaft. Meilenweit nichts als Morast, unterbrochen nur dann und wann von Streifen hellgrünen festeren Bodens und von tiefen, düsteren Tümpeln, umsäumt von Binsen, in denen Rohrdommeln lärmten und unaufhörlich Frösche quakten – Meile um Meile ohne jede Abwechslung, es sei denn, man bezeichnet die Fieberdünste als solche. Gänse, Kraniche, Enten, Krickenten, Bläßhühner, Schnepfen und Kiebitze umschwärmten uns, darunter viele Arten, die wir noch nie gesehen hatten, und alle so zahm, daß man sie fast mit einem Stock hätte erschlagen können. Unter diesen Vögeln fiel mir besonders eine wunderschöne bunte Schnepfenart auf; sie hatte etwa die Größe einer Waldschnepfe, ihr Flug jedoch ähnelte mehr dem einer englischen Schnepfe. In den Tümpeln hausten auch Tiere, die wie kleine Alligatoren oder wie riesengroße Leguane aussahen und sich, wie Billali mir erzählte, von Wasservögeln nährten, sowie große Mengen scheußlicher Wasserschlangen, deren Biß sehr gefährlich, doch nicht, wie man mir sagte, so tödlich wie der einer Kobra oder Viper ist. Auch viele riesige Ochsenfrösche gab es, deren Stimme ihrer Größe entsprach, und die Moskitos – Job nannte sie »Musketiere« – waren womöglich noch schlimmer als am Fluß und peinigten uns schrecklich. Das Allerschlimmste an dem Sumpf jedoch waren der gräßliche Gestank verfaulender Pflanzen, der darüber hing und manchmal geradezu unerträglich war, und die Malariadünste, die einzuatmen sich natürlich nicht vermeiden ließ.

Durch all dies zogen wir dahin, bis schließlich in düsterer Pracht die Sonne unterging. Wir erreichten zu dieser Zeit gerade eine etwa zwei Morgen große Erhebung mit etwas festerem Boden, die wie eine trockene Oase inmitten dieser schlammigen Wildnis lag. Billali beschloß, hier zu kampieren, was einfach hieß, daß wir aus trockenen Binsen und etwas Holz ein dürftiges Feuer machten und uns rundherum auf den Boden setzten. Wir fanden uns jedoch damit ab und rauchten und aßen mit so viel Appetit, wie ihn die schwüle, drückende Hitze aufkommen ließ, denn auf diesem Stück Land war es sehr heiß und merkwürdigerweise zuweilen auch unangenehm kühl. Doch trotz der Hitze waren wir sehr froh über das Feuer, denn sein Rauch hielt die Moskitos fern. Bald wickelten wir uns in unsere Decken und versuchten zu schlafen, was mir jedoch die Ochsenfrösche und der schreckliche Lärm Hunderter in die Luft flatternder Schnepfen sowie all die anderen Unbequemlichkeiten ganz unmöglich machten. Ich drehte mich um und sah Leo an, der neben mir lag; er schlummerte, doch sein Gesicht war auf eine seltsame Weise, die mir gar nicht gefiel, gerötet, und im flackernden Schein des Feuers bemerkte ich, wie Ustane, die auf seiner anderen Seite lag, sich von Zeit zu Zeit auf ihren Ellbogen stützte und ihn besorgt betrachtete.

Ich konnte jedoch gar nichts für ihn tun, denn wir alle hatten bereits eine starke Dosis Chinin eingenommen, und andere vorbeugende Mittel führten wir nicht mit uns. So lag ich denn da und sah, wie Tausende von Sternen auffunkelten, bis der ganze ungeheure Himmelsbogen mit glitzernden Punkten übersät war – und jeder war eine Welt! Es war ein herrlicher Anblick, der einem bewußt machte, wie unbedeutend doch der Mensch ist! Doch bald gab ich es auf, darüber nachzudenken, denn der Verstand ermüdet leicht, wenn er die Unendlichkeit zu durchdringen und den Fußspuren des Allmächtigen auf seinem Weg von Sphäre zu Sphäre zu folgen oder seinen Willen in seinen Werken zu erkennen sucht. Diese Dinge entziehen sich unserer Erkenntnis. Zuviel Wissen würde uns vielleicht blenden, zuviel Stärke uns trunken machen und unseren schwachen Verstand überwältigen, bis wir ihn verlören und in den Tiefen unserer Nichtigkeit versänken. Denn wozu verwendet der Mensch vor allem sein vermehrtes Wissen, das er seinem hartnäckigen und dabei so kurzsichtigen Forschen im Buche der Natur verdankt? Bezweifelt er nicht gar zu häufig die Existenz seines Schöpfers und jegliche höhere Vernunft, welche über seine eigene hinausgeht? Die Wahrheit ist verschleiert, weil wir ihren Anblick ebensowenig ertragen könnten wie den der Sonne. Sie würde uns zerstören. Die ganze Wahrheit ist für den Menschen nicht faßbar, denn sein Geist, von dessen Größe er so viel hält, ist nur sehr klein. Das Gefäß seines Geistes ist bald gefüllt, und schon ein winziger Tropfen von der Kraft und Weisheit, die jene unendlichen Sphären erfüllt und bewegt, würde ihn zersprengen. Vielleicht wird es an einem anderen Ort zu einer anderen Zeit anders sein – wer weiß? Hier auf Erden ist es das Los des Menschen, Mühsal und Plage zu erdulden, nach den Seifenblasen des Schicksals, die er Freuden nennt, zu haschen und dankbar zu sein, wenn er eine, bevor sie platzt, einen Augenblick in der Hand zu halten vermag; und ist das Trauerspiel zu Ende und seine letzte Stunde da, muß er demütig von hinnen gehen, in ein Land, das er nicht kennt.

Diesen und vielen anderen Gedanken hing ich nach in jener Nacht. Wie oft quälen sie doch den Menschen! Ja, quälen sage ich, denn das Denken macht uns die Hilflosigkeit des menschlichen Verstandes erst recht bewußt. Was ist schon unsere schwache Stimme in der unendlichen stummen Weite des Weltenraums? Kann unsere schwache Intelligenz die Geheimnisse jenes sternenübersäten Himmels enträtseln? Wird uns je eine Antwort zuteil werden? Nie und nimmer – nichts als ein Echo und phantastische Visionen! Und dennoch glauben wir, daß es eine Antwort gibt und daß dereinst eine rosige Dämmerung die Nacht, durch welche wir uns tasten, beenden wird. Wir glauben es, denn von jenseits des Grabes leuchtet der Widerschein ihrer Schönheit schon jetzt in unser Herz, und wir nennen sie Hoffnung. Ohne Hoffnung würden wir den moralischen Tod erleiden, mit Hilfe der Hoffnung aber können wir vielleicht doch zum Himmel aufsteigen oder im schlimmsten Fall, wenn auch sie nur freundliches Blendwerk sein sollte, das vor Verzweiflung uns bewahren soll, sanft hinabsinken in die Abgründe ewigen Schlafes.

Sodann dachte ich über das Unternehmen nach, auf das wir uns eingelassen hatten. Wie phantastisch war es doch, und dennoch schien alles so seltsam mit der jahrhundertealten Inschrift auf der Scherbe übereinzustimmen! Wer war jenes mystische Weib, das inmitten der Reste einer längst versunkenen Kultur als Königin ein ebenso sonderbares Volk beherrschte? Und was bedeutete diese Geschichte von dem Feuer, das ewiges Leben spendete? War es möglich, daß es irgendeine Flüssigkeit oder Essenz gab, welche die Mauern des Fleisches so verstärkte, daß die Beschüsse des Verfalls ihnen nichts anhaben konnten? Es war möglich, doch nicht wahrscheinlich. Die unendliche Verlängerung des Lebens war sicher nicht, wie der arme Vincey meinte, etwas so Wunderbares wie die Erzeugung des Lebens und seine zeitlich begrenzte Dauer. Doch wenn es stimmte – was dann? Wer es fand, konnte zweifellos die Welt beherrschen. Er konnte sich alle Schätze der Welt und alle Macht und alles Wissen, das Macht bedeutet, aneignen. Er konnte dem Studium jeder Kunst und jeder Wissenschaft ein Lebensalter widmen. Wenn dies wirklich stimmte und diese ›Sie‹ tatsächlich unsterblich war, was ich nicht einen Moment lang glaubte – warum hauste sie dann, obwohl sie über solche Macht verfügte, in einer Höhle unter Kannibalen? Nein, es gab keinen Zweifel: diese ganze Geschichte war Unsinn, nichts als ein Ausfluß der abergläubischen Zeit, in der sie niedergeschrieben worden war. Auf jeden Fall würde *ich* nicht versuchen, Unsterblichkeit zu erlangen. In den etwa vierzig Jahren, die ich auf Erden wandelte, hatte ich schon zu viele Enttäuschungen und Bitternisse erfahren, um mir eine endlose Verlängerung dieses Zustandes zu wünschen. Und dennoch glaube ich, daß mein Leben verhältnismäßig glücklich gewesen ist.

Als ich mir dann noch sagte, daß im Augenblick eine plötzliche Beendigung unserer Erdenlaufbahn viel wahrscheinlicher war als eine unendliche Verlängerung, schlief ich endlich ein – wofür jeder, der diesen Bericht liest, falls dies überhaupt jemand tut, sicherlich überaus dankbar sein wird.

Als ich erwachte, dämmerte es gerade, und die Wächter und Träger, die sich zum Aufbruch rüsteten, huschten wie Geister in dem dichten morgendlichen Nebel hin und her. Das Feuer war niedergebrannt, und als ich mich erhob und streckte, ließ mich die feuchte Morgenkühle am ganzen Leib erzittern. Dann sah ich mich nach Leo um. Er saß aufrecht und stützte den Kopf in die Hände. Sein Gesicht war glutrot, seine Augen glänzten, und ihr Weiß war gelb verfärbt.

»Nun, Leo«, sagte ich, »wie fühlst du dich?«

»Sterbenselend«, erwiderte er heiser. »Mein Kopf

fühlt sich an, als wollte er zerspringen, und ich zittere am ganzen Körper.«

Ich pfiff durch die Zähne – Leo hatte hohes Fieber. Als ich zu Job ging, um Chinin zu holen, wovon wir zum Glück immer noch einen ziemlichen Vorrat hatten, mußte ich feststellen, daß es mit ihm nicht viel besser stand. Er klagte über Rückenschmerzen und Schwindel und konnte sich kaum rühren. Ich tat das einzige, was unter diesen Umständen möglich war: ich gab beiden eine ordentliche Portion Chinin und nahm ebenfalls zur Vorsicht eine etwas kleinere Dosis. Dann ging ich zu Billali, berichtete ihm von dem Zustand der beiden und fragte ihn nach seinem Rat. Er sah sich Leo und Job an, welchen er übrigens seines Wanstes, seines runden Gesichtes und seiner kleinen Augen wegen »Schwein« nannte.

»Ja«, sagte er, als wir außer Hörweite waren, »Fieber! Dachte ich's mir doch. Den Löwen hat es schwer gepackt, doch er ist jung und wird es überstehen. Beim Schwein ist es nicht so schlimm. Es hat nur das ›leichte Fieber‹; es beginnt immer mit Rückenschmerzen. Bei seinem Fett wird es ihm wohl nicht viel anhaben.«

»Können sie weiterreisen, mein Vater?« fragte ich.

»Sie müssen, mein Sohn. Wenn sie hierbleiben, werden sie bestimmt sterben; außerdem liegen sie in den Sänften besser als auf dem Boden. Wenn alles gut geht, werden wir heute abend den Sumpf hinter uns haben, und dann wird die Luft besser. Komm, legen wir sie in die Sänften und brechen wir auf, denn es ist sehr gefährlich, in diesem Morgennebel herumzustehen. Wir können unterwegs frühstücken.«

Schweren Herzens willigte ich ein, und wir setzten die Reise fort. Die ersten drei Stunden verlief alles gut, doch dann ereignete sich ein Unfall, durch den wir fast unseren ehrwürdigen Freund Billali verloren hätten, dessen Sänfte sich an der Spitze der Karawane befand. Wir passierten gerade einen besonders gefährlichen Teil des Sumpfes, wo die Träger bis zu den Knien in den Schlamm einsanken, und es war mir in der Tat ein Rätsel, wie sie es fertigbrachten, die Sänften über solch morastigen Boden zu tragen, obgleich die beiden Ersatzträger zusammen mit den anderen vier Trägern ihre Schultern unter die Tragestangen stemmten.

Plötzlich, während wir so dahinschwankten, ertönte ein schriller Schrei, dem entsetzte Rufe folgten, und gleich darauf hörte man ein lautes Planschen. Die Karawane machte halt.

Ich sprang aus meiner Sänfte und eilte nach vorn. Etwa zwanzig Meter entfernt befand sich der Rand eines jener dunklen, schmutzigen Tümpel, die ich bereits erwähnte, und der Pfad, dem wir folgten, zog sich an dessen ziemlich steilem Ufer entlang. Als ich auf den Tümpel blickte, sah ich zu meinem Schreck, daß darin Billalis Sänfte schwamm, doch Billali selbst war nirgends zu sehen. Folgendes war geschehen: Einer von Billalis Trägern war unglücklicherweise auf eine sich sonnende Schlange getreten, die ihn ins Bein biß. Daraufhin ließ er die Tragestange los und hielt sich, als er das Gleichgewicht verlor und das Ufer hinabzustürzen drohte, an der Sänfte fest, wodurch er diese mit sich riß. Die anderen Träger ließen sie gleichfalls los, und sie rutschte zusammen mit Billali und dem Mann, welchen die Schlange gebissen hatte, hinab in den schlammigen Tümpel. Als ich an den Rand des Wassers trat, war keiner von ihnen zu sehen, und der unglückliche Träger blieb auch für immer verschwunden. Entweder war er mit dem Kopf auf irgend etwas Hartes aufgeschlagen oder der Schlamm hielt ihn fest oder der Schlangenbiß hatte ihn gelähmt. Billali war, wie gesagt, ebenfalls nicht zu sehen, doch an der heftig sich bewegenden Sänfte, in deren Tücher und Vorhänge er sich verwickelt hatte, erkannte man doch wenigstens, wo er sich befand.

»Dort ist er! Dort ist unser Vater!« rief einer der Männer, doch rührte weder er noch einer der anderen auch nur einen Finger, um ihm zu helfen. Sie standen wie angewurzelt da und starrten ins Wasser.

»Platz da, ihr Halunken!« rief ich auf englisch, warf meinen Hut weg, nahm einen Anlauf und sprang mit einem mächtigen Satz in den gräßlichen schlammigen Tümpel hinein. Einige Stöße brachten mich zu dem unter dem Tuch zappelnden Billali.

Irgendwie – ich weiß es selbst nicht genau – gelang es mir, ihn zu befreien, und sein ehrwürdiger, mit Schlamm bedeckter Kopf, der einem gelbhäutigen, mit Efeu geschmückten Bacchuskopf glich, tauchte aus dem Wasser auf. Das übrige war einfach, denn Billali war vernünftig genug, sich nicht, wie Ertrinkende dies häufig tun, an mich zu klammern. So brauchte ich ihn nur am Arm zu packen und ans Ufer zu schleppen, wo man uns durch den Schlamm nach oben zog. Ich habe weder zuvor noch danach je zwei Menschen gesehen, die so schmutzig waren wie wir, und man kann sich vielleicht einen Begriff von Billalis nahezu übermenschlicher Würde machen, wenn ich sage, daß er, hustend, halb ertrunken, bedeckt mit Schlamm und grünem Schleim, die von seinem schönen Bart herabtropften wie vom frisch pomadisierten Zopf eines Chinesen, immer noch ehrwürdig und ehrfurchtgebietend aussah.

»Ihr Hunde«, rief er den Trägern zu, sobald er seine Sprache wiedergefunden hatte, »ihr hättet mich, euren Vater, ruhig ertrinken lassen! Hätte mir dieser Fremdling, mein Sohn, der Pavian, nicht geholfen, so wäre ich sicherlich ertrunken. Ich werde es mir merken!« Und er sah sie mit seinen funkelnden, ein wenig wässerigen Augen auf eine Weise an, die ihnen, obgleich sie düster und gleichgültig dreinblickten, wie ich merkte, gar nicht gefiel.

»Was dich betrifft, mein Sohn«, wandte sich der Alte, meine Hand ergreifend, an mich, »so lasse dir versichern, daß ich jetzt dein Freund bin, mag Böses oder Gutes kommen. Du hast mir mein Leben gerettet; vielleicht werde ich dereinst das deine retten.«

Danach säuberten wir uns, so gut es ging, holten die Sänfte aus dem Tümpel und setzten die Reise ohne den Mann, der ertrunken war, fort. Ich weiß nicht, ob es daran lag, daß er unbeliebt gewesen war, oder an ihrer angeborenen Gleichgültigkeit und Selbstsucht – jedenfalls schien sich keiner über seinen plötzlichen Tod zu grämen; höchstens die Männer, welche seine Arbeit übernehmen mußten.

11

Die Ebene von Kôr

Etwa eine Stunde vor Sonnenuntergang verließen wir zu meiner ungeheuren Erleichterung das Sumpfgebiet und betraten festes, in sanften Wellen ansteigendes Land. Am Fuß des ersten Hügels machten wir halt, um zu übernachten. Ich sah sofort nach Leo. Sein Zustand war eher noch schlimmer als am Morgen, und nun kam noch etwas anderes, überaus Besorgniserregendes hinzu: er begann zu erbrechen und tat dies bis zum frühen Morgen. Ich schloß in jener Nacht kein Auge, denn ich half Ustane, die sich als eine äußerst geschickte und unermüdliche Krankenpflegerin erwies, Leo und Job zu betreuen. Die Luft war hier zum Glück warm und angenehm, und es gab so gut wie keine Moskitos. Außerdem befanden wir uns über dem Sumpfnebel, der zu unseren Füßen lag wie ein da und dort von Irrlichtern durchzucktes Dunstmeer.

Als der nächste Morgen anbrach, phantasierte Leo heftig und bildete sich ein, er sei in zwei Hälften gespalten. Ich machte mir schreckliche Sorgen und fragte mich voll Angst, wie dieser Anfall wohl ausgehen würde. Ich hatte nur gar zu oft davon gehört, wie solche Anfälle endeten! Während ich so bei Leo saß, kam Billali und sagte, wir müßten sofort weiter, vor allem Leos wegen, denn wenn dieser nicht innerhalb der nächsten zwölf Stunden an einen Ort gebracht würde, wo er Ruhe und die erforderliche Pflege fände, habe er möglicherweise nur noch einen oder zwei Tage zu leben. Ich konnte nicht umhin, ihm beizustimmen, und so legten wir Leo in seine Sänfte und brachen auf. Ustane ging neben ihm her, um die Fliegen zu verscheuchen und aufzupassen, daß er nicht herausfiel.

Ungefähr eine halbe Stunde vor Sonnenaufgang erreichten wir den Gipfel des ersten Hügels, und eine wunderschöne Aussicht bot sich uns. Vor uns lag ein fruchtbarer Landstrich mit üppigen Wiesen, Blumen und Bäumen. Dahinter, nach meiner Schätzung etwa achtzehn Meilen entfernt, ragte jäh aus der Ebene ein merkwürdiger, gewaltiger Berg empor. Den Fuß dieses Berges bildete ein grasbedeckter Abhang, der etwa fünfhundert Fuß hoch sein mochte, und aus diesem ragte schroff und steil eine zwölf- bis fünfzehnhundert Fuß hohe nackte Felswand auf. Der Berg, unzweifelhaft vulkanischen Ursprungs, war nahezu rund, doch da für uns natürlich nur ein Abschnitt sichtbar war, ließ sich sein Umfang, der gewaltig sein mußte, nur schwer abschätzen. Später stellte ich fest, daß er eine Fläche von nicht weniger als fünfzig Quadratmeilen bedeckte. Etwas Großartigeres und Imposanteres als diese riesige natürliche Festung, die einsam und erhaben aus der Ebene emporragte, habe ich nie gesehen. Die Einsamkeit erhöhte noch den majestätischen Eindruck, und ihre hochaufragenden, in Wolken gehüllten Zinnen schienen den Himmel zu berühren.

Ich richtete mich in meiner Sänfte auf und starrte über die Ebene hinweg auf dieses imposante, majestätische Bild, und anscheinend bemerkte dies Billali, denn seine Sänfte tauchte sogleich neben mir auf.

»Das, mein Sohn, ist der Palast unserer Herrscherin ›Sie‹!« sagte er. »Welche Königin hat je einen solchen Thron besessen?«

»Er ist wunderbar, mein Vater«, erwiderte ich. »Aber wie kommen wir da hinein? Es dürfte sehr schwer sein, diese Felsen zu ersteigen.«

»Warte nur ab, mein Pavian. Schau einmal auf diesen Weg dort unten. Was, glaubst du, ist das? Du bist doch ein weiser Mann. Komm, sage es mir.«

Ich blickte hinunter und sah eine Art mit Gras bedeckter Landstraße, die direkt auf den Fuß des Berges zuführte. Zu ihren beiden Seiten erhoben sich hohe, da und dort unterbrochene Erdwälle, deren Zweck ich nicht erkennen konnte. Ich konnte mir nicht vorstellen, aus welchem Grund man eine Landstraße eingedämmt hatte.

»Ich nehme an, mein Vater, daß es eine Straße ist«, sagte ich, »oder sollte es ein Flußbett sein? Nein«, fügte ich hinzu, denn mir fiel die schnurgerade Richtung auf, »eher ein Kanal.«

Billali, dem übrigens sein unfreiwilliges Bad am Tag zuvor nicht geschadet hatte, nickte weise und erwiderte:

»Ganz recht, mein Sohn. Es ist ein Kanal, den die früheren Bewohner dieses Landes gegraben haben, um Wasser abzuleiten. Innerhalb des kreisrunden Berges, der unser Ziel ist, befand sich einst ein großer See. Die Menschen, die hier lebten, trieben mittels wunderbarer Künste, von denen ich nichts weiß, einen Abfluß durch die Felswand hindurch bis auf den Grund des Sees. Doch zuvor gruben sie diesen Kanal, den du dort siehst, durch die Ebene. Als dann das Wasser heraussprang, strömte es durch den Kanal bis zu dem flachen Land hinter dem Hügel, und auf diese Weise entstand wahrscheinlich der Sumpf, welchen wir durchquert haben. Als der See trockengelegt war, bauten sie auf seinem Grund eine mächtige Stadt, von der heute nur noch Ruinen und der Name Kôr übrig sind, und nach und nach, im Laufe vieler Menschenalter, schlugen sie aus dem Felsen jene Höhlen und Gänge heraus, die du sehen wirst.«

»Mag sein«, erwiderte ich, »doch wenn es stimmt, wie kommt es dann, daß Regen und das Wasser der Quellen den See nicht wieder gefüllt haben?«

»Diese Leute waren klug, mein Sohn. Sie bauten, um ihn trockenzuhalten, einen Abfluß. Siehst du dort rechts den Fluß?« Er deutete auf einen recht ansehnlichen

Strom, der sich in einigen Meilen Entfernung durch die Ebene wand. »Das ist der Abfluß; er kommt aus der gleichen Stelle der Bergwand, in die der Kanal mündet. Vielleicht floß zuerst das Wasser durch den Kanal ab, doch als es später durch den Graben floß, machten sie aus dem Kanal eine Landstraße.«

»Und es gibt keine andere Stelle, an der man in den Berg hinein kann?« fragte ich.

»Doch, eine gibt es noch, die Vieh und Menschen benützen können, doch sie ist sehr beschwerlich und wird geheimgehalten. Du würdest sie nicht finden, und wenn du ein Jahr danach suchtest. Sie wird nur einmal im Jahr benützt, wenn die Viehherden, die auf den Hängen des Berges und auf dieser Ebene gegrast haben, hineingetrieben werden.«

»Und ›Sie‹ lebt immer dort drinnen?« fragte ich. »Oder verläßt sie zuweilen den Berg?«

»Nein, mein Sohn, wo sie ist, dort bleibt sie.«

Inzwischen hatten wir die große Ebene erreicht, und ich betrachtete entzückt die Schönheit der mannigfachen halbtropischen Blumen und Bäume, von denen die letzteren meist einzeln oder höchstens zu dritt oder zu viert beisammenstanden. Die meisten waren sehr groß und stellten anscheinend eine Abart der immergrünen Eiche dar. Auch viele Palmen gab es, einige davon mehr als hundert Fuß hoch, sowie die größten und schönsten Baumfarne, die ich je gesehen habe, umschwärmt von buntschillernden Honigsaugern und großen Schmetterlingen. Zwischen den Bäumen im hohen Gras tummelte sich allerlei Wild. Ich sah ein Rhinozeros, eine große Büffelherde, Elenantilopen, Zebras, eine Rappenantilope sowie eine Unmenge Kleinwild und drei Strauße, die bei unserer Annäherung blitzschnell davonliefen. So zahlreich war das Wild, daß ich nicht länger widerstehen konnte. Da mein Expreßgewehr zu schwer war, hatte ich eine Martinibüchse bei mir in der Sänfte, und als ich eine schöne Elenantilope sah, die ihr Geweih an einem der eichenähnlichen Bäume wetzte, sprang ich heraus und schlich mich so nah wie möglich an sie heran. Als ich etwa achtzig Meter entfernt war, wandte sie den Kopf und starrte mich erschrocken an. Ich hob die Büchse, zielte, da sie mir ihre Seite zuwandte, auf ihre Schulter und feuerte. Während meiner ganzen bisherigen, freilich nicht sehr bedeutenden Jägerlaufbahn hatte ich noch nie einen so guten Schuß getan, denn die Antilope sprang hoch in die Luft und fiel tot zu Boden. Die Träger, die stehengeblieben waren, um mir zuzusehen, ließen ein erstauntes Murmeln hören – ein ungewöhnliches Kompliment von diesen mürrischen Leuten, die nie etwas zu überraschen schien –, und einige Männer rannten sofort los, die Antilope auszuweiden. Obwohl ich mir das Tier gern angesehen hätte, schlenderte ich gleichgültig, als hätte ich in meinem Leben nie etwas anderes getan als Elenantilopen erlegt, zu meiner Sänfte zurück. Ich merkte, daß die Achtung der Amahagger für mich um einige Grad gestiegen war, denn sie betrachteten das Ganze als einen Beweis dafür, daß ich über mächtige Zauberkräfte verfügte. In Wirklichkeit hatte ich noch niemals eine Elenantilope in freier Natur gesehen. Billali empfing mich voll Begeisterung.

»Prächtig, mein Pavian!« rief er. »Ganz prächtig! Trotz deiner Häßlichkeit bist du ein großer Mann. Hätte ich es nicht mit eigenen Augen gesehen, so würde ich es nicht glauben. Und du willst mich wirklich die Kunst, auf diese Weise zu töten, lehren?«

»Gewiß«, prahlte ich, »das ist kinderleicht.«

Insgeheim nahm ich mir jedoch fest vor, mich, wenn ›mein Vater‹ Billali zum erstenmal schoß, zu Boden zu werfen oder hinter einem Baum Schutz zu suchen.

Nach diesem kleinen Zwischenfall geschah nichts Besonderes, bis wir etwa eineinhalb Stunden vor Sonnenuntergang den Schatten des gewaltigen vulkanischen Berges erreichten. Es ist mir ganz unmöglich, zu schildern, wie tief mich seine grimmige Erhabenheit beeindruckte, während meine unermüdlichen Träger durch den alten Kanal der Stelle zustrebten, wo die dunkelbraunen Felsen von Gipfel zu Gipfel immer höher emporragten, bis sie sich hoch oben in den Wolken verloren. Ich kann nur sagen, daß ihre einsame und erhabene Größe mich beinahe mit Ehrfurcht erfüllte. Immer höher stiegen wir den sonnigen Abhang hinauf, bis schließlich die von oben hereinbrechenden Schatten seinen Glanz verhüllten, und plötzlich bogen wir in einen in den Fels gehauenen Weg ein. Tiefer und tiefer führte dieses wunderbare Bauwerk, an dem Tausende von Menschen viele Jahre lang gearbeitet haben müssen. Wie es ohne die Hilfe von Sprengpulver und Dynamit überhaupt geschaffen werden konnte, ist mir bis zum heutigen Tage ein Rätsel. Es wird wohl immer eines der Rätsel dieses wilden Landes bleiben. Ich kann nur vermuten, daß diese Gänge und riesigen Höhlen, die aus den Felsen herausgeschlagen wurden, staatliche Unternehmungen jenes uralten Volkes von Kôr gewesen sind, das in dunkler Vorzeit hier lebte, und daß sie – wie die ägyptischen Baudenkmäler – im Laufe vieler Jahrhunderte durch den Frondienst vieler Tausender Gefangener und Sklaven geschaffen wurden. Doch was für ein Volk war dies?

Endlich erreichten wir den Felsen selbst und standen vor dem Eingang eines finsteren Tunnels, der mich stark an die Eisenbahntunnel erinnerte, die unsere Ingenieure im neunzehnten Jahrhundert bauten. Diesem Tunnel entfloß ein ansehnlicher Wasserstrom. Es war derselbe, der sich schließlich zu dem von mir bereits geschilderten Fluß entwickelte, und wir waren ihm schon von der Stelle an gefolgt, wo der Einschnitt in den Felsen begann. Die eine Hälfte dieses Einschnitts bildete nämlich einen Kanal für den Strom, und die andere, welche ungefähr acht Fuß höher lag, diente als Straße. Vor dem Eingang der Höhle hielt unsere Karawane an, und die Träger entzündeten einige irdene Lampen, die sie mit sich führten. Billali stieg aus seiner Sänfte und teilte mir höflich, doch bestimmt mit, daß ›Sie‹ befohlen habe, uns nun die Augen zu verbinden, damit wir nicht die geheimen, durch das Innere des Berges führenden Wege kennenlernten. Ich fügte mich bereitwillig, doch Job, der sich inzwischen trotz der strapaziösen Reise recht gut erholt hatte, war gar nicht damit einverstanden; offenbar fürchtete er, man wolle ihn wieder bei lebendigem Leibe braten. Er beruhigte sich jedoch ein wenig, als ich ihm sagte, daß es hier weder Töpfe noch Feuer, auf denen man sie erhitzen konnte, gäbe. Der arme Leo war, nachdem er sich stundenlang ruhelos herumgewälzt hatte, Gott sei Dank endlich in Schlaf oder in eine Art Betäubung versunken, und so brauchte man ihm nicht die Augen zu verbinden. Bei uns tat man dies, indem man uns ein Stück von dem gelblichen Leinen, aus dem die Gewänder der Amahagger, soweit sie welche trugen, bestanden, um die Augen legte. Ich stellte später fest, daß sie dieses Leinen nicht selbst herstellten, sondern den Gräbern entnahmen. Das

Tuch wurde am Hinterkopf zusammengeknotet und dann, damit es nicht verrutschte, unter dem Kinn verschlungen. Auch Ustane verband man die Augen – wahrscheinlich weil man fürchtete, sie könnte uns die geheimen Wege verraten.

Danach zogen wir weiter, und schon bald erkannte ich am Echo der Schritte und am lauter werdenden Rauschen des Wassers, daß wir uns tief im Innern des Berges befanden. Es war ein unheimliches Gefühl, mitten in das Herz dieses unbekannten Felsens hineingetragen zu werden, doch Unheimliches waren wir indessen schon gewohnt und deshalb auf so ziemlich alles gefaßt. Ich lag also still, lauschte dem Trappeln der Träger und dem Rauschen des Wassers und versuchte mir einzubilden, daß das Ganze recht lustig sei. Plötzlich stimmten die Männer wieder jenen melancholischen Gesang an, den ich schon in der ersten Nacht, als sie uns in unserem Walboot gefangennahmen, gehört hatte, doch diesmal klangen ihre Stimmen ganz merkwürdig. Nach einer Weile wurde die Luft so dick, daß mich ein Gefühl befiel, als müßte ich ersticken, und schließlich wurde die Sänfte um eine Biegung herumgetragen und dann um eine zweite und dritte, und das Rauschen des Wassers verstummte. Nun war die Luft wieder frischer, doch es kamen immer neue Biegungen, die mich mit meinen verbundenen Augen sehr verwirrten. Ich versuchte sie mir für den Fall, daß wir einen Fluchtversuch unternahmen, zu merken, doch gelang mir dies natürlich nicht. Nach etwa einer halben Stunde merkte ich, daß wir uns wieder im Freien befanden. Durch meine Augenbinde fiel Licht, und ich spürte einen kühlen Lufthauch auf meinem Gesicht. Nach wenigen Minuten machte die Karawane halt, und ich hörte, wie Billali

Ustane befahl, ihre Binde und sodann die unseren abzunehmen. Ich wartete jedoch nicht auf sie, sondern nahm sie selbst ab und sah mich um.

Wie ich vermutet hatte, waren wir mitten durch den Felsen marschiert und befanden uns jetzt auf seiner anderen Seite. Sofort bemerkte ich, daß er hier etwa fünfhundert Fuß niedriger war – das hieß, daß der Grund des Sees oder besser des alten vulkanischen Kraters, in dem wir standen, hoch über der umgebenden Ebene lag. Wir befanden uns in einem riesigen, von Felsen umsäumten Becher, ähnlich dem Plateau, auf dem Billalis Siedlung lag, nur zehnmal größer. Die düsteren Umrisse der gegenüberliegenden Felsen waren kaum zu erkennen. Ein großer Teil der auf diese natürliche Weise umhegten Ebene war bebaut und von Steinmauern umgeben, damit die zahlreichen Rinder- und Ziegenherden nicht in die Gärten eindringen konnten. Da und dort erhoben sich große, grasbewachsene Hügel, und in einigen Meilen Entfernung zur Mitte hin glaubte ich die Umrisse riesiger Ruinen zu erkennen. Mir blieb im Moment jedoch keine Zeit, weitere Beobachtungen anzustellen, da uns sogleich Scharen von Amahaggern umringten, die sich, ebenso schweigsam wie die uns bereits bekannten, dicht an uns herandrängten, um einen Blick in unsere Sänften zu werfen. Dann lief plötzlich eine große Abteilung bewaffneter Männer auf uns zu, angeführt von Offizieren mit Elfenbeinstäben in den Händen. Sie strömten wie Ameisen aus einer Felsenhöhle hervor und trugen außer den üblichen Leopardenfellen Gewänder. Mir war sofort klar, daß dies die Leibwache der Herrscherin ›Sie‹ sein mußte.

Ihr Anführer trat zu Billali, salutierte, indem er seinen Elfenbeinstab quer über die Stirne legte, und stellte ihm einige Fragen, die ich nicht verstehen konnte. Nachdem Billali sie beantwortet hatte, machte das ganze Regiment kehrt und marschierte, von unserer Karawane gefolgt, die Felswand entlang. Nach etwa einer halben Meile machten wir vor dem Eingang einer riesigen, etwa sechzig Fuß hohen und zwanzig Fuß breiten Höhle halt. Billali stieg aus und forderte Job und mich auf, das gleiche zu tun. Leo war natürlich zu krank, um seine Sänfte zu verlassen. Ich folgte Billali, und wir traten in die große Höhle, die ein Stück weit noch vom Schein der untergehenden Sonne und dahinter von einer endlos scheinenden Reihe Lampen erhellt wurde. Als erstes bemerkte ich, daß die Wände mit Skulpturen in Basrelief bedeckt waren, welche zum größten Teil jenen ähnelten, die ich bereits auf den Vasen gesehen hatte: Liebesszenen, Jagdstücke, Darstellungen von Hinrichtungen und der Folterung von Verbrechern, denen man glühende Töpfe über den Kopf stülpte. Daher stammte also dieser schöne Brauch unserer Gastgeber! Schlachtenbilder gab es nur wenige, dafür zahlreiche Darstellungen von Zweikämpfen und laufenden und ringenden Männern, woraus ich schloß, daß dieses Volk – sei es wegen der isolierten Lage seines Landes oder wegen seiner Stärke – nicht oft von äußeren Feinden angegriffen worden war. Zwischen den Bildern befanden sich lange Inschriften in mir gänzlich unbekannten Zeichen; sie waren auf keinen Fall griechisch oder ägyptisch, hebräisch oder assyrisch, sondern sahen noch am ehesten wie chinesische Schriftzeichen aus. In der Nähe des Eingangs waren sowohl Bilder wie Inschriften schon stark verwittert und undeutlich, tiefer im Inneren der Höhle jedoch so frisch und klar wie an dem Tag, da sie geschaffen worden waren.

Die Garde begleitete uns nur bis zum Eingang der Höhle. Dort stellte sie sich in Reih und Glied auf und ließ uns hindurch. Als wir eintraten, kam uns ein weißgekleideter Mann entgegen, der sich demütig verneigte, jedoch kein Wort sprach, was aber nicht verwunderlich war, denn er war, wie sich später herausstellte, taubstumm.

Nach etwa zwanzig Fuß zweigten im rechten Winkel von der großen Höhle zwei breite, in den Fels gehauene Gänge ab. Vor dem linken standen Wächter, woraus ich schloß, daß er zu den Gemächern der Königin führte. Der rechte Gang war unbewacht, und der Stumme bedeutete uns, in ihn hineinzugehen. Nach einigen Schritten stießen wir auf eine Kammer, vor deren Eingang eine aus Gras geflochtene Matte hing. Der Stumme schlug sie mit einer neuerlichen tiefen Verbeugung zurück und führte uns in ein ziemlich großes Gemach, das gleichfalls aus dem Felsen herausgeschlagen war und zu meiner großen Freude durch einen in die Decke gebohrten Schacht Licht erhielt. Ausgestattet war der Raum mit einer steinernen Bettstatt, mehreren Krügen mit Wasser zum Waschen und einigen schön gefärbten Leopardenfellen zum Zudecken.

Hier ließen wir den immer noch tief schlafenden Leo zurück, und Ustane blieb bei ihm. Ich bemerkte, daß der Stumme sie mit einem scharfen Blick ansah, als wollte er sagen: »Wer bist du, und wer hat dir befohlen, hierherzukommen?« Sodann führte er uns in einen anderen, ähnlichen Raum, den Job nahm, und darauf zu zwei weiteren, in denen Billali und ich uns niederließen.

12

›Sie‹

Nachdem wir Leo versorgt hatten, war es Jobs und meine erste Sorge, uns zu waschen und unsere Kleider zu wechseln, denn seit dem Untergang der Dhau hatten wir keine Gelegenheit gehabt, uns umzuziehen. Zum Glück war, wie ich wohl erwähnte, der größte Teil unserer persönlichen Sachen in dem Walboot verstaut und deshalb gerettet und von den Trägern hierhergebracht worden, während sämtliche als Tauschobjekte und Geschenke für die Eingeborenen vorgesehenen Dinge verlorengegangen waren. Fast unsere ganze Kleidung bestand aus sehr festem grauem Flanell, der sich für Reisen in jenen Gegenden ausgezeichnet eignete. Obwohl nämlich Jackett, Hemd und Hose aus diesem Stoff nur etwa vier Pfund wogen – in tropischen Ländern, wo man jede zusätzliche Unze spürt, ein sehr wesentlicher Umstand –, schützte er sehr gut vor den Sonnenstrahlen, doch auch vor der Kälte, die bei plötzlichen Temperaturwechseln eintreten kann.

Nie werde ich das angenehme Gefühl vergessen, das mich erfüllte, nachdem ich mich gewaschen und die reinen Flanellkleider angezogen hatte. Das einzige, was zu meiner vollen Zufriedenheit fehlte, war ein Stück Seife, das wir leider nicht besaßen.

Später fand ich heraus, daß die Amahagger, zu deren vielen unsympathischen Eigenschaften wenigstens nicht Unreinlichkeit gehört, zum Waschen eine Art gebrannter Erde benützen, die anfangs zwar ziemlich unangenehm für die Haut ist, doch einen recht guten Seifenersatz darstellt.

Als ich mich angekleidet und meinen schwarzen Bart gekämmt und gestutzt hatte, dessen ungepflegter Zustand Billali nicht ganz zu Unrecht veranlaßt hatte, mich ›Pavian‹ zu nennen, verspürte ich einen wahren Heißhunger. Ich war deshalb nicht böse, als ohne jedes vorherige Geräusch der Vorhang vor dem Eingang meiner Kammer zurückgeschlagen wurde und lautlos ein junges Mädchen eintrat, das mir durch eine nicht mißzuverstehende Gebärde – sie öffnete den Mund und deutete mit dem Finger darauf –, kundtat, daß etwas zum Essen bereit sei. Ich folgte ihr in die nächste Kammer, die ich noch nicht betreten hatte, und fand dort Job vor, welcher ebenfalls – zu seiner großen Verlegenheit – von einer schönen Stummen dorthin geführt worden war. Job hatte die Gunstbeweise der anderen Amahaggerdame nicht vergessen und verdächtigte nun jedes Mädchen, das ihm nahe kam, ähnlicher Absichten.

»Einfach unverschämt, wie diese Weiber einen anglotzen«, sagte er zu seiner Entschuldigung.

Diese Kammer war etwa zweimal so groß wie unsere Schlafräume, und ich erkannte auf den ersten Blick, daß sie früher einmal als Speisezimmer und vermutlich auch als Einbalsamierungsraum für die Totenpriester gedient hatte. Ich möchte gleich hier erwähnen, daß diese in den Fels geschlagenen Höhlen nichts anderes als riesige Katakomben darstellten, in denen man viele Jahrhunderte lang die sterblichen Überreste der Angehörigen jenes großen ausgestorbenen Volkes, dessen Denkmäler uns umgaben, mit unvorstellbarer Kunstfertigkeit konserviert und sodann für alle Zeiten beigesetzt hatte. Auf jeder Seite dieser Felsenkammer stand ein langer, etwa drei Fuß breiter und sechs Fuß hoher Tisch, der aus dem Fels herausgemeißelt und am

Boden noch mit ihm verbunden war. Diese Tische waren leicht ausgehöhlt oder nach innen gebogen und boten so Platz für die Knie der Personen, welche auf der zwei Fuß davon entfernten, sich die Höhlenwand entlangziehenden Bank saßen. Außerdem befand sich über jedem Tisch ein Schacht, durch den Licht und Luft eindrangen. Als ich die Tische näher untersuchte, bemerkte ich jedoch einen Unterschied zwischen ihnen, der mir zuerst entgangen war: der links vom Eingang stehende hatte offenbar nicht zum Essen, sondern zum Einbalsamieren gedient. Man sah dies ganz deutlich an den fünf flachen Vertiefungen in seiner Oberfläche, die wie menschliche Körper geformt waren, sowie an den kleinen runden Vertiefungen jeweils an ihrem einen Ende, die zweifellos für den Kopf bestimmt gewesen waren. Die Vertiefungen waren von verschiedener Größe, von der eines Erwachsenen bis zu der eines Kindes, und sie hatten in Abständen kleine Löcher, durch welche Flüssigkeiten ablaufen konnten. Zur Bestätigung meiner Vermutung genügte übrigens ein Blick auf die Wand der Höhle. Sie war mit überaus gut erhaltenen Skulpturen bedeckt, die den Tod, die Einbalsamierung und die Bestattung eines alten langbärtigen Mannes darstellten, wahrscheinlich eines einstigen Königs oder anderen Großen dieses Landes.

Das erste Bild zeigte den Sterbenden. Er ruhte auf einem Lager, dessen vier kurze, geschwungene, in einen Knauf auslaufende Füße Musiknoten ähnelten, und hauchte offenbar soeben seinen Geist aus. Um das Lager waren weinende Frauen und Kinder versammelt; ersteren fiel das Haar lose auf den Rücken. Auf dem nächsten Bild war die Einbalsamierung des Toten dargestellt, der nackt auf einem Tisch lag, welcher die gleichen Vertiefungen hatte wie jener vor uns; vielleicht war es sogar eine Abbildung dieses Tisches. Drei Männer waren an der Arbeit – einer beaufsichtigte die Prozedur, ein zweiter hielt eine Art Trichter in der Hand, dessen Spitze in einem Einschnitt in der Brust – wahrscheinlich in der großen Brustschlagader – steckte, und der dritte, welcher mit gespreizten Beinen über der Leiche stand, goß aus einem großen Krug eine dampfende Flüssigkeit in den Trichter. Das Seltsamste an dieser Skulptur war, daß der Mann mit dem Trichter und der Mann mit dem Krug sich die Nasen zuhielten – vermutlich, um nicht den von der Leiche ausströmenden Gestank oder die aromatischen Dämpfe der heißen Flüssigkeit, die sie in die Adern des Toten füllten, einzuatmen. Ein weiterer merkwürdiger Umstand, für den ich keine Erklärung weiß, war, daß alle drei Männer ihr Gesicht mit einem Leinentuch verhüllt hatten, in dem sich Öffnungen für die Augen befanden.

Die dritte Skulptur zeigte die Bestattung. Der Tote lag steif und kalt, in ein leinenes Gewand gekleidet, auf einer Steinplatte, die jener ähnelte, auf der ich während unseres ersten Aufenthalts geschlafen hatte. Zu seinem Haupt und seinen Füßen brannten Lampen, und neben ihm standen mehrere der von mir bereits erwähnten schön bemalten Krüge, die vielleicht Speisen und Getränke enthielten. In der kleinen Kammer drängten sich Leidtragende und Musiker, die auf einem lyraartigen Instrument spielten, und zu Füßen des Toten stand ein Mann, der sich soeben anschickte, ein Tuch über die Leiche zu breiten.

Diese Skulpturen waren, allein als Kunstwerke betrachtet, so bemerkenswert, daß ich eine derart ausführliche Beschreibung durchaus berechtigt finde. Doch davon abgesehen erschienen sie mir auch deshalb überaus interessant, weil sie anscheinend mit größter Genauigkeit die Totengebräuche eines gänzlich verschollenen Volkes darstellten, und ich konnte selbst in diesem Augenblick nicht umhin, daran zu denken, wie neidisch einige mir befreundete Altertumsforscher in Cambridge auf mich sein würden, wenn es mir beschieden sein sollte, ihnen von diesen wunderbaren Funden zu berichten.

Doch zurück zu unserer Geschichte. Nachdem ich diese Skulpturen, die übrigens, wie ich wohl noch nicht erwähnt habe, in Relief ausgeführt waren, eilends betrachtet hatte, setzten wir uns zu einem ausgezeichneten, aus gekochtem Ziegenfleisch, frischer Milch und Mehlkuchen bestehenden Mahl nieder, welches uns auf sauberen Holztellern serviert wurde.

Nachdem wir gegessen hatten, begaben wir uns zu Leo, um nach seinem Befinden zu sehen, während Billali sagte, er müsse jetzt der Herrscherin ›Sie‹ seine Aufwartung machen und ihre Befehle entgegennehmen. Leo ging es sehr schlecht. Er war aus seiner Betäubung erwacht, phantasierte von einem Bootsrennen auf dem Cam und schlug wild um sich. Als wir in seine Kammer traten, beugte sich Ustane eben über ihn, um ihn festzuhalten. Ich sprach auf ihn ein, und meine Stimme schien ihn zu besänftigen; jedenfalls wurde er ruhiger und ließ sich dazu überreden, eine Dosis Chinin zu nehmen.

Ich mag etwa eine Stunde bei ihm gesessen haben – es wurde inzwischen so dunkel, daß ich auf dem aus einem Sack und einer Decke improvisierten Kissen kaum noch seinen Kopf und seine goldenen Locken erkennen konnte –, als plötzlich mit feierlicher Miene Billali eintrat und mir mitteilte, daß ›Sie‹ den Wunsch auszusprechen geruht habe, mich kennenzulernen – eine Ehre, die, so fügte er hinzu, nur wenigen zuteil werde. Er schien ziemlich bestürzt über die Gelassenheit, mit der ich diese Ehre hinnahm, doch ich fand es nicht im mindesten verlockend, Bekanntschaft mit einer wilden, dunkelhäutigen Königin zu schließen, so mächtig und geheimnisvoll sie auch sein mochte, zumal ich mir große Sorgen um den lieben Leo machte. Als ich trotzdem aufstand, um ihm zu folgen, fiel mein Blick auf etwas Glänzendes, das am Boden lag, und ich hob es auf. Der Leser wird sich vielleicht entsinnen, daß in dem Kästchen außer der Tonscherbe auch ein Skarabäus lag, der mit sonderbaren Hieroglyphen bedeckt war, und daß diese Zeichen ›Suten se Ra‹ oder ›Königlicher Sohn der Sonne‹ bedeuteten.

Diesen Skarabäus, der sehr klein war, hatte sich Leo in London in einen goldenen Siegelring fassen lassen; und dieser Ring war es, den ich jetzt vom Boden aufhob. Leo hatte ihn sich vermutlich in einem Fieberanfall vom Finger gerissen und fortgeworfen. Damit er nicht verlorenging, steckte ich ihn an meinen kleinen Finger und folgte dann Billali, während Job und Ustane bei Leo blieben.

Wir gingen durch den Gang, durchquerten die große Vorhalle und schritten auf den entsprechenden Gang auf der anderen Seite zu, vor dem die Wächter wie zwei Statuen standen. Als wir uns näherten, neigten sie grüßend den Kopf und hoben dann ihre langen Speere und legten sie quer über die Stirn wie die Anführer der Soldaten, die uns abgeholt hatten, ihre Elfenbeinstäbe. Wir gingen zwischen ihnen hindurch und traten in einen Gang, welcher genau jenem glich, der zu unseren Kammern führte, nur daß dieser hell beleuchtet war. Nach wenigen Schritten traten uns vier Stumme – zwei Männer und zwei Frauen – entgegen, die sich tief verneigten und uns dann begleiteten, die Frauen vor uns und die Männer hinter uns gehend. So gingen wir an mehreren mit Vorhängen verhängten Türen vorbei, hinter denen, wie ich später herausfand, die Kammern lagen, in denen die stummen Diener der Herrscherin ›Sie‹ wohnten. Nach einigen weiteren Schritten stießen wir wiederum auf eine Türöffnung, welche das Ende des Ganges zu bilden schien. Auch hier standen zwei weiß oder eher gelb gekleidete Wächter, die sich ebenfalls tief verneigten, salutierten und uns durch schwere Vorhänge in einen großen Vorraum treten ließen, der etwa vierzig Fuß im Quadrat messen mochte. Darin saßen auf Kissen acht oder zehn Frauen, die meisten jung und hübsch und blondhaarig, und arbeiteten mit elfenbeinernen Nadeln an Gestellen, die wie Stickrahmen aussahen. Auch sie waren taubstumm. Auf der anderen Seite dieses großen, mit Lampen erhellten Raumes befand sich eine zweite Türöffnung, die mit schweren, orientalisch aussehenden Vorhängen verhängt war, die jenen vor den Türen unserer Kammern nicht im mindesten glichen. Davor standen, den Kopf tief geneigt und die Hände in tiefster Demut gekreuzt, zwei besonders hübsche stumme Mädchen. Als wir uns näherten, streckten beide einen Arm aus und schlugen die Vorhänge zurück. Daraufhin tat Billali etwas Sonderbares. Der ehrwürdige alte Herr warf sich auf Hände und Knie nieder und kroch in dieser unwürdigen Haltung, seinen langen weißen Bart über den Boden schleifend, in das dahinterliegende Gemach. Als ich ihm aufrecht folgte, blickte er sich um und rief:

»Nieder, mein Sohn; nieder, mein Pavian; nieder auf Hände und Knie. Wir nähern uns der Herrscherin ›Sie‹, und wenn du keine Demut zeigst, wird sie dich ohne Zögern niederschlagen.«

Erschrocken blieb ich stehen und wollte schon unwillkürlich die Knie beugen. Doch dann besann ich mich rechtzeitig. Ich war ein Engländer; warum, so fragte ich mich, sollte ich mich kriechend so einem wilden Weibe nähern, als wäre ich nicht nur dem Namen nach, sondern wirklich ein Affe? Ich konnte und durfte dies nicht tun, zumindest so lange nicht, bis ich völlig überzeugt war, daß mein Leben oder mein Wohlergehen davon abhing. Erniedrigte ich mich einmal dazu, auf den Knien zu kriechen, so würde ich es immer tun müssen, und dies wäre ein deutliches Eingeständnis meiner Unterlegenheit gewesen. Deshalb folgte ich Billali kühn in aufrechter Haltung und fand mich gleich darauf in einem anderen Gemach, das wesentlich kleiner als der Vorraum war. Seine Wände waren mit prächtigen Vorhängen bedeckt, wie ich später erfuhr, dem Werk der stummen Mädchen, die sie im Vorraum zu Streifen knüpften, welche später zusammengenäht wurden. Da und dort standen in dem Gemach Ruhebänke aus schönem schwarzem Ebenholz mit eingelegten Elfenbeinverzierungen, und den Boden bedeckten Teppiche. Am Ende dieses Gemaches befand sich eine Art Alkoven, ebenfalls verhängt mit Vorhängen, durch welche ein Lichtschimmer drang. Außer uns befand sich niemand in dem Gemach.

Langsam und schwerfällig kroch der alte Billali durch den ganzen Raum, und ich folgte ihm so würdevoll wie möglich. Dabei war mir jedoch bewußt, daß ich keine sehr glänzende Figur machte. Es ist, wie man verstehen wird, nicht ganz einfach, würdevoll zu wirken, wenn man hinter einem alten Mann hergeht, der wie eine Schlange auf dem Bauch kriecht; und noch dazu mußte ich, um mich langsam genug zu bewegen, mein Bein bei jedem Schritt einige Sekunden in der Luft halten oder nach jedem Schritt eine Pause machen. Billali fiel das Kriechen, wohl infolge seines Alters, ziemlich schwer, und so kamen wir nur sehr langsam voran. Ich hielt mich dicht hinter ihm, und einige Male geriet ich ernstlich in Versuchung, ihm mit einem tüchtigen Fußtritt weiterzuhelfen. Es war gar zu absurd, sich einer Kannibalenkönigin wie ein Bauer zu nähern, der ein Schwein zu Markte treibt, und ich mußte bei diesem Gedanken beinahe laut auflachen. Es gelang mir, diese gefährliche Neigung zu unziemlicher Heiterkeit zu unterdrücken, indem ich mir die Nase schneuzte, was Billali zutiefst entsetzte. Er drehte sich um, starrte mich fassungslos an und murmelte: »Oh, mein armer Pavian!«

Endlich erreichten wir die Vorhänge. Billali warf sich davor der Länge nach auf den Bauch und streckte die Hände vor sich aus, als ob er tot sei, während ich betreten um mich blickte. Plötzlich hatte ich das Gefühl, daß mich jemand hinter den Vorhängen anschaute. Ich sah niemanden, spürte aber ganz deutlich einen Blick auf mir ruhen, der eine ganz sonderbare Wirkung auf meine Nerven ausübte. Ohne daß ich wußte, warum, stieg Angst in mir auf. Es war freilich ein seltsamer Raum, der trotz der prächtigen Vorhänge und des sanften Lampenlichts merkwürdig leer und verlassen wirkte. Tiefe Stille herrschte, und Billali lag wie tot vor den schweren Vorhängen, durch die der Duft eines Parfums zu der dunklen, gewölbten Decke emporzuschweben schien. Minute um Minute verging, und immer noch gab es kein Lebenszeichen, rührte sich der Vorhang nicht; doch ich spürte, wie dieser Blick immer tiefer in mich eindrang und mich mit namenlosem Entsetzen erfüllte, bis mir Schweißperlen auf der Stirne standen.

Endlich bewegte sich der Vorhang. Wer mochte hinter ihm verborgen sein – eine nackte Kannibalenkönigin, eine schmachtende orientalische Schönheit oder eine junge Dame aus dem neunzehnten Jahrhundert, die ihren Nachmittagstee trank? Ich hatte nicht die leiseste Ahnung und würde mich über nichts gewundert haben. Mich konnte nichts mehr so leicht in Staunen versetzen. Der Vorhang also bewegte sich ein wenig, und plötzlich erschien zwischen seinen Falten eine wunderschöne Hand, weiß wie Schnee, mit langen, schlanken Fingern und rosenroten Nägeln. Die Hand ergriff den Vorhang und schob ihn zur Seite, und zugleich vernahm ich eine Stimme, die silberhellste und doch sanfteste Stimme, die ich je gehört. Sie erinnerte mich an das Murmeln eines Baches.

»Fremdling«, sagte die Stimme auf arabisch – doch es war ein viel reineres Arabisch, als es die Amahagger sprachen –, »Fremdling, warum fürchtest du dich so sehr?«

Da ich mir einbildete, trotz meines inneren Entsetzens meine Fassung recht gut bewahrt zu haben, setzte mich diese Frage ein wenig in Erstaunen. Bevor mir jedoch eine Antwort einfiel, wurde der Vorhang ganz zurückgeschlagen, und eine schlanke Gestalt stand vor uns. Ich sage Gestalt, denn nicht nur der

Körper, sondern auch das Gesicht war in einen weichen, weißen, schleierartigen Stoff gehüllt, so daß ich im ersten Augenblick eine Leiche im Grabgewand zu sehen glaubte. Dennoch weiß ich nicht, wie ich auf diesen Gedanken kam, denn das Gewand war so dünn, daß darunter deutlich der Schimmer rosigen Fleisches sichtbar war – vermutlich war die Art, wie das Tuch drapiert war, schuld daran. Jedenfalls erschrak ich zutiefst vor dieser geisterhaften Erscheinung, und das Haar auf meinem Kopf sträubte sich, während mich ein Gefühl beschlich, als stünde ich einem Spukbild gegenüber. Dabei konnte ich genau erkennen, daß die eingehüllte, mumienhafte Gestalt vor mir die einer schlanken, lieblichen Frau von vollkommener Schönheit und einer merkwürdigen, schlangenhaften Anmut war, wie ich sie noch nie gesehen hatte.

»Warum fürchtest du dich so sehr, Fremdling?« fragte die süße Stimme noch einmal – eine Stimme, die mir wie wohlklingende Musik tief zu Herzen ging. »Ist etwas an mir, das einem Manne Angst macht? Dann müssen die Männer sich sehr verändert haben!« Und mit einer kleinen koketten Bewegung wandte sie sich ein wenig zur Seite, hob ihren Arm und zeigte mir ihre ganze Lieblichkeit und ihr volles rabenschwarzes Haar, das in sanften Wellen über ihr weißes Gewand fast bis zu ihren mit Sandalen bedeckten Füßen hinabwallte.

»Deine Schönheit ist es, die mir Angst macht, o Königin«, erwiderte ich demütig, ohne mir meiner Worte recht bewußt zu sein, und mir war, als hörte ich den alten Billali, der immer noch lang ausgestreckt auf dem Boden lag, leise murmeln: »Gut, mein Pavian, gut gesagt!«

»Wie ich sehe, versteht ihr Männer es immer noch, uns Frauen durch Schmeicheleien zu betören. Nein, Fremdling«, erwiderte sie mit einem Lachen, das wie fernes Läuten silberner Glocken klang, »du fürchtest dich, weil mein Blick in dein Herz drang – deshalb fürchtest du dich. Doch da ich eine Frau bin, verzeihe ich dir, denn du hast nur aus Höflichkeit gelogen. Aber jetzt sage mir: Wie kamst du hierher ins Land der Höhlenbewohner – ins Land der Sümpfe und der bösen Mächte und der Schatten der Toten? Was sucht ihr hier? Warum ist euch euer Leben so wenig wert, daß ihr es in die Hand Hiyas, in die Hand der Herrscherin ›Sie‹ legt? Erzähle mir, woher du meine Sprache kennst? Es ist eine uralte Sprache, ein anmutiges Kind des Syrischen. Ist sie noch am Leben in der Welt? Wie du siehst, wohne ich inmitten von Höhlen und Toten und weiß nichts von den Angelegenheiten der Menschen – will auch gar nichts davon wissen. Ich lebe nur meinen Erinnerungen, o Fremdling, und meine Erinnerungen liegen in einem Grab, das ich selbst mit meinen Händen geschaufelt habe, denn wahrlich: das Menschenkind schafft sich selbst sein Geschick«, und ihre schöne Stimme zitterte und brach ab mit einem Laut, der wie Vogelzwitschern klang. Ihr Blick fiel plötzlich auf die lang hingestreckte Gestalt Billalis, und sie schien sich zu besinnen.

»Ah, du bist ja auch da, Alter. Sag mir, warum kannst du in deinem Haushalt nicht Ordnung halten? Mir scheint, diese meine Gäste sind überfallen worden. Ja, und einer von ihnen wäre beinahe mit dem heißen Topf getötet und von diesen Ungeheuern, deinen Kindern, gegessen worden, und hätten die anderen nicht tapfer gekämpft, so wären auch sie erschlagen worden, und nicht einmal ich hätte ihnen das aus dem Körper entwichene Leben zurückgeben können. Was soll das heißen, Alter? Was hast du mir zu sagen, damit ich dich nicht jenen übergebe, die meine Rache vollziehen?«

Sie hatte voll Zorn ihre Stimme erhoben, und sie hallte klar und kalt von den Felswänden wider. Auch war es mir, als sähe ich durch den verhüllenden Schleier ihre Augen aufblitzen, und ich bemerkte, wie der arme Billali, den ich für einen überaus furchtlosen Mann gehalten hatte, vor Angst erzitterte.

»O Hiya! O *Sie*!« sagte er, ohne seinen weißen Kopf vom Boden zu erheben. »O *Sie*, sei so gnädig, wie du groß bist, denn ich bin wie immer dein gehorsamer Diener. Es war nicht meine Absicht oder Schuld, o *Sie* – schuld sind jene Bösen, die sich meine Kinder nennen. Von einem Weibe aufgehetzt, welches dein Gast, das Schwein, abgewiesen hatte, wollten sie gemäß der alten Sitte unseres Landes den fetten schwarzen Fremdling verzehren, der mit deinen anderen Gästen, dem Pavian und dem kranken Löwen, hierherkam, denn hinsichtlich des Schwarzen hattest du keinen Befehl erteilt. Doch als der Pavian und der Löwe ihr Vorhaben erkannten, töteten sie das Weib und ihren Diener, um ihn vor den Schrecken des Topfes zu retten. Da befiel diese Bösen, diese Kinder des Bösen, der in dem Abgrund haust, ein Blutrausch, und sie stürzten sich auf den Löwen, den Pavian und das Schwein. Doch diese setzten sich tapfer zur Wehr. O *Hiya*! sie kämpften wie wahre Männer und töteten viele und wichen nicht zurück, und dann kam ich und rettete sie und schickte die Übeltäter hierher nach Kôr, auf daß du, o *Sie*, in deiner Größe sie richten mögest.«

»Ich weiß, Alter, und morgen werde ich in der großen Halle zu Gericht über sie sitzen – sei unbesorgt. Was dich betrifft, so will ich dir, wenngleich schweren Herzens, verzeihen. Sieh zu, daß du deinen Haushalt besser in Ordnung hältst. Nun geh.«

Billali erhob sich mit erstaunlicher Behendigkeit auf seine Knie, verneigte sich dreimal und kroch, seinen weißen Bart über den Boden schleifend, durch das Gemach zurück, bis er schließlich zwischen den Vorhängen verschwand und mich zu meiner nicht geringen Bestürzung mit diesem unheimlichen und doch höchst faszinierenden Weib zurückließ.

13

Ayescha entschleiert sich

»Er ist fort, der weißbärtige alte Narr«, sagte ›Sie‹. »Ach, wie wenig Wissen erwirbt doch der Mensch in seinem Leben. Wie Wasser sucht er es zu sammeln, doch wie Wasser rinnt es durch seine Finger, und sind seine Finger auch nur ein wenig benetzt, so ruft gleich ein Heer von Narren: ›Seht, welch ein Weiser!‹ Ist es nicht so? Doch sag mir, wie heißt du? Er nennt dich ›Pavian‹«, fuhr sie lachend fort, »doch das ist bei diesen Wilden, denen es an Phantasie mangelt, so Brauch. Sie geben einander die Namen von Tieren, denen sie ähneln. Wie nennt man dich in deinem eigenen Land, Fremdling?«

»Ich heiße Holly, o Königin«, erwiderte ich.

»Holly«, wiederholte sie ein wenig mühsam, doch

mit einem entzückenden Akzent. »Und was bedeutet ›Holly‹?«

»Holly ist ein stacheliger Baum«,[1] sagte ich.

»Ja, wirklich, du siehst aus wie ein Baum mit Stacheln, stark und häßlich. Doch wenn mich nicht alles täuscht, so bist du durch und durch ehrlich und verläßlich. Und auch ein scharfer Denker. Doch komm, Holly, bleibe nicht dort stehen; tritt ein und setze dich zu mir. Ich möchte nicht, daß du vor mir kriechst wie jene Sklaven. Ihrer Verehrung und ihrer Furcht bin ich müde; manchmal, wenn sie mich belästigen, hätte ich fast Lust, sie umzubringen.« Sie zog mit ihrer elfenbeinweißen Hand den Vorhang weg, und ich trat schaudernd ein. Dieses Weib war schrecklich. Hinter den Vorhängen befand sich ein Alkoven, etwa zwölf Fuß lang und zehn Fuß breit; darin standen ein Ruhebett und ein Tisch mit einer Schale voller Früchte und einem Krug klaren Wassers. Daneben stand ein ebenfalls mit Wasser gefülltes steinernes Becken. Mehrere Lampen in der Form der bereits erwähnten schönen Krüge erfüllten den Raum mit sanftem Licht, und ein zarter Duft hing in der Luft. Auch das herrliche Haar und das weiße Gewand der Herrscherin schienen einen angenehmen Duft auszuströmen. Ich trat in das kleine Gemach und blieb unschlüssig stehen.

»Setze dich«, sagte sie und deutete auf das Ruhebett. »Noch hast du keinen Grund, mich zu fürchten. Und wenn du Grund hast, wird deine Furcht nicht lange dauern, denn ich werde dich töten. Sei also leichten Herzens.«

Ich setzte mich auf das Fußende des Ruhebettes

[1] engl. Stechpalme

neben das Wasserbecken, und sie ließ sich sanft auf das andere Ende nieder.

»Sag, Holly«, fragte sie, »wie kommt es, daß du Arabisch sprichst? Es ist meine eigene liebe Sprache, denn ich bin von Geburt Araberin, ja sogar ›al Arab al Ariba‹, eine Araberin der Araber, aus dem Geschlecht unseres Vaters Yárab, dem Sohne Kâhtans, geboren in der schönen, alten Stadt Ozal in der glücklichen Provinz Jemen. Doch du sprichst die Sprache anders, als wir sie zu sprechen pflegten. Deiner Rede fehlt der süße Wohllaut der Hamyars, die ich meistens sprechen hörte. Auch einige deiner Worte lauten anders als bei den Amahaggern, welche das Arabische entstellt und verunreinigt haben, so daß ich mit ihnen fast in einer mir fremden Sprache reden muß«.[1]

»Ich habe sie viele Jahre lang studiert«, erwiderte ich. »Auch spricht man sie noch in Ägypten und anderen Ländern.«

»Sie wird also noch gesprochen, und es gibt noch ein Ägypten? Welcher Pharao sitzt heute auf dem Thron? Immer noch einer aus der Brut des Persers Ochus, oder sind die Achämeniden dahingegangen?«

»Die Perser sind schon seit fast zweitausend Jahren

[1] Yárab, der Sohn Kâhtans, der einige Jahrhunderte vor Abraham lebte, war der Stammvater der alten Araber und gab dem Land seinen Namen. Mit ihrer Andeutung, daß sie ›al Arab al Ariba‹, eine Araberin der Araber sei, wollte sie offenbar sagen, daß sie aus echt arabischem Blute stammte und nicht von den naturalisierten Arabern, den Abkömmlingen Ismaels, des Sohnes Abrahams und Hagars, welche ›al Arab al mostáreba‹ genannt werden. Die Sprache der Koreischiten galt zwar als das reine, ›klare‹ Arabisch, die Sprache der Hamyars aber stand dem Altsyrischen an Reinheit näher. – L. H. H.

aus Ägypten verschwunden, und nach ihnen haben die Ptolemäer, die Römer und viele andere das Land am Nil beherrscht und sind gestürzt, wenn ihre Zeit reif war«, sagte ich zutiefst erstaunt. »Wie kannst du von dem Perser Artaxerxes wissen?«

Sie lachte, ohne mir zu antworten, und wieder überlief mich ein Schauder. »Und Griechenland?« fragte sie. »Gibt es noch ein Griechenland? Ach, die Griechen habe ich geliebt. Sie waren schön wie der Tag und klug, doch dabei tief im Innern wild und launenhaft.«

»Ja«, sagte ich, »ein Griechenland gibt es, und die Griechen sind auch wieder ein Volk. Doch die Griechen von heute sind nicht mehr die gleichen wie einst, und auch Griechenland ist nur ein Schatten dessen, was es gewesen ist.«

»So! Und die Hebräer? Sind sie noch in Jerusalem? Und steht der Tempel noch, den ihr weiser König baute, und wenn ja, welchen Gott beten sie heute darin an? Ist ihr Messias gekommen, dessen Ankunft sie so laut verkündeten, und regiert er die Welt?«

»Die Juden sind zerfallen und untergegangen, die Reste ihres Volkes über die ganze Welt verstreut, und Jerusalem ist nicht mehr. Der Tempel, den Herodes baute ...

»Herodes?« sagte sie. »Ich kenne keinen Herodes. Doch sprich weiter.«

»Die Römer brannten ihn nieder, und die römischen Adler flatterten über seiner Ruine, und Judäa ist heute eine Wüste.«

»So, so! Sie waren ein großes Volk, diese Römer, und sie gingen unbeirrt auf ihr Ziel zu – ja sie stürzten sich darauf wie ihre Adler auf die Beute – und nach ihnen kam der Frieden.«

»Solitudinem faciunt, pacem appellant«, warf ich ein.

»Oh, Lateinisch sprichst du auch!« sagte sie. »Es klingt seltsam in meinen Ohren nach all der Zeit, und ich glaube, du sprichst es anders aus als die Römer. Von wem stammt dieser Satz? Ich kenne ihn nicht, doch er paßt ausgezeichnet zu diesem großen Volk. Mir scheint, du bist ein Gelehrter – einer von denen, die das Wasser des Wissens in den Händen halten. Sprichst du auch Griechisch?«

»Ja, o Königin, und auch ein wenig Hebräisch, doch nicht gut. Das alles sind heute tote Sprachen.«

Sie klatschte voll kindlicher Freude in die Hände. »Wahrhaftig, ein so häßlicher Baum du bist – auf dir wachsen die Früchte der Weisheit, o Holly«, sagte sie. »Doch erzähle mir noch von den Juden, welche ich haßte, denn sie nannten mich eine ›Heidin‹, als ich sie meine Philosophie lehren wollte. Ist ihr Messias gekommen und regiert er die Welt?«

»Ihr Messias kam«, erwiderte ich ehrfürchtig, »doch er kam arm und niedrig, und sie wollten nichts von ihm wissen. Sie geißelten ihn und schlugen ihn ans Kreuz, doch seine Worte und Werke leben fort, denn er war Gottes Sohn, und heute regiert er die halbe Welt, obwohl sein Reich nicht von dieser Welt ist.«

»Oh, diese bösen Wölfe«, sagte sie. »Anbeter der Sinnenlust und vieler Götter – gierig nach Gewinn und zerrissen von Zwietracht. Ich sehe ihre dunklen Gesichter noch vor mir. Gekreuzigt haben sie also ihren Messias? Das sieht ihnen ähnlich. Daß er ein Sohn des Lebendigen Geistes war, bedeutete ihnen nichts – falls er es wirklich war, doch darüber wollen wir später reden. Aus einem Gott, der nicht mit Macht und Prunk zu ihnen kommt, machen sie sich nichts. Als auserwähltes Volk Jehovas betrachten sie sich und beten zu Baal, zu Astarte, zu den Göttern der Ägypter – ein hochmütiges Volk, gierig nach allem, was ihnen Macht und Reichtum brachte. So haben sie also ihren Messias gekreuzigt, weil er in schlichter Gestalt kam – und heute sind sie verstreut über die ganze Welt? Soviel ich mich entsinne, hat dies bereits einer unserer Propheten vorhergesagt. Doch sprechen wir nicht mehr von ihnen – sie haben mein Herz gebrochen, diese Juden, sie sind schuld, daß ich mit bösen Augen diese Welt betrachte. Sie trieben mich in diese Wildnis, in diesen Schlupfwinkel eines Volkes, das vor ihnen war. Als ich sie in Jerusalem Weisheit lehren wollte, steinigten sie mich vor dem Tor des Tempels – ja, diese weißbärtigen Heuchler und Rabbis hetzten das Volk auf, mich zu steinigen! Siehe, dieses Mal trage ich noch heute!« Und sie streifte mit einer plötzlichen Bewegung das dünne Gewand von ihrem rechten Arm und deutete auf eine kleine Narbe, welche sich rot von dem makellosen Weiß abhob.

Ich zuckte bestürzt zurück.

»Verzeih, o Königin«, sagte ich, »ich bin verwirrt. An die zweitausend Jahre sind vergangen, seit der jüdische Messias an seinem Kreuz zu Golgatha hing. Wie kannst du die Juden, bevor er kam, deine Philosophie gelehrt haben? Du bist doch eine Frau und kein Geist. Wie kann eine Frau zweitausend Jahre leben? Ich glaube fast, du hältst mich zum Narren, o Königin.«

Sie lehnte sich auf dem Ruhebett zurück, und ich spürte wieder, wie ihre verhüllten Augen mich musterten und mein Herz erforschten.

»O Mann«, sagte sie schließlich langsam und nachdenklich, »mir scheint, es gibt noch Dinge auf Erden, von denen du nichts weißt. Glaubst du etwa immer noch, daß alles sterblich ist – wie es die Juden glaubten? Ich sage dir, nichts stirbt. Es gibt keinen Tod, sondern nur Wandlung. Siehe« – sie deutete auf einige Skulpturen an der Felswand –, »dreimal zweitausend Jahre sind vergangen, seit die letzten des großen Volkes, das diese Bilder schuf, dem giftigen Hauch der Pest erlagen, die sie zerstörte, doch tot sind sie nicht. Sie leben heute noch, und vielleicht sind ihre Geister in dieser Stunde um uns.« Sie blickte um sich. »Manchmal scheint es mir, als könnten meine Augen sie sehen.«

»Ja, aber für die Welt sind sie tot.«

»Gewiß, für eine Weile; doch auch für die Welt werden sie immer wieder neugeboren. Ich, ja, ich, Ayescha – denn so, Fremdling, heiße ich – sage dir: ich warte hier auf die Wiedergeburt eines Mannes, den ich einst liebte, ich harre hier aus, bis er mich findet, denn ich weiß ganz sicher, hierher wird er kommen, hier und nur hier wird er mich begrüßen. Warum, glaubst du, daß ich, die ich allmächtig bin, die ich schöner bin als die vielbesungene griechische Helena, deren Wissen größer, ja weit größer und tiefer ist als das Wissen des weisen Salomon – ich, die ich die Rätsel der Erde und alle ihre Schätze kenne und Macht über alle Dinge habe –, ich, die ich sogar für eine Weile die Wandlung, die ihr Tod nennt, überwunden habe – warum, o Fremdling, glaubst du, daß ich hier unter Barbaren hause, welche tiefer stehen als wilde Tiere?«

»Ich weiß es nicht«, sagte ich demütig.

»Weil ich auf den warte, den ich liebe. Mag sein, daß ich ein sündhaftes Leben geführt habe – ich weiß es nicht, denn wer vermag zu sagen, was gut ist und was böse? Deshalb fürchte ich mich zu sterben, wenn ich sterben könnte – doch ich kann es nicht, bevor meine Stunde kommt, zu gehen und ihn zu suchen; denn zwischen uns, so fürchte ich, könnte sich ein Wall erheben, den zu übersteigen mir nicht möglich wäre. Auch könnte ich leicht den Weg verlieren, wenn ich ihn in jenen ungeheuren Sphären suchte, in denen ewig die Planeten ihre Bahn ziehen. Doch der Tag wird kommen, vielleicht erst, wenn fünftausend weitere Jahre dahingegangen sind, vielleicht schon morgen – der Tag, an dem er, mein Geliebter, wiedergeboren wird, und dann wird er mich, einem Gesetze folgend, das stärker ist als jeder menschliche Plan, *hier* finden, wo er einst mich kannte, und ich bin sicher, er wird mir, obgleich ich gegen ihn gesündigt, sein Herz wieder schenken; ja selbst wenn er mich nicht mehr kennen sollte, wird er mich lieben, und sei es nur um meiner Schönheit willen.«

Ich war zutiefst verwirrt und wußte keine Antwort. Das Ganze ging über meinen Verstand.

»Selbst wenn es so ist, o Königin«, sagte ich schließlich, »selbst wenn wir Menschen immer wieder neugeboren werden, so trifft es doch nicht auf dich zu, wenn du die Wahrheit sprichst.« Sie blickte plötzlich auf, und wieder traf mich der Blitz ihrer verhüllten Augen. »Du bist«, fügte ich rasch hinzu, »nie gestorben, wie du sagst?«

»So ist es«, sagte sie. »Denn ich habe, halb durch Zufall, halb durch Forschen, eines der großen Rätsel der Welt gelöst. Sage doch selbst, Fremdling: Das Leben ist – warum also sollte es nicht um eine Weile verlängert werden können? Was sind zehn- oder zwanzig- oder fünfzigtausend Jahre in der Geschichte des

Lebens? In zehntausend Jahren vermindern Sturm und Regen einen Berggipfel kaum um eine Handbreit. In zweitausend Jahren haben diese Höhlen sich nicht verändert, nichts hat sich verändert, nur die Tiere und die Menschen, die den Tieren gleichen. Wenn du doch nur begreifen würdest, daß daran gar nichts Wunderbares ist! Das Leben selbst ist ohne Zweifel wunderbar, doch daran, daß es ein wenig verlängert werden kann, ist nichts Wunderbares. In der Natur wohnt der Geist des Lebens ebenso wie im Menschen, der ein Kind der Natur ist, und wer diesen Geist findet und ihn einatmet, der lebt von ihrem Leben. Er lebt nicht ewig, denn die Natur ist nicht ewig und muß auch sterben, so wie die Natur des Mondes gestorben ist. Auch sie, sage ich, muß sterben oder besser: sich wandeln und schlafen, bis sie wieder neugeboren wird. Doch wann wird sie sterben? Noch nicht so bald, glaube ich, und solange sie lebt, lebt auch der, der das Geheimnis ihres Lebens ergründet hat. Ganz ist es mir noch nicht gelungen, doch zum Teil – mehr jedenfalls als irgend jemandem vor mir. Ein andermal will ich dir mehr davon erzählen, wenn ich in der rechten Stimmung dazu bin; vielleicht aber auch werde ich nie mehr davon reden. Wundert es dich, woher ich wußte, daß ihr in dieses Land kamt, und so eure Köpfe vor dem heißen Topf retten konnte?«

»Ja, o Königin«, erwiderte ich leise.

»Dann blicke auf dieses Wasser«, und sie deutete auf das Wasserbecken, beugte sich vor und hielt ihre Hand darüber.

Ich erhob mich und starrte auf das Wasser, welches sich im gleichen Augenblick verdunkelte. Dann wurde es wieder klar, und ich sah ganz deutlich – den schrecklichen Kanal und darauf unser Boot. Leo lag darin auf dem Boden und schlief, einen Mantel über sich gebreitet, der die Moskitos fernhielt und sein Gesicht verbarg; und ich, Job und Mahomed zogen am Ufer das Boot.

Ich fuhr erschrocken zurück und rief, das sei ja Zauberei, denn diese Szene kannte ich – so hatte sie sich wirklich zugetragen.

»Nein, nein, o Holly«, sprach sie, »das ist nicht Zauberei; das glaubst du nur in deiner Unwissenheit. Es gibt keine Zauberei, sondern nur ein Wissen um die Geheimnisse der Natur. Dieses Wasser ist mein Spiegel. In ihm sehe ich, was geschieht, wenn ich Lust verspüre, die Bilder heraufzubeschwören, was nicht oft vorkommt. Ich kann dir darin alles aus der Vergangenheit zeigen, wenn es etwas ist, was mit diesem Land oder mit meiner oder deiner Vergangenheit zusammenhängt. Wenn du willst, stelle dir ein Gesicht vor, und deine Gedanken werden es auf dem Wasser widerspiegeln. Noch kenne ich nicht das ganze Geheimnis – ich kann nichts sehen, was in der Zukunft liegt. Ich habe dieses Geheimnis jedoch nicht entdeckt, es ist schon sehr alt. In Arabien und Ägypten kannten es die Zauberer schon vor vielen Jahrhunderten. Eines Tages dachte ich zufällig an jenen alten Kanal, auf dem ich vor zwanzig Jahren segelte, und ich wünschte mir, ihn zu sehen. So blickte ich in das Wasser und sah das Boot, drei Männer, die am Ufer gingen, und einen, dessen Gesicht ich nicht erkennen konnte – einen Jüngling von edler Gestalt, der im Boot schlief. Deshalb gab ich Befehl, euch zu retten. Doch jetzt leb wohl. Nein, halt, erzähle mir von diesem Jüngling – dem Löwen, wie der Alte ihn genannt hat. Ich würde ihn gern sehen, doch du sagtest ja, er sei krank, er habe Fieber und sei bei dem Kampf mit den Barbaren verwundet worden.«

»Ja, er ist sehr krank«, erwiderte ich traurig. »Kannst du ihm nicht helfen, o Königin, die du so viel weißt?«

»Gewiß kann ich das. Ich kann ihn heilen; doch warum sprichst du so traurig? Liebst du den Jüngling? Ist er vielleicht dein Sohn?«

»Er ist mein Adoptivsohn, o Königin! Soll ich ihn zu dir bringen lassen?«

»Nein. Wie lange liegt er schon im Fieber?«

»Heute den dritten Tag.«

»Gut; lasse ihn noch einen Tag liegen. Dann wird er es vielleicht aus eigener Kraft überwinden, und das ist besser, als wenn ich ihn heile, denn meine Medizin ist so stark, daß sie das Leben in ihren Grundfesten erschüttert. Ist er jedoch morgen abend, zu der Stunde, da das Fieber ihn befiel, noch nicht gesundet, so werde ich zu ihm kommen und ihn heilen. Sag, wer pflegt ihn?«

»Unser weißer Diener; jener, den Billali das Schwein nennt. Und außerdem«, hier zögerte ich ein wenig, »ein Mädchen namens Ustane, ein sehr hübsches Mädchen aus diesem Lande, welches ihn, als es ihn zum erstenmal erblickte, umarmte und seither, wie es angeblich bei deinem Volke Sitte ist, bei ihm blieb, o Königin.«

»Mein Volk! Nenne es nicht mein Volk«, antwortete sie hastig. »Diese Sklaven sind nicht mein Volk, sie sind nur Hunde, die mir dienen, bis der Tag meiner Befreiung kommt; und mit ihren Sitten will ich nichts zu schaffen haben. Und nenne mich auch nicht Königin – ich bin der Schmeicheleien und Titel müde –, nenne mich Ayescha, der Name klingt süß in meinen Ohren, er ist ein Echo aus der Vergangenheit. Diese Ustane kenne ich nicht. Ob es wohl die ist, vor der ich gewarnt wurde und die ich dann meinerseits warnte? Hat sie – doch halt, ich will selbst sehen«, und sie beugte sich vor, strich mit ihrer Hand über das Wasser und blickte aufmerksam hinein. »Da, sieh«, sagte sie leise, »ist dies das Mädchen?«

Ich schaute ins Wasser und sah, gespiegelt auf seiner glatten Oberfläche, die Umrisse von Ustanes schönem Antlitz. Sie beugte sich mit einem Blick voll unendlicher Zärtlichkeit vor, so daß ihre kastanienbraunen Locken über ihre rechte Schulter fielen, und betrachtete etwas unter sich.

»Ja, das ist sie«, flüsterte ich, zutiefst bestürzt über diesen höchst merkwürdigen Anblick. »Sie bewacht Leos Schlaf.«

»Leo!« sagte Ayescha in nachdenklichem Ton. »Das heißt ja auf lateinisch ›Löwe‹. Den Namen hat der Alte gut gewählt. Seltsam«, fuhr sie fort, als spräche sie zu sich selbst, »höchst seltsam. Diese Ähnlichkeit – doch das ist unmöglich!« Mit einer ungeduldigen Geste strich sie wieder über das Wasser. Es verdunkelte sich, und geheimnisvoll, wie es entstanden war, verschwand das Bild, und nur noch das Licht der Lampe war auf der Oberfläche dieses klaren lebenden Spiegels zu sehen.

»Hast du noch eine Bitte, bevor du gehst, o Holly?« sagte sie nach kurzem Nachdenken. »Das Leben hier muß für euch sehr unbequem sein, denn diese Menschen sind Wilde und wissen nichts von der Lebensart kultivierter Menschen. Mir macht das nichts aus, denn meine Nahrung«, sie deutete auf die Früchte auf dem kleinen Tisch, »besteht nur aus Früchten. Nichts als Früchte kommt über meine Lippen – Früchte, Kuchen und ein wenig Wasser. Ich habe meinen Mädchen befohlen, euch zu bedienen. Sie sind, wie du weißt, stumm, stumm und taub, und deshalb die zuverlässigsten Diener, wenn man in ihren Gesichtern lesen kann und ihre Zeichen versteht. Ich habe sie mir so gezüchtet – es hat Jahrhunderte gedauert und viele Mühe gekostet; doch schließlich ist es mir gelungen. Es gelang mir früher schon einmal, doch die Rasse war gar zu häßlich, und deshalb ließ ich sie aussterben; heute sind sie, wie du siehst, recht annehmbar. Auch ein Geschlecht von Riesen habe ich schon einmal herangezogen, doch nach einer Weile tat die Natur nicht mehr mit, und sie gingen gleichfalls unter. Nun sag schon, hast du irgendeinen Wunsch?«

»Ja, einen, o Ayescha«, entgegnete ich kühn, obwohl ich mich alles andere als kühn fühlte. »Ich möchte dein Gesicht sehen.«

Sie ließ ihr glockenhelles Lachen hören. »Überlege dir das, Holly«, antwortete sie. »Du kennst doch sicher die alten Göttersagen Griechenlands. Erinnerst du dich an Aktäon, der elend zugrunde ging, weil er zuviel Schönheit erblickte? Wenn ich dir mein Gesicht zeige, wirst vielleicht auch du elend zugrunde gehen; es kann sein, daß ohnmächtiges Verlangen dein Herz verzehren wird, denn du mußt wissen: Ich bin nicht für dich – ich bin für keinen Mann, außer einen, der einst war, doch noch nicht wieder ist.«

»Wie du willst, Ayescha«, sagte ich. »Ich fürchte deine Schönheit nicht. Eitle Frauenschönheit, die vergeht wie eine Blume, kann mich nicht verwirren.«

»Du irrst«, sagte sie, »sie vergeht nicht. Meine

Schönheit bleibt, solange ich bin. Doch du sollst deinen Willen haben, vorwitziger Mann. Tadle mich aber nicht, wenn Leidenschaft deine Vernunft besiegt. Ein Mann, der meine Schönheit einmal nur gesehen, kann sie nie vergessen; deshalb verhülle ich mich sogar vor diesen Wilden, damit sie mich verschonen und ich sie nicht töten muß. Nun sag, willst du mich sehen?«

»Ich will«, erwiderte ich, von Neugier überwältigt.

Da hob sie ihre weißen, runden Arme – noch nie hatte ich solche Arme gesehen – und löste langsam, ganz langsam ein Band unter ihrem Haar. Dann fiel plötzlich der lange leichentuchähnliche Schleier zu Boden, und mein Blick wanderte an ihr empor, die jetzt nur noch ein weißes, enganliegendes Gewand trug, das ihre makellose, königliche Gestalt noch mehr hervorhob, eine Gestalt, beseelt von einem Leben, das mehr als Leben war, und erfüllt von einer schlangenhaften Anmut, die mehr als menschlich war. An ihren kleinen Füßen trug sie Sandalen, befestigt mit goldenen Knöpfen. Dann kamen ihre Knöchel, vollkommener, als sie je ein Bildhauer erträumte. Um die Taille war ihr Kleid von einer doppelköpfigen Schlange aus purem Gold umgürtet, und darüber schwoll ihre Gestalt in Linien an, die ebenso rein wie lieblich waren, bis das Kleid auf dem schneeigen Silber ihrer Brust endete, über der sie ihre Arme verschränkte. Mein Blick wanderte nun empor zu ihrem Gesicht, und ich zuckte – ich übertreibe nicht – wie geblendet zurück. Ich hatte von der Schönheit himmlischer Wesen gehört – nun sah ich sie; doch diese Schönheit war trotz all ihrer unsagbaren Lieblichkeit und Reinheit dämonisch – zumindest erschien sie mir in jenem Augenblick so. Wie soll ich sie schildern? Ich kann es nicht – kann es ganz einfach nicht! Den Mann, der das, was ich sah, auch nur annähernd beschreiben könnte, gibt es nicht. Ich könnte reden von den großen, schillernden, tiefschwarzen Augen, von ihrer zarten Haut, von ihrer breiten, edlen Stirn, von ihren holden, ebenmäßigen Zügen. Doch so schön, so ungemein schön dies alles war, ihre Schönheit lag nicht darin. Sie lag in einer erhabenen Majestät, einer königlichen Anmut, in einem göttlichen Ausdruck der Macht, der dieses strahlende Antlitz wie ein Glorienschein umgab. Ich hatte nie auch nur geahnt, wie erhaben Schönheit sein kann – und dennoch war es eine düstere Erhabenheit, eine Schönheit, die bei all ihrer Pracht keine himmlische war. Obgleich das Gesicht vor mir das einer jungen Frau von höchstens dreißig Jahren von vollkommener Gesundheit war, vom Schmelz gereifter Schönheit überhaucht, trug es doch einen Ausdruck unaussprechlicher Erfahrung und tiefster Vertrautheit mit Leidenschaft und Leid. Auch nicht das liebreizende Lächeln, das um die Grübchen ihres Mundes spielte, konnte diesen Schatten von Sünde und Sorge verbergen. Er verdüsterte sogar das Strahlen ihrer Augen und die Majestät ihrer Züge und schien zu sagen: ›Siehe, mich, die ich schöner bin als jedes andere Weib, und unsterblich und halb göttlich, verfolgt die Erinnerung durch alle Zeiten, hält die Leidenschaft gefangen – gesündigt habe ich, und Leid erfüllt mich seit undenklichen Zeiten, und ich werde hinfort sündigen und leiden, bis meine Erlösung kommt.‹

Angezogen von einer magnetischen Kraft, der ich nicht widerstehen konnte, blickte ich in ihre schimmernden Augen und spürte, wie ein Strom von ihnen in mich floß, der mich verwirrte und betäubte.

Sie lachte – ach, wie wohlklingend! – und nickte mir mit einer Koketterie zu, die einer Venus Victrix alle Ehre gemacht hätte.

»Vorwitziger!« sagte sie, »wie Aktäon hattest du nun deinen Willen; gib acht, daß du nicht gleich Aktäon elend zugrunde gehst, zerfetzt von den Hunden deiner Leidenschaft. Auch ich, o Holly, bin eine jungfräuliche Königin, die keinem Manne gehören wird, bis auf einen, und der bist du nicht. Hast du nun genug gesehen?«

»Ich sah die Schönheit, und ich bin geblendet«, sagte ich heiser und hob die Hand, um meine Augen zu bedecken.

»Ich habe dich gewarnt! Schönheit gleicht dem Blitz, sie ist lieblich, doch sie zerstört – vor allem Bäume, o Holly!« – und wieder nickte sie und lachte.

Plötzlich verstummte sie, und ich sah durch meine Finger, wie ihr Gesicht sich schrecklich veränderte. Ihre großen Augen nahmen einen starren Ausdruck an, in dem Entsetzen mit einer aus den Tiefen ihrer dunklen Seele aufsteigenden wahnwitzigen Hoffnung zu kämpfen schien. Das liebliche Antlitz wurde starr, und ihre anmutige, geschmeidige Gestalt richtete sich auf.

»Mann!« sagte sie halb flüsternd, halb zischend und warf den Kopf zurück wie eine Schlange, die sich zuzustoßen anschickt, »woher stammt der Skarabäus an deiner Hand? Sprich, oder beim Geist des Lebens – ich zerschmettere dich auf der Stelle!« Sie trat einen kleinen Schritt auf mich zu, und in ihren Augen flackerte ein so furchtbares Licht – es erschien mir fast wie eine Flamme –, daß ich mich vor ihr zu Boden warf und in meinem Schrecken wirre Worte stammelte.

»Friede«, sagte sie, plötzlich wieder mit ihrer früheren sanften Stimme sprechend, »ich habe dich erschreckt! Verzeih mir! Doch zuweilen, o Holly, erfüllt selbst einen fast unendlichen Geist die Langsamkeit des Endlichen mit Ungeduld, und mich überkommt die Versuchung, vor Zorn von meiner Macht Gebrauch zu machen – beinahe hätte ich dich getötet, doch ich besann mich beizeiten. – Aber der Skarabäus – woher hast du ihn?«

»Ich fand ihn«, stieß ich hervor, indem ich mich wieder aufrichtete, und ich war in der Tat so verwirrt, daß ich mich an nichts weiter erinnern konnte, als daß ich ihn in Leos Kammer aufgehoben hatte.

»Überaus seltsam«, sagte sie, und dabei begann sie plötzlich auf echt weibliche Art, die zu dem furchtbaren Wesen gar nicht zu passen schien, zu zittern, »– doch ich kannte einst einen Skarabäus wie diesen. Er – hing am Halse eines – den ich liebte«, und sie schluchzte leise, woran ich merkte, daß sie trotz allem doch nur ein Weib war, wenngleich vielleicht auch ein sehr altes.

»Es muß ein Zwilling davon sein«, fuhr sie fort, »doch ich habe noch nie einen zweiten gesehen; es war eine Geschichte mit ihm verknüpft, und der, welcher ihn trug, schätzte ihn sehr hoch. Doch der Skarabäus, den ich kannte, saß nicht wie dieser an einem Ring. Geh jetzt, Holly, geh, und versuche zu vergessen, daß deine Torheit dich trieb, Ayeschas Gesicht anzusehen«, und sich von mir wendend, warf sie sich auf das Ruhelager und vergrub ihr Gesicht in den Kissen.

Ich aber taumelte davon. Wie ich meine Höhle erreichte, weiß ich nicht.

14

Eine Seele in der Hölle

Es war fast zehn Uhr nachts, als ich mich auf mein Lager warf und meine Gedanken zu sammeln und über das, was ich gesehen und gehört, nachzudenken versuchte. Doch je mehr ich nachdachte, um so weniger begriff ich. War ich von Sinnen oder betrunken, träumte ich oder war ich nur das Opfer eines ungeheuerlichen Schabernacks? Wie war es möglich, daß ich, ein Mann von klarem Verstand, nicht unvertraut mit den wichtigsten Tatsachen der Menschheitsgeschichte und bisher hinsichtlich all des Hokuspokus, der in Europa unter der Flagge des Übernatürlichen segelt, ein gänzlich Ungläubiger, daß ich glauben konnte, ich hätte mich vor wenigen Minuten mit einer mehr als zweitausend Jahre alten Frau unterhalten? Es war gegen jede menschliche Vernunft und ganz und gar unmöglich. Es mußte ein Schabernack sein, doch wenn es einer war, wie ließ er sich erklären? Und welche Bewandtnis hatte es mit den Bildern auf dem Wasser, mit dem außerordentlichen Wissen der Frau über fernste Zeiten und ihrer Unkenntnis oder angeblichen Unkenntnis aller späteren Geschichte? Was hatte es mit ihrem wundervollen und doch so unheimlichen Liebreiz auf sich? Dieser zumindest war eine unumstößliche Tatsache und doch völlig unfaßbar. Kein gewöhnliches sterbliches Weib konnte eine solch übernatürliche Schönheit ausstrahlen. Und in einem hatte sie jedenfalls recht gehabt – es war gefährlich für einen Mann, so viel Schönheit zu schauen. Ich war ein Weiberfeind, abgesehen von einem schmerzlichen Erlebnis in meiner zarten Jugend, und hatte das schwächere Geschlecht (das, wie ich manchmal denke, diesen Namen gar nicht verdient) fast völlig aus meinen Gedanken verbannt. Doch jetzt wurde mir zu meinem unbeschreiblichen Entsetzen klar, daß ich diese wundervollen Augen nie mehr würde vergessen können; und ach! gerade die Dämonie dieses Weibes, so schrecklich und abstoßend sie war, machte sie nur noch begehrenswerter. Ein Wesen mit einer Erfahrung von zweitausend Jahren, das über solche ungeheuren Kräfte verfügte und um ein Geheimnis wußte, mit dem der Tod sich bannen ließ, war es wohl wie kein anderes Weib wert, geliebt zu werden. Doch ach! es ging nicht darum, ob sie es wert war oder nicht – soweit ich dies mit meiner geringen Erfahrung in solchen Dingen beurteilen konnte, hatte ich, Dozent eines Colleges, allgemein bekannt als Weiberfeind, ein angesehener Mann in mittleren Jahren, mich Hals über Kopf und hoffnungslos in diese weiße Zauberin verliebt. Unsinn; es konnte nur Unsinn sein! Sie hatte mich eindringlich gewarnt, und ich hatte ihre Warnung in den Wind geschlagen. Fluch über die verhängnisvolle Neugier, die den Mann je und je treibt, das Weib zu entschleiern, Fluch über den natürlichen Impuls, der sie auslöst! Sie ist die Ursache der Hälfte – ach, mehr als der Hälfte unseres Mißgeschicks. Warum kann der Mann sich nicht damit zufriedengeben, allein und glücklich zu leben und auch die Frauen allein und glücklich sein zu lassen? Doch vielleicht wären sie nicht glücklich, und ich bin nicht sicher, ob wir es wären. Ich, in meinem Alter, einer modernen Circe zum Opfer gefallen! Doch sie war ja gar nicht modern, nach allem, was sie gesagt hatte. Sie war fast ebenso alt wie die wirkliche Circe.

Ich raufte mir das Haar und sprang von meinem Lager auf, denn ich wußte, wenn ich nicht irgend etwas tat, würde ich den Verstand verlieren. Was war mit diesem Skarabäus? Er gehörte Leo und stammte aus dem alten Koffer, den Vincey vor fast einundzwanzig Jahren in meiner Wohnung hinterlassen hatte. Sollte diese ganze Geschichte wirklich wahr sein, die Inschrift auf der Scherbe keine Fälschung, keine Erfindung eines verrückten, längst vergessenen Individuums? Und wenn dem so war, konnte es sein, daß Leo der Mann war, auf den ›Sie‹ wartete – der Tote, der neugeboren werden sollte? Unmöglich! Das Ganze war zu absurd! Wer hätte je von einem Mann gehört, der neugeboren wurde?

Doch wenn es möglich war, daß eine Frau zweitausend Jahre lebte, dann war auch dies möglich – dann war alles möglich. Vielleicht war ich selbst die Reinkarnation irgendeines anderen, längstvergessenen Ich oder der letzte einer langen Reihe von Ichs, die meine Vorfahren waren. Topp, *vive la guerre!* Das Dumme war nur, daß ich mich an diese früheren Existenzen nicht erinnern konnte. Der Gedanke erschien mir so komisch, daß ich laut auflachte und dem Bild eines düster dreinblickenden Kriegers an der Wand zurief: »Wer weiß, alter Bursche? – vielleicht war ich dein Zeitgenosse. Bei Jupiter! vielleicht war ich du, und du bist ich«, und ich lachte wieder laut über meine Verrücktheit, und das Echo hallte unheimlich von der gewölbten Decke zurück, als erwidere der Geist des Kriegers mein Lachen.

Dann fiel mir ein, daß ich noch nicht nach Leo gesehen hatte, und so nahm ich eine der Lampen, die neben meinem Lager brannten, streifte meine Schuhe ab und kroch durch den Gang zum Eingang seiner Kammer. Der Luftzug bewegte leise den Vorhang, als zupften Geisterhände daran. Ich schlüpfte in das gewölbeähnliche Gemach und blickte mich um. Es brannte eine Lampe, und in ihrem Schein sah ich, daß Leo schlafend, doch sich ruhelos in seinem Fieber herumwälzend, auf seinem Bett lag. Neben ihm, halb auf dem Boden liegend, halb an das Bett gelehnt, ruhte Ustane. Sie hielt seine Hand in der ihren und schlummerte ebenfalls, und die beiden boten ein hübsches, sehr rührendes Bild. Armer Leo! Seine Wange war glutrot, unter seinen Augen lagen dunkle Schatten, und er atmete mühsam. Er war sehr, sehr krank; und wieder packte mich die schreckliche Angst, er könnte sterben und mich allein zurücklassen. Doch wenn er am Leben blieb, würde er womöglich bei Ayescha mein Nebenbuhler werden; selbst wenn er nicht jener Mann war – welche Aussichten hatte ich häßlicher alter Mann gegen seine strahlende Jugend und Schönheit? Doch dem Himmel sei Dank, meine Redlichkeit war noch nicht erstorben. ›Sie‹ hatte sie noch nicht getötet; und als ich so dastand, betete ich zum Allmächtigen, daß mein Junge, den ich mehr liebte als einen Sohn, am Leben bleiben möge – selbst wenn er dieser Mann sein sollte.

Dann schlich ich ebenso leise, wie ich gekommen war, zurück, doch ich fand immer noch keinen Schlaf, und der Anblick des so elend darniederliegenden Leo hatte meine Unruhe nur noch gesteigert. Mein erschöpfter Körper und mein überreizter Geist spornten meine Phantasie zu unnatürlicher Tätigkeit an. Gedanken, Bilder, ja fast Inspirationen stiegen mit erstaunlicher Lebendigkeit in mir auf. Die meisten waren überaus grotesk, einige unheimlich, und andere lösten Gedanken und Gefühle in mir aus, die jahrelang in den Tiefen der Vergangenheit begraben gewesen waren. Doch hinter und über allem schwebte die Gestalt dieses furchtbaren Weibes, glomm die Erinnerung an ihre hinreißende Schönheit. Auf und nieder schritt ich in meiner Kammer – auf und nieder.

Plötzlich bemerkte ich etwas, das mir bis jetzt entgangen war: in der Felswand war eine schmale Öffnung. Ich hob die Lampe auf und untersuchte sie. Die Öffnung führte in einen Gang. Nun war ich immer noch hinreichend bei Vernunft, um mir zu sagen, daß es in einer Situation wie unserer nicht gerade angenehm war, wenn ein Gang, von dem man nicht wußte, woher er kam, in die Kammer führte, in der man schläft. Durch einen solchen Gang können ja, während man schlummert, Leute kommen. Teils, um zu sehen, wohin er führte, teils getrieben von einem unruhigen Verlangen, irgend etwas zu unternehmen, folgte ich dem Gang. Er führte zu einer steinernen Treppe, die ich hinunterstieg; die Treppe endete in einem anderen Gang oder besser Tunnel, der gleichfalls aus dem Fels herausgeschlagen war und nach meiner Schätzung genau unter dem Gang verlief, der zu unseren Kammern und durch die große Haupthöhle führte. Ich schritt durch ihn weiter. Grabesstille herrschte in ihm, und auch meine nur bestrumpften Beine machten auf dem glatten, festen Felsboden kein Geräusch. Nach etwa fünfzig Metern stieß ich auf einen rechtwinklig verlaufenden Quergang, und an dieser Stelle geschah etwas Schreckliches. Der scharfe Luftzug traf meine Lampe und löschte sie aus, so daß ich an diesem unheimlichen Ort in völliger Finsternis stand. Ich machte einige weitere Schritte geradeaus, um nicht in den Quergang zu geraten und mich zu verirren, und blieb dann stehen, um nachzudenken. Was sollte ich tun? Ich hatte keine Zündhölzer bei mir, und der Gedanke, mich durch die völlige Finsternis diesen langen Gang zurückzutasten, war mir entsetzlich. Doch konnte ich auch nicht die ganze Nacht hier stehen bleiben, und selbst wenn ich dies tat, würde es mir nicht helfen, denn im Innern des Felsens war es zu Mittag sicherlich ebenso finster wie um Mitternacht. Ich blickte über meine Schulter zurück – kein Lichtschein, kein Laut. Ich starrte nach vorn ins Dunkel – und wirklich, in weiter Ferne sah ich etwas wie einen schwachen Feuerschein. Vielleicht war es eine Höhle, wo ich meine Lampe wieder anzünden konnte – jedenfalls schien es lohnenswert, nachzusehen. Langsam und vorsichtig kroch ich durch den Tunnel, mich mit der Hand die Wand entlangtastend und bei jedem Schritt den Boden mit dem Fuß untersuchend, bevor ich ihn niedersetzte, um nicht in einen Abgrund zu stürzen. Nach dreißig Schritten sah ich tatsächlich ein Licht, ein helles Licht, das auf und nieder flackernd durch einen Vorhang schimmerte! Fünfzig Schritte, und es war ganz nahe! Sechzig – o großer Himmel!

Ich stand vor den Vorhängen, und da sie nicht ganz geschlossen waren, konnte ich deutlich die kleine Höhle dahinter sehen. Sie sah aus wie eine Grabkammer und war erhellt von einem Feuer, das rauchlos und mit weißlicher Flamme in ihrer Mitte brannte. Ja, dort zur Linken war eine steinerne Bahre mit einem etwa drei Zoll hohen Rand, und darauf schien ein Leichnam zu liegen, bedeckt mit einem weißen Tuch. Rechts befand sich eine ähnliche Bahre, auf der einige bestickte Dekken lagen. Über das Feuer beugte sich die Gestalt einer Frau; sie wandte mir die Seite und das Gesicht dem

Leichnam zu und war in einen schwarzen Mantel gehüllt wie eine Nonne. Sie schien in die flackernde Flamme zu starren. Plötzlich, während ich noch nachdachte, was ich tun sollte, richtete die Frau, wie von einer ungeheuren Energie getrieben, sich auf und warf den schwarzen Mantel ab.

Es war Ayescha!

Sie trug wie vorhin, als sie sich entschleiert hatte, das makellos weiße, über ihrem Busen weit ausgeschnittene Gewand, um die Taille zusammengehalten von der barbarischen doppelköpfigen Schlange, und ihr gewelltes schwarzes Haar fiel auch jetzt lose über ihren Rükken. Was meinen Blick anzog und mich bannte, doch diesmal nicht durch die Macht seiner Schönheit, sondern durch die Furchtbarkeit seines Ausdrucks, war ihr Gesicht. Es war schön wie je, doch in den bebenden Zügen, in den nach oben verdrehten Augen lag eine Qual, eine blinde Leidenschaft und eine grauenvolle Rachsucht, die ich nicht zu schildern vermag.

Während sie einen Augenblick regungslos verharrte, die Hände hoch über den Kopf erhoben, glitt ihr weißes Gewand hinab bis zu dem goldenen Gürtel und enthüllte die blendende Schönheit ihres Leibes. So stand sie mit geballten Fäusten da, und der schreckliche Ausdruck ihres Gesichts nahm immer mehr an Bosheit zu.

Plötzlich fragte ich mich, was wohl geschehen würde, wenn sie mich entdeckte, und bei diesem Gedanken wurde mir ganz übel. Doch ich glaube, selbst wenn ich gewußt hätte, daß es meinen Tod bedeutete, wenn ich stehen blieb, hätte ich mich nicht von der Stelle gerührt – so fasziniert war ich. Dabei war ich mir der Gefahr, in der ich mich befand, durchaus bewußt.

Wenn sie mich hörte oder durch die Vorhänge sah, wenn ich nur nieste oder ihre Zauberkraft ihr meine Anwesenheit verriet, so war mein Schicksal besiegelt.

Nun ließ sie die geballten Hände sinken und streckte sie dann wieder hoch über den Kopf, und so wahr ich ein Ehrenmann bin – die weiße Flamme schlug ihnen nach, fast bis zur Decke, und warf einen wilden, unheimlichen Schein auf ›Sie‹, die weiße Gestalt auf der Bahre und das Felsgestein.

Wieder senkten sich die Elfenbeinarme, und dabei sprach oder besser zischte sie etwas auf arabisch, in einem Ton, der mein Blut erstarren und für einen Augenblick mein Herz stillstehen ließ.

»Fluch über sie, möge ewig sie verflucht sein.«

Die Arme fielen herab, und die Flamme sank. Dann hoben sie sich wieder, und die breite Feuerzunge schoß hoch und dann wieder nieder.

»Fluch ihrem Andenken – Fluch dem Andenken der Ägypterin.«

Arme und Flamme hoben sich und fielen.

»Fluch über sie, die Tochter des Nils, wegen ihrer Schönheit.

Fluch über sie und ihre magische Kraft, die mich besiegt hat.

Fluch über sie, weil sie mir meinen Geliebten entrissen hat.«

Und wieder sank die Flamme in sich zusammen. Sie schlug die Hände vor die Augen und rief:

»Was nützt das Fluchen? – sie hat gesiegt und ist entkommen.«

Dann begann sie wieder, in noch zornigerem Ton:

»Fluch über sie, wo sie auch sein mag. Mögen meine Flüche sie erreichen und ihre Ruhe stören.

Fluch über sie durch alle Sternensphären. Verflucht sei ihr Schatten.

Möge meine Macht sie selbst dort finden.

Möge sie selbst dort mich vernehmen. Möge sie sich in der Finsternis verbergen.

Möge sie in den Abgrund der Verzweiflung stürzen, denn eines Tages werde ich sie finden.«

Wieder fiel die Flamme, und wieder schlug sie die Hände vor die Augen.

»Ach, es ist sinnlos, sinnlos«, schluchzte sie. »Wer kann denn jene erreichen, die schlafen? Nicht einmal ich kann es.«

Und dann begann sie wieder mit ihrem schrecklichen Ritus.

»Fluch über sie, wenn sie noch einmal geboren werden sollte. Möge sie verflucht geboren werden.

Möge sie zutiefst verflucht sein von der Stunde ihrer Geburt, bis der Schlaf sie findet.

Ja, verflucht möge sie sein; denn dann wird meine Rache sie erreichen und gänzlich vernichten.«

Und so ging es weiter. Die Flamme stieg und fiel und spiegelte sich in ihren qualvollen Augen; das Zischen ihrer furchtbaren Verwünschungen rollte die Wände entlang und erstarb, immer leiser widerhallend, und abwechselnd fielen grelles Licht und tiefer Schatten auf die unheimliche weiße Gestalt, die auf der Bahre lag.

Schließlich jedoch schien sie erschöpft und hielt inne. Sie setzte sich auf den steinigen Boden nieder, ließ die Woge ihres schönen Haares über Gesicht und Brust fallen und verfiel in herzzerreißendes, verzweifeltes Schluchzen.

»Zweitausend Jahre«, stöhnte sie, »zweitausend Jahre

habe ich gewartet und ausgeharrt; doch obgleich Jahrhundert in Jahrhundert fließt und Zeit um Zeit verstreicht, hat doch der Schmerz der Erinnerung nicht nachgelassen, und das Licht der Hoffnung wird nicht heller. Oh! zweitausend Jahre habe ich gelebt, und stets fraß die Leidenschaft an meinem Herz, stets stand die Sünde vor meinen Augen. Oh, daß das Leben mir nicht Vergessen bringen kann! Oh, über all die trostlosen Jahre, die gewesen sind und noch kommen werden und immer wieder kommen, ewig und ohne Ende!

Mein Geliebter! mein Geliebter! mein Geliebter! Warum mußte dieser Fremdling mich an dich erinnern? Fünfhundert Jahre habe ich nicht so gelitten. Oh, wenn ich mich an dir versündigt habe, löschte ich die Sünde denn nicht aus? Wann wirst du zurückkehren zu mir, die alles hat und ohne dich doch nichts hat? Was kann ich tun? Was? Was? Was? Und vielleicht weilt sie, die Ägypterin, bei dir, dort, wo du bist, und spottet meines Andenkens. Oh, warum konnte ich nicht mit dir sterben, ich, die dich tötete? Ach, daß ich nicht sterben kann! Ach! Ach!« Und sie warf sich der Länge nach auf den Boden und schluchzte und weinte, bis ich dachte, das Herz müsse ihr brechen.

Plötzlich verstummte sie, erhob sich, ordnete ihr Gewand und stürzte, ihre langen Locken ungeduldig zurückwerfend, zu der Gestalt, die auf der steinernen Bahre lag.

»O Kallikrates!« rief sie, und ich erbebte bei dem Namen. »Ich muß wieder dein Gesicht schauen, so schmerzvoll es auch für mich sein mag. Ein Menschenalter ist es her, seit ich dich, den ich erschlug, ja, mit meiner Hand erschlug, zuletzt anblickte«, und mit zitternden Fingern ergriff sie den Saum des Tuches, das die Gestalt umhüllte, und hielt dann inne. Als sie wieder sprach, tat sie es in einem furchtsamen Flüstern, als sei selbst ihr der Gedanke allzu schrecklich.

»Soll ich dich erwecken«, sagte sie, offenbar den Toten anredend, »auf daß du wieder vor mir stehst wie einst? Ich kann es tun«, und sie hielt ihre Hände über den umhüllten Leichnam, und eine schrecklich anzusehende Starre befiel ihren ganzen Körper, und ihre Augen wurden trüb und leblos. Ich zuckte entsetzt hinter dem Vorhang zusammen, und die Haare sträubten sich mir auf dem Kopf, und – ich weiß nicht, war es Einbildung oder Wirklichkeit – es schien mir, als erbebe die reglose Gestalt unter dem Tuche, als rege sich dieses wie auf der Brust eines Schlafenden. Plötzlich zog sie die Hände zurück, und mir war, als höre der Leichnam auf, sich zu bewegen.

»Was soll's?« sagte sie düster. »Was nützt es, die irdische Hülle ins Leben zurückzurufen, wenn nicht der Geist wiedererweckt werden kann? Selbst wenn du vor mir stündest, würdest du mich nicht kennen und könntest nur tun, was ich dir befehle. Das Leben in dir wäre *mein* Leben, und nicht das deine, Kallikrates.«

Einen Augenblick stand sie sinnend da, dann sank sie neben der Gestalt auf die Knie, drückte ihre Lippen auf das Tuch und weinte. Es war so schrecklich anzusehen, wie diese furchteinflößende Frau sich ihrer Leidenschaft zu dem Toten hingab – so viel schrecklicher als alles, was bisher geschehen war –, daß ich es nicht länger ertrug. Ich wandte mich ab und kroch, an allen Gliedern zitternd, durch den pechschwarzen Gang zurück, wobei ich tief in meinem bebenden Herzen ahnte, daß ich eine Seele in der Hölle geschaut hatte.

Vorwärts stolperte ich, ich weiß kaum, wie. Zweimal stürzte ich, und einmal bog ich in den Quertunnel ein, entdeckte jedoch zum Glück meinen Irrtum noch rechtzeitig. Zwanzig Minuten oder länger kroch ich dahin, bis mir schließlich bewußt wurde, daß ich an der kleinen Treppe, die ich hinabgestiegen war, schon vorbei sein mußte. Zutiefst erschöpft und zu Tode geängstigt sank ich auf den Steinboden nieder und verlor das Bewußtsein.

Als ich wieder zu mir kam, bemerkte ich in dem Gang gleich hinter mir einen schwachen Lichtschimmer. Ich kroch auf ihn zu und stellte fest, daß es die kleine Treppe war, über die sich die Dämmerung stahl. Ich stieg hinauf und erreichte sicher meine Kammer, wo ich mich auf mein Lager warf und bald in Schlummer oder eher tiefe Betäubung sank.

15

Ayescha hält Gericht

Das nächste, dessen ich mich entsinne, ist, daß ich meine Augen aufschlug und mein Blick auf Job fiel, der sich inzwischen von seinem Fieberanfall fast ganz erholt hatte. Er stand in dem Lichtstrahl, der durch den Schacht in der Höhlendecke hereindrang, und schüttelte meine Kleider aus, da er sie in Ermangelung einer Bürste nicht ausbürsten konnte. Sodann legte er sie wieder säuberlich zusammen und auf das Fußende der Steinbank. Dies getan, holte er das Reisenecessaire aus meinem Koffer und legte es geöffnet für mich bereit. Zuerst legte er es ebenfalls auf das Fußende der Bank, doch dann nahm er es, anscheinend aus Furcht, ich könnte es hinunterstoßen, wieder weg, legte es auf ein Leopardenfell am Boden, trat ein oder zwei Schritte zurück und betrachtete es prüfend. Anscheinend war er nicht zufrieden, denn er verschloß den Koffer, stellte ihn aufrecht ans Fußende des Lagers und legte das Necessaire darauf. Dann warf er einen Blick auf die mit Wasser gefüllten Töpfe, die unsere Waschgelegenheit darstellten. »Ach!« hörte ich ihn brummen, »nicht einmal heißes Wasser gibt's an diesem gräßlichen Ort. Diese armen Kreaturen benützen es wohl nur, um einander zu kochen«, und er seufzte tief.

»Was ist denn, Job?« sagte ich.

»Verzeihung, Sir«, sagte er und tippte sich an den Kopf. »Ich dachte, Sie schlafen, Sir; und Sie sehen ganz so aus, als ob Sie es nötig hätten. Nach Ihrem Aussehen zu urteilen, müssen Sie eine schreckliche Nacht verbracht haben.«

Ich stöhnte nur zur Antwort. Bei Gott, ich hatte eine Nacht hinter mir, wie ich sie nie mehr wieder zu erleben hoffte.

»Wie geht es Mr. Leo, Job?«

»Ziemlich unverändert, Sir. Wenn er sich nicht bald erholt, geht's mit ihm zu Ende. Eins muß ich ja sagen – diese Wilde, diese Ustane, tut wirklich für ihn, was sie kann, fast wie eine getaufte Christin. Sie weicht nicht von seiner Seite und sorgt für ihn, und wenn ich auch mal nach ihm sehen will, wird sie schrecklich wütend und fängt in ihrer Heidensprache zu zetern und zu fluchen an – zumindest schließe ich aus ihrer Miene, daß sie flucht.«

»Und was tust du dann?«

»Ich verbeuge mich höflich und sage: ›Junge Frau, Ihre Stellung hier ist mir nicht ganz einleuchtend, und ich kann sie nicht anerkennen. Nehmen Sie zur Kenntnis, daß ich gegenüber meinem krank darniederliegenden Herrn Pflichten zu erfüllen habe und daß ich mich davon nicht abhalten lassen werde, bis auch ich krank niedersinke‹, doch sie kümmert sich überhaupt nicht darum, sondern flucht und zetert nur noch mehr. Gestern abend fuhr sie mit der Hand unter das komische Nachthemd, das sie anhat, und holte ein Messer mit einer krummen Klinge hervor, doch ich, nicht faul, zog meinen Revolver, und dann schlichen wir beide umeinander herum, bis sie schließlich laut zu lachen anfing. Es ist nicht recht, daß sich ein Christenmensch von einer Wilden, so hübsch sie auch sein mag, derart behandeln lassen muß, doch was kann man denn schon anderes erwarten, wenn man so närrisch ist« (Job hob das Wort »närrisch« mit Nachdruck hervor), »an einen solchen Ort zu reisen und nach Dingen zu forschen, die kein Mensch je finden wird. Es ist die gerechte Strafe, Sir – und ich bin der Meinung, daß es erst die halbe Strafe ist. Wenn die ganze kommt, wird's mit uns vorbei sein, und wir werden für immer und ewig in diesen gräßlichen Höhlen bei den Geistern und Toten bleiben müssen. Doch jetzt, Sir, muß ich nach Mr. Leos Suppe sehen, das heißt, wenn diese wilde Katze mich läßt; und vielleicht möchten Sie auch aufstehen, Sir – es ist schon neun Uhr vorüber.«

Jobs Bemerkungen waren für jemanden, der eine solche Nacht hinter sich hatte, nicht gerade ermunternd; und was noch schlimmer war: er hatte recht. Wenn ich alles richtig bedachte, so schien es auch mir völlig unmöglich, jemals von hier fortzukommen. Selbst angenommen, daß Leo wieder gesund wurde, daß ›Sie‹ uns (was äußerst unwahrscheinlich schien) ziehen ließ und nicht in einem Zornesausbruch umbrachte und daß die Amahagger uns nicht mit ihren heißen Töpfen brieten, würde es uns doch ganz unmöglich sein, den Weg durch den Wirrwarr von Sümpfen zu finden, die, endlose Meilen sich erstreckend, eine stärkere und undurchdringlichere Befestigung um die verschiedenen Amahagger-Haushalte bildeten, als je ein Mensch sie hätte ersinnen oder errichten können. Nein, es gab nur eine Möglichkeit – sich mit dem Ganzen abzufinden und es durchzustehen; und ich für meine Person war an der unheimlichen Geschichte derart interessiert, daß ich trotz meiner zerrütteten Nerven dazu entschlossen war, selbst wenn meine Neugier mich das Leben kosten sollte. Welcher Mann, der eine Vorliebe für die Psychologie hat, hätte der Versuchung widerstehen können, einen Charakter wie den Ayeschas zu studieren, wenn sich eine so gute Gelegenheit dazu bot? Gerade die damit verbundenen Schrecken erhöhten mein Interesse, und außerdem hatte sie, wie ich mir selbst jetzt bei nüchternem Tageslicht eingestehen mußte, Reize, welche ich nicht vergessen konnte. Nicht einmal die grauenvolle Szene, deren Zeuge ich während der Nacht gewesen war, konnte diese Narrheit aus meinem Sinn vertreiben; und ach! ich muß gestehen, sie ist bis zu dieser Stunde nicht daraus verschwunden.

Nachdem ich mich angekleidet hatte, begab ich mich in die Speise- oder besser Einbalsamierungskammer und nahm ein wenig von dem Essen zu mir, welches wieder von den stummen Mädchen serviert wurde. Als ich fertig war, sah ich nach dem armen Leo, der sich in einem ganz wirren Zustand befand und nicht einmal mich erkannte. Ich fragte Ustane, was sie von ihm halte, doch sie schüttelte den Kopf und begann leise zu weinen.

Offenbar hatte sie nur wenig Hoffnung, und so beschloß ich, falls irgendwie möglich, ›Sie‹ zu bitten, sich seiner anzunehmen. Wenn sie nur wollte, konnte sie ihn sicherlich heilen – zumindest hatte sie dies behauptet. Während ich noch in Leos Kammer war, trat Billali ein und schüttelte ebenfalls den Kopf.

»Er wird die nächste Nacht sterben«, sagte er.

»Das verhüte Gott, mein Vater«, entgegnete ich und wandte mich schweren Herzens ab.

»Die Herrscherin ›Sie‹ möchte dich sehen, mein Pavian«, sagte der Alte, sobald wir die Kammer verlassen hatten, »doch, oh, mein teurer Sohn, sei besser auf der Hut. Gestern war ich überzeugt, daß ›Sie‹ dich erschlagen würde, als du nicht auf dem Bauche vor sie krochst. Sie sitzt in der großen Halle über jene, die dich und den Löwen töten wollten, zu Gericht. Komm, mein Sohn, eile dich.«

Ich folgte ihm durch den Gang, und als wir uns der großen Haupthöhle näherten, sahen wir, daß auch viele Amahagger, teils in weiße Gewänder gekleidet, teils nur mit der süßen Einfachheit eines Leopardenfells bedeckt, ihr gleichfalls zustrebten. Wir mischten uns unter sie und schritten durch die ungeheure, fast unabsehbare Höhle. Ihre Wände bedeckten kunstvolle Skulpturen, und in regelmäßigen Abständen zweigten von ihr Seitengänge ab, welche, wie Billali mir sagte, zu Grabkammern führten, die »das Volk, das vor uns war«, aus dem Fels herausgeschlagen hatte. Niemand, so erklärte er, besuchte diese Gräber heute noch; und ich muß gestehen, daß bei dem Gedanken, welche Möglichkeiten zur Altertumsforschung sich mir hier boten, mein Herz höher schlug.

Endlich kamen wir zum Ende der Höhle, wo sich

eine Felsplattform befand, die fast genau jener glich, auf der wir so wütend angegriffen worden waren – was mir zu beweisen schien, daß diese Podeste einst als Altäre gedient hatten, wahrscheinlich zur Abhaltung religiöser Feierlichkeiten oder der mit der Beisetzung der Toten verbundenen Riten. Beiderseits dieser Plattform führten, wie Billali mir zuflüsterte, Gänge zu anderen Höhlen voller Toter. »Der ganze Berg«, sagte er, »ist voller Toter, und sie sind fast alle vollkommen erhalten.«

Vor der Plattform hatte sich eine große Anzahl Menschen beiderlei Geschlechts versammelt, die in ihrer unheimlichen finsteren Art, die selbst den größten Witzbold binnen fünf Minuten in einen Trauerkloß verwandelt hätte, vor sich hinstarrten. Auf der Plattform stand ein massiver Stuhl aus Ebenholz mit Elfenbeinintarsien mit einem aus Grasfasern geflochtenen Sitz, an dem eine Fußbank aus Holz befestigt war.

Plötzlich ertönte der Ruf »Hiya! Hiya!« (»Sie! Sie!«), worauf die ganze Zuschauerschar sich zu Boden warf und regungslos, als ob sie alle der Schlag getroffen hätte, liegenblieb. Nur ich blieb stehen, als sei ich der einzige Überlebende eines Massakers. Gleich darauf trat eine lange Reihe von Wächtern aus einem Gang zur Linken und nahm beiderseits der Plattform Aufstellung. Dann folgten etwa zwanzig stumme Männer und ebenso viele stumme Frauen, die Lampen in den Händen trugen, und schließlich eine schlanke, weiße, von Kopf bis Fuß verhüllte Gestalt, in der ich ›Sie‹ erkannte. Sie bestieg die Plattform, nahm auf dem Stuhl Platz und richtete in griechischer Sprache das Wort an mich – vermutlich, damit die anderen Anwesenden sie nicht verstanden.

»Komm zu mir, o Holly«, sagte sie, »setze dich zu meinen Füßen nieder und sieh zu, wie ich jene richte, die dich erschlagen wollten. Verzeih mir, wenn mein Griechisch hinkt wie ein Lahmer; es ist so lange her, seit ich es hörte, daß meine Zunge steif geworden ist und sich den Worten nicht recht fügen will.«

Ich verneigte mich, stieg auf die Plattform und setzte mich zu ihren Füßen nieder.

»Wie hast du geschlafen, mein Holly?« fragte sie.

»Nicht gut, o Ayescha«, erwiderte ich wahrheitsgetreu und mit der inneren Befürchtung, sie wüßte vielleicht, wie ich die Mitternachtsstunde verbracht hatte.

»So«, sagte sie mit leisem Lachen. »Auch ich habe nicht gut geschlafen. Ich hatte letzte Nacht Träume, und mir scheint, du hast sie mir geschickt, o Holly.«

»Wovon hast du geträumt, Ayescha?« fragte ich gleichmütig.

»Ich träumte«, entgegnete sie rasch, »von einem, den ich liebe, und von einer, die ich hasse«, und dann wandte sie sich, das Gespräch abbrechend, an den Hauptmann ihrer Leibgarde und sagte auf arabisch: »Laß die Männer vor mich bringen.«

Der Hauptmann verneigte sich tief – die Wächter und ihre Bedienten hatten sich nicht zu Boden geworfen, sondern waren stehen geblieben – und verschwand mit seinen Untergebenen in einem Gang zur Rechten.

Tiefes Schweigen herrschte. ›Sie‹ stützte den verschleierten Kopf auf die Hand und schien in Gedanken versunken, während die Menge vor ihr auf den Bäuchen liegenblieb und nur hin und wieder einer den Kopf ein wenig hob, um einen verstohlenen Blick auf uns zu werfen. Anscheinend zeigte sich ihre Königin ihnen so selten, daß sie diese Unbequemlichkeit und noch größere Gefahren gern auf sich nahmen, um sie einmal anzusehen, oder besser ihr Gewand, denn kein Lebender außer mir hatte je ihr Gesicht geschaut. Endlich tauchten aus dem Gang Lichter auf, und man hörte Männerschritte; gleich darauf erschien die Leibgarde mit den Überlebenden unserer Angreifer, etwa zwanzig an der Zahl, auf deren Gesichtern der von Natur aus düstere Ausdruck mit der Angst kämpfte, die anscheinend ihre Herzen erfüllte. Sie traten vor die Plattform und schickten sich an, sich gleich den Zuschauern auf den Boden zu werfen, doch ›Sie‹ sagte im sanftesten Ton:

»Nein, bleibt stehen; ich bitte euch, bleibt stehen. Vielleicht wird bald die Zeit kommen, da ihr des langen Liegens müde seid«, und sie lachte melodisch.

Ich sah, wie ein Schauder des Entsetzens die verdammten Kreaturen durchzuckte, und Mitleid mit ihnen erfüllte mich, so üble Schurken sie auch waren. Zwei oder drei Minuten vergingen, ohne daß etwas geschah. Nach der Bewegung ihres Kopfes zu schließen – die Augen konnten wir ja nicht sehen – schien sie jeden einzelnen Missetäter langsam und sorgfältig zu mustern.

Endlich fragte sie mich in ruhigem, festem Ton:

»Erkennst du, o mein Gast, diese Männer?«

»Ja, o Königin, ich erkenne sie fast alle«, sagte ich und bemerkte, wie sie mich wütend anstarrten.

»Dann berichte mir und dieser großen Versammlung, was geschehen ist.«

Ich kam dieser Aufforderung nach und erzählte mit möglichst wenig Worten von dem Kannibalenfest und dem Versuch, unseren armen Diener auf qualvolle Weise zu töten. Mein Bericht wurde von den Angeklagten wie von den Versammelten und der Königin in tiefem Schweigen aufgenommen. Als ich geendet hatte, rief Ayescha Billali an, und dieser bestätigte, den Kopf vom Boden hebend, doch liegenbleibend, meine Geschichte. Weiteres Zeugnis wurde nicht eingeholt.

»Ihr habt gehört«, sagte ›Sie‹ schließlich mit kalter, klarer Stimme, deren Ton mir ganz fremd war. Es war, nebenbei bemerkt, eine der seltsamsten Eigenschaften dieses merkwürdigen Geschöpfes, ihre Stimme auf wunderbare Weise der jeweiligen Stimmung anpassen zu können. »Was habt ihr aufrührerischen Kinder gegen eure Bestrafung einzuwenden?«

Eine Weile kam keine Antwort, doch schließlich ergriff einer der Männer, ein prächtiger, muskulöser Bursche mittleren Alters mit scharfgeschnittenem Gesicht und Habichtsaugen, das Wort und sagte, man habe ihnen lediglich befohlen, die weißen Männer zu schonen; von ihrem schwarzen Diener sei nicht die Rede gewesen, und deshalb hätten sie, aufgehetzt von einem Weib, das nun tot sei, versucht, ihn nach der alten, ehrwürdigen Sitte ihres Landes mit dem heißen Topf zu töten, um ihn zu verzehren. Was ihren Angriff auf uns beträfe, so sei er in einem plötzlichen Wutanfall erfolgt, und sie bedauerten ihn tief. Zum Schluß bat er demütig um Gnade; oder man möge sie wenigstens nur in die Sümpfe verbannen, damit sie dort, wie es sich fügte, lebten oder stürben. Ich merkte jedoch seiner Miene an, daß er nur wenig Hoffnung auf Gnade hatte.

Eine Pause folgte, in der tiefstes Schweigen herrschte, und das Bild, das sich mir im Schein der flackernden, Licht und Schatten auf die Felswände werfenden Lampen bot, war eins der unheimlichsten, die ich je gesehen habe. Auf dem Boden vor der Plattform lagen wie leblos hingestreckt die Zuschauer, in langen Reihen, die sich schließlich im dunklen Hintergrund der Höhle verloren. Vor ihnen standen dicht zusammengedrängt die Missetäter, bemüht, ihre Todesangst hinter gelassenen Mienen zu verbergen, rechts und links flankiert von den weißgekleideten, mit großen Speeren und Dolchen bewaffneten Wächtern und den stummen Weibern und Männern, die sie mit hartem, neugierigem Blick betrachteten. Über ihnen allen saß auf ihrem barbarischen Thron, ich zu ihren Füßen, das weiß verschleierte Weib, dessen Schönheit und grauenhafte Macht es wie ein Glorienschein zu umschweben schienen oder wie der Schein eines unsichtbaren Lichtes. Nie erschien mir ihre verhüllte Gestalt schrecklicher als in diesem Augenblick, da sie auf Vergeltung sann.

Endlich sprach sie.

»Hunde und Schlangen«, begann Ayescha mit leiser Stimme, die allmählich, als sie fortfuhr, anschwoll und schließlich die ganze Höhle füllte, »Esser von Menschenfleisch – zweierlei habt ihr verbrochen. Erstens habt ihr diese weißen Fremdlinge angegriffen und wolltet ihren Diener töten, und dafür allein gebührt euch der Tod. Doch das ist noch nicht alles. Ihr wagtet, ungehorsam gegen mich zu sein. Befahl ich euch nicht, diese Fremdlinge gut aufzunehmen? Doch ihr versuchtet, sie zu erschlagen, und wären sie nicht übermenschlich tapfer und stark gewesen, so hättet ihr sie grausam gemeuchelt! Hat man euch nicht von Kindheit an gelehrt, daß mein Wort Gesetz ist und daß, wer dieses auch nur im mindesten bricht, des Todes ist? Haben eure Väter euch dies nicht gelehrt, sage ich, als ihr noch Kinder wart? Wißt ihr nicht, daß ihr ebensowenig hoffen könnt, mich von meinem Willen abzubringen oder mein Wort nach Belieben leicht oder schwer zu nehmen, wie es euch gelingen würde, diese Höhlen zum Einsturz zu bringen oder der Sonne in ihrem Laufe Einhalt zu gebieten? Ihr wißt es wohl, ihr Verruchten. Doch ihr seid böse bis ins Mark – die Bosheit sprudelt in eurem Inneren wie ein Quell zur Frühlingszeit. Wäre ich nicht, so würdet ihr schon vor Generationen untergegangen sein, denn in eurer Bosheit hättet ihr euch gegenseitig ausgerottet. Und nun hört das Urteil: Weil ihr dies getan habt, weil ihr versucht habt, diese Männer, meine Gäste, umzubringen, mehr noch, weil ihr gewagt habt, euch meinem Wort zu widersetzen, befehle ich, daß man euch zur Folterhöhle[1] bringt und den Folterknechten übergibt und daß morgen bei Sonnenuntergang jene von euch, die noch am Leben sind, getötet werden, auf die gleiche Weise, wie ihr den Diener dieses meines Gastes töten wolltet.«

Sie verstummte, und ein Murmeln des Entsetzens erhob sich. Die Opfer verließ, als sie sich der Gräßlichkeit ihres Geschicks bewußt wurden, ihr Gleichmut, und sie warfen sich auf den Boden nieder und flehten winselnd um Gnade. Ich wandte mich an Ayescha und bat sie,

[1] Die ›Folterhöhle‹. Ich sah später diesen fürchterlichen Ort, der gleichfalls ein Vermächtnis des vorgeschichtlichen Volkes ist. das in Kôr lebte. Die einzigen Gegenstände in der Höhle waren Felsplatten, in verschiedenen Stellungen angeordnet, um den Folterknechten ihre Arbeit zu erleichtern. Viele dieser aus einem porösen Stein bestehenden Platten waren von dem Blut der Opfer, das sie in grauer Vorzeit aufgesogen hatten, tiefschwarz gefärbt. In der Mitte der Höhle befand sich eine Feuerstelle mit einer Vertiefung, in welcher der bereits bekannte Topf erhitzt wurde. Das Schrecklichste an der Höhle aber waren die über jeder Platte in den Fels gehauenen Darstellungen der betreffenden Folterungen. Diese Darstellungen waren so grauenhaft, daß ich den Leser nicht mit ihrer Schilderung peinigen will. – L. H. H.

ihnen das Leben zu schenken oder sie doch wenigstens auf eine weniger schreckliche Weise töten zu lassen, doch sie blieb unerbittlich.

»Mein Holly«, sagte sie wiederum auf griechisch, »mein Holly, es kann nicht sein. Würde ich gegenüber diesen Wölfen Gnade walten lassen, so wäret ihr unter diesem Volk keinen Tag mehr eures Lebens sicher. Du kennst diese Menschen nicht. Sie sind blutrünstig wie Tiger und gieren selbst in diesem Augenblick nach eurem Leben. Wie, glaubst du, daß ich dieses Volk regiere? Da mir nur ein Regiment von Leibwächtern, das meine Befehle ausführt, zur Verfügung steht, kann ich es nicht durch Gewalt tun, sondern nur durch Schrekken. Ich herrsche durch Phantasie. Vielleicht nur einmal in einem Menschenalter handle ich so wie heute und lasse einige von ihnen durch die Folter zu Tode bringen. Glaube nicht, daß ich grausam bin oder mich an diesen niedrigen Kreaturen zu rächen suche. Was würde mir schon Rache an ihnen nützen? Wer lange lebt, mein Holly, ist frei von Leidenschaften. Vielleicht mag es so scheinen, als strafte ich im Zorn, doch dem ist nicht so. Denke an die kleinen Wolken, die scheinbar planlos über den Himmel dahin und dorthin treiben, doch hinter ihnen fegt der Sturm und wählt sich seine Bahn, wie er will. So ist es auch mit mir, o Holly. Meine Launen und Stimmungen sind die kleinen Wolken, die ziellos zu treiben scheinen; doch hinter ihnen weht unaufhörlich der Sturm meines Willens. Nein, diese Männer müssen sterben – und so, wie ich's befohlen habe.« Dann wandte sie sich plötzlich an den Hauptmann ihrer Leibgarde:

»Tut, was ich euch geheißen habe!«

16

Die Gräber von Kôr

Nachdem man die Gefangenen fortgebracht hatte, winkte Ayescha mit der Hand, und die Zuschauer machten kehrt und krochen wie eine Herde Schafe durch die Höhle davon. Sobald sie sich jedoch ein gehöriges Stück von der Plattform entfernt hatten, erhoben sie sich und eilten hinaus, so daß, abgesehen von den Stummen und einigen Wächtern, nur die Königin und ich zurückblieben. Ich hielt dies für eine gute Gelegenheit, ihr von Leos schlechtem Befinden zu erzählen und sie zu bitten, sich seiner anzunehmen, doch sie lehnte ab und sagte, er werde bestimmt nicht vor der Nacht sterben, denn an diesem Fieber stürbe man stets nur bei Einbruch der Nacht oder am frühen Morgen. Auch meinte sie, es sei besser, der Krankheit so weit als möglich ihren Lauf zu lassen, bevor sie ihn heilte. Als ich mich daraufhin zurückziehen wollte, gebot sie mir, ihr zu folgen; sie wolle mit mir reden und mir die Wunder der Höhlen zeigen.

Ich war bereits viel zu sehr in ihren verhängnisvollen Bann verstrickt, um abzulehnen, selbst wenn ich es gewollt hätte, was indes nicht der Fall war. Sie erhob sich von ihrem Stuhl und stieg, den Stummen einige Zeichen gebend, von der Plattform. Vier der Mädchen ergriffen Lampen und stellten sich – je zwei – vor und hinter uns, während die anderen sowie die Wächter sich entfernten.

»Nun«, fragte sie, »möchtest du jetzt einige der Wunder dieses Ortes sehen, o Holly? Sieh dir diese große Höhle an. Hast du dergleichen je erblickt? Sie wurde, wie viele andere, von dem ausgestorbenen Geschlecht, das einst hier in der Stadt auf der Ebene lebte, mit den Händen aus dem Fels herausgeschlagen. Sie müssen ein großes und wundervolles Volk gewesen sein, diese Kôrer, doch wie die Ägypter dachten sie mehr an die Toten als an die Lebenden. Wie viele Männer, glaubst du, und wie viele Jahre waren notwendig, um diese Höhlen und all die Gänge zwischen ihnen zu schaffen?«

»Zehntausende«, erwiderte ich.

»So ist es, o Holly. Dieses Volk war bereits ein altes Volk, bevor die Ägypter waren. Ein wenig kann ich seine Inschriften lesen, denn ich fand den Schlüssel dazu – siehst du, dies war eine der letzten Höhlen, die sie gruben«, und sie wies, den stummen Mädchen bedeutend, ihre Lampen hochzuheben, auf die Felswand hinter sich. Hinter der Plattform befand sich das gemeißelte Bild eines alten Mannes, der in einem Stuhl saß und einen elfenbeinernen Stab in der Hand hielt. Mir fiel sogleich auf, daß seine Züge erstaunlich jenen des Mannes glichen, welcher auf den Bildern in der Kammer, in der wir unsere Mahlzeiten einnahmen, einbalsamiert wurde. Unter dem Stuhl, der übrigens genauso geformt war wie der, in dem Ayescha zu Gericht gesessen hatte, befand sich eine kurze Inschrift in den bereits erwähnten merkwürdigen Buchstaben, die eine starke Ähnlichkeit mit chinesischen Schriftzeichen hatten. Langsam und stockend las Ayescha mir diese Inschrift vor und übersetzte sie sodann. Sie lautete wie folgt:

»Im Jahre viertausendzweihundertneunundfünfzig nach Gründung der Hauptstadt des kaiserlichen Kôr wurde diese Höhle (oder Begräbnisstätte) von Tisno, dem König von Kôr, vollendet, nachdem das Volk und seine Sklaven drei Menschenalter gearbeitet hatten, ein Grab für seine Bürger von Rang zu schaffen, die später kommen werden. Möge der Segen des Himmels über den Himmeln auf ihrem Werke ruhen und den Schlaf Tisnos, des mächtigen Herrschers, dessen Bildnis hier verewigt ist, zu einem gesunden und glücklichen Schlaf machen bis zum Tage des Erwachens[1], und ebenso den Schlaf seiner Diener und seiner Nachkommen, die dereinst ihre Häupter ebenso tief in den Staub legen werden.«

»Wie du siehst, o Holly«, sagte sie, »gründete dieses Volk die Stadt, deren Ruinen heute die Ebene bedecken, viertausend Jahre vor Fertigstellung dieser Höhle. Und dennoch war vor zweitausend Jahren, als ich sie zum erstenmal erblickte, alles schon so wie jetzt. Wie alt muß diese Stadt demnach gewesen sein! Nun folge mir, und ich will dir zeigen, wie dieses Volk untergegangen ist, als die Zeit für seinen Untergang kam«, und sie führte mich zur Mitte der Höhle und blieb vor einem runden Felsblock stehen, der in ein großes Loch im Boden eingelassen war. »Rate, was das ist«, sagte sie.

»Ich weiß es nicht«, erwiderte ich, worauf sie zur linken Seite der Höhle ging und den stummen Mädchen befahl, ihre Lampen hochzuhalten. An der Wand befand sich eine Inschrift in roter Farbe, deren Buchstaben jenen unter dem Bildnis Tisnos, des Königs von Kôr, glichen. Sie lautete:

[1] Diese Wendung ist bemerkenswert, scheint sie doch den Glauben an ein zukünftiges Leben anzudeuten. Der Herausgeber.

»Ich, Junis, ein Priester des Großen Tempels von Kôr, schreibe dies auf den Fels der Begräbnisstätte im Jahre viertausendachthundertunddrei nach der Gründung von Kôr. Kôr ist gefallen! Nie mehr werden die Mächtigen in seinen Hallen Feste feiern, nie mehr wird es die Welt regieren, nie mehr werden seine Schiffe die Meere befahren und mit der Welt Handel treiben. Kôr ist gefallen! All seine mächtigen Werke und all die Städte und Häfen und Kanäle, die es baute, sind für den Wolf und die Eule und den wilden Schwan und die Barbaren, die nach ihm kommen. Vor fünfundzwanzig Monden senkte sich eine Wolke auf Kôr und die hundert Städte von Kôr nieder, und aus der Wolke kam eine Pest und raffte das Volk hinweg, Alte wie Junge, einen um den andern, und schonte keinen. Einer wie der andere wurde schwarz und starb – die Jungen wie die Alten, die Reichen wie die Armen, Männer wie Weiber, Prinzen wie Sklaven. Die Pest wütete bei Tag und Nacht, und wer ihr entkam, erlag dem Hunger. Der Toten waren so viele, daß ihre Körper nicht mehr nach altem Brauch erhalten werden konnten, und so warf man sie durch das Loch im Boden dieser Höhle hinunter in den tiefen Abgrund. Dann endlich konnte sich ein Rest dieses großen Volkes, dieses Lichtes der ganzen Welt, an die Küste retten, ein Schiff besteigen und nach Norden segeln, und nun bin ich, der Priester Junis, der dieses schreibt, der letzte, der von dieser großen Stadt noch lebt, und ich weiß nicht, ob auch in den anderen großen Städten noch Menschen am Leben sind. Ich schreibe dies in tiefem Kummer, ehe auch ich sterbe. Das kaiserliche Kôr ist nicht mehr, und niemand ist mehr, der in seinen Tempeln betet, all seine Paläste stehen leer, und all seine Fürsten und Krieger und Händler und schönen Frauen sind vom Antlitz der Erde verschwunden.«

Ich stieß einen Seufzer des Erstaunens aus – die in diesen unbeholfenen Worten ausgedrückte Verzweiflung war überwältigend, der Gedanke an diesen Mann, der als einziger von einem mächtigen Volke übriggeblieben war und dessen Schicksal aufgezeichnet hatte, entsetzlich. Was muß der alte Mann empfunden haben, als er in grauenhafter Einsamkeit beim schwachen Schein einer Lampe in wenigen kurzen Zeilen die Geschichte des Untergangs seines Volkes an die Wand der Höhle schrieb? Was für ein Thema für einen Moralisten, für einen Maler, ja für jeden, der denken kann!

»Kommt dir nicht der Gedanke, o Holly«, sagte Ayescha, ihre Hand auf meine Schulter legend, »daß diese Männer, die nordwärts segelten, die Väter der ersten Ägypter gewesen sein könnten?«

»Wer kann das wissen«, sagte ich; »es scheint, die Welt ist sehr alt.«

»Ja, alt ist sie in der Tat. Seit Urzeiten sind Völker, reiche und starke Völker, in allen Künsten bewandert, immer wieder untergegangen und vergessen worden, so daß kein Andenken an sie blieb. Dies war nur eins von vielen; denn die Zeit verzehrt des Menschen Werke, es sei denn, er gräbt Höhlen, wie das Volk von Kôr, und selbst diese kann das Meer verschlingen oder ein Erdbeben verschütten. Wer weiß denn, was auf Erden schon gewesen ist oder sein wird? Es gibt nichts Neues unter der Sonne, wie einst schon der weise Hebräer schrieb. Und doch glaube ich nicht, daß dieses Volk gänzlich vernichtet wurde. Einige wenige blieben in den anderen Städten verschont, denn es gab viele Städte. Doch die Barbaren aus dem Süden, vielleicht gar mein eigenes Volk, die Araber, kamen über sie und freiten ihre Weiber, und so mag das heutige Volk der Amahagger ein Mischlingsgeschlecht der Söhne Kôrs sein, das in den Gräbern seiner Ahnen wohnt.[1] Doch sicher weiß ich's nicht – wer könnte es auch wissen? So weit in den finsteren Schoß der Zeit vermag ich nicht zu blicken. Auf jeden Fall waren sie ein großes Volk. Sie eroberten ein Land nach dem anderen, bis es keins mehr zu erobern gab, und dann lebten sie friedlich inmitten ihrer Felsenwände mit ihren Knechten und Mägden, ihren Sängern, Künstlern und Konkubinen, und trieben Handel und zankten, zechten, schliefen und vergnügten sich, bis der Tag ihres Unterganges kam. Doch komm, ich will dir den tiefen Abgrund unter der Höhle zeigen, den die Inschrift erwähnt. Niemals wieder werden deine Augen ein solches Bild schauen.«

Ich folgte ihr durch einen Seitengang, der von der Haupthöhle abzweigte, und sodann eine lange Treppe hinab und durch einen unterirdischen Schacht, der etwa sechzig Fuß unter der Oberfläche des Felsens verlief und durch merkwürdige, nach oben führende Löcher belüftet wurde. Plötzlich endete der Gang, und Ayescha blieb stehen und befahl den Stummen, die Lampen hochzuhalten, worauf ich in der Tat, wie sie es vorhergesagt hatte, ein Bild sah, wie es sich mir wohl kaum je wieder bieten wird. Wir standen in einem ungeheuren Abgrund oder, besser gesagt, am Rande eines sol-

[1] Der Name Ama-hagger scheint in der Tat auf eine seltsame Rassenmischung hinzudeuten, wie sie in der Gegend des Sambesi leicht erfolgt sein kann. Die Vorsilbe ›Ama‹ entstammt der Sprache der Zulus und verwandter Stämme; ›hagger‹ ist arabisch und bedeutet ›Stein‹. Der Herausgeber.

chen, denn er reichte noch tief – wie tief, weiß ich nicht – hinab und war von einer niedrigen Felsmauer umschlossen. Soweit ich es beurteilen konnte, mochte dieser Abgrund so groß sein wie die Kuppel der St. Pauls-Kathedrale, und als die Stummen ihre Lampen in die Höhe hielten, sah ich, daß er ein einziges riesiges Beinhaus darstellte, angefüllt mit Tausenden menschlicher Skelette, welche zu einer ungeheuren bleichen Pyramide aufgehäuft waren, entstanden durch das Hinabgleiten der zuoberst liegenden Leichen, wenn von oben neue hineingeworfen wurden. Etwas Grausigeres als diesen wirren Haufen von Gebeinen eines ausgestorbenen Volkes kann ich mir nicht denken, und noch gräßlicher wurde das Bild dadurch, daß in dieser trockenen Luft eine beträchtliche Zahl von Leichen mit der Haut auf den Knochen ausgedörrt waren und uns nun in jeder nur denkbaren Stellung aus dem Berg weißer Knochen heraus anstarrten – Karikaturen auf das Menschenbild von grotesker Schrecklichkeit. In meinem Erstaunen stieß ich einen Schrei aus, und das vielfältige Echo meiner Stimme, welches in dem Gewölbe widerhallte, störte einen der Schädel auf dem Gipfel der Pyramide aus seiner vieltausendjährigen Ruhe auf. Er sprang herab, hüpfte in lustigen Sätzen auf uns zu und riß dabei eine Lawine anderer Gebeine mit sich, so daß ihr Geklapper die ganze Höhle erfüllte und es fast aussah, als erhöben sich die Skelette, um uns zu begrüßen.

»Komm«, sagte ich, »ich habe genug gesehen. Sicher sind das die Leichen jener, die der großen Seuche zum Opfer fielen, nicht wahr?« fügte ich hinzu, als wir uns abwandten.

»Ja. Das Volk von Kôr hat seine Toten stets einbalsamiert, wie es die Ägypter taten, doch seine Kunst war größer als die der Ägypter, denn während die Ägypter die Eingeweide und das Gehirn entfernten, spritzten die Kôrer eine Flüssigkeit in die Adern, die jeden Körperteil erreichte. Doch halt – sieh es dir selbst an«, und sie blieb vor einer der Öffnungen in der Wand des Ganges, durch den wir schritten, stehen und bedeutete den Stummen, uns zu leuchten. Wir traten in eine kleine Kammer, die jener ähnelte, in welcher wir bei unserem ersten Aufenthalt geschlafen hatten; nur standen statt einer zwei steinerne Bänke oder Betten darin. Auf den Bänken lagen Gestalten, gehüllt in gelbe Leinwand, auf der sich im Lauf der Jahrhunderte ein feiner Staub angesammelt hatte, doch längst nicht so viel, wie man erwartet hätte, denn in diesen tiefen Höhlen gab es kein zu Staub zerfallendes Material. Neben den Körpern auf den Steinbänken und auf dem Boden der Grabkammer standen zahlreiche bemalte Krüge, doch sah ich in diesen Höhlen nur sehr wenige Schmuckstücke oder Waffen.

»Hebe die Tücher auf, o Holly«, sagte Ayescha, und ich streckte meine Hand aus, zog sie jedoch gleich wieder zurück. Es erschien mir wie ein Sakrileg, und, um die Wahrheit zu sagen: der düstere Ernst des Ortes und die vor uns liegenden Gestalten erfüllten mich mit Furcht. Da zog sie, über meine Scheu lächelnd, selbst die Tücher fort, und zum Vorschein kamen weitere, noch feinere. Sie entfernte auch diese, und zum erstenmal seit aber Tausenden von Jahren schauten lebende Augen das Gesicht dieses Leichnams. Es war eine Frau; sie mochte etwa fünfunddreißig Jahre oder ein wenig jünger gewesen sein und sicherlich von großer Schönheit. Selbst jetzt noch waren ihre ruhigen, reinen Züge mit den zarten Augenbrauen und langen Wimpern, welche kleine Schatten auf die elfenbeinerne Haut warfen, überaus schön. Da lag sie, in ein weißes Gewand gehüllt, über das ihr blauschwarzes Haar herabfloß, in ihrem letzten langen Schlaf, und in ihrem Arm, das Gesicht an ihre Brust gepreßt, ruhte ein kleines Kind. So reizend und dabei so schrecklich war dieser Anblick, daß ich – ich gestehe es ohne Scham – meine Tränen kaum zurückzuhalten vermochte. Dieses Bild führte mich zurück durch die düstere Schlucht der Zeit in das glückliche Heim im toten kaiserlichen Kôr, in dem diese anmutige, schöne Frau lebte und starb und sterbend ihr Letztgeborenes mit sich ins Grab nahm. Nun lagen Mutter und Kind vor uns, fahle Zeugen einer vergessenen menschlichen Geschichte, die mehr zu Herzen gingen als irgendeine geschriebene Darstellung ihres Lebens. Ehrfürchtig breitete ich die Grabtücher wieder über sie, und seufzend über den unerforschlichen Willen des Schöpfers, der solche Blumen nur blühen läßt, auf daß im Grabe sie verwelken, wandte ich mich der Gestalt auf der anderen Steinbank zu und enthüllte sie behutsam. Es war ein Mann in fortgeschrittenen Jahren mit einem langen grauen Bart, gleichfalls in Weiß gekleidet – wahrscheinlich der Gatte jener Frau, der, nachdem er sie um viele Jahre überlebt, sich endlich an ihrer Seite zur letzten, ewigen Ruhe gebettet hatte.

Wir verließen die Kammer und besichtigten noch andere. Es würde zu weit führen, die vielen Dinge, welche ich in ihnen sah, zu beschreiben. Jede hatte ihre Bewohner, denn die über fünfhundert Jahre, die zwischen der Fertigstellung der Höhle und dem Untergang des Volkes verstrichen waren, hatten offenbar ausgereicht, diese Katakomben, so zahllos sie waren, zu füllen, und alle Toten schienen seit dem Tage, an dem man sie darin bestattet hatte, nicht gestört worden zu sein.

Die Kunst, mit der man sie behandelt hatte, stand in so hoher Blüte, daß nahezu sämtliche Körper noch ebenso erhalten waren wie am Tage ihres Todes vor Tausenden von Jahren. Nichts hatte sie in der tiefen Stille dieses Felsens beschädigt; weder Hitze noch Kälte noch Feuchtigkeit hatte ihnen etwas anhaben können, und die Wirkung der aromatischen Stoffe, mit denen sie durchtränkt waren, schien ewig anzuhalten. Da und dort sahen wir jedoch auch eine Ausnahme, und in diesen Fällen zerfiel das Fleisch, so gesund es auch von außen aussah, bei der Berührung und enthüllte die Tatsache, daß die Gestalt nichts als ein Häufchen Staub war. Dies kam, wie Ayescha mir erklärte, daher, daß man diese Toten, sei es aus Eile oder anderen Gründen, lediglich in die konservierende Flüssigkeit[1] getaucht hatte, statt ihnen diese zu injizieren.

Ein Wort jedoch noch über das letzte Grab, das wir besichtigten, denn sein Inhalt rührte noch stärker ans Herz als der des ersten. Es hatte nur zwei Bewohner, die zusammen auf einer Bank lagen. Als ich die Grab-

[1] Ayescha zeigte mir später den Baum, aus dessen Blättern dieses uralte Konservierungsmittel gewonnen wurde. Es ist ein niedriger, strauchartiger Baum, der auch heute noch üppig auf den Abhängen der Berge wächst. Die Blätter sind lang, schmal und von hellem Grün, das sich jedoch im Herbst hellrot färbt, und sie ähneln im Aussehen Lorbeerblättern. Sie riechen in grünem Zustand fast gar nicht, verströmen jedoch, wenn man sie kocht, einen fast unerträglich starken aromatischen Duft. Die beste Essenz indes lie-

tücher entfernte, fiel mein Blick auf einen jungen Mann und ein blühendes Mädchen, die sich in enger Umarmung aneinander schmiegten. Ihr Kopf ruhte auf seinem Arm, und seine Lippen waren an ihre Stirn gepreßt. Ich öffnete das leinene Gewand des Mannes und entdeckte über seinem Herzen eine Dolchwunde, und eine gleiche befand sich unter der schönen Brust des Mädchens, aus der ihr Lebensblut verströmt war. Auf der Felswand über ihnen stand eine Inschrift von nur drei Worten. Ayescha übersetzte sie. Sie lautete: *Im Tode vereint.*

Was mochte die Geschichte dieser beiden gewesen sein, die, wahrhaft schön im Leben, der Tod nicht hatte trennen können?

Ich schloß die Augen, und die Phantasie nahm den Gedankenfaden auf, spann ihn zurück durch die Jahrhunderte und webte vor ihrem dunklen Hintergrund ein Bild, das in allen Einzelheiten so lebensvoll erschien, daß ich einen Augenblick fast vermeinte, ich hätte über die Vergangenheit triumphiert und mit meinem geistigen Auge das Geheimnis der Zeit durchdrungen.

Mir war, als sähe ich dies schöne Mädchen lebend vor mir – ihr blondes Haar floß schimmernd über ihr schneeweißes Gewand hernieder, und ihr Busen war noch weißer als dieses, so daß vor seinem Glanz sogar

fern die Wurzeln, und bei dem Volk von Kôr gab es ein auf einigen, mir von Ayescha gezeigten Inschriften erwähntes Gesetz, demzufolge unter Androhung schwerer Strafen niemand unter einem bestimmten Rang mit der aus diesen Wurzeln gewonnenen Essenz einbalsamiert werden durfte. Zweck dieses Gesetzes war es, die Bäume vor Ausrottung zu schützen. Der Verkauf der Blätter und Wurzeln war ein Regierungsmonopol, das den Königen von Kôr einen großen Teil ihres Privateinkommens einbrachte. – L. H. H.

die Geschmeide aus schimmerndem Gold verblaßten. Die große Höhle schien gefüllt mit Kriegern, bärtig und in glänzender Rüstung, und auf der Erhebung, wo Ayescha Gericht gehalten hatte, stand ein feierlich gewandeter Mann, umgeben von den Symbolen seines Priesteramtes. Und durch die Höhle schritt ein Mann, gehüllt in Purpur, umgeben von Sängern und schönen Mädchen, die ein Hochzeitslied anstimmten. Weiß stand das Mädchen vor dem Altar, schöner als die Schönsten, reiner als eine Lilie und kälter als der Tau, der in ihrem Herzen funkelte. Doch als der Mann sich ihr näherte, überlief sie ein Schauder. Da plötzlich sprang aus dem Gedränge ein dunkelhaariger Jüngling hervor und legte seinen Arm um die langvergessene Geliebte und küßte ihr bleiches Antlitz, in welches das Blut schoß wie die roten Strahlen der scheidenden Sonne übers stille Firmament. Aufruhr und Lärm erhoben sich, Schwerter blitzten, man entriß den Jüngling ihren Armen und erstach ihn, doch mit einem Schrei riß sie den Dolch aus seinem Gürtel, stieß ihn sich bis tief ins Herz durch die schneeweiße Brust und sank zu Boden, und dann entschwand mit lautem Wehgeschrei der Festzug meinem Blick, und die Vergangenheit hatte wiederum ihr Buch geschlossen.

Der Leser möge mir die Einflechtung eines Traumes in diese wahre Geschichte verzeihen. Doch er überfiel mich so plötzlich, ich sah dies alles in einem Augenblick so deutlich, daß es mir wie Wirklichkeit schien; und überdies – wer vermag zu sagen, wieviel Wirkliches aus Vergangenheit, Gegenwart oder Zukunft die Phantasie heraufbeschwören kann? Was ist Phantasie? Vielleicht der Schatten unantastbarer Wahrheit, vielleicht das Denken der Seele.

Binnen eines kurzen Moments war diese ganze Szene an meinem geistigen Auge vorübergezogen, und Ayescha sprach mich an.

»Das ist des Menschen Los«, sagte die verschleierte Ayescha, indem sie die Leichentücher wieder über die toten Liebenden breitete, mit feierlicher Stimme, die mit meinem Traum im Einklang stand: »Ins Grab und ins Vergessen, welches das Grab umhüllt, müssen einst wir alle! Ja, selbst ich, die ich so lange lebe. Selbst mir, o Holly, wird in aber Tausenden von Jahren, Tausende von Jahren, nachdem du das Tor durchschritten hast und im Nebel entschwunden bist, ein Tag dämmern, an dem ich sterben und sein werde wie du und diese hier. Was wird es dann schon besagen, daß ich ein wenig länger gelebt und den Tod durch mein der Natur entrungenes Wissen abgewendet habe, wenn schließlich auch ich sterben muß? Was ist schon eine Spanne von zehntausend oder zehnmal zehntausend Jahren im Zeitenlauf? Ein Nichts – gleich dem Nebel, der vor der Sonne schwindet; vergänglich wie eine Stunde Schlaf, ein Hauch des Ewigen Geistes. Das ist des Menschen Los! Mit Gewißheit wird es uns ereilen, und wir werden schlafen. Doch ebenso gewiß werden wir erwachen und wieder leben und wieder schlafen, und so geht es fort durch alle Zeiten, von Äone zu Äone, bis die Welt stirbt und alle Welten jenseits der Welt sterben und nichts mehr lebt als der Geist, der das Leben ist. Doch wird für uns beide und für diese Toten hier das Ende des Endes Leben sein oder Tod? Bis jetzt ist der Tod nur die Nacht des Lebens, doch aus der Nacht wird der Morgen neu geboren, und ihm folgt wiederum die Nacht. Aber wenn Leben und Tod, Tag und Nacht enden und eingehen in das, woraus sie kamen – was wird dann unser Los sein, o Holly? Wer kann so weit schauen? Nicht einmal ich!«

Und dann änderten sich plötzlich ihr Gehaben und ihr Ton –:

»Hast du nun genug gesehen, mein fremder Gast, oder soll ich dir noch mehr von den Wundern dieser Gräber zeigen, die meine Palasthallen sind? Wenn du willst, so kann ich dich dorthin führen, wo Tisno, der mächtigste und tapferste König von Kôr, in dessen Tagen diese Höhlen vollendet wurden, in einem Prunk bestattet liegt, der aller Nichtigkeit zu spotten und den leeren Schatten der Vergangenheit Demut vor seiner in Stein verewigten Eitelkeit abzufordern scheint!«

»Ich habe genug gesehen, o Königin«, erwiderte ich. »Mein Herz ist überwältigt von der Allmacht des Todes. Die Lebenskraft ist schwach und könnte leicht zusammenbrechen unter dem Gefühl, mit dem mich der Anblick dessen, was meiner am Ende harrt, erfüllt. Führe mich fort von hier, o Ayescha!«

17

Eine Wendung

Wir folgten den Lampen der Stummen, die durch das Dunkel schwebten, und erreichten nach einigen Minuten eine Treppe, die uns in Ayeschas Vorzimmer führte, durch welches Billali tags zuvor auf allen vieren gekrochen war. Hier wollte ich mich von der Königin verabschieden, doch sie sagte:

»Nein, tritt nur ein, o Holly, denn wahrlich – ich

unterhalte mich gern mit dir. Bedenke, Holly: zweitausend Jahre lang konnte ich mich mit niemandem unterhalten als mit Sklaven und meinen eigenen Gedanken, und obwohl all dieses Denken mich mit viel Weisheit erfüllt und mir viele Geheimnisse enthüllt hat, bin ich seiner doch überdrüssig und verabscheue meine eigene Gesellschaft, denn die Nahrung, welche die Erinnerung zu essen gibt, schmeckt bitter, und nur mit den Zähnen der Hoffnung vermag man sie zu beißen. Und mögen auch deine Gedanken grün und zart sein, wie es bei einem so jungen Mann nicht verwunderlich ist, so sind sie doch die eines denkenden Gehirns, und du erinnerst mich wahrhaftig an einige dieser alten Philosophen, mit denen ich in längst vergangenen Tagen in Athen und im arabischen Becca disputierte, denn deine Miene ist grämlich und du siehst verstaubt aus, als ob du all deine Tage damit zugebracht hättest, schlecht geschriebenes Griechisch zu lesen, und als seist du vom Schmutz alter Manuskripte schwarz gefärbt. So ziehe den Vorhang zurück und setze dich an meine Seite, und wir wollen Früchte essen und von angenehmen Dingen reden. Siehe, ich entschleiere mich dir wieder. Du selbst bist schuld daran, o Holly; ich habe dich ehrlich gewarnt – doch nun sollst du mich schön nennen, wie es sogar jene alten Philosophen zu tun pflegten. Schande über sie, daß sie so ihre Philosophie vergaßen!«

Und ohne weiteren Aufhebens erhob sie sich, schüttelte das weiße Gewand von sich und schlüpfte gleißend und prachtvoll daraus hervor wie eine schillernde Schlange, die ihre Haut abgestreift hat; dann richtete sie ihre wunderbaren Augen auf mich – tödlicher als die eines Basilisken –, durchdrang mich ganz und gar mit ihrer Schönheit, und ihr helles Lachen klang wie das Geläut von Silberglöckchen.

Eine neue Stimmung erfüllte sie, die ganz von ihr Besitz ergriff. Sie war nicht mehr von Qual und Haß zerwühlt wie in der Nacht, als sie ihre tote Rivalin beim Schein der springenden Flamme verfluchte, nicht mehr düster und prächtig wie ein tyrisches Gewand in den Behausungen der Toten. Nein, ihre Stimmung war jetzt die einer siegreichen Aphrodite. Leben – strahlendes, jubelndes, wundervolles Leben – schien sie jetzt zu verströmen. Leise lachte und seufzte sie, und ihre Augen funkelten. Sie schüttelte ihre schweren Locken, und ihr Duft füllte den Raum; sie stampfte mit ihrem kleinen, sandalenbekleideten Fuß auf den Boden und summte ein altes griechisches Hochzeitslied. All ihre Majestät war verschwunden, oder sie war verborgen und flackerte nur leise aus ihren lachenden Augen wie Blitze bei hellem Sonnenschein. Den Schrecken der springenden Flamme, die kalte Macht der Richterin, deren Urteil eben vollstreckt wurde, und die fahle Traurigkeit der Gräber hatte sie von sich, hinter sich geworfen wie das weiße Gewand, das sie getragen, und nun stand sie da wie die Verkörperung lieblicher, verlockender Weiblichkeit, vollkommener – und in gewisser Weise durchgeistigter – als je ein Weib zuvor.

»Komm, mein Holly, setze dich dorthin, wo du mich sehen kannst. Erinnere dich, es war dein eigener Wunsch – ich sage noch einmal, gib nicht mir die Schuld, wenn du den Rest deines kurzen Lebens mit einer solchen Qual im Herzen zubringst, daß du wünschen wirst, lieber gestorben zu sein, als deinen neugierigen Blick auf mich gerichtet zu haben. Ja, bleibe so sitzen und sage mir – denn, wahrhaft, mich verlangt nach

Schmeicheleien –, sage mir, bin ich nicht schön? Nein, nicht so hastig, überlege es dir gut; prüfe mich Zug um Zug, vergiß meine Gestalt nicht, meine Hände und Füße und mein Haar und die Weiße meiner Haut, und nun sage mir ehrlich, hast du je ein Weib gesehen, das auch nur in einem kleinen Teil ihrer Schönheit, im Schwung einer Augenbraue oder in der Wölbung eines muschelgleichen Ohres, sein Licht neben meiner Schönheit leuchten lassen dürfte? Und nun meine Taille! Vielleicht findest du sie zu weit, doch das ist sie nicht; nur diese goldene Schlange hier ist zu groß und liegt nicht so eng an, wie sie sollte. Es ist eine kluge Schlange, die wohl weiß, daß man die Taille nicht zu fest schnüren darf. Doch jetzt gib mir deine Hände – so – lege sie um mich – ein wenig fester – siehst du, wie deine Finger sich berühren, o Holly!«

Ich ertrug es nicht länger. Ich bin nur ein Mann, doch sie war mehr als ein Weib. Weiß der Himmel, was sie war – ich weiß es nicht! Doch ich sank auf der Stelle vor ihr auf die Knie und gestand ihr in einem kläglichen Sprachengemisch – denn in solchen Augenblicken verwirren sich die Gedanken –, daß ich sie anbetete, wie noch nie ein Weib angebetet wurde, daß ich meine unsterbliche Seele dafür hingeben würde, wenn sie die Meine werden wolle, was ich damals in der Tat zu tun bereit gewesen wäre. Einen Augenblick schien sie ein wenig erstaunt, dann lachte sie und klatschte vergnügt in die Hände.

»Oh, so schnell, o Holly!« rief sie. »Ich habe mich gefragt, wie lange es wohl dauern würde, dich auf die Knie zu bringen. Wie lange ist es her, daß ich einen Mann vor mir knien sah, und glaube mir, süß ist dieser Anblick für ein Weib, ein holdes Glück, welches unseres Geschlechtes einziges Vorrecht ist und das weder Weisheit noch die Länge der Tage mindern können.

Was willst du? – Was willst du? Oh, du weißt nicht, was du tust. Habe ich dir nicht gesagt, daß ich nicht die Deine sein kann? Ich liebe nur einen, und der bist du nicht. Ach, Holly, trotz all deiner Weisheit – und auf deine Art bist du weise – bist du nur ein Tor, der einer Torheit nachjagt. Ins Auge willst du mir schauen, küssen willst du mich! Wohlan, wenn es dich beglückt, so schaue!« Und sie neigte sich mir zu und richtete ihre dunklen, funkelnden Augen auf die meinen; »ja, und küsse mich auch, wenn du willst, denn dank der Welt weisem Plan hinterlassen Küsse keine Spuren, es sei denn im Herzen. Doch merke, wenn du mich küßt, so wird sich dein Herz vor Liebe nach mir verzehren, und du wirst sterben!« Und sie neigte sich noch weiter zu mir vor, bis ihr weiches Haar meine Stirne streifte und ihr duftender Atem über mein Gesicht hauchte und mich lähmte. Schon streckte ich die Arme aus, sie an mich zu ziehen, da richtete sie sich plötzlich auf, und eine rasche Veränderung ging mit ihr vor. Sie hob die Hand und hielt sie über meinen Kopf, und mir war, als ströme irgend etwas in mich, das mir die Sinne kühlte und mir das Bewußtsein von Schicklichkeit und Anstand zurückgab.

»Genug der Tändelei«, sagte sie in ernstem Ton. »Höre mich an, Holly. Du bist ein guter, ehrenhafter Mann, und ich möchte dich schonen; doch, ach! es ist für ein Weib so schwer, barmherzig zu sein. Ich habe dir gesagt, daß ich die Deine nicht sein kann, verscheuche deshalb deine Gedanken, lasse den Staub deiner Phantasie wieder in die Tiefen – nun, der Verzweiflung sinken, wenn es sein muß. Du kennst mich nicht, Holly. Hättest du mich vor nur zehn Stunden gesehen, als meine Leidenschaft mich packte, so wärest du zitternd vor Furcht zurückgewichen. Meiner Launen sind gar viele, und ich spiegle wie das Wasser in jenem Gefäß viele Dinge; doch sie vergehen, mein Holly, sie vergehen und sind vergessen. Nur das Wasser bleibt das Wasser, und ich bleibe ich und kann mich in meinem Wesen nicht ändern. Deshalb lasse dich nicht von dem verlocken, was ich zu sein scheine; sieh ein, daß du nicht wissen kannst, was ich bin. Wenn du mich noch einmal quälst, so werde ich mich wieder verschleiern, und du wirst mein Gesicht nie mehr sehen.«

Ich erhob mich und sank auf die Kissen neben ihr, noch immer zitternd vor Erregung, obwohl die tolle Leidenschaft mich für einen Augenblick verlassen hatte – wie die Blätter eines Baumes noch immer zittern, wenn der Sturm vorüber ist. Ich wagte nicht, ihr zu sagen, daß ich sie in jener unheimlichen, höllischen Laune, Beschwörungen über dem Feuer in dem Grab murmelnd, gesehen hatte.

»So«, fuhr sie fort, »iß jetzt ein wenig Obst; glaube mir, es ist die einzig richtige Nahrung für den Menschen. Oh, erzähle mir von der Philosophie dieses hebräischen Messias, der nach mir kam und der, wie du sagst, heute Rom und Griechenland und Ägypten und auch die Barbarenvölker regiert. Er muß eine seltsame Philosophie gelehrt haben, denn zu meiner Zeit wollten die Völker nichts von unseren Philosophien wissen. Schwelgerei und Sinnenlust und Zechen, Blut und kalter Stahl und Schlachtgetümmel waren ihre Glaubenssätze.«

Ich hatte mich indessen ein wenig erholt und, meiner Schwäche mich zutiefst schämend, tat ich mein Bestes, ihr die Lehren des Christentums zu erklären, doch merkte ich, daß sie ihnen mit einer Ausnahme – unserer Auffassung von Himmel und Hölle – nur wenig Aufmerksamkeit schenkte und ihr ganzes Interesse auf den Mann richtete, der sie verkündete. Ich erzählte ihr auch, daß in ihrem eigenen Volke, den Arabern, ein Prophet, Mohammed, erstanden war und einen neuen Glauben gepredigt hatte, dem nun viele Millionen Menschen anhingen.

»Ah!« rief sie; »sieh da – zwei neue Religionen! Wie viele habe ich gekannt, und sicherlich hat es noch viel mehr gegeben, seit ich in diesen Höhlen weile. Immer wieder suchen die Menschen zu ergründen, was hinter den Himmeln ist. Der Ursprung aller Religionen ist der gleiche – Angst vor dem Ende und eine verhüllte Form von Ichsucht. Merke dir, mein Holly, jede Religion verheißt ihren Anhängern, oder zumindest den Guten unter ihnen, die Zukunft. Der Ungläubigen, die nichts von ihr wissen wollen und welche das Licht, das die Gläubigen anbeten, nur undeutlich sehen, wie die Fische die Sterne, harrt das Böse. Religionen kommen und gehen, und Kulturen kommen und gehen, und nichts hat Bestand als die Welt und die menschliche Natur. Ach! käme doch der Mensch zur Einsicht, daß die Hoffnung von innen und nicht von außen kommt – daß nur er selbst sich erlösen kann! In ihm ist der Hauch des Lebens und das Wissen um Gut und Böse. Möge er doch darauf bauen und sich stützen und nicht sich niederwerfen vor dem Bildnis eines unbekannten Gottes, der nach seinem armseligen Ich geformt ist, doch mit einem größeren Gehirn, das Böse zu denken, und mit einem längeren Arm, es zu tun.«

Ich dachte bei mir, daß ihre Argumente ganz ähnlich klangen wie einige andere, die ich im neunzehnten Jahrhundert und an anderen Orten als den Höhlen von Kôr vernommen hatte und welche ich, nebenbei bemerkt, gänzlich verwerfe, doch mir stand nicht der Sinn danach, mit ihr über diese Fragen zu diskutieren. Mein Geist war viel zu erschöpft von all der Aufregung, die ich durchgemacht hatte, und überdies wußte ich, daß ich den kürzeren ziehen würde. Es ist schon mühsam genug, mit einem gewöhnlichen Materialisten zu streiten, der einem statistische Daten und ganze Haufen geologischer Tatsachen an den Kopf wirft, während man nur mit Deduktionen und Ahnungen und den Schneeflocken des Glaubens parieren kann, die leider in der heißen Glut solcher Scharmützel allzu leicht schmelzen. Wie wenig konnte ich also erst gegen ein Wesen ausrichten, dessen Geist übernatürlich scharf war, das über eine zweitausendjährige Erfahrung verfügte und um alle Geheimnisse der Natur wußte! Ich hatte das Gefühl, daß eher sie mich bekehren würde als ich sie, und so hielt ich es für das beste, die Sache auf sich beruhen zu lassen und zu schweigen. Wie oft habe ich seither bitter bedauert, daß ich dies tat, denn ich versäumte so die einzige sich mir bietende Gelegenheit, Ayeschas *wahren* Glauben und ihre ›Philosophie‹ kennenzulernen.

»So, mein Holly«, fuhr sie fort, »mein Volk hat also auch einen Propheten gefunden, einen falschen Propheten, wie du sagst, denn er ist nicht der deine, und in der Tat, ich bezweifle es nicht. Doch zu meiner Zeit war es anders, damals hatten wir Araber viele Götter. Da gab es Allât und Saba, den Herrn des Himmels, Al Uzza und Manah, den Steinernen, für den das Opferblut floß; und Wadd und Sawâ und Jaghûth, den Löwen der Bewohner von Jemen; Yäûk, das Pferd von Morath, und Nasr, den Adler von Hamyar und viele andere. Oh, überall diese Torheit, diese Schande und jämmerliche Torheit! Doch als die Weisheit in mir wuchs und ich von ihr sprach, da wollten sie mich im Namen ihrer erzürnten Götter erschlagen. Nun ja, so ist es stets gewesen; aber, mein Holly, bist du meiner vielleicht bereits müde, daß du so schweigsam dasitzest? Oder fürchtest du, ich könnte dich meine Philosophie lehren? – denn glaube mir, ich habe eine Philosophie! Was wäre ein Lehrer ohne seine eigene Philosophie? Und falls du mich ärgerst, hüte dich um so mehr! denn dann werde ich sie dich lehren; du sollst mein Schüler sein, und wir beide werden einen neuen Glauben gründen, der alle anderen verdrängt. Treuloser, du! Vor einer halben Stunde erst lagst du vor mir auf den Knien – eine Haltung, die dir gar nicht gut ansteht, Holly – und schworst, mich zu lieben. Was wollen wir nun tun? – Halt, ich hab's. Ich werde kommen und nach diesem Jüngling, dem Löwen, sehen, wie der alte Billali ihn zu nennen pflegt, nach ihm, der so krank ist. Das Fieber muß ihn indessen verlassen haben, doch wenn er im Sterben liegt, so werde ich ihn heilen. Keine Angst, mein Holly, ich werde keine Magie anwenden. Sagte ich dir nicht, daß es keine Magie gibt, sondern nur Verstehen und das Wissen, die Kräfte der Natur anzuwenden? Gehe jetzt, und sobald ich die Medizin bereitet habe, werde ich dir folgen.«[1]

[1] Ayescha war eine große Chemikerin, und die Chemie scheint ihre einzige und liebste Beschäftigung gewesen zu sein. Sie hatte eine der Höhlen als Laboratorium eingerich-

So ging ich denn und traf Job und Ustane in größter Sorge an. Sie erklärten mir, daß Leo in den letzten Zügen liege und daß sie überall nach mir gesucht hätten. Ich eilte an Leos Lager und warf einen Blick auf ihn – kein Zweifel, er lag im Sterben. Er war bewußtlos und sein Atem ging schwer, doch seine Lippen zuckten, und hin und wieder durchlief ein Schauder seinen Körper. Ich verstand genug von der ärztlichen Kunst, um zu sehen, daß es in einer Stunde keine menschliche Hilfe mehr für ihn geben würde – vielleicht sogar schon in den nächsten fünf Minuten! Wie verwünschte ich meine Selbstsucht und Torheit, die mich an Ayeschas Seite hatte verweilen lassen, während mein lieber Junge mit dem Tode rang! Ach! wie leicht kann doch der Glanz von Weiberaugen selbst die Besten unter uns auf den Pfad des Bösen führen! Was für ein jämmerlicher Wicht war ich doch! Ich hatte in der Tat während der letzten halben Stunde Leos kaum gedacht, jenes Menschen – man bedenke! –, der seit zwanzig Jahren mein teuerster Gefährte, der Mittelpunkt meines Daseins gewesen. Und nun war es vielleicht zu spät!

Die Hände ringend, blickte ich um mich. Ustane saß neben dem Lager, und in ihren Augen glomm düstere Verzweiflung. Job hockte gotterbärmlich schluchzend in der Ecke. Als er meinen Blick auf sich ruhen fühlte, ging er hinaus, um sich auf dem Gang seinem Kummer hinzugeben. Die einzige Hoffnung lag offensichtlich in Ayescha. Sie, nur sie allein konnte ihn retten – es sei denn, sie war eine Betrügerin, was

tet und erzielte trotz ihrer naturgemäß recht primitiven Geräte, wie man im Verlauf dieser Erzählung noch sehen wird, erstaunliche Resultate. L. H. H.

ich indes nicht glauben konnte. Ich beschloß, zu ihr zu eilen und sie zu beschwören, sofort zu kommen. Als ich mich dazu anschickte, stürzte jedoch Job mit buchstäblich in die Höhe gesträubten Haaren in die Kammer.

»Oh, Gott steh uns bei, Sir!« stieß er ängstlich flüsternd hervor, »ein Leichnam kommt durch den Gang geschritten!«

Einen Augenblick war ich verdutzt, doch dann fiel mir ein, daß er Ayescha gesehen haben mußte; in ihrem leichentuchähnlichen Gewand und infolge ihres seltsamen, schwebenden Ganges hatte er sie wohl für einen Geist gehalten. Im gleichen Augenblick löste sich auch schon die Frage, denn Ayescha trat ein. Job wandte sich um, sah ihre verhüllte Gestalt, sprang mit dem Entsetzensschrei »Da kommt es!« in die Ecke und drückte sein Gesicht an die Wand, während Ustane sogleich erriet, wer vor ihr stand, und sich der Länge nach zu Boden warf.

»Du kommst gerade noch zur rechten Zeit, Ayescha«, sagte ich, »denn mein Junge liegt im Sterben.«

»So«, erwiderte sie leise. »Wenn er noch nicht tot ist, ist es nicht zu spät, denn ich kann ihn ins Leben zurückrufen, mein Holly. Ist jener Mann dort dein Diener, und pflegen auf diese Weise in deinem Lande Diener Fremde zu begrüßen?«

»Er fürchtet sich vor deinem Gewand – es ähnelt einem Totenhemd«, erwiderte ich. Sie lachte.

»Und das Mädchen? Ach ja, ich weiß. Sie ist es, von der du mir erzählt hast. Nun, befiehl beiden, uns zu verlassen, und dann will ich nach deinem kranken Löwen sehen. Ich möchte nicht, daß Untergebene Zeugen meiner Weisheit werden.«

Ich gebot Ustane auf arabisch und Job auf englisch, die Kammer zu verlassen; ein Befehl, den der letztere nur allzu gern und schnell befolgte, denn er konnte seine Furcht nicht bezwingen. Anders jedoch Ustane.

»Was will ›Sie‹?« flüsterte sie, zwischen ihrer Angst vor der schrecklichen Königin und ihrem Verlangen, bei Leo zu bleiben, hin und her gerissen. »Hat ein Weib nicht das Recht, bei seinem Gatten zu sein, wenn er stirbt? Nein, ich gehe nicht, mein Herr, der Pavian.«

»Warum verläßt uns diese Frau nicht, mein Holly?« rief Ayescha vom anderen Ende der Höhle, wo sie flüchtig einige Skulpturen an der Wand betrachtete.

»Sie will Leo nicht verlassen«, antwortete ich, da mir nichts anderes einfiel. Ayescha fuhr herum, deutete mit der Hand auf das Mädchen und sagte ein einziges Wort, welches jedoch genügte, denn der Ton, in dem sie es hervorstieß, sprach Bände.

»Geh!«

Da kroch Ustane auf Händen und Füßen an ihr vorbei zur Kammer hinaus.

»Siehst du, mein Holly«, sagte Ayescha leise lachend, »es war nötig, daß ich diesen Menschen eine Lektion in Gehorsam erteilte. Dieses Mädchen hätte sich mir beinahe widersetzt, aber sie hat wohl heute morgen nicht gesehen, wie ich die Ungehorsamen bestrafe. Nun, sie ist fort; jetzt will ich nach dem Kranken sehen«, und sie trat an das Lager, auf dem Leo ruhte, das Gesicht im Schatten und der Wand zugedreht.

»Welch stattlicher Jüngling«, sagte sie, als sie sich über ihn beugte, um sein Gesicht zu betrachten.

In der nächsten Sekunde taumelte ihre schlanke, biegsame Gestalt durch die Kammer zurück, als hätte ein Schuß oder ein Dolchstoß sie getroffen, und dann entrang sich ihren Lippen der entsetzlichste, unheimlichste Schrei, den ich in meinem ganzen Leben hörte.

»Was ist dir, Ayescha?« rief ich. »Ist er tot?«

Sie wandte sich um und sprang auf mich zu wie eine Tigerin.

»Du Hund!« sagte sie in ihrem schrecklichen Flüstern, das wie das Zischen einer Schlange klang, »warum hast du mir das verschwiegen?« Ich dachte, sie wolle mich erschlagen.

»Was?« stieß ich zutiefst erschrocken hervor, »was?«

»Ach!« sagte sie, »vielleicht hast du es nicht gewußt. Höre, mein Holly, höre: dort liegt – dort liegt mein verlorener Kallikrates. Kallikrates ist endlich zu mir zurückgekehrt – ich wußte es ja, ich wußte es, daß er kommen wird!«, und sie begann zu schluchzen und zu lachen und sich ganz wie jede andere außer sich geratene Dame aufzuführen, indem sie in einem fort »Kallikrates, Kallikrates!« murmelte.

›Unsinn‹, dachte ich bei mir, wagte jedoch nicht, es zu sagen; in diesem Augenblick dachte ich nur an Leos Leben und vergaß in meiner schrecklichen Angst, er könnte sterben, während sie ihren Gefühlen freien Lauf ließ, alles andere.

»Wenn du ihm nicht hilfst, Ayescha«, unterbrach ich sie, »wird dein Kallikrates dich bald nicht mehr hören können. Sieh doch, er stirbt schon.«

»Richtig«, sagte sie zusammenzuckend. »Oh, warum kam ich nicht früher? Ich bin so verwirrt – meine Hand zittert – und doch ist es so leicht. Hier, Holly, nimm diese Phiole«, und sie zog eine kleine Tonflasche aus den Falten ihres Gewandes, »und schütte ihm die Flüssigkeit in den Mund. Sie wird ihn heilen, wenn er noch nicht tot ist. Rasch jetzt! Rasch! Er stirbt!«

Ich warf einen Blick auf ihn; es stimmte, Leo lag im Todeskampf. Sein armes Gesicht färbte sich aschfahl, und ein Röcheln drang aus seiner Kehle. Die Phiole war mit einem kleinen Stück Holz verschlossen. Ich zog es mit den Zähnen heraus, und ein kleiner Tropfen der Flüssigkeit netzte meine Zunge. Sie schmeckte süß, und eine Sekunde lang wurde ich schwindlig und ein Nebel braute sich vor meinen Augen zusammen, doch zum Glück ging dies so schnell vorüber, wie es gekommen war.

Als ich Leos Lager erreichte, lag er in den letzten Zügen – sein goldgelockter Kopf bewegte sich langsam hin und her, und sein Mund stand ein wenig offen. Ich bat Ayescha, seinen Kopf zu halten, und sie tat es, obwohl sie von Kopf bis Fuß zitterte wie Espenlaub. Dann goß ich ihm, seinen Mund ein wenig weiter öffnend, den Inhalt der Phiole hinein. Ein schwacher Dampf stieg auf, wie wenn man eine Flasche mit Salpetersäure öffnet, und dieser Anblick stärkte nicht gerade meine ohnedies zage Hoffnung auf einen Erfolg dieser Behandlung.

Eins jedoch war gewiß: der Todeskampf hörte auf – zuerst dachte ich, es sei aus mit ihm und er habe den dunklen Fluß überschritten. Sein Gesicht wurde leichenblaß, und das Schlagen seines Herzens, das ohnedies schon ganz schwach gewesen war, schien gänzlich aufzuhören – nur die Augenlider zuckten noch ein wenig. Zweifelnd blickte ich zu Ayescha auf, deren Kopfschleier, als sie erschrocken zurücktaumelte, herabgerutscht war. Sie hielt noch immer Leos Kopf und betrachtete, ebenso bleich wie er, sein Gesicht mit einem Ausdruck unsäglicher Todesangst, wie ich ihn noch nie gesehen hatte. Anscheinend wußte auch sie nicht, ob er am Leben bleiben oder sterben würde. Langsam vergingen fünf Minuten, und ich sah, daß sie die Hoffnung aufgab; ihr schönes ovales Gesicht schien einzufallen und sichtlich schmäler zu werden unter ihrer Seelenqual, die schwarze Schatten um ihre Augen zeichnete. Das Korallenrot ihrer Lippen verblich, bis sie weiß waren wie Leos Gesicht und kläglich zuckten. Ihr Anblick war herzzerreißend, und trotz meines eigenen Kummers empfand ich für sie Mitleid.

»Ist es zu spät?« keuchte ich.

Ohne zu antworten, verbarg sie ihr Gesicht in den Händen, und auch ich wandte mich ab. Doch während ich dies tat, hörte ich einen langgezogenen Seufzer, und als ich niederblickte, sah ich, wie Röte Leos Gesicht überhauchte. Wieder seufzte er, und dann – Wunder über Wunder – drehte sich der Mann, den wir für tot gehalten hatten, auf die Seite.

»Sieh doch«, flüsterte ich.

»Ich sehe«, erwiderte sie heiser. »Er ist gerettet. Ich dachte schon, es sei zu spät – noch einen Augenblick – einen kleinen Augenblick –, und er wäre tot gewesen!« Ein schrecklicher Weinkrampf überkam sie, und sie schluchzte, als wollte ihr das Herz brechen, wobei sie schöner aussah denn je zuvor. Endlich kam sie zu sich.

»Verzeih mir, o Holly – vergib mir meine Schwäche«, sagte sie. »Wie du siehst, bin ich trotz allem nur ein Weib. Stelle dir das nur vor! Erst heute morgen sprachst du von diesem Marterplatz deiner neuen Religion. Hölle oder Hades nanntest du ihn – einen Ort, wo die Seele weiterlebt, eingedenk der Vergangenheit, wo all die Irrtümer und Fehler und unbefriedigten Leidenschaften und Schrecken, die sie je erfüllten, das Herz für immer und ewig peinigen und quälen ohne einen Hoffnungsschimmer. So, genau so, habe ich zweitausend Jahre lang gelebt – an die sechsundsechzig Generationen nach eurer Zeitrechnung – in einer Hölle, wie du sagtest – gequält von der Erinnerung an ein Verbrechen, Tag und Nacht gepeinigt von einem ungestillten Verlangen – ohne Gefährten, ohne Trost, unsterblich, geleitet nur auf meinem dunklen Pfad von den Irrlichtern der Hoffnung, die mich, bald aufflackernd, bald verlöschend, wie meine Kunst mir sagte, dereinst zu meinem Retter führen würden.

Und dann – bedenke es gut, o Holly, nie wieder wirst du eine solche Geschichte hören, nie wieder Zeuge solcher Dinge werden, nicht, wenn ich dir zehntausend Jahre Leben schenkte – und die sollst du, wenn du willst, als Lohn empfangen –, dann endlich kam mein Retter – er, dessen ich all die Zeiten hindurch geharrt – zu der vorherbestimmten Zeit kam er, mich zu suchen, wie ich es gewußt, denn meine Weisheit trügt mich nicht, wenn ich auch nicht wußte, wann und wie. Und dennoch – wie unwissend war ich! Wie klein mein Wissen ist, wie gering meine Stärke! Seit Stunden lag er hier und rang mit dem Tode, und ich ahnte es nicht – ich, die ich zweitausend Jahre lang auf ihn wartete – ich wußte es nicht! Und dann endlich sehe ich ihn, und um Haaresbreite hätte ich ihn verloren, denn er liegt im Rachen des Todes, dem ihn all meine Macht nicht entreißen kann. Und wenn er stirbt, so muß ich diese Hölle noch einmal durchleben – noch einmal all die endlosen Jahrhunderte durchwandern und warten, warten, bis die Zeit erfüllt ist und meinen Geliebten mir zurückbringt. Und dann gabst du ihm die Medizin, und diese wenigen Minuten, in denen ich nicht wußte, ob er leben oder sterben wird, glaube mir, sie waren länger als die sechzig Menschenalter, die ich durchlitt. Doch endlich waren sie vergangen, und noch immer kein Zeichen, und ich wußte, wenn die Medizin jetzt nicht wirkt, dann wirkt sie überhaupt nicht. Ich dachte schon, er ist wieder tot, und all die Qualen aller dieser Jahre vereinten sich zu einem einzigen giftigen Speer, der sich tief in mich bohrte, denn wieder hatte ich Kallikrates verloren! Und dann, als alles schon vorüber schien, da seufzte er – bedenke – er seufzte! er lebte! und ich wußte, er würde am Leben bleiben, denn es stirbt keiner, bei dem die Medizin wirkt. Bedenke dies, mein Holly – bedenke dieses Wunder! Er wird nun zwölf Stunden schlafen, und dann hat die Krankheit ihn verlassen und er ist dem Leben und mir zurückgegeben!«

Sie verstummte und legte ihre Hand auf sein goldenes Haupt, und dann beugte sie sich nieder und küßte seine Stirne mit einer keuschen Hingabe und Zärtlichkeit, die rührend anzusehen gewesen wäre, hätte der Anblick nicht mein Herz durchbohrt – denn ich war eifersüchtig!

18

»Hinweg mit dir, Weib!«

Es folgte ein Schweigen von etwa einer Minute, in der ›Sie‹ sich, nach ihrem fast engelhaft entrückten Gesichtsausdruck zu schließen – zuweilen sah sie wirklich wie ein Engel aus –, in einem wahrhaften Glücksrausch zu befinden schien. Plötzlich jedoch kam ihr ein neuer Gedanke, und gleich darauf war ihr Gesicht alles andere als engelhaft.

»Fast hätte ich dieses Weib, diese Ustane, vergessen«, sagte sie. »Was ist sie für Kallikrates – ist sie seine Dienerin, oder –?« Sie hielt inne.

Ich zuckte die Achseln. »Soviel ich weiß, ist sie ihm nach dem Brauch der Amahagger angetraut«, erwiderte ich, »doch genau weiß ich's nicht.«

Ihr Gesicht wurde finster wie eine Gewitterwolke. Trotz ihres Alters schien ihr Herz immer noch voll Eifersucht.

»Das muß ein Ende haben«, sagte sie, »sie muß sterben, und das auf der Stelle!«

»Aber was hat sie denn verbrochen?« fragte ich bestürzt. »Sie hat sich keines anderen Vergehens schuldig gemacht als du selbst, o Ayescha. Sie liebt ihn, und er erwidert ihre Liebe. Worin liegt ihre Sünde?«

»Wahrhaftig, o Holly, du bist ein Tor«, rief sie fast ärgerlich. »Worin ihre Sünde liegt? Darin, daß sie zwischen mir und meinem Verlangen steht. Ich weiß sehr wohl, daß ich ihn ihr entreißen könnte – denn welcher Mann auf Erden könnte mir wohl widerstehen? Männer sind nur so lange treu, wie Versuchungen an ihnen vorübergehen. Ist die Versuchung jedoch nur stark genug, so gibt der Mann ihr nach, denn jeder Mann hat, gleich einem Seil, eine schwache Stelle, und Leidenschaft ist für einen Mann, was Gold und Macht für das Weib ist – das Gewicht, dem er erliegt. Glaube mir, übel wird es den sterblichen Frauen in jenem Himmel, von dem du sprichst, ergehen, wenn dort die Geister schöner sind als sie, denn ihre Männer werden keinen Blick an sie verschwenden, und ihr Himmel wird ihnen zur Hölle werden. Mit Frauenschönheit, wenn sie nur groß genug ist, läßt jeder Mann sich kaufen; und Frauenschönheit läßt sich mit Geld kaufen, wenn es nur Geld genug ist. So war es zu meiner Zeit, und so wird es bis ans Ende aller Tage sein. Die Welt ist ein großer Markt, mein Holly, auf dem der, welcher in der Währung unserer Begierden am meisten bietet, alles kaufen kann.«

Diese Bemerkungen, deren Zynismus mich bei einer Frau von Ayeschas Alter und Erfahrung nicht verwunderte, ärgerten mich dennoch, und ich erwiderte gereizt, daß es in unserem Himmel keine Ehen und kein Freien gäbe.

»Du meinst, sonst wäre es kein Himmel?« warf sie ein. »Schäme dich, Holly, daß du so schlecht von uns Frauen denkst! Macht denn nur die Ehe den Unterschied zwischen deinem Himmel und deiner Hölle aus? Doch genug davon. Es ist jetzt keine Zeit für geistreiche Dispute. Warum mußt du nur immer disputieren? Bist du einer von diesen neuen Philosophen? Was dieses Weib betrifft, so muß sie sterben; denn wenn ich ihr den Geliebten nur nähme, könnte er, solange sie lebt, voll Zärtlichkeit ihrer gedenken, und das wäre mir unerträglich. Kein anderes Weib darf in den Gedanken meines Herrn wohnen; mein Reich soll ganz mein eigen sein. Sie hat das Ihre gehabt, soll sie damit zufrieden sein; denn eine Stunde der Liebe ist besser als ein Jahrhundert der Einsamkeit. Die Nacht soll sie verschlingen.«

»Nein, nein«, rief ich, »das wäre ein schweres Verbrechen, und ein solches zieht stets nur Böses nach sich. Um deiner selbst willen, tue es nicht.«

»Ist es denn ein Verbrechen, o du törichter Mann, hinwegzuräumen, was zwischen uns und unseren Zielen steht? Dann ist unser Leben ein einziges Verbrechen, mein Holly; denn Tag um Tag zerstören wir um dieses

Lebens willen, weil in dieser Welt nur die Stärksten sich durchsetzen können. Die Schwachen müssen untergehen; die Erde und ihre Früchte sind nur für die Starken. Für einen Baum, der wächst, verdorren zwanzig andere, damit er Raum hat. Über die Leichen derer hinweg, die zu schwach sind und fallen, eilen wir zu Macht und Ruhm; ja wir entziehen die Nahrung, die wir essen, dem Munde hungernder Kinder. Das ist der Plan der Welt. Du sagst, ein Verbrechen zeugt Böses, doch darin fehlt dir die Erfahrung; denn aus Verbrechen kommt oft Gutes, und aus Gutem oft Böses. Der grausame Zorn des Tyrannen kann zu einem Segen werden für Tausende, die nach ihm kommen, und die Güte eines Heiligen kann ein Volk versklaven. Dieses und jenes tut der Mensch aus Güte oder Bosheit und weiß doch nie, was daraus erwachsen wird; denn wenn er zum Schlag ausholt, weiß er nicht, wohin der Schlag fallen wird, noch kann er die hauchdünnen Fäden zählen, welche die Umstände weben. Gut und Böse, Liebe und Haß, Nacht und Tag, Süßes und Bitteres, Mann und Frau, der Himmel über und die Erde unter uns – all dies ist notwendig, eins fürs andere, doch wer kennt von allem das Ende? Glaube mir, es gibt eine Schicksalshand, die, ihrem Zweck zu dienen, all diese Fäden zusammenflicht zu jenem großen Band, zu dem all diese Dinge notwendig sind. Deshalb steht es uns nicht an zu sagen, dieses ist gut und jenes böse, oder das Dunkel ist häßlich und das Licht schön; denn anderen Augen als den unseren mag das Böse gut und das Dunkel schöner als der Tag erscheinen, oder alles gleich schön. Hörst du, mein Holly?«

Es schien mir hoffnungslos, solcher Kasuistik zu widersprechen, die, bis zu ihrem logischen Ende fortgeführt, jegliche Moral, wie wir sie verstehen, vernichten mußte. Doch ihre Worte erfüllten mich erneut mit Angst, denn was konnte man nicht alles erwarten von einem Wesen, das nicht nur ungehemmt von menschlichem Gesetz, sondern auch ohne jedes moralische Empfinden für Recht und Unrecht war, welches, so parteiisch und konventionell es auch sein mag, dennoch, wie unser Gewissen uns sagt, jenes große Fundament individueller Verantwortung bildet, die den Menschen vom Tier unterscheidet?

Ich war jedoch ehrlich bestrebt, Ustane, die ich schätzte und achtete, vor dem grausigen Geschick, das ihr aus der Hand ihrer mächtigen Rivalin drohte, zu bewahren, und so unternahm ich einen neuen Versuch.

»Ayescha«, sagte ich, »du bist für mich zu spitzfindig; doch du selbst sagtest mir, jeder Mensch solle sich selbst sein Gesetz errichten und dem Rufe seines Herzens folgen. Ist in deinem Herzen kein Mitleid für die, deren Platz du einnehmen möchtest? Bedenke doch: wie du sagst, ist – obwohl mir das Ganze unglaublich erscheint – der Mann, den du ersehntest, nach so langer Zeit zu dir zurückgekehrt, und soeben erst hast du ihn, wie du ebenfalls sagst, dem Rachen des Todes entrissen. Willst du seine Ankunft durch den Mord an dem Mädchen feiern, das ihn liebt und das vielleicht auch er liebt – eines Mädchens, das für dich sein Leben rettete, als deine Sklaven ihm mit ihren Speeren ein Ende bereiten wollten? Du sagtest auch, daß du vor langen Jahren diesem Mann bitter Unrecht tatest, daß du ihn mit deiner eigenen Hand erschlugst, weil er die Ägypterin Amenartas liebte.«

»Woher weißt du das, o Fremdling? Woher kennst

du diesen Namen? Ich habe ihn dir nicht gesagt«, schrie sie auf und packte mich am Arm.

»Vielleicht habe ich es geträumt«, entgegnete ich; »in diesen Höhlen von Kôr hat man seltsame Träume. Doch dieser Traum scheint eine Spur Wahrheit zu enthalten. Was hat dieses tolle Verbrechen dir eingebracht? Zweitausend Jahre des Wartens, habe ich nicht recht? Und nun willst du das Ganze wiederholen? Sag, was du willst – ich bin überzeugt, es kann nur Böses daraus kommen; denn wer Gutes tut, erntet Gutes, und wer Böses tut, erntet Böses, wenn auch in späteren Zeiten aus dem Bösen Gutes kommen mag. Ärgernis muß sein; doch wehe dem, durch den das Ärgernis kommt. So sprach jener Messias, von dem ich dir erzählte, und er hat wahr gesprochen. Wenn du dieses unschuldige Weib erschlägst, so wirst du verflucht sein und von dem alten Baum deiner Liebe keine Frucht pflücken. Was denkst du nur? Glaubst du, dieser Mann wird dich nehmen, wenn du mit Händen, die mit dem Blute jener, die ihn liebte und pflegte, befleckt sind, vor ihn trittst?«

»Was das betrifft«, erwiderte sie, »so hast du meine Antwort bereits gehört. Selbst wenn ich dich wie sie erschlüge, würde er mich dennoch lieben, Holly, weil er sich davor ebensowenig retten könnte wie du dich vor dem Tode, wenn es mir einfiele, dich zu erschlagen, o Holly. Und doch mag ein wenig Wahrheit in deinen Worten liegen, denn irgendwie machen sie Eindruck auf mich. Wenn es sein kann, so will ich dieses Weib schonen – habe ich dir nicht gesagt, daß ich nicht um der Grausamkeit willen grausam bin? Ich liebe es nicht, Leid zu sehen oder es hervorzurufen. Hole sie her – rasch, bevor ich mich anders besinne«, und sie bedeckte hastig ihr Gesicht mit dem dünnen Schleier.

Befriedigt, wenigstens dies erreicht zu haben, eilte ich auf den Gang hinaus und rief Ustane, deren weißes Gewand ich einige Schritte von mir erblickte. Sie kauerte weinend unter einer der irdenen Lampen, die in bestimmten Abständen an der Wand des Ganges angebracht waren. Sogleich erhob sie sich und lief mir entgegen.

»Ist mein Gebieter tot? Oh, sage nicht, daß er tot ist!« rief sie, indem sie mit ihrem edelgeschnittenen und von Tränen überströmten Antlitz zu mir aufblickte und mich mit einem flehentlichen Blick ansah, der mir tief zu Herzen ging.

»Nein, er lebt«, erwiderte ich. »›Sie‹ hat ihn gerettet. Tritt ein.«

Tief seufzend trat sie ein und fiel nach der Sitte der Amahagger vor der gefürchteten Herrscherin auf Hände und Knie.

»Steh auf«, sprach Ayescha mit eisiger Stimme, »und komme hierher.«

Ustane gehorchte und trat mit gesenktem Kopf vor sie hin.

Einen Augenblick herrschte Schweigen, dann sagte Ayescha, auf den schlafenden Leo deutend: »Wer ist dieser Mann?«

»Er ist mein Gatte«, erwiderte Ustane leise.

»Wer gab ihn dir zum Gatten?«

»Ich nahm ihn gemäß dem Brauch unseres Landes.«

»Es war unrecht von dir, Weib, diesen Mann zu nehmen, der ein Fremdling ist. Er ist kein Mann deines Volkes, und deshalb gilt der Brauch nicht. Höre mich an: Mag sein, daß du dies aus Unwissenheit getan hast, und so werde ich dich schonen, anderenfalls wärest du des Todes gewesen. Höre weiter. Gehe fort von hier und zurück zu deinem Haushalt, und wage es nicht, mit diesem Mann je wieder zu sprechen oder deinen Blick auf ihn zu richten. Er ist nicht für dich. Höre, was ich dir als drittes zu sagen habe. Sowie du dieses mein Gesetz brichst, mußt du sterben. Hinweg!«

Doch Ustane rührte sich nicht.

»Hinweg mit dir, Weib!«

Da blickte sie auf, und ich sah, daß ihr Gesicht von Leidenschaft verzerrt war.

»Nein, o Herrscherin, ich gehe nicht«, antwortete sie mit erstickter Stimme, »dieser Mann ist mein Gatte, und ich liebe ihn – ich liebe ihn und will ihn nicht verlassen. Mit welchem Recht befiehlst du mir, meinen Gatten zu verlassen?«

Ich sah, wie ein Schauder Ayescha überlief, und auch ich erschauderte, das Schlimmste befürchtend.

»Sei gnädig«, sagte ich auf lateinisch, »sie spricht ja nur, was ihr das Herz eingibt.«

»Ich bin gnädig«, erwiderte sie kalt in derselben Sprache. »Wäre ich nicht gnädig, so würde sie bereits tot sein.« Und dann zu Ustane gewandt: »Weib, ich sage dir, gehe, bevor ich dich auf der Stelle zerschmettere!«

»Ich gehe nicht! Er ist mein!« rief Ustane in höchster Verzweiflung. »Ich nahm ihn und rettete ihm das Leben! Zerschmettere mich denn, wenn es in deiner Macht steht! Ich gebe dir meinen Gatten nicht – niemals – niemals!«

Ayescha machte eine so rasche Bewegung, daß ich ihr kaum folgen konnte, doch es schien mir, als habe sie das arme Mädchen leicht mit der Hand auf den Kopf geschlagen. Ich starrte Ustane an und taumelte dann entsetzt zurück, denn auf ihrem Haar, mitten auf den bronzenen Flechten, sah ich drei Fingerspuren, weiß wie Schnee. Das Mädchen hatte seine Hände an den Kopf gelegt und blickte wie betäubt drein.

»Großer Gott!« rief ich, zutiefst bestürzt über diesen furchtbaren Beweis einer unmenschlichen Macht, doch ›Sie‹ lachte nur leise.

»Denkst du, arme unwissende Närrin«, sagte sie zu dem verwirrten Mädchen, »ich hätte nicht die Macht, dich zu töten? Dort liegt ein Spiegel«, und sie deutete auf Leos runden Rasierspiegel, den Job zusammen mit anderen Dingen auf seinen Koffer gelegt hatte; »gib ihn diesem Weib, mein Holly, damit sie das Zeichen auf ihrem Haar sieht und weiß, ob ich die Macht habe zu töten oder nicht.«

Ich nahm den Spiegel und hielt ihn Ustane vor die Augen. Sie blickte hinein, griff nach ihrem Haar, blickte wieder hinein und sank plötzlich schluchzend zu Boden.

»Nun, willst du jetzt gehen, oder muß ich dich ein zweites Mal zeichnen?« fragte Ayescha spöttisch. »Siehe, ich habe dir mein Siegel aufgeprägt, damit ich dich wiedererkenne, bis dein ganzes Haar so weiß ist. Sollte ich dich noch einmal hier sehen, so sei gewiß, daß deine Knochen bald weißer sein werden als mein Zeichen auf deinem Haar.«

Völlig gebrochen richtete das arme Geschöpf sich auf und kroch bitterlich schluchzend, gezeichnet mit diesem schrecklichen Mal, hinaus.

»Blicke nicht so entsetzt drein, mein Holly«, sagte Ayescha, als sie fort war. »Ich sagte dir doch, ich befasse mich nicht mit Magie – dergleichen gibt es gar nicht. Es handelt sich nur um eine Kraft, die du nicht verstehst. Ich zeichnete sie, um sie zu schrecken; sonst hätte ich sie töten müssen. Und nun will ich meine Diener anweisen, meinen Herrn Kallikrates in eine Kammer neben der meinen zu bringen, damit ich über ihn wachen und ihn begrüßen kann, wenn er erwacht; und auch du, mein Holly, sollst dorthin kommen mit dem weißen Mann, deinem Diener. Hüte dich aber, eines zu vergessen. Du darfst Kallikrates nicht sagen, wie dieses Weib von hier fortging, und auch von mir sollst du so wenig wie möglich sprechen. Ich habe dich gewarnt!« – und sie eilte hinaus, ihre Befehle zu erteilen, und ließ mich tiefer bestürzt denn je zurück. Ich war in der Tat so verwirrt und von meinen Gefühlen derart hin und her gerissen, daß ich fast fürchtete, den Verstand zu verlieren. Zum Glück blieb mir jedoch wenig Zeit zum Nachdenken, denn gleich darauf erschienen die Stummen, um den schlafenden Leo und unsere Habseligkeiten zu dem anderen Gang jenseits der Haupthöhle zu tragen, wo unmittelbar hinter dem Raum, den ich Ayeschas Boudoir nennen möchte, unsere neuen Wohnräume lagen. Wo sich Ayeschas Schlafgemach befand, wußte ich damals noch nicht, doch mußte es ganz in der Nähe sein.

Ich verbrachte jene Nacht in Leos Zimmer, doch er schlief tief wie ein Toter und rührte sich kein einziges Mal. Auch ich schlief recht gut, was mir wirklich sehr not tat, doch mein Schlaf war voller Träume von den Schrecken und Wundern, die ich erlebt hatte. Vor allem verfolgte mich das Teufelsstück, mit dem Ayescha die Spuren ihrer Finger auf dem Haar ihrer Rivalin hinterlassen hatte. An ihrer raschen, schlangenhaften Bewegung und dem sofortigen Erbleichen des Haares an drei Stellen war etwas so Schreckliches, daß ich wohl kaum tiefer beeindruckt gewesen wäre, wenn das Ganze für Ustane noch schlimmere Folgen gehabt hätte. Bis zum heutigen Tage träume ich oft von dieser grauenvollen Szene und sehe vor mir, wie das weinende, gleich Kain gezeichnete Weib, einen letzten Blick auf ihren Geliebten werfend, vor ihrer furchtbaren Königin davonkriecht.

Ein anderer Traum, der mich in jener Nacht quälte, hatte seinen Ursprung in der riesigen Knochenpyramide. Ich träumte, daß all die Skelette sich erhoben und an mir vorbeimarschierten – zu Tausenden und aber Tausenden, in Schwadronen, Kompanien und Armeen –, wobei durch ihre hohlen Rippen das Sonnenlicht schien. Vorwärts stürmten sie über die Ebene dem kaiserlichen Kôr entgegen; ich sah die Zugbrücken vor ihnen niedergehen und hörte ihre Knochen klappernd durch die ehernen Tore ziehen. Und weiter marschierten sie durch die prächtigen Straßen, vorbei an Brunnen und Palästen und Tempeln, wie sie keines Menschen Auge je sah. Doch kein Mann trat ihnen auf dem Marktplatz entgegen, sie zu begrüßen, kein Frauenantlitz zeigte sich hinter den Fenstern – nur eine körperlose Stimme eilte ihnen voraus und rief: »Gefallen ist das kaiserliche Kôr! – gefallen! – gefallen! – gefallen!« Und mitten durch die Stadt marschierten diese bleich schimmernden Phalangen, und das Rasseln ihrer Knochen erfüllte die tiefe Stille. Sie durchquerten die Stadt und erklommen die Mauer und zogen oben auf der Mauer weiter, bis sie erneut die Zugbrücke erreichten. Dann kehrten sie, die Sonne ging schon unter, zurück zu ihrer Gruft, und ihre leeren Augenhöhlen glühten in dem Licht, in welchem ihre Knochen riesige Schatten warfen, die wie gigantische Spinnenbeine über die Ebene krochen. Dann kamen sie zur Höhle und stürzten sich in endlosen Reihen einer nach dem anderen durch das Loch in die Beinschlucht, und ich erwachte schaudernd und sah ›Sie‹, die anscheinend zwischen meinem und Leos Lager gestanden hatte, wie einen Schatten aus dem Zimmer gleiten.

Bald darauf fiel ich in einen gesunden Schlaf, aus dem ich am Morgen erfrischt erwachte. Ich stand sogleich auf. Endlich nahte die Stunde, in der Leo laut Ayeschas Ankündigung erwachen sollte, und mit ihr erschien auch ›Sie‹, wie gewöhnlich verschleiert.

»Du wirst sehen, o Holly«, sagte sie, »gleich wird er mit klarem Kopf und ohne Fieber erwachen.«

Kaum hatte sie diese Worte ausgesprochen, da drehte Leo sich um, streckte seine Arme, gähnte und schlug die Augen auf, und als er bemerkte, daß eine weibliche Gestalt sich über ihn beugte, schlang er, anscheinend in dem Glauben, es sei Ustane, seine Arme um sie und küßte sie. Dann sagte er auf arabisch: »Hallo, Ustane, warum hast du denn den Kopf so verbunden? Hast du etwa Zahnschmerzen?«, und auf englisch fügte er hinzu: »Mein Gott, ich habe einen Riesenhunger. Sage einmal, Job, wo sind wir denn eigentlich?«

»Wenn ich das wüßte, Mr. Leo«, sagte Job und blickte dabei mißtrauisch auf Ayescha, vor der er immer noch tiefste Furcht empfand, denn offenbar war er sich nicht sicher, ob es sich nicht doch um ein Gespenst handelte; »doch Sie dürfen nicht sprechen, Mr. Leo, Sie sind sehr krank gewesen, und wir haben uns große Sorgen um Sie gemacht. Vielleicht würde diese Dame jetzt so freundlich sein, ein wenig beiseite zu treten«, er sah Ayescha an, »dann bringe ich Ihnen Ihre Suppe.«

Dies lenkte Leos Aufmerksamkeit auf die ›Dame‹, die schweigend dastand. »Nanu!« sagte er, »das ist ja nicht Ustane – wo ist Ustane?«

Da sprach Ayescha ihn zum ersten Male an, und ihre ersten Worte waren eine Lüge. »Sie ist fortgegangen, um einen Besuch zu machen«, sagte sie, »und ich vertrete sie.«

Ayeschas silberhelle Stimme schien Leos halberwachten Verstand ebenso zu erstaunen wie ihr leichentuchähnliches Gewand. Er sagte jedoch nichts, sondern aß gierig seine Suppe, und dann drehte er sich um und schlief wieder bis zum Abend. Als er zum zweitenmal erwachte, fiel sein Blick auf mich, und er fragte mich, was geschehen sei, doch ich vertröstete ihn, so gut es ging, auf den nächsten Morgen, an dem er auf geradezu wunderbare Weise erholt erwachte. Nun erzählte ich ihm ein wenig von seiner Krankheit und meinen Erlebnissen, doch da Ayescha anwesend war, konnte ich ihm nichts weiter sagen, als daß sie die Königin dieses Landes und uns wohlgeneigt sei, und daß sie stets verschleiert gehe; denn obwohl ich natürlich englisch sprach, fürchtete ich, sie könnte von unseren Gesichtern ablesen, was wir sagten, und überdies gedachte ich ihrer Warnung.

Am nächsten Tag war Leo fast gänzlich wiederhergestellt und konnte aufstehen. Die Fleischwunde an seiner Seite war verheilt, und dank seiner freilich sehr kräftigen Konstitution hatte er die seinem schrecklichen Fieber folgende Erschöpfung mit einer Schnelligkeit abgeschüttelt, die sicherlich der Wirkung der geheimnisvollen Medizin, welche Ayescha ihm eingegeben hatte, zuzuschreiben war, und wohl auch dem Umstand, daß seine Krankheit zu kurz gedauert hatte, um ihn allzusehr zu entkräften. Mit seiner Gesundheit kehrte auch die Erinnerung an all seine Abenteuer bis zu dem Zeitpunkt zurück, da er in den Sümpfen die Besinnung verlor, und natürlich auch an Ustane, für die er, wie ich feststellte, eine starke Zuneigung empfand. Er bestürmte mich förmlich mit Fragen nach dem armen Mädchen, die zu beantworten ich nicht wagte, denn nach Leos erstem Erwachen hatte ›Sie‹ mich zu sich befohlen und mich nochmals feierlich gewarnt, Leo irgend etwas von der Geschichte zu enthüllen, wobei sie mir zart andeutete, daß ich es sehr zu bereuen haben würde, wenn ich ihrem Wunsche zuwider handelte. Auch verbot sie mir zum zweitenmal, Leo mehr als unbedingt notwendig über ihre Person mitzuteilen; sie werde sich ihm zu gegebener Zeit selbst offenbaren.

Eine Wandlung ging mit ihr vor sich. Nach all meinen Erlebnissen hatte ich erwartet, sie werde die erste Gelegenheit nützen, den Mann, welchen sie für ihren einstigen Geliebten hielt, für sich zu beanspruchen, doch aus irgendeinem mir unbekannten Grund tat sie dies nicht. Sie sorgte lediglich ruhig und freundlich für ihn, richtete in einer Demut, die in krassem Gegensatz zu ihrem früheren herrischen Gebaren stand, das Wort an ihn und hielt sich so viel wie möglich in seiner Nähe auf. Natürlich reizte dieses rätselhafte Weib sehr seine Neugier, wie es bei mir der Fall gewesen war, und ganz besonders verlangte es ihn danach, ihr Gesicht zu sehen, von dem ich ihm, ohne auf Einzelheiten einzugehen, erzählt hatte, daß es ebenso schön sei wie ihre Gestalt und Stimme. Dies allein hätte wahrscheinlich genügt, die Erwartungen jedes jungen Mannes in einem gefährlichen Grad anzuspannen, und wäre er von seiner

Krankheit nicht doch noch ein wenig erschöpft gewesen und hätte er sich nicht solche Sorgen um Ustane gemacht, von deren Zuneigung und tapferer Aufopferung er in bewegenden Worten sprach, so wäre er ihr zweifellos ins Garn gegangen und hätte sich rasch in sie verliebt. So jedoch war er überaus neugierig, zugleich jedoch gleich mir von tiefer Scheu erfüllt, denn obgleich Ayescha ihm gegenüber keinerlei Andeutung über ihr ungeheures Alter gemacht hatte, erkannte er doch in ihr das Weib, von dem auf der Tonscherbe die Rede war. Durch seine beständigen Fragen, mit denen er mich am dritten Morgen während des Ankleidens förmlich überschüttete, in die Enge getrieben, verwies ich ihn schließlich an Ayescha und sagte ihm wahrheitsgetreu, daß ich nicht wüßte, wo Ustane sei. So begaben wir uns denn, nachdem Leo ein herzhaftes Frühstück eingenommen hatte, zur Königin, welche ihre stummen Bedienten angewiesen hatte, uns jederzeit vorzulassen.

Wie immer saß sie in dem Raum, den wir in Ermangelung einer besseren Bezeichnung ihr Boudoir nannten, und als man die Vorhänge zurückgezogen hatte, erhob sie sich von ihrem Ruhelager und trat uns mit ausgestreckten Händen entgegen, um uns, oder besser Leo zu begrüßen; denn ich wurde, wie man sich denken kann, nun von ihr weitgehend ignoriert. Es war schön anzusehen, wie ihre verschleierte Gestalt auf den in einen grauen Flanellanzug gekleideten stattlichen jungen Engländer zuglitt; denn Leo ist, obgleich halb griechischer Abstammung, abgesehen von seinem Haar der Engländer in Person. Er hat nichts von der zarten Gestalt und dem flotten Gebaren der heutigen Griechen, obgleich er vermutlich seine außerordentliche Schönheit von seiner ausländischen Mutter erbte, deren

Porträt er nicht wenig ähnelt. Er ist sehr groß und breitschultrig und dabei doch nicht plump wie viele große Männer, und er trägt seinen Kopf so stolz und selbstbewußt, daß die Amahagger ihn nicht zu Unrecht den ›Löwen‹ nannten.

»Sei gegrüßt, mein junger fremder Herr«, sagte sie mit ihrer sanftesten Stimme. »Es freut mich, dich auf den Beinen zu sehen. Glaube mir, hätte ich dich nicht im letzten Augenblick gerettet, so hättest du nie wieder auf diesen Beinen gestanden. Doch nun ist die Gefahr vorüber, und es soll meine Sorge sein« – und sie legte eine tiefe Bedeutung in diese Worte –, »daß sie nicht wiederkehrt.«

Leo verneigte sich vor ihr und dankte ihr dann in seinem besten Arabisch für die Güte und Freundlichkeit, die sie einem Unbekannten erwiesen hätte.

»Nein«, erwiderte sie leise, »einen Mann wie dich könnte die Welt nur schwer entbehren. Schönheit ist auf ihr allzu selten. Danke mir nicht, dein Kommen hat mich sehr glücklich gemacht.«

»Donner und Doria, alter Junge«, flüsterte Leo mir auf englisch zu, »die Dame ist aber liebenswürdig. Wir scheinen es ja gut getroffen zu haben. Ich hoffe nur, du hast die Gelegenheit gut genützt. Beim Jupiter! was hat sie doch für herrliche Arme!«

Ich stieß ihn in die Rippen, um ihn zum Schweigen zu bringen, denn ich merkte, wie die Augen Ayeschas, die mich neugierig ansah, hinter dem Schleier aufblitzten.

»Ich hoffe«, fuhr Ayescha fort, »meine Diener haben dich gut versorgt; was dieser armselige Ort an Behaglichkeit bietet, soll dir zur Verfügung stehen. Gibt es noch irgend etwas, das ich für dich tun kann?«

»Ja, o Königin«, erwiderte Leo rasch. »Ich wüßte gern, wo die junge Dame ist, die mich gepflegt hat.«

»Ach«, sagte Ayescha, »dieses Mädchen – ja, ich habe es gesehen. Nein, ich weiß es nicht; es sagte, es wolle fortgehen, wohin, weiß ich nicht. Vielleicht wird es zurückkommen, vielleicht auch nicht. Es ist sehr lästig, einen Kranken zu pflegen, und diese wilden Weiber sind sehr unzuverlässig.«

Leo blickte verärgert und betrübt drein.

»Sehr sonderbar«, sagte er auf englisch zu mir und wandte sich dann wieder an ›Sie‹. »Ich begreife das nicht«, sagte er; »die junge Dame und ich – nun – kurz gesagt, wir mochten uns sehr gern.«

Ayescha ließ ein leises, sehr wohlklingendes Lachen hören und wechselte sodann das Thema.

19

»Bringt mir eine schwarze Ziege!«

Das nun folgende Gespräch ging um so nebensächliche Dinge, daß ich mich seiner nicht mehr recht entsinne. Aus irgendeinem Grund, vielleicht um Leo ihre Identität und ihren Charakter noch nicht zu offenbaren, sprach Ayescha nicht so ungezwungen wie sonst. Plötzlich teilte sie Leo jedoch mit, daß am Abend zu unserer Unterhaltung ein Tanz stattfinden werde. Ich war darüber ziemlich erstaunt, da ich gedacht hatte, die Amahagger seien ein viel zu düsteres Volk für solche Frivolitäten; doch wie sich bald herausstellen sollte, hatte ein Amahagger-Tanz mit solchen Festlichkeiten in anderen Ländern, ob wild oder zivilisiert, nur wenig gemein. Als wir uns dann zurückziehen wollten, fragte sie Leo, ob er nicht Lust habe, einige von den Wundern der Höhlen kennenzulernen, und als er freudig zustimmte, brachen wir, begleitet von Job und Billali, auf. Eine Schilderung dieses Besuches würde zum großen Teil lediglich eine Wiederholung des bereits Gesagten bedeuten, wenngleich die Gräber, die wir besichtigten, von einer anderen Art waren, da der ganze Felsen von ihnen durchsetzt war wie ein Bienenstock von Waben.[1] Danach begaben wir uns zu der Knochenpyramide, die mich vergangene Nacht im Schlaf verfolgt hatte, und von dort durch einen langen Gang zu einem der großen Gewölbe, in denen die Leichen der ärmeren Bürger des kaiserlichen Kôr bestattet waren. Diese waren nicht annähernd so gut erhalten wie die der Reichen. Viele trugen kein Totengewand, und überdies lagen von ihnen zwischen fünfhundert und tausend in einem einzigen großen Gewölbe, zum Teil hoch aufeinander getürmt wie ein Haufen Erschlagener.

Dieser erstaunliche, unvergleichliche Anblick erregte bei Leo natürlich stärkstes Interesse und stachelte seine Phantasie an. Dem armen Job hingegen gefiel er gar nicht. Seine durch unsere vorangegangenen Erlebnisse bereits arg in Mitleidenschaft gezogenen Nerven wurden, wie man sich denken kann, durch diese Massen dahingeschiedener Menschen noch mehr zerrüttet, und

[1] Lange Zeit war es mir ein Rätsel, was wohl mit den ungeheuren Mengen Felsgesteins geschehen war, die man aus diesen Höhlen herausgehauen hatte. Später erfuhr ich, daß man sie größtenteils zum Bau der Mauern und Paläste von Kôr sowie zur Auskleidung der Brunnen und Kanäle verwendet hatte. – L. H. H.

es beruhigte ihn auch nicht, als ihm der alte Billali beschwichtigend sagte, er solle diese Toten doch nicht fürchten, denn nur allzu bald würde doch auch er einer von ihnen sein.

»Es ist wirklich nicht schön, einem so etwas zu sagen«, rief er, als ich ihm Billalis Bemerkung übersetzte; »aber was kann man von einem alten Kannibalen schon anderes erwarten? Doch eigentlich hat er ja nicht ganz unrecht«, fügte er seufzend hinzu.

Nach der Besichtigung der Höhlen kehrten wir zurück und verzehrten unsere Mahlzeit, denn es war vier Uhr nachmittags, und wir alle waren hungrig und müde – besonders Leo. Um sechs Uhr begaben wir uns zusammen mit Job zu Ayescha, die unseren armen Diener noch mehr verängstigte, indem sie ihm auf dem Wasser in dem beckenartigen Gefäß Bilder zeigte. Als ich ihr erzählte, daß er sechzehn Geschwister hatte, forderte sie ihn auf, sich all seine Brüder und Schwestern im Geiste daheim in der väterlichen Hütte vorzustellen. Dann befahl sie ihm, ins Wasser zu blicken, und auf seiner Oberfläche zeigte sich das längst vergangene Bild, dessen Job sich erinnerte. Einige der Gesichter waren ganz deutlich, andere bloße Schatten und Flekken oder in einigen Zügen stark übertrieben, was davon kam, daß Job sich in diesen Fällen des Äußeren der betreffenden Personen nicht mehr genau entsann oder nur einen bestimmten Zug im Gedächtnis behalten hatte, und das Wasser konnte nur widerspiegeln, was er vor seinem geistigen Auge sah. Man darf nicht vergessen, daß Ayeschas Macht in dieser Hinsicht sehr begrenzt war; offenbar konnte sie nur, von seltenen Fällen abgesehen, auf das Wasser projizieren, was eine der anwesenden Personen sich innerlich vorstellte, und auch dies nur mit deren Willen. War sie jedoch mit einer Örtlichkeit persönlich vertraut, so konnte sie, wie sie dies mit uns und dem Walboot getan hatte, deren Bild sowie das, was zu dieser Zeit dort geschah, auf dem Wasser erscheinen lassen. Diese Macht erstreckte sich jedoch nicht auf die Vorstellungen anderer. So konnte sie mir, zum Beispiel, das Innere der Collegekapelle so zeigen, wie ich es im Gedächtnis hatte, jedoch nicht so, wie es im gleichen Augenblick war; denn in bezug auf andere Personen war ihre Macht strikt auf die Tatsachen oder Erinnerungen beschränkt, die in deren Bewußtsein im gleichen Augenblick gegenwärtig waren. So war denn auch, als wir ihr zu ihrer Unterhaltung die Bilder bekannter Baulichkeiten, wie etwa der St. Pauls-Kathedrale oder des Parlamentsgebäudes, zu zeigen versuchten, das Ergebnis höchst unvollkommen; denn wir konnten uns natürlich ihr Aussehen im großen und ganzen gut vorstellen, waren jedoch nicht imstande, uns die architektonischen Einzelheiten ins Gedächtnis zu rufen, und dadurch mangelte es dem Bild an der erwünschten Genauigkeit. Es war uns nicht möglich, Job dies begreiflich zu machen, und da er nicht dazu bewogen werden konnte, eine natürliche Erklärung für den Vorgang zu akzeptieren, der, so seltsam er auch erscheinen mochte, doch nichts weiter war als ein Beispiel perfekter Telepathie, erblickte er in dem Phänomen nur eine Manifestation schwärzester Magie. Nie werde ich den Entsetzensschrei vergessen, den er ausstieß, als ihm die mehr oder weniger deutlichen Porträts seiner längst in alle Welt verstreuten Brüder aus dem Wasser entgegenstarrten, und ebenso wenig das glockenhelle Lachen, mit dem Ayescha seine Bestürzung quittierte. Auch Leo schien das Ganze nicht recht geheuer; er fuhr sich mit den Fingern durch seine blonden Locken und flüsterte mir zu, daß ihn grusele.

Nachdem wir uns etwa eine Stunde lang – mit Ausnahme Jobs, der sich bereits früher entfernte – auf diese Weise unterhalten hatten, teilten die Stummen Ayescha durch Zeichen mit, daß Billali auf eine Audienz warte. Als er hereingekrochen war, was er wieder überaus unbeholfen tat, verkündete er, daß alles zum Tanz bereit sei. Ob es der Herrscherin und den weißen Fremdlingen beliebe, daran teilzunehmen? Gleich darauf erhoben wir uns, und nachdem Ayescha einen dunklen Mantel über ihr weißes Gewand geworfen hatte (es war übrigens das gleiche, das sie getragen hatte, als ich sie am Feuer ihre Verwünschungen ausstoßen sah), brachen wir auf. Der Tanz sollte im Freien stattfinden, auf dem glatten Felsplateau vor der großen Höhle, und dorthin begaben wir uns. Etwa fünfzehn Schritte vom Höhleneingang waren drei Stühle für uns bereitgestellt, auf denen wir Platz nahmen und warteten, denn von den Tänzern war noch nichts zu sehen. Da der Mond noch nicht aufgegangen war, herrschte nahezu völlige Finsternis, und so fragten wir uns, wie wir wohl imstande sein würden, den Tanz zu sehen.

»Das wirst du gleich verstehen«, sagte Ayescha leise lachend, als Leo sie danach fragte; und so war es in der Tat. Kaum hatte sie dies geäußert, als aus allen Richtungen dunkle Gestalten herbeieilten, von denen jede eine riesige brennende Fackel zu tragen schien, deren Flammen einen Meter oder noch höher über die Träger emporschlugen. An die fünfzig dieser Gestalten stürzten heran, und mit ihren flackernden Lasten sahen sie aus wie der Hölle entsprungene Teufel. Leo entdeckte als erster, was diese Fackeln in Wahrheit waren.

»Großer Gott!« rief er, »das sind brennende Leichen!«

Ich starrte und starrte, und es stimmte wirklich – die Fackeln, welche das Schauspiel beleuchten sollten, waren menschliche Mumien aus den Höhlen!

Weiter rannten die Träger der brennenden Leichen, zu einer etwa zwanzig Schritte von uns gelegenen Stelle, wo sie ihre gräßliche Last zu einem riesigen Scheiterhaufen zusammenwarfen. Himmel! wie sie prasselten und flackerten! Kein Teerfaß hätte so brennen können wie diese Mumien. Doch dies war noch nicht alles. Plötzlich sah ich, wie ein großer Bursche einen brennenden menschlichen Arm, der sich von seinem Körper gelöst hatte, packte und damit ins Dunkel stürzte. Dann blieb er stehen, und eine Feuersäule schoß hoch empor und erhellte das Dunkel und die Lampe, der sie entsprang. Diese Lampe war die an einen Pfahl gebundene Mumie einer Frau, deren Haar er angezündet hatte. Er lief weiter und setzte eine zweite in Brand und sodann eine dritte und vierte, bis wir schließlich auf allen drei Seiten von einem großen Ring hell lodernder Leiber umgeben waren, welche die Essenz, mit der sie einbalsamiert worden waren, so leicht entzündlich gemacht hatte, daß ihnen die Flammen buchstäblich in langen Zungen aus den Mündern und Ohren hervorschossen.

Nero beleuchtete seine Gärten mit lebendigen, in Teer getauchten Christen, und wir wurden nun – vermutlich zum erstenmal seit seiner Zeit – Zeugen eines ähnlichen Schauspiels, wenn auch zum Glück unsere Lampen nicht lebendig waren.

Obwohl dieses grauenhafte Element fehlte, übersteigt dennoch die Aufgabe, das sich uns bietende unheimliche und entsetzliche Schauspiel zu schildern, dermaßen meine armseligen Kräfte, daß ich den Versuch kaum wage. Es war etwas überaus Furchtbares und dennoch höchst Faszinierendes daran, daß man die Toten aus ferner Vorzeit dazu verwendete, die Orgien der Lebenden zu beleuchten; ja fast schien es wie eine Satire, auf die Lebenden sowohl wie auf die Toten. Cäsars Staub – oder war es der Alexanders? – mag ein Spundloch füllen, doch diesen toten Cäsaren der Vergangenheit war es bestimmt, einem wilden Fetischtanz zu leuchten. So tief mögen dereinst vielleicht auch wir sinken, so gering werden vielleicht die emsigen Nachkommen, die wir zeugen, uns schätzen, von denen viele, weit davon entfernt, unser ehrfürchtig zu gedenken, uns dafür verfluchen werden, daß wir sie in dieses irdische Jammertal setzten.

Abgesehen von der moralischen hatte dieses schaurig-schöne Schauspiel freilich auch eine physische Seite. Jene alten Bürger von Kôr brannten ebenso lustig, wie sie, nach ihren Skulpturen und Inschriften zu urteilen, gelebt hatten, und es herrschte, was auch erwähnt werden muß, kein Mangel an ihnen. Sowie eine Mumie bis auf die Fußknöchel niedergebrannt war, nach etwa zwanzig Minuten, stieß man die Füße weg und legte eine andere an ihren Platz. Auf ebenso großzügige Weise wurde der Scheiterhaufen mit neuer Nahrung versorgt, dessen Flammen zischend und knatternd zwanzig oder dreißig Fuß hoch emporschossen und das Dunkel, durch welches die schwarzen Gestalten der Amahagger hin und her huschten wie Teufel, weithin erhellten. Entgeistert standen wir da und starrten –

entsetzt und doch gebannt – auf dieses seltsame Schauspiel, und es hätte uns nicht gewundert, wenn die Geister der lodernden Toten aus den Schatten hervorgekrochen wären, um sich an diesen Frevlern zu rächen.

»Ich habe dir einen seltsamen Anblick versprochen, mein Holly«, sagte lachend Ayescha, die allein völlig ungerührt schien. »Siehst du, ich habe Wort gehalten. Man kann jedoch auch eine Lehre daraus ziehen. Baue nicht auf die Zukunft, denn wer weiß, was die Zukunft bringen mag! Genieße darum den Tag und strebe nicht, dem Staub zu entrinnen, der des Menschen Ende zu sein scheint. Was, glaubst du, würden jene längst vergessenen edlen Herren und Damen gefühlt haben, hätten sie gewußt, daß ihre anmutigen Körper dereinst brennen würden, um dem Tanz von Wilden zu leuchten? Doch seht, dort kommen die Tänzer; ein lustiges Völkchen, nicht wahr? Die Bühne ist beleuchtet, nun mag das Spiel beginnen.«

Während sie sprach, sahen wir, wie zwei Reihen von Gestalten, die einen Männer, die anderen Frauen, nur mit den üblichen Leoparden- und Hirschfellen bekleidet, um den Scheiterhaufen aus Menschenleibern zogen. Sie gruppierten sich in tiefem Schweigen zu zwei Reihen, so daß sie zwischen uns und dem Feuer einander gegenüberstanden, und dann begann der Tanz – eine Art infernalischen Cancans. Ihn zu beschreiben, ist völlig unmöglich, doch schien es uns, trotz allen Beinewerfens und Herumgeschiebes, eher ein Spiel denn ein Tanz zu sein, und wie alles bei diesen schrecklichen Menschen, deren Seelen die Farbe der Höhlen, in denen sie leben, angenommen zu haben scheinen und deren Scherze und Belustigungen den unerschöpflichen Vorratskammern mumifizierter Toter entstammen, mit denen sie zusammen hausen, war sein Thema überaus unheimlich. Er stellte, soviel ich begriff, zuerst einen Mordversuch dar, dessen Opfer sodann lebendig begraben werden sollte und dem Grab zu entrinnen suchte. Den Abschluß eines jeden Aktes dieses schaurigen Dramas, das in tiefstem Schweigen vorgeführt wurde, bildete ein wilder und höchst widerlicher Tanz um das Opfer, das sich im roten Schein des Feuers am Boden wälzte.

Plötzlich jedoch wurde dieses hübsche Stück unterbrochen. Eine leise Unruhe entstand, und ein großes, kräftiges Weib, welches mir als eine der leidenschaftlichsten Tänzerinnen aufgefallen war, taumelte, trunken von gottloser Ekstase, auf uns zu und kreischte:

»Ich möchte eine schwarze Ziege, ich muß eine schwarze Ziege haben, bringt mir eine schwarze Ziege!«, und dann stürzte sie, Schaum vor dem Mund, unter gräßlichen Zuckungen und schreiend nach einer schwarzen Ziege verlangend, vor uns nieder – das abscheulichste Schauspiel, das man sich denken kann.

Sogleich umringten sie die meisten Tänzer, und nur einige blieben im Hintergrund und schlugen weiter ihre Kapriolen.

»Der Teufel ist in sie gefahren«, rief einer von ihnen. »Schnell, holt eine schwarze Ziege. Still, Teufel, still, ganz still! Gleich wird man dir die Ziege bringen. Man holt sie schon, Teufel.«

»Ich will eine schwarze Ziege, ich muß eine schwarze Ziege haben!« kreischte wieder das sich auf dem Boden wälzende Weib.

»Schon gut, Teufel, die Ziege wird gleich da sein, sei still, Teufel, sei brav!«

Und so ging es fort, bis die Ziege, aus einem Nachbarkral geholt, endlich eintraf und man das meckernde Tier an den Hörnern zu ihr zerrte.

»Ist es eine schwarze, ist es eine schwarze?« schrie die Besessene.

»Ja, ja, Teufel, schwarz wie die Nacht«, und dann zur Seite: »Stelle dich vor sie, damit der Teufel nicht sieht, daß sie einen weißen Fleck am Steiß und einen auf dem Bauch hat. Nur eine Minute noch, Teufel. So, jetzt schneide ihr rasch den Hals durch. Wo ist die Schüssel?«

»Die Ziege! die Ziege! die Ziege! Gebt mir das Blut meiner schwarzen Ziege! Ich brauche es, seht ihr denn nicht, daß ich es brauche! Oh! oh! oh! gebt mir das Blut der Ziege!«

In diesem Augenblick verriet ein jämmerliches »Bäh«, daß die arme Ziege geopfert war, und gleich darauf rannte ein Weib mit einer Schüssel voller Ziegenblut herbei. Die Besessene, deren Raserei sich zum Äußersten gesteigert hatte, ergriff sie, trank sie aus und war im gleichen Augenblick geheilt, ohne daß von ihrer Hysterie oder Epilepsie oder Besessenheit oder an welcher schrecklichen Krankheit sie auch immer leiden mochte, auch nur eine Spur zurückblieb. Sie reckte die Arme, lächelte leise und ging ruhig wieder zu den Tänzern, die sich nun in zwei Reihen wieder zurückzogen, so daß der Platz zwischen uns und dem Scheiterhaufen wiederum leer war.

Ich dachte, die Vorstellung sei nun vorüber, und wollte, da mir ziemlich übel war, ›Sie‹ eben fragen, ob wir gehen dürften, als plötzlich ein Pavian, den ich auf den ersten Blick für echt hielt, um das Feuer herum hüpfte, und gleich darauf auf dessen anderer Seite ein Löwe erschien, oder richtiger ein in ein Löwenfell gehüllter Mann. Dann erschien eine Ziege und darauf ein Mann in einer Ochsenhaut, deren Hörner komisch hin und her schlenkerten. Ihm folgten ein Bläßbock, ein Impala, ein Kudu und dann weitere Ziegen und viele andere Tiere, darunter ein Mädchen, das in die schillernde Schuppenhaut einer Boa constrictor eingenäht war und ein mehrere Meter langes Stück von dieser hinter sich über den Boden herzog. Als alle sich versammelt hatten, verfielen sie in einen plumpen, unnatürlichen Tanz, wobei sie die Laute der Tiere, die sie darstellten, ausstießen, bis die Luft voll war von all dem Gebrüll und Geblök und Schlangengezisch. So ging dies geraume Zeit, bis ich endlich, der Pantomime müde, Ayescha fragte, ob sie etwas dagegen habe, wenn Leo und ich die menschlichen Fackeln näher betrachteten. Als sie nichts einwandte, zogen wir beide, uns nach links wendend, los. Nachdem wir uns einen oder zwei der lodernden Leiber angesehen hatten, wollten wir, da uns die groteske Scheußlichkeit des Schauspiels zutiefst abstieß, wieder zurückkehren, doch wurde unsere Aufmerksamkeit auf einen besonders lebhaften, als Leopard verkleideten Tänzer gelenkt, der sich von den übrigen ›Tieren‹ abgesondert hatte und in unserer Nähe herumsprang, sich dabei immer mehr einer dunklen Stelle zwischen zwei brennenden Mumien nähernd. Neugierig folgten wir ihm, als er plötzlich an uns vorüber in den Schatten sprang und mit einer Stimme, in der wir die Ustanes erkannten, »kommt!« flüsterte. Ohne mich auch nur zu fragen, wandte Leo sich ab und lief ihr ins Dunkel nach, und Böses ahnend folgte ich den beiden. Der Leopard kroch weiter, bis er außerhalb des Scheines des Feuers und der Fackeln war und Leo ihn oder besser Ustane einholte.

»Oh, mein Gebieter«, hörte ich sie flüstern, »endlich habe ich dich gefunden. Die Herrscherin ›Sie‹ trachtet mir nach dem Leben. Der Pavian hat dir gewiß erzählt, wie sie mich fortjagte? Ich liebe dich, mein Gebieter, und gemäß dem Brauch des Landes bist du mein. Ich habe dir das Leben gerettet! Willst du mich nun verstoßen, mein Geliebter?«

»Natürlich nicht«, stieß Leo hervor. »Ich habe mich die ganze Zeit gefragt, wo du wohl bist. Laß uns zur Königin gehen und ihr alles erklären.«

»Nein, nein, sie würde uns töten. Du kennst ihre Macht nicht – der Pavian dort, der kennt sie, er hat alles mit angesehen. Nein, es gibt nur einen Weg: wenn du zu mir stehen willst, dann mußt du sogleich mit mir durch die Sümpfe fliehen. Nur so können wir vielleicht entkommen.«

»Um Himmels willen, Leo«, fiel ich ein, doch sie unterbrach mich –

»Nein, höre nicht auf ihn. Schnell – schnell – jeder Augenblick, den wir zögern, kann uns den Tod bringen. Vielleicht hört ›Sie‹ uns bereits jetzt«, und ohne weitere Umstände schickte sie sich an, ihn zur Unterstützung ihrer Argumente zu umarmen. Dabei rutschte der Leopardenkopf von ihrem Haar, und ich sah darauf, fahl im Licht der Sterne schimmernd, die drei weißen Fingerspuren. Wieder wollte ich, die Aussichtslosigkeit dieser Lage einsehend, dazwischentreten, wußte ich doch, daß Leo gegenüber Frauen von nicht sehr großer Festigkeit war, doch da hörte ich – o Schrecken! – hinter mir ein silberhelles leises Lachen. Ich fuhr herum, und da stand ›Sie‹ mit Billali und zwei stummen Dienern. Der Atem stockte mir, und fast wäre ich zu Boden gesunken, denn ich wußte, daß diese

Situation mit einer furchtbaren Tragödie enden mußte, deren erstes Opfer aller Wahrscheinlichkeit nach ich sein würde. Ustane ließ den Geliebten los und bedeckte ihr Gesicht mit den Händen, während Leo, den ganzen Ernst der Lage nicht erfassend, nur errötete und töricht dreinblickte, wie es ein auf diese Weise ertappter Mann zu tun pflegt.

20

Triumph

Es folgte ein Moment des peinlichsten Schweigens, das ich je erlebte. Ayescha brach es, indem sie Leo ansprach.

»Nein, mein Gast und Gebieter«, sagte sie in sanftestem Ton, der dennoch einen ehernen Klang hatte, »schau nicht so zerknirscht drein. Es war ein reizender Anblick – der Leopard und der Löwe!«

»Ach, zum Henker!« sagte Leo auf englisch.

»Und dich, Ustane«, fuhr sie fort, »hätte ich wahrhaftig nicht erkannt, wenn nicht das Licht auf das Weiß in deinem Haar gefallen wäre«, und sie deutete auf den hellen Rand des Mondes, der eben über den Horizont stieg. »Gut! gut! der Tanz ist aus – sieh, die Fackeln sind niedergebrannt, und alles endet in Schweigen und in Asche. Du dachtest, dies sei die rechte Zeit für die Liebe, Ustane, meine Dienerin – und ich, die ich mir nicht hätte träumen lassen, daß man mir den Gehorsam verweigern könnte, wähnte dich schon weit fort von hier.«

»Spotte meiner nicht«, stöhnte die Unglückliche; »töte mich und mache ein Ende.«

»Nein, warum? Es ist nicht gut, von der Lippen Liebesglut so rasch dem kalten Mund des Grabes sich zuzuwenden«, und sie gab den Stummen ein Zeichen, worauf diese vortraten und das Mädchen an den Armen ergriffen. Mit einem Fluch stürzte Leo sich auf den ihm nächsten, schleuderte ihn zu Boden und blieb mit düsterer Miene und geballten Fäusten über ihm stehen.

Wieder lachte Ayescha. »Gut gemacht, mein Gast; für einen, der vor so kurzer Zeit noch krank war, hast du einen starken Arm. Doch jetzt ersuche ich dich, schone diesen Mann und lasse ihn meinen Befehl ausführen. Er wird dem Mädchen nichts tun; die Nachtluft ist kalt, und meine Gemächer stehen ihr zur Verfügung. Jemandem, dem du so gewogen bist, gehört natürlich auch meine Gunst.«

Ich packte Leo am Arm und zog ihn von dem am Boden liegenden Stummen weg. Widerspruchslos ließ er es geschehen. Darauf begaben wir uns zur Höhle. Auf dem Plateau, über das wir gingen, war von dem Feuer, das zum Tanz geleuchtet hatte, nur noch ein Haufen weißer Menschenasche übrig, und die Tänzer selbst waren verschwunden.

Bald traten wir in Ayeschas Boudoir – nur allzu bald, wie es mir schien, denn eine düstere Vorahnung dessen, was nun geschehen würde, bedrückte mein Herz.

Ayescha nahm auf ihren Kissen Platz, befahl ihren Dienerinnen, nach den Lampen zu sehen, und schickte sie – bis auf ihre Lieblingsdienerin – zusammen mit Job und Billali hinaus. Wir drei blieben stehen, die unglückliche Ustane ein wenig abseits zu unserer Linken.

»Nun, o Holly«, begann Ayescha, »wie kommt es,

daß du, der du hörtest, wie ich dieser Missetäterin« – sie deutete auf Ustane – »gebot, von hier fortzugehen, du, auf dessen Bitten ich ihr törichterweise das Leben schenkte – wie kommt es, frage ich, daß du teilnahmst an dem, was ich heute abend sah? Antworte, und um deiner selbst willen, merke, sprich die Wahrheit, denn ich bin nicht gewillt, in dieser Sache Lügen zu dulden!«

»Es war ein Zufall, o Königin«, erwiderte ich. »Ich wußte nichts davon.«

»Ich will dir glauben, o Holly«, sagte sie in eisigkaltem Ton, »und dies ist, sei versichert, zu deinem Besten. Somit liegt die ganze Schuld bei ihr.«

»Ich finde keinerlei Schuld darin«, warf Leo ein. »Sie ist keines anderen Mannes Weib, und offenbar hat sie mich nach dem Brauch dieses schrecklichen Landes geehelicht. Was ist also Schlechtes daran? Jedenfalls, Madame«, fuhr er fort, »habe, was immer sie getan hat, auch ich getan, und deshalb muß, wenn sie bestraft wird, ich ebenfalls bestraft werden. Aber ich sage dir«, rief er, sich in Wut redend, »wenn du einem von diesen taubstummen Halunken befiehlst, sie wieder anzurühren, reiße ich ihn in Stücke!« Und man sah ihm an, daß er es ernst meinte.

Ayescha lauschte in eisigem Schweigen und erwiderte nichts. Als er geendet hatte, wandte sie sich jedoch an Ustane:

»Hast du etwas zu sagen, Weib? Du leichtfertiges Ding, du Feder, gedachtest du, dem Sturm meines Willens trotzend, deiner albernen Leidenschaft zu frönen? Sprich doch, damit ich dich verstehe. Warum hast du das getan?«

Und nun wurde ich Zeuge eines Mutes, einer Unerschrockenheit, die fast unglaublich scheinen. Denn das arme Mädchen, das sich wohl bewußt war, was es von seiner schrecklichen Königin zu erwarten hatte, und das aus bitterer Erfahrung die Macht seiner Rivalin kannte, nahm sich zusammen und schöpfte aus seiner tiefen Verzweiflung die Kraft, ihr die Stirn zu bieten.

»Ich tat es, o Königin«, antwortete sie, sich zu ihrer vollen Größe aufrichtend und das Leopardenfell von ihrem Kopf streifend, »weil meine Liebe stärker als der Tod ist. Ich tat es, weil für mich ein Leben ohne diesen Mann, den mein Herz erwählte, nichts als ein lebender Tod wäre. Deshalb setzte ich mein Leben aufs Spiel, und nun, da ich weiß, daß es verwirkt ist, bin ich froh, daß ich dies tat, denn er hat mich noch einmal umarmt und mir gesagt, daß er mich noch liebt.«

Ayescha erhob sich halb von ihrem Ruhebett und sank gleich wieder darauf nieder.

»Mir eignet keine Zauberkraft«, fuhr Ustane mit heller, fester Stimme fort; »ich bin weder eine Königin noch unsterblich, doch das Herz eines Weibes geht nicht leicht unter, so tief das Wasser auch sein mag, o Königin, und die Augen eines Weibes sind scharf – sie sehen sogar durch deinen Schleier, o Königin!

Höre: Ich weiß, du liebst diesen Mann gleich mir, und deshalb willst du mich, die ich dir im Weg stehe, vernichten. Ja, ich bin bereit, zu sterben und in die Finsternis zu gehen, obgleich ich nicht weiß, wohin ich gehen werde. Doch eines weiß ich. In meiner Brust strahlt ein Licht, und im Schein dieses Lichtes sehe ich die Wahrheit, sehe die Zukunft, die nicht mein ist, sich entfalten wie eine Schriftrolle. Als ich meinen Gebieter« – und sie deutete auf Leo – »zum ersten Male sah, da wußte ich, daß sein Brautgeschenk an mich der Tod sein wird – diese Erkenntnis überkam mich ganz plötzlich, doch ich wich nicht zurück, denn ich war bereit, den Preis zu zahlen, und siehe, nun bin ich des Todes! Doch so wie ich dieses wußte, so weiß ich jetzt, auf der Schwelle des Verderbens stehend, daß du die Früchte deines Verbrechens nicht ernten wirst. Denn er ist mein, und mein wird er bleiben, mag deine Schönheit auch strahlen wie eine Sonne unter Sternen. Niemals in diesem Leben wird er dir in die Augen schauen und dich seine Gattin nennen. Auch du bist verdammt« – und ihre Stimme klang wie der Schrei einer von Gottes Geist erfüllten Prophetin –, »ich sehe – ah, ich sehe –«

Da ertönte ein Schrei des Zorns und Schreckens. Ich wandte mich um. Ayescha war aufgesprungen und deutete mit ausgestreckter Hand auf Ustane, die plötzlich verstummt war. Während ich das arme Weib ansah, nahm ihr Gesicht den gleichen leidvollen, schreckensstarren Ausdruck an, den ich schon einmal gesehen hatte, als sie ihre wilden Verwünschungen ausstieß. Ihre Augen weiteten sich, ihre Nasenflügel bebten, ihre Lippen erbleichten.

Ayescha sagte nichts, gab keinen Laut von sich; sie richtete sich nur, ihren Arm ausstreckend, auf und starrte, während ihre hohe, verschleierte Gestalt wie Espenlaub zitterte, auf ihr Opfer. Plötzlich fuhren Ustanes Hände hoch zu ihrem Kopf, sie stieß einen gellenden Schrei aus, drehte sich zweimal um sich selbst und stürzte rücklings auf den Boden. Leo und ich eilten zu ihr, doch sie war schon tot – erschlagen durch einen geheimnisvollen elektrischen Strom oder die überwältigende Willenskraft, über welche die schreckliche ›Sie‹ gebot.

Einen Augenblick schien Leo nicht zu begreifen, was

geschehen war, doch als er es erfaßte, war sein Gesicht gräßlich anzusehen. Mit einem wilden Fluch sprang er auf und stürzte sich auf Ayescha. Doch sie war auf der Hut und streckte, als sie ihn kommen sah, wieder ihre Hand aus. Taumelnd wich er zurück, und hätte ich ihn nicht aufgefangen, wäre er gefallen. Später erzählte er mir, ihm sei gewesen, als habe er einen heftigen Schlag auf die Brust erhalten und als habe ihn alle Manneskraft verlassen.

Da sprach Ayescha. »Vergib mir, mein Gast«, sagte sie mit sanfter Stimme zu ihm, »wenn mein Gericht dich schreckte.«

»Dir vergeben, du Teufelsweib?« schrie der arme Leo, in seinem Zorn und Kummer die Hände ringend. »Dir vergeben, du Mörderin! Beim Himmel! Töten will ich dich!«

»Nein, nein«, entgegnete sie in dem gleichen sanften Ton, »du weißt ja nichts – doch nun sollst du alles erfahren. Du bist mein Geliebter, mein Kallikrates, mein Schöner, mein Starker! Zweitausend Jahre lang, Kallikrates, habe ich auf dich gewartet, und nun endlich bist du zu mir zurückgekehrt. Und dieses Weib«, sie deutete auf den Leichnam, »stand zwischen dir und mir – deshalb mußte es sterben, Kallikrates.«

»Du lügst!« sagte Leo. »Ich heiße nicht Kallikrates. Ich heiße Leo Vincey; Kallikrates war einer meiner Ahnen – zumindest nehme ich das an.«

»Ja, so ist es – Kallikrates war dein Ahne, und du, ja, du bist der wiedergeborene und zurückgekehrte Kallikrates – und mein teurer Geliebter!«

»Ich bin nicht Kallikrates und nicht dein Geliebter. Da möchte ich schon eher der Geliebte einer Teufelin aus der Hölle sein, denn sie wäre besser als du.«

»Wie kannst du nur so sprechen, Kallikrates? Ach, du hast mich so lange nicht gesehen, daß du dich meiner nicht erinnerst. Sieh doch, wie schön ich bin, Kallikrates!«

»Ich hasse dich, du Mörderin, und habe kein Verlangen, dich zu sehen. Was kümmert es mich, wie schön du bist! Ich hasse dich, hörst du?«

»Und dennoch wirst du in einer kleinen Weile mir zu Füßen liegen und schwören, daß du mich liebst«, erwiderte Ayescha mit einem süßen, spöttischen Lachen. »Komm, jetzt ist der rechte Augenblick – hier vor jenem toten Mädchen, das dich liebte, will ich's dir beweisen. Sieh mich jetzt an, Kallikrates!« und mit einer raschen Bewegung entledigte sie sich ihres schleierartigen Gewandes und stand in ihrem ausgeschnittenen Kleid mit dem Schlangengürtel in all ihrer strahlenden Schönheit und königlichen Anmut vor uns, emporsteigend aus ihrer Hülle wie Venus aus der Woge oder wie Galatea aus dem Marmor. Sie trat vor und richtete ihre strahlenden Augen auf Leos Augen, und ich sah, wie seine geballten Fäuste sich lösten und sein starres, bebendes Gesicht unter ihrem Blick sich entspannte. Ich sah, wie sein Staunen sich in Bewunderung und dann in Verzückung wandelte, und je mehr er dagegen ankämpfte, um so mehr schien ihre schreckliche Schönheit ihn in ihren Bann zu ziehen und von seinen Sinnen Besitz zu ergreifen, ihn zu betäuben und in sein Herz zu dringen. Kannte ich das nicht allzu gut? Hatte nicht ich, doppelt so alt wie er, das gleiche durchgemacht? Erlebte ich es nicht in diesem Augenblick aufs neue, obwohl ihr süßer, leidenschaftlicher Blick gar nicht mir galt? Ach, leider war es so! Ach, ich muß gestehen, daß in jenem Moment eine tolle, wilde Leidenschaft mich zerriß. Ich hätte mich – Schande über mich – auf ihn stürzen mögen! Das Weib hatte meine Moral ins Wanken gebracht, ja fast vernichtet, wie es die Moral eines jeden Mannes ins Wanken bringen mußte, der seine übermenschliche Schönheit schaute. Allein, es gelang mir, mich – ich weiß nicht, wie – zu beherrschen, und so wandte ich mich den beiden wieder zu, um den Höhepunkt der Tragödie zu betrachten.

»Oh, großer Himmel!« keuchte Leo, »bist du ein Weib?«

»Jawohl, ein Weib – nichts als ein Weib – und ganz die deine, Kallikrates!« erwiderte sie, ihre runden Arme ihm entgegenstreckend und – ach, wie süß – lächelnd.

Er blickte sie hingerissen an, und dann sah ich, wie er sich langsam ihr näherte. Plötzlich fiel sein Blick auf den Leichnam der armen Ustane, und er erschauderte und hielt inne.

»Wie kann ich denn?« sagte er heiser. »Du bist eine Mörderin; sie liebte mich.«

Anscheinend hatte er bereits vergessen, daß auch er sie geliebt hatte.

»Das ist vorbei«, murmelte sie mit einer Stimme, die süß klang wie der Nachtwind, wenn er durch die Bäume streicht, »– vorbei. Wenn ich gesündigt habe, soll meine Schönheit meine Sünde tilgen. Wenn ich gesündigt habe, dann nur aus Liebe zu dir; darum laß meine Sünde vergessen sein«, und wieder streckte sie die Arme aus und flüsterte: »Komm!« – und dann war's binnen weniger Sekunden um ihn geschehen.

Ich sah, wie er mit sich kämpfte, ja gar zur Flucht sich wandte; doch ihre Augen fesselten ihn stärker an sie als eherne Bande, und die Zauberkraft ihrer Schönheit, ihres Willens und ihrer Leidenschaft überwältigten ihn – besiegten ihn angesichts der Leiche des Mädchens, das ihn so sehr geliebt, daß es seinetwegen in den Tod gegangen war. Doch so schrecklich und verworfen es klingen mag, sollte man ihn doch nicht allzusehr tadeln und bedenken, daß er für seine Sünde dereinst büßen wird. Die Versucherin, die ihn zum Bösen verlockte, war mehr als ein Mensch und ihre Schönheit größer als die der Menschentöchter.

Ich blickte wieder auf, und nun lag ihre herrliche Gestalt in seinen Armen, und ihre Lippen preßten sich auf die seinen; und so, mit der Leiche seiner Geliebten als Altar, verlobte Leo Vincey sich ihrer verruchten Mörderin, verlobte sich ihr auf immer und ewig. Denn jene, die sich auf diese Weise für den Preis ihrer eigenen Ehre verkaufen und ihre Seele in die Waagschale werfen, damit die Waage sich zu dem Niveau ihrer Lüste niedersenke, können weder in diesem noch im jenseitigen Leben auf Erlösung hoffen. Was sie gesät haben, werden sie wieder und wieder ernten, wenn die Mohnblumen der Leidenschaft in ihren Händen längst verdorrt sind, und ihre Ernte sind nur bittere Wicken.

Plötzlich entschlüpfte sie mit einer schlangengleichen Bewegung seinen Armen und stieß wieder triumphierend ihr leises, spöttisches Lachen aus.

»Habe ich dir nicht gesagt, daß du in einer kleinen Weile mir zu Füßen liegen wirst, o Kallikrates? Und siehe, es hat gar nicht lange gedauert!«

Leo stöhnte vor Scham und Qual, denn so sehr er ihr auch verfallen sein mochte, schien er sich doch bewußt, wie tief er gesunken war. Ja, wie ich später deutlich merkte, lehnte sich sogar seine bessere Natur mit aller Kraft gegen sein gefallenes Ich auf.

Ayescha lachte wieder und verschleierte sich rasch.

Dann gab sie dem stummen Mädchen, das das Ganze mit neugierigem, furchtsamem Blick beobachtet hatte, einen Wink. Das Mädchen entfernte sich und kam gleich darauf mit zwei männlichen Stummen zurück, denen die Königin gleichfalls einen Wink gab. Daraufhin ergriffen alle drei die arme Ustane bei den Armen und schleppten sie aus der Höhle hinaus. Leo blickte der Leiche nach und bedeckte dann die Augen mit der Hand, und in meiner überreizten Phantasie schien es mir, als blicke die Leiche, als man sie hinaustrug, uns an.

»Da geht sie hin, die tote Vergangenheit«, sagte Ayescha feierlich, als die Vorhänge, nachdem die unheimliche Prozession verschwunden war, sich schlossen. Und dann warf sie in einem jener merkwürdigen Stimmungswechsel, die ich bereits erwähnte, ihren Schleier wieder ab und stimmte nach der alten poetischen Sitte der Araber einen Lobgesang an, welcher, so wild und schön er war, nur überaus schwierig zu übersetzen ist und eigentlich nicht niedergeschrieben und vorgelesen, sondern nach Art einer Kantate gesungen werden sollte. Er bestand aus zwei Teilen – einem allgemeinen und einem persönlichen – und lautete, soweit ich mich erinnern kann, etwa wie folgt:

»Die Liebe gleicht einer Blume in der Wüste.

Sie gleicht der Aloe Arabiens, die einmal nur blüht und stirbt; sie blüht in der Salzwüste des Lebens, und ihre Schönheit strahlt über ihr wie ein Stern über einem Sturm.

Sie hat die Sonne, die der Geist ist, über sich, und der Wind ihrer Göttlichkeit weht über ihr.

Beim Laute eines Schritts erblüht die Liebe und neigt ihre Schönheit zu dem Wanderer.

Er pflückt sie, ja, er pflückt den roten Kelch, der voll von Honig ist, und trägt ihn fort; fort durch die Wüste, fort, bis die Blume welkt, fort bis an der Wüste Ende.

Es gibt nur eine schöne Blume in der Wildnis des Lebens.

Diese Blume ist die Liebe!

Es gibt nur einen Fixstern über dem Dunkel unseres Weges.

Dieser Stern ist die Liebe!

Es gibt nur eine Hoffnung in unserer Verzweiflung Nacht.

Diese Hoffnung ist die Liebe!

Alles andere ist trügerisch. Alles andere ist Schatten auf dem Wasser. Alles andere ist Wind und Eitelkeit.

Wer vermag zu sagen, was das Gewicht, das Maß der Liebe ist?

Vom Fleisch wird sie geboren, im Geiste wohnt sie. Aus beiden zieht sie ihre Kraft.

Denn die Schönheit ist wie ein Stern.

Vielfältig sind ihre Formen, doch alle sind sie schön, und niemand weiß, wo der Stern aufging, niemand kennt den Horizont, hinter dem er untergehen wird.«

Nun wandte sie sich an Leo, legte ihre Hand auf seine Schulter und fuhr in noch triumphierenderem Ton in abgemessenen Sätzen fort, die sich allmählich aus stilisierter Prosa in reine, majestätische Verse verwandelten:

»Wie lange liebte ich dich, mein Geliebter; und doch hat meine Liebe niemals nachgelassen.

Wie lange habe ich auf dich gewartet, und siehe, nun wird mir mein Lohn zuteil!

In fernen Zeiten bist du einmal schon mein gewesen, doch man entriß dich mir.

Ich säte in ein Grab die Saat der Geduld und ließ die Sonne meiner Hoffnung darauf scheinen und tränkte sie mit den Tränen der Reue und hauchte sie an mit dem Atem meines Wissens. Und nun, siehe, ist sie aufgegangen und trägt Früchte. Siehe! aus dem Grab ist sie erblüht, zwischen trockenen Gebeinen und der Toten Asche.

Darum frohlocke ich, denn schön ist die Zukunft.

Grün sind die Pfade, auf denen über ewig frische Weiden wir schreiten werden.

Dies ist unsere Stunde. In die Täler flüchtete die Nacht.

Die Morgensonne küßt die Bergesgipfel.

Sanft ruhen wir, Geliebter, leicht wandeln wir dahin.

Man wird uns krönen mit dem Diadem der Könige.

Der Erde Völker werden uns verehren und bewundern,

Vor unserer Macht und Schönheit selbst Blinde niedersinken.

Durch Zeit und Ewigkeit soll unsere Größe brausen,

Gleich einem Prunkgefährt endloser Straßen Staub durchrollend,

Und lachend eilen wir dahin in Sieg und Pracht,

Lachend wie Sonnenlicht, das auf den morgendlichen Hügeln tanzt,

Voran, von Triumphen zu Triumphen fliegend,

Voran, stets neuer unerreichter Macht entgegen,

Voran, ohne Müdigkeit, in ein Gewand aus Sonnenglanz gekleidet,

Bis unser Schicksal sich vollendet und Nacht auf uns herniederstürzt.«

Sie hielt inne in ihrem seltsamen und höchst ergreifenden allegorischen Gesang, den ich leider nur sehr unvollkommen wiederzugeben vermag, und sagte:

»Vielleicht glaubst du mir nicht, Kallikrates – vielleicht denkst du, daß ich dich täusche, daß ich nicht all diese vielen Jahre gelebt habe und du mir nicht wiedergeboren wurdest. Nein, blicke nicht so drein – lege diese zweifelnde Miene ab, denn sei gewiß, hier hat der Irrtum keinen Raum! Eher soll die Sonne ihre Bahn verfehlen und die Schwalbe ihr Nest nicht finden, als meine Seele eine Lüge schwören, die mich noch einmal von dir trennte, Kallikrates. Blende mich, nimm mir mein Augenlicht und lasse Finsternis mich umhüllen – dennoch würden meine Ohren den Klang deiner unvergessenen Stimme erkennen, die stärker an die Pforten meiner Sinne schlägt als der Ruf eherner Trompeten; nimm mir auch mein Gehör und lasse tausend Hände meine Stirn berühren – die deine würde unter ihnen allen ich erspüren; ja raube alle meine Sinne mir, auf daß ich taub und blind und stumm bin und meine Nerven keinerlei Berührung fühlen – mein Geist würde dennoch auffahren wie ein aus dem Schlaf geschrecktes Kind und meinem Herzen zurufen: Kallikrates ist hier! Der Nächte Wachen sind beendet! Der, den du suchtest in der Nacht, dein Morgenstern, ist aufgegangen!«

Sie schwieg einen Augenblick und fuhr dann fort: »Doch halt! Sollte dein Herz der machtvollen Wahrheit sich immer noch verschließen und du, die Seltsamkeit alles dessen nicht begreifend, ein weiteres Unterpfand dafür fordern, so will ich es dir – und auch dir, o mein Holly – sogleich geben. Nehmt jeder eine Lampe und folgt mir, wohin ich euch führe.«

Ohne uns auch nur einen Augenblick zu besinnen –

ich für meinen Teil hatte es nahezu aufgegeben nachzudenken, da jeder Gedanke hilflos gegen eine schwarze Mauer des Rätselhaften stieß –, nahmen wir die Lampen und folgten ihr. Am Ende ihres ›Boudoirs‹ hob sie einen Vorhang in die Höhe und wies auf eine kleine Treppe, wie sie in diesen düsteren Höhlen von Kôr so zahlreich sind. Als wir die Treppe hinabstiegen, bemerkte ich, daß die Stufen in der Mitte dermaßen ausgetreten waren, daß sich bei ihnen die mutmaßliche ursprüngliche Höhe von siebeneinhalb Zoll auf etwa dreieinhalb Zoll verringert hatte. Nun waren alle anderen Treppen, die ich bisher in den Höhlen gesehen hatte, so gut wie nicht abgenützt, was auch nicht wunder nimmt, wenn man bedenkt, daß man sich ihrer nur bediente, wenn man Leichen zu den Grabkammern trug. Deshalb machte diese Tatsache auf mich einen seltsam starken Eindruck, so wie uns ja immer Kleinigkeiten dann überaus stark berühren, wenn uns innerlich ein plötzlicher Ansturm mächtiger Gefühle überwältigt.

Am Fuß der Treppe blieb ich stehen und starrte auf die ausgetretenen Stufen, was Ayescha, als sie sich mir zuwandte, bemerkte.

»Du fragst dich wohl, wessen Füße den Fels so ausgetreten haben, mein Holly?« sagte sie. »Die meinen waren es – so leicht sie auch sind! Ich entsinne mich noch, wie glatt und eben diese Stufen dereinst waren, doch ich bin sie zweitausend Jahre lang und mehr Tag für Tag hinabgestiegen, und so haben meine Sandalen den festen Stein abgenützt!«

Ich schwieg, denn nichts, was ich bisher gehört oder gesehen, hatte meinem beschränkten Verstand das überwältigende Alter dieses Geschöpfes so deutlich bewußt gemacht wie dieser von ihren weichen weißen Füßen ausgehöhlte harte Granit. Wie viele hunderttausend Mal mußte sie diese Treppe hinab und hinauf gestiegen sein, um dieses Resultat zu erzielen?

Die Treppe führte zu einem Tunnel, und nach einigen weiteren Schritten gelangten wir zu einer wie üblich mit einem Vorhang verhangenen Tür, in der ich auf den ersten Blick jene erkannte, hinter welcher stehend ich Zeuge der schrecklichen Szene mit der springenden Flamme gewesen war. Das Muster des Vorhangs erinnerte mich so lebhaft an das furchtbare Ereignis, daß ich erschauderte. Ayescha trat in die Gruft, denn eine solche war es, und wir folgten ihr – ich voll Freude, daß das Geheimnis dieses Ortes nun gelüftet werden sollte, und zugleich voll Furcht vor seiner Lösung.

21

Der Tote und der Lebende begegnen sich

»Dies ist der Raum, in dem ich zweitausend Jahre lang geschlafen habe«, sagte Ayescha, Leo die Lampe aus der Hand nehmend und sie über ihren Kopf haltend. Ihr Schein fiel auf eine kleine Vertiefung im Boden, aus dem in jener Nacht die Flamme emporgesprungen war, doch nun brannte kein Feuer. Er fiel auf die unter ihren Tüchern ausgestreckte Gestalt auf der Steinbank, auf die Skulpturen und auf eine zweite Steinbank, die auf der anderen Seite der Höhle jener, auf welcher die Gestalt lag, gegenüber stand.

»Hier«, fuhr Ayescha, ihre Hand auf den Felsen legend, fort, »schlief ich all die Zeit lang, nur mit einem

Mantel zugedeckt. Es schien mir nicht recht, weich zu ruhen, wenn mein Geliebter«, sie deutete auf die Gestalt, »in Todesstarre lag. Hier schlief ich Nacht für Nacht an des Toten Seite – bis, siehst du, diese dicke Platte gleich der Treppe, die wir herunterstiegen, dünn wurde vom Herumwälzen meines Körpers – so treu bin ich dir selbst in deinem Schlaf gewesen, Kallikrates. Und nun, mein Geliebter, sollst du ein Wunder sehen – sollst lebend als Toten dich betrachten –, denn ich habe all diese Jahre gut für dich gesorgt, Kallikrates. Bist du bereit?«

Wir gaben keine Antwort, sondern blickten einander nur furchtsam an, so unheimlich und feierlich war die Szene. Ayescha trat vor, legte ihre Hand auf den Saum des Leichentuches und hub wieder zu sprechen an.

»Erschrick nicht«, sagte sie, »wenn dir dies auch wundersam erscheinen mag – alle wir Lebenden haben bereits früher gelebt; nicht einmal unsere äußere Hülle ist der Sonne fremd! Wir wissen nur nichts davon, denn unsere Erinnerung daran ist getilgt und die Erde, aus der wir geschaffen waren, zurückgekehrt zur Erde und hat unseren Ruhm mit ins Grab genommen. Ich jedoch konnte dich dank meiner Künste und der Künste jenes versunkenen Volks von Kôr, die ich mir angeeignet habe, vor dem Verfall zu Staub bewahren, o Kallikrates, und den wächsernen Stempel der Schönheit auf deinem Antlitz meinem Auge auf ewig erhalten. Es war eine Maske, welche die Erinnerung mit Leben füllte, mit deren Hilfe ich deine Gegenwart aus der Vergangenheit heraufbeschwor, so daß du, erfüllt mit einem Schein von Leben, durch die Behausungen meiner Gedanken wandertest und mein Verlangen mit Visionen von vergangenen Tagen stilltest.

Siehe, nun begegnen sich der Tote und der Lebende! Über die Schlucht der Zeit hinweg sind sie vereint. Die Zeit hat keine Macht über die Persönlichkeit, hat auch der gnädige Schlaf die Tafeln der Erinnerung gelöscht und mit Vergessen das Leid verhüllt, das uns ansonsten von einem Leben in das andere verfolgen und unser Hirn mit Kummer derart füllen würde, bis es im Wahnsinn äußerster Verzweiflung zerspringen müßte. Noch immer sind sie eins, denn unseres Schlafes Hüllen werden jetzt hinweggerissen wie Gewitterwolken vom Sturmwind; die erstarrten Stimmen der Vergangenheit zerschmelzen zu Musik wie Schnee auf Bergesgipfeln unter der Sonne Strahlen, und das Weinen und Lachen vergangener Zeiten hallt erneut süß wider von den Klippen der Ewigkeit.

Deshalb fürchte dich nicht, Kallikrates, wenn du nun – soeben wiedergeboren und lebend – auf dein eigenes dahingeschiedenes Selbst blicken wirst, das vor so langer Zeit lebte und starb. Ich wende nur ein Blatt im Buch des Seins und zeige dir, was auf ihm geschrieben steht. Siehe!«

Mit einer raschen Bewegung zog sie das Tuch von dem Leichnam und ließ das Licht der Lampe auf ihn fallen. Ich blickte hin und schreckte entsetzt zurück; denn was sie auch zur Erklärung gesagt haben mochte, es war ein unheimlicher Anblick – ihre Erklärungen gingen über das Fassungsvermögen unseres begrenzten Verstandes hinaus und trugen, entblößt des Schleiers dunkler esoterischer Philosophie und der kalten, furchtbaren Tatsache konfrontiert, nicht viel dazu bei, den gewaltigen Eindruck zu mildern. Denn ausgestreckt auf jener Steinbank vor uns, in Weiß gekleidet und vollkommen erhalten, schien Leo Vinceys Gestalt zu liegen.

Ich blickte mit aufgerissenen Augen von dem Leo, der lebend neben mir stand, auf den Leo, der tot dort lag, und bemerkte keinen Unterschied; außer vielleicht dem einen, daß jener auf der Bahre älter aussah. Sie glichen einander in jeder Einzelheit, bis zu der Fülle kleiner goldener Locken, welche das Schönste an Leo ist. Es schien mir sogar, als ähnele der Ausdruck auf dem Gesicht des Toten jenem, den ich zuweilen bei Leo gesehen hatte, wenn er in tiefem Schlaf lag. Ich kann diese außerordentliche Ähnlichkeit nur mit dem Hinweis unterstreichen, daß ich niemals Zwillinge sah, die einander derart glichen wie dieser Lebende und dieser Tote.

Ich wandte den Kopf, um zu sehen, welchen Eindruck der Anblick seines toten Selbst auf Leo machte, und er erschien mir wie betäubt. Zwei oder drei Minuten stand er schweigend und auf den Toten starrend da, um schließlich hervorzustoßen:

»Deckt ihn zu und bringt mich fort von hier.«

»Nein, warte, Kallikrates«, sagte Ayescha, welche mit der hocherhobenen Lampe, deren Licht auf ihre hinreißende Schönheit und die tote Gestalt auf der Bahre fiel, eher einer erleuchteten Sibylle denn einem Weib glich und die ihre majestätischen Sätze mit einer Erhabenheit und Poesie sprach, die wiederzugeben ich leider gänzlich außerstande bin.

»Warte, ich will dir noch etwas zeigen, auf daß auch kein noch so geringer Teil meines Verbrechens dir verborgen bleibt. Öffne du, o Holly, das Gewand auf der Brust des toten Kallikrates, da mein Gebieter sich vielleicht fürchtet, sein verblichenes Selbst zu berühren.«

Mit zitternden Händen gehorchte ich, denn es schien mir ein Frevel und eine Entweihung, mit dem schlafenden Ebenbild des Lebenden neben mir so umzugehen. Gleich darauf lag seine Brust entblößt vor uns, und gerade über dem Herzen sah man eine offenbar von einem Speer oder einem Dolch zugefügte Wunde.

»Siehe, Kallikrates«, sagte sie. »Wisse, daß ich es war, die dich tötete, die an der Stätte des Lebens dir den Tod gab. Ich tat es der Ägypterin Amenartas wegen, die du liebtest, denn sie hatte mit ihren Ränken dein Herz umgarnt. Sie selbst konnte ich nicht erschlagen wie jetzt jenes Mädchen, denn sie war zu stark für mich. In meinem bitteren Zorn tötete ich dich, und auf deine Wiederkehr habe ich all die Zeit trauernd geharrt. Nun bist du gekommen, und nichts kann uns mehr trennen. Wahrlich, statt des Todes will ich dir nun das Leben geben – nicht ewiges Leben, denn dieses kann niemand geben, doch Leben und Jugend, die Tausende und Tausende von Jahren dauern werden, und dazu Ruhm und Macht und Reichtum und alles Gute und Schöne, wie es kein Mensch noch vor dir besessen hat und keiner nach dir besitzen wird. Nur eines noch, dann sollst du ruhen und dich rüsten für den Tag deiner Wiedergeburt. Sieh diesen Körper hier, der einst der deine war. In all den Jahrhunderten war er mein kalter Trost und mein Gefährte, doch nun bedarf ich seiner nicht mehr, denn deine lebende Gegenwart ist ja mein, und er würde nur Erinnerungen in mir wecken, die ich lieber vergessen möchte. Darum mag er jetzt zu Staub werden, wovor ich ihn so lange bewahrte. Siehe! Ich habe für diese glückliche Stunde alles vorbereitet!«

Und sie ging zu der anderen Steinbank, die ihr nach ihren Worten als Bett gedient hatte, und nahm davon einen großen glasierten Krug mit zwei Henkeln, dessen Öffnung mit einer Blase verschlossen war. Sie löste diese, neigte sich über den Toten, küßte ihn sanft auf den Mund und leerte den Inhalt des Kruges sorgfältig über seinen Körper, wobei sie, wie ich bemerkte, äußerst besorgt war, daß kein Tropfen davon sie oder uns traf. Den Rest der Flüssigkeit schüttete sie auf Brust und Kopf. Sogleich stieg ein dichter Dampf auf, und ein erstickender Dunst erfüllte die Höhle, so daß wir nicht sehen konnten, wie die tödliche Säure – denn um eine solche schien es sich zu handeln – ihr zerstörerisches Werk tat. Von der Stelle, wo der Leichnam lag, drang ein gräßliches Zischen und Prasseln zu uns, welches jedoch aufhörte, bevor die Dämpfe sich noch verzogen hatten. Schließlich waren sie alle verschwunden, bis auf eine kleine Wolke, die über dem Toten schwebte. Nach wenigen Minuten hatte auch sie sich aufgelöst, und so unglaublich es auch scheinen mag – auf der Steinbank, welche die sterblichen Überreste des einstigen Kallikrates so viele Jahrhunderte lang getragen hatte, war nun nichts mehr zu sehen als ein paar Handvoll rauchenden weißen Staubes. Die Säure hatte den Körper gänzlich zerstört und sich stellenweise sogar in den Stein eingefressen. Ayescha beugte sich nieder, nahm eine Handvoll dieses Staubes, warf ihn in die Luft und sagte zugleich mit ruhiger, feierlicher Stimme:

»Staub zu Staub! – Vergangenes zum Vergangenen! – Der Tote zu den Toten! – Kallikrates ist tot, und er ist neugeboren!«

Die Asche schwebte lautlos auf den steinigen Boden nieder, und wir standen in ehrfurchtsvollem Schweigen und blickten ihr nach.

»Nun laßt mich allein«, sagte sie. »Schlaft, wenn ihr wollt. Ich muß wachen und nachdenken, denn morgen abend werden wir von hier fortgehen, und es ist lange her, seit ich auf jenem Pfad, dem wir folgen müssen, wandelte.«

So verbeugten wir uns denn und entfernten uns.

Auf dem Weg zu unseren Gemächern schaute ich in Jobs Kammer, um zu sehen, wie es ihm ging, denn er war vor unserem Gespräch mit der ermordeten Ustane, noch ganz überwältigt von den Schrecknissen des Amahaggerfestes, davongelaufen. Er lag in tiefem Schlaf, der gute, brave Bursche, und ich war froh, daß seinen Nerven – wie bei den meisten ungebildeten Menschen nicht die besten – die letzten Szenen dieses fürchterlichen Tages erspart geblieben waren. Sodann betraten wir unsere eigene Kammer, und hier ließ endlich der arme Leo, welcher sich, seit er auf das starre Ebenbild seines Selbst geblickt, nahezu in einem Zustand der Betäubung befand, seinen Gefühlen freien Lauf. Nun, da die schreckliche ›Sie‹ nicht mehr anwesend war, brach das Bewußtsein all der furchtbaren Geschehnisse, vor allem des ruchlosen Mordes an der ihm so teuren Ustane, wie ein Sturm über ihn herein und erfüllte ihn mit unsagbarer Qual und Reue. Er verfluchte sich selbst, verfluchte die Stunde, da wir die Inschrift auf der Scherbe, deren Inhalt sich auf so mysteriöse Weise bewahrheitete, entdeckt hatten, verfluchte bitterlich seine Schwäche. Ayescha wagte er nicht zu verfluchen – wer hätte es wohl auch gewagt, einem Weibe, das uns möglicherweise in diesem Augenblick mittels ihrer geheimen Kräfte beobachtete, Böses zu wünschen?

»Was soll ich tun, alter Freund?« stöhnte er und legte, von seinem Kummer übermannt, den Kopf auf meine Schulter. »Ich ließ ihre Ermordung zu – zwar hätte ich sie nicht verhindern können, doch fünf Minuten später küßte ich über ihrer Leiche ihre Mörderin. Ich bin ein hundsgemeiner Lump, doch kann ich«, hier sank seine Stimme, »dieser grauenhaften Zauberin nicht widerstehen. Ich weiß, morgen werde ich es wieder tun; ich weiß, ich bin ihr auf ewig verfallen; selbst wenn ich sie nie wiedersähe, könnte ich mein Leben lang an niemand anderen denken; ich muß ihr folgen wie eine Nadel dem Magneten; selbst wenn ich könnte, würde ich jetzt nicht fortgehen; ich könnte sie nicht verlassen, meine Beine würden mir den Dienst versagen; doch mein Verstand ist noch immer klar genug, und mit meinem Verstand hasse ich sie – zumindest glaube ich dies. Wie furchtbar ist dies alles! Und dieser – dieser Leichnam! Was soll ich nur davon halten? Dieser Leichnam war wirklich ich! Ich bin ihr Sklave, alter Freund, und sie wird mir meine Seele nehmen!«

Darauf gestand ich ihm, daß ich selbst mich in keiner viel besseren Lage befand; und ich muß es ihm hoch anrechnen, daß er trotz seiner Leidenschaft die Anständigkeit besaß, mich seines Mitgefühls zu versichern. Vielleicht hielt er es für töricht, eifersüchtig zu sein, da er doch wußte, daß er, soweit es die Dame betraf, keinen Grund dazu hatte. Ich schlug ihm vor, einen Fluchtversuch zu unternehmen, doch wir gaben diesen Plan bald als aussichtslos auf, und, um ganz ehrlich zu sein: ich glaube nicht, daß einer von uns es über sich gebracht hätte, Ayescha zu verlassen, selbst wenn irgendeine höhere Macht sich plötzlich erbötig gemacht hätte, uns aus diesen düsteren Höhlen nach Cambridge zu entführen. Wir konnten ihr ebensowenig entrinnen wie eine Motte dem Licht, das sie zerstört. Wir glichen zwei dem Opium Verfallenen: in Momenten, da wir bei klarem Verstand waren, war uns die tödliche Natur unserer Leidenschaft voll bewußt, doch hatten wir nicht die Kraft, uns ihren schrecklichen Wonnen zu entziehen.

Kein Mann, der ›Sie‹ auch nur einmal unverschleiert gesehen, den Wohlklang ihrer Stimme gehört und die bittere Weisheit ihrer Worte getrunken, wäre bereit gewesen, auf ihren Anblick zugunsten eines ganzen Meeres ruhiger Freuden zu verzichten. Um wieviel mehr mußte dies – von mir einmal ganz abgesehen – bei Leo der Fall sein, den dieses ungewöhnliche Geschöpf seiner tiefsten Zuneigung versichert und bewiesen hatte, daß diese mehr als zweitausend Jahre angehalten hatte?

Zweifellos war sie eine böse Person, und ohne Zweifel hatte sie Ustane, weil diese ihr im Wege stand, ermordet, doch war dies nicht andererseits ein Zeichen für ihre Treue, und neigt der Mann nicht von Natur aus dazu, einem Weib seine Verbrechen allzu leicht zu verzeihen, besonders wenn das Weib schön ist und die Verbrechen aus Liebe zu ihm begangen hat?

Und überdies: Wann hatte sich je einem Mann eine solche Aussicht geboten wie jene, die jetzt vor Leo lag? Zwar setzte er sein Leben durch eine Vereinigung mit diesem furchtbaren Weib dem Einfluß einer rätselhaften Kreatur mit verruchten Absichten[1] aus, doch das

[1] Nachdem ich einige Monate über diese Bemerkung nachgedacht habe, muß ich gestehn, daß ich von ihrer Richtigkeit nicht mehr ganz überzeugt bin. Zwar beging Ayescha ohne jeden Zweifel einen Mord, doch ich fürchte, daß wir, verfügten wir über die gleiche absolute Macht und ginge es um den gleichen ungeheuren Einsatz, durchaus imstande wären, unter entsprechenden Umständen genauso zu handeln. Außerdem darf man nicht außer acht lassen, daß das System, nach dem sie regierte, für den geringsten Ungehorsam die Todesstrafe vorsah und daß es sich für sie um einen solchen Fall

gleiche konnte ihm ja auch in jeder gewöhnlichen Ehe leicht geschehen. Andererseits konnte er durch keine gewöhnliche Ehe solch eine unvergleichliche Schönheit, solch göttliche Hingabe, solche Weisheit, solche Herrschaft über die Geheimnisse der Natur gewinnen, nicht die Macht und den Ruhm, welche ihm diese einbringen würden, und schließlich nicht die königliche Krone ewiglicher Jugend, falls sie ihm diese wirklich geben konnte. Nein, es war durchaus nicht erstaunlich, daß Leo, obgleich bittere Scham und Reue ihn erfüllten, wie es bei jedem Mann von Ehre der Fall gewesen wäre,

handelte. Sehen wir von dem Mord einmal ab, so bestanden ihre bösen Taten darin, daß sie Ansichten äußerte und Motiven zufolge handelte, welche wohl unseren Moralgesetzen, doch nicht unserer Handlungsweise zuwiderlaufen. Auf den ersten Blick könnte dies als ein Beweis für ihre Verruchtheit erscheinen, doch wenn man das ungeheure Alter dieses Wesens bedenkt, wird es zweifelhaft, ob es sich nicht nur um die Folge einer außerordentlichen Beobachtungsgabe handelte. Es ist eine wohlbekannte Tatsache, daß mit zunehmendem Alter unser Zynismus immer mehr wächst; ja viele von uns werden nur durch einen rechtzeitigen Tod vor gänzlicher moralischer Korruption bewahrt. Niemand wird leugnen, daß ein junger Mensch im allgemeinen besser ist als ein alter, denn er verfügt nicht über jene Lebenserfahrung, die nahezu unweigerlich zu Zynismus und Boshaftigkeit führt. Nun war der älteste Mensch auf Erden im Vergleich zu Ayescha ein kleines Kind, und der weiseste Mensch auf Erden verfügte nicht über ein Drittel ihrer Weisheit. Die Frucht ihrer Weisheit aber war, daß es nur eines gibt, für das zu leben sich lohnt – die Liebe in ihrem höchsten Sinn, und um sie zu erlangen, schreckte sie vor nichts zurück. Dies ist in Wahrheit das Motiv ihrer Übeltaten, und wie man über sie auch denken mag, so darf man andererseits nicht vergessen, daß sie auch einige Tugenden in einem bei beiden Geschlechtern höchst ungewöhnlichen Maß entwickelt hatte – Beständigkeit, zum Beispiel. – L.H.H.

keinerlei Neigung spürte, seinem .ungewöhnlichen Schicksal zu entfliehen.

Meiner Ansicht nach hätte er wahrhaftig toll sein müssen, um dies zu tun. Doch ich muß gestehen, daß mein Urteil über diese Angelegenheit nicht gänzlich objektiv ist. Ich selbst liebe Ayescha bis zum heutigen Tage, und lieber wäre ich nur für eine kurze Woche der Gegenstand ihrer Zuneigung gewesen, als ein ganzes Leben lang der irgendeiner anderen Frau. Und sollte jemand an diesen meinen Worten zweifeln und sie für töricht halten, so darf ich ihm versichern, daß es ihm, hätte Ayescha sich vor ihm entschleiert und ihm all ihre Schönheit gezeigt, ganz genauso ergangen wäre. Natürlich ist hier nur von Männern die Rede. Wir hatten nie Gelegenheit, die Meinung einer Frau über Ayescha zu hören, doch ich halte es durchaus für möglich, daß einer solchen die Königin mißfallen hätte, daß sie ihrer Abneigung mehr oder weniger deutlich Ausdruck verliehen hätte und deshalb von dieser getötet worden wäre.

Zwei Stunden oder noch länger saßen wir mit zerrütteten Nerven und furchtsamem Blick einander gegenüber und sprachen über unsere wunderbaren Erlebnisse. Das Ganze erschien uns eher wie ein Traum oder Märchen und war doch klare, nüchterne Wirklichkeit. Wer hätte geglaubt, daß die Inschrift auf der Tonscherbe nicht allein auf Wahrheit beruhte, sondern daß diese Wahrheit sich uns auf so erstaunliche Art erweisen würde, daß jene, die wir suchten, in den Gräbern von Kôr geduldig unserer Ankunft harrte? Wer hätte geglaubt, daß dieses geheimnisvolle Weib in Leos Person den Mann erkennen würde, auf den sie Jahrhundert um Jahrhundert gewartet, dessen einstige irdische Hülle sie bis zu jener Nacht aufbewahrt hatte? Und dennoch war es so. Angesichts alles dessen, was wir gesehen hatten, war es uns gewöhnlichen, logisch denkenden Menschen nicht länger möglich, die Wahrheit anzuzweifeln, und so begaben wir uns denn schließlich demütigen Herzens und tief durchdrungen von der Unzulänglichkeit menschlichen Wissens, das auf anmaßende Weise alles, was es nicht aus Erfahrung kennt, schlichtweg leugnet, zur Ruhe und überließen unser Geschick jener wachenden Vorsehung, der es gefallen hatte, den Schleier menschlicher Unwissenheit vor uns zu lüften und uns zum Guten oder Bösen einen Blick auf die Möglichkeiten des Lebens zu gestatten.

22

Job hat eine Vorahnung

Am nächsten Morgen gegen neun Uhr trat Job, immer noch ängstlich und verschreckt dreinblickend, in meine Kammer, um mich zu wecken und zugleich seiner Erleichterung darüber Ausdruck zu verleihen, daß er uns noch lebend in unseren Betten vorfand, was er anscheinend stark bezweifelt hatte. Als ich ihm von dem schrecklichen Ende der armen Ustane berichtete, freute er sich um so mehr, war jedoch zugleich zutiefst entsetzt, obwohl er sich mit ihr nicht gerade gut verstanden hatte. Sie hatte ihn in ihrem verstümmelten Arabisch »Schwein« genannt, und er sie in seinem guten Englisch »Weibsbild«, doch diese Freundlichkeiten waren angesichts ihres Todes von der Hand ihrer Königin vergessen.

»Ich möchte nichts Ungebührliches sagen, Sir«, äußerte Job, als er sich einigermaßen beruhigt hatte, »doch meiner Meinung nach ist diese ›Sie‹ der Beelzebub in Person, oder vielleicht seine Frau, falls er eine hat, was aber wohl so sein muß, denn er allein kann nicht so böse sein. Die Hexe von Endor war harmlos gegen sie, Sir. Dies ist ein Land voller Teufel, Sir, und sie ist der Oberteufel, und es sollte mich sehr wundern, wenn wir je von hier fortkommen. Meiner Seel, ich wüßte wahrhaftig nicht, wie. Ich kann mir nicht vorstellen, daß diese Hexe einen so hübschen jungen Mann wie Mr. Leo ziehen lassen wird.«

»Immerhin«, sagte ich, »hat sie ihm doch das Leben gerettet.«

»Ja, und dafür wird sie ihm die Seele nehmen! Zu einer Hexe wird sie ihn machen, wie sie's selbst ist. Ich kann nur sagen, es ist von Übel, sich mit solchen Leuten einzulassen. Gestern abend, Sir, las ich vor dem Schlafengehen in der kleinen Bibel, die meine arme alte Mutter mir mit auf den Weg gegeben hat, und da drin standen Dinge über Zauberinnen und solches Pack, daß sich mir die Haare sträubten. Mein Gott, was würde meine Mutter für Augen machen, wenn sie sähe, wo ihr Job hingeraten ist!«

»Ja, es ist ein seltsames Land, und auch ein seltsames Volk, Job«, erwiderte ich seufzend, denn obgleich ich nicht gleich Job abergläubisch bin, hege ich doch eine natürliche Scheu vor dem Übernatürlichen.

»Ganz recht, Sir«, antwortete er, »und halten Sie mich bitte nicht für gar zu dumm, wenn ich Ihnen jetzt, wo Mr. Leo nicht da ist« – Leo war früh aufgestanden, um einen Spaziergang zu machen –, »etwas sage: Ich weiß, daß dies das letzte Land ist, das ich auf Erden gesehen habe. Ich hatte nämlich heute nacht einen Traum. Mir träumte von meinem alten Vater, und er hatte eine Art Nachthemd an, so ein Ding, wie es die Leute hier als Galauniform tragen, und in der Hand hielt er ein Büschel Federgras, das er vielleicht unterwegs gepflückt hatte – ich habe gestern große Mengen davon ein paar hundert Meter vom Eingang dieser gräßlichen Höhle gesehen ...

›Job‹, sagte er ganz feierlich zu mir und schmunzelte dabei so merkwürdig, ganz wie ein Methodistenprediger, der seinem Nachbarn ein krankes Pferd verkauft und bei dem Geschäft zwanzig Pfund eingeheimst hat–, ›Job, deine Stunde hat geschlagen; doch ich hätte nie gedacht, daß ich dich an so einem Ort suchen müßte, Job! Was mußte ich bloß alles durchmachen, um deine Spur zu finden; es war wirklich nicht schön von dir, deinen armen alten Vater so weit laufen zu lassen, ganz abgesehen von all diesem Gesindel, von dem es in diesem Kôr nur so wimmelt.‹«

»Er wollte dich eben zur Vorsicht mahnen«, warf ich ein.

»Ja, Sir – ganz gewiß, genau das hat er gesagt: ›Nimm dich in acht vor diesen Halunken‹ – und nach allem, was ich hier gesehen und mit diesem heißen Topf erlebt habe, zweifle ich nicht daran, daß er recht hatte«, fuhr Job traurig fort. »Jedenfalls meinte er, meine Stunde hätte geschlagen, und als er fortging, sagte er, wir würden bald mehr zusammensein, als uns lieb wäre, und dabei dachte er wohl daran, daß mein Vater und ich es nie länger als drei Tage zusammen aushielten, und ich fürchte, wenn wir wieder zusammenkommen, wird's nicht anders sein.«

»Aber du glaubst doch nicht etwa, daß du sterben

mußt, nur weil du im Traum deinen alten Vater gesehen hast?« sagte ich. »Wenn man stirbt, weil man von seinem Vater träumt, was geschieht dann deiner Meinung nach erst einem Mann, der von seiner Schwiegermutter träumt?«

»Ach, Sir, Sie lachen über mich«, sagte Job, »aber Sie kennen eben meinen alten Vater nicht. Wenn es jemand anders gewesen wäre – zum Beispiel meine Tante Mary –, dann hätte ich mir nicht so viel daraus gemacht; aber mein Vater war, obwohl er siebzehn Kinder hatte, so faul, daß er bestimmt nicht bloß zum Vergnügen hierhergekommen wäre. Nein, Sir, er hat es ganz sicher ernst gemeint. Nun ja, Sir, ich kann es nicht ändern; früher oder später muß ja jeder dran glauben, es ist nur so schrecklich, an solch einem Ort sterben zu müssen, wo man für alles Gold der Welt kein christliches Begräbnis kriegen kann. Ich habe mir alle Mühe gegeben, ein guter Mensch zu sein, Sir, und rechtschaffen meine Pflicht zu erfüllen, und wenn mein Vater letzte Nacht nicht so herablassend getan hätte, als ob er von meinen Referenzen und Zeugnissen überhaupt nichts hielte, dann würde ich mir weiter keine Gedanken machen. Ich war Ihnen und Mr. Leo – Gott segne ihn! – bestimmt ein guter Diener – beim Himmel, es kommt mir vor, als ob's erst gestern gewesen sei, daß ich mit ihm auf der Straße Fangen spielte –, und wenn Sie je von hier fortkommen, hoffe ich, Sie werden freundlich meiner modernden Knochen gedenken und sich nie wieder mit griechischen Inschriften auf alten Blumentöpfen einlassen, Sir – wenn ich mir herausnehmen darf, das zu sagen.«

»Ich bitte dich, Job«, sagte ich in ernstem Ton, »du weißt doch wohl, daß das alles Unsinn ist. Du kannst doch nicht so dumm sein, so etwas zu glauben. Wir haben einige merkwürdige Ereignisse überlebt und werden es, wie ich hoffe, weiterhin tun.«

»Nein, Sir«, erwiderte Job mit einer Überzeugung, die mich ärgerte. »Das ist kein Unsinn. Ich bin verloren, das fühle ich, und es ist ein überaus unangenehmes Gefühl, Sir, denn man kann nicht anders als sich ständig fragen, wie es wohl sein wird. Wenn man sein Mittagessen verzehrt, denkt man an Gift, und das verschlägt einem den Appetit, und wenn man durch diese finsteren Kaninchenbauten geht, denkt man an Messer, und man bekommt eine Gänsehaut. Ich bin ja nicht wählerisch, Sir – nur schnell soll es gehen, wie bei diesem armen Mädchen. Jetzt, wo sie tot ist, tut's mir übrigens leid, daß ich so häßlich von ihr gesprochen habe, wenn ich auch ihre Moral und ihre Art, sich so Hals über Kopf zu verheiraten, nicht gutheißen kann, denn es ist einfach nicht anständig, das so schnell zu tun. Immerhin, Sir«, und der arme Job erbleichte, »hoffe ich, es wird nicht der heiße Topf sein.«

»Unsinn«, unterbrach ich ihn ärgerlich. »Was für ein Unsinn!«

»Sehr wohl, Sir«, sagte Job, »es steht mir nicht zu, Ihnen zu widersprechen, Sir, aber wenn ich mir eine Bitte erlauben darf: Wenn Sie irgendwohin gehen, Sir, dann nehmen Sie mich doch bitte mit, denn wenn es soweit ist, möchte ich doch gern ein freundliches Gesicht sehen, denn das macht es einem bestimmt leichter. Und jetzt, Sir, werde ich das Frühstück bringen«, und damit ging er hinaus und ließ mich in einer sehr unbehaglichen Stimmung zurück. Ich hing sehr an dem alten Job, welcher einer der besten und ehrenhaftesten Menschen, die ich je gekannt habe, und mir eigentlich mehr Freund als Diener war, und der bloße Gedanke, es könnte ihm etwas zustoßen, ließ meinen Atem stokken. So unsinnig sein Geschwätz auch sein mochte, merkte ich doch, daß er selbst zutiefst davon überzeugt war, daß ihm etwas passieren werde, und wenn sich so etwas auch in den meisten Fällen als pure Einbildung erweist – an welcher in diesem Fall zweifellos die düstere und ungewöhnliche Umgebung schuld war –, erfüllte es mich dennoch mit Unruhe, wie übrigens wohl jede Furcht, die offensichtlich ehrlich ist, mag sie auch noch so absurd sein. Endlich kam das Frühstück, und zugleich erschien Leo, der – wie er sagte, um einen klaren Kopf zu bekommen – außerhalb der Höhle einen Spaziergang gemacht hatte. Ich war sehr froh darüber, denn ich wurde dadurch von meinen düsteren Gedanken abgelenkt. Nach dem Frühstück unternahmen wir gemeinsam einen Spaziergang und sahen einigen Amahaggern zu, wie sie einen Acker mit dem Getreide besäten, aus dem sie ihr Bier brauen. Sie taten dies auf altbiblische Art: ein Mann, der einen Sack aus Ziegenfell um die Hüften gebunden hatte, schritt auf dem Feld auf und nieder und streute dabei die Saatkörner mit den Händen aus. Einen dieser schrecklichen Menschen eine so friedvolle Arbeit tun zu sehen, erleichterte uns zutiefst – vielleicht weil sie die Amahagger irgendwie mit der übrigen Menschheit zu verbinden schien.

Bei unserer Rückkehr trafen wir Billali, der uns mitteilte, daß ›Sie‹ uns zu sehen wünsche, und so begaben wir uns zu ihr – ein wenig ängstlich, wie ich gestehen muß, denn Vertrautheit mit Ayescha erzeugte Leidenschaft und Staunen und Entsetzen, doch ganz gewiß nicht Verachtung.

Wie üblich führten die Stummen uns zu ihr, und nachdem sie sich zurückgezogen hatten, entschleierte sich Ayescha und forderte Leo wiederum auf, sie zu umarmen, was er, trotz seiner Selbstvorwürfe am vorherigen Abend, mit mehr Eifer und Inbrunst tat, als die Höflichkeit erfordert hätte.

Sie legte ihre weiße Hand auf seinen Kopf und sah ihn zärtlich an. »Sicherlich möchtest du wissen, mein Kallikrates«, sagte sie, »wann wir einander ganz angehören werden? Ich will's dir sagen. Zuerst mußt du sein wie ich – nicht unsterblich, denn das bin ich nicht, doch so gefeit und gepanzert gegen die Angriffe der Zeit, daß ihre Pfeile von deines Lebens Rüstung abprallen wie die Strahlen der Sonne vom Wasser. Noch können wir uns nicht verbinden, denn wir sind allzu verschieden, und allein der Glanz meines Wesens würde dich verbrennen, ja vielleicht gar zerstören. Nicht einmal ansehen darfst du mich allzu lange, denn deine Augen würden schmerzen und deine Sinne schwinden. Deshalb«, dies mit einem leisen Nicken, »will ich mich sogleich wieder verschleiern.« Sie tat es jedoch nicht und fuhr fort: »Nein, höre, ich will deine Geduld nicht auf eine allzu harte Probe stellen. Noch heute abend, eine Stunde vor Sonnenuntergang, werden wir aufbrechen und, wenn alles gut geht und ich nicht den Weg verfehle, was, wie ich inbrünstig hoffe, nicht geschehen wird, morgen noch vor Einbruch der Dunkelheit am Platz des Lebens sein. Dort wirst du in dem Feuer baden und stark und schön, wie noch kein Mann vor dir, daraus hervortreten, und dann, Kallikrates, darfst du mich dein Weib und ich dich meinen Gatten nennen.«

Als Antwort auf diese erstaunliche Mitteilung murmelte Leo irgend etwas, das ich nicht verstand, doch sie lachte nur leise über seine Verwirrung und fuhr fort:

»Auch du, o Holly, wirst dieser Gunst teilhaftig werden und danach ein wahrhaft immergrüner Baum sein, denn du gefällst mir, Holly, weil du kein ganzer Tor bist wie die meisten Menschensöhne und weil du, obgleich deine Philosophie genauso töricht ist wie die der Weisen früherer Zeiten, dennoch nicht versäumt hast, einer Dame hübsche Schmeicheleien über ihre Augen zu sagen.«

»Holla, alter Junge!« flüsterte Leo mit einem Anflug von Humor mir zu, »hast du ihr Komplimente gemacht? Das hätte ich nie von dir gedacht!«

»Ich danke dir, Ayescha«, erwiderte ich so würdevoll wie möglich, »doch wenn es so einen Platz gibt, wie du ihn beschreibst, und wenn es an diesem seltsamen Platz eine feurige Kraft gibt, die den Tod fernzuhalten vermag, so möchte ich dennoch nichts davon wissen. Mir, o Ayescha, ist die Erde kein so weiches Nest gewesen, daß ich ewig darin liegen möchte. Eine Mutter mit einem Herzen von Stein ist unsere Erde, und Steine sind das tägliche Brot, das sie ihren Kindern gibt. Steine zum Essen und bitteres Wasser zum Trinken und Schläge zur Erziehung. Wer möchte das schon viele Leben lang ertragen? Wer möchte sich seinen Rücken volladen mit Erinnerungen an verlorene Stunden und Lieben, mit dem Kummer seines Nachbarn, den er nicht lindern kann, mit Wissen, das keinen Trost bringt? Das Sterben ist schwer, denn unser schwaches Fleisch zuckt zurück vor dem Wurm, den es gleichwohl nicht fühlen wird, und vor dem Unbekannten, das das Leichentuch unserem Blick verhüllt. Doch schlimmer noch muß es sein weiterzuleben, äußerlich schön und grün belaubt, doch im Kern tot und verrottet, und den Wurm der Erinnerung am Herzen nagen zu fühlen.«

»Überlege es dir gut, Holly«, sagte sie; »bedenke, daß langes Leben und Kraft und strahlende Schönheit Macht bedeuten und alles, was dem Menschen sonst noch teuer ist.«

»Und was, o Königin«, antwortete ich, »sind diese dem Menschen teuren Dinge? Sind Sie nicht nur Seifenblasen? Ist der Ehrgeiz nicht nur eine endlose Leiter, die niemals höher führt, solange man die letzte unerreichbare Sprosse nicht bestiegen hat? Denn jeder Höhe folgt eine andere; kein Ausruhen gibt es auf dieser Leiter, und ihre Sprossen sind ohne Zahl. Ist man des Reichtums nicht bald satt und überdrüssig, so daß er einen nicht mehr freut; läßt sich mit ihm auch nur eine Stunde des Seelenfriedens erkaufen? Und gibt es eine vollkommene Weisheit, die zu erlangen wir hoffen dürfen? Erkennen wir nicht, je mehr wir lernen, nur um so mehr unsere Unwissenheit? Könnten wir, selbst wenn wir zehntausend Jahre lebten, hoffen, die Geheimnisse der Sonnen und des Raumes jenseits der Sonnen und der Hand, die sie dorthin hängte, zu ergründen? Gliche unsere Weisheit nicht einem quälenden Hunger, wären wir uns nicht Tag für Tag des unstillbaren Verlangens unserer Seelen bewußt? Wäre sie nicht wie eine Lampe in einer dieser großen Höhlen, die, so hell sie brennt, dennoch nur die Tiefe des umliegenden Dunkels zeigt? Und was für Gutes gibt es sonst noch, das wir durch ein langes Leben erreichen könnten?«

»Nun, mein Holly, die Liebe – die Liebe, die alles

verschönt und sogar dem Staub, auf dem wir wandeln, Göttlichkeit einhaucht. Mit Liebe fließt das Leben herrlich von Jahr zu Jahr dahin wie der Klang großer Musik, die des Zuhörenden Herz wie auf Adlerschwingen hinwegträgt über irdische Schmach und Torheit.«

»Mag sein«, erwiderte ich; »doch wenn das geliebte Wesen sich als gebrochenes Rohr erweist, das unser Herz durchbohrt, oder wenn man vergeblich liebt – was dann? Nein, o Ayescha, ich will die mir zugemessene Zeit leben, mit meiner Generation altern, den mir bestimmten Tod sterben und vergessen werden. Denn ich hoffe auf eine Unsterblichkeit, der gegenüber die kleine Spanne Zeit, die du mir vielleicht schenken kannst, nur wie die Länge eines Fingers gegen die Maße der großen Welt sein wird; und merke! die Unsterblichkeit, die meiner harrt, die mein Glaube mir verheißt, wird frei sein von den Banden, die hier meinen Geist fesseln. Denn solange das Fleisch besteht, müssen auch Sorgen und Leid und die Skorpionenstiche der Sünde bestehen; nur wenn das Fleisch von uns abfällt, wird der Geist, erfüllt von der Klarheit des ewig Guten, erstrahlen und einen so raren Äther edelster Gedanken atmen, daß der größte menschliche Ehrgeiz, der reinste Weihrauch eines jungfräulichen Gebetes zu grob wären, davor zu bestehen.«

»Du blickst hoch hinauf«, sagte Ayescha leise lachend, »und du sprichst klar wie eine Trompete und ohne das leiseste Schwanken. Doch hast du nicht soeben erst von jenem ›Unbekannten‹ gesprochen, das ein Leichentuch unserem Blick entzieht? Vielleicht siehst du nur mit den Augen des Glaubens, erblickst diese künftige Herrlichkeit durch das bunte Glas deiner Phantasie. Gar seltsam sind die Zukunftsbilder, welche die

Menschheit sich mit dem Pinsel des Glaubens und den schillernden Farben der Phantasie malt! Seltsam auch, daß keines davon einem anderen gleicht! Ich könnte dir sagen – doch was würde es frommen –, warum einem Narren seine Schellenkappe rauben? Sprechen wir nicht mehr darüber; ich wünsche nur, o Holly, du wirst es, wenn du das Alter langsam nahen fühlst und das Greisentum deine Sinne verwirrt, nicht bitterlich bereuen, daß du die königliche Gabe, die ich dir anbot, von dir wiesest. Doch so war es schon immer; der Mensch ist nie zufrieden mit dem, was seine Hand pflücken kann. Hat er eine Lampe, im Dunkel ihm zu leuchten, so wirft er sie fort, weil sie kein Stern ist. Das Glück tanzt stets einen Schritt vor ihm her wie die Irrlichter in den Sümpfen, und er muß das Feuer fangen, muß den Stern erheischen! Schönheit ist ihm nichts, denn es gibt noch honigsüßere Lippen; und Reichtum hält er für Armut, weil andere noch mehr Geld besitzen; und Ruhm gilt ihm nichts, weil es noch größere Männer als ihn gegeben hat. Du selbst hast es gesagt, und ich halte dir deine eigenen Worte vor. Wohlan, du träumst, daß du den Stern pflücken wirst. Ich glaube es nicht, und ich heiße dich einen Toren, o Holly, weil du die Lampe fortwirfst.«

Ich schwieg, denn Leos wegen konnte ich ihr nicht sagen, daß ich ihr Gesicht, seit ich es gesehen hatte, nie vergessen würde und daß ich nicht den Wunsch hatte, ein Leben zu verlängern, das stets von der Erinnerung an sie und von der Bitternis unerfüllter Liebe vergiftet sein würde. Doch so war es, und so ist es, ach, bis zu dieser Stunde!

»Und nun«, fuhr ›Sie‹, den Ton und das Thema gänzlich wechselnd, fort, »sage mir, mein Kallikrates –

denn bis jetzt weiß ich es noch nicht –, wie ihr dazu kamt, mich hier zu suchen. Du sagtest gestern abend, dieser Kallikrates – dessen Leichnam du sahst – sei dein Vorfahr gewesen? Erzähle mir davon – du bist nicht gerade gesprächig!«

So aufgefordert, erzählte ihr Leo die merkwürdige Geschichte des Kästchens und der Tonscherbe, deren von seiner Ahne, der Ägypterin Amenartas, verfaßte Inschrift uns zu ihr geführt hatte. Ayescha lauschte aufmerksam und wandte sich, als er geendet hatte, an mich.

»Sagte ich dir nicht neulich, als wir vom Guten und vom Bösen sprachen, o Holly – es war, als mein Geliebter so krank war –, daß der Säende nie weiß, wie die Ernte sein wird? Nun siehe: diese Ägypterin Amenartas, diese königliche Tochter des Nils, die mich haßte und die ich noch heute hasse, denn in gewisser Weise hat sie mich besiegt – siehe, wie sie selbst ihren Geliebten in meine Arme getrieben hat! Um ihretwillen tötete ich ihn, und nun ist er durch sie zu mir zurückgekehrt! Sie wollte mir Böses tun, und was sie säte, sollte mir zum Unkraut werden, und siehe, sie hat mir mehr gegeben, als alle Welt mir geben kann. Wahrlich, ein seltsames Viereck, das in deinen Kreis von Gut und Böse so gar nicht passen will, o Holly!

Ihrem Sohn«, fuhr sie nach einer Pause fort, »gebot sie, mich zu töten, weil ich seinen Vater erschlug. Du, mein Kallikrates, bist der Vater und zugleich auch der Sohn – möchtest du nun das vor so langer Zeit dir und deiner Mutter zugefügte Unrecht rächen, o Kallikrates? Siehe«, und sie kniete nieder und zog das weiße Mieder noch tiefer von ihrem Elfenbeinbusen herab, »siehe, hier schlägt mein Herz, und dort an deiner

Seite hängt ein Dolch, groß und lang und stark, wie geschaffen, ein irrendes Weib zu töten. Nimm ihn und räche dich! Stoße zu, fest und tief! – dann wirst du zufrieden sein, Kallikrates, und glücklich durchs Leben wandeln, denn du hast das Unrecht getilgt und das Vermächtnis der Vergangenheit erfüllt.«

Er blickte sie an; dann streckte er seine Hand aus und zog sie hoch.

»Stehe auf, Ayescha«, sagte er traurig; »du weißt sehr wohl, daß ich dich nicht töten kann – nein, nicht einmal um jener willen, die du gestern tötetest. Ich bin in deiner Macht und ganz dein Sklave. Wie könnte ich dich töten? Eher würde ich Hand an mich selbst legen.«

»Es scheint fast, als ob du mich zu lieben anfängst, Kallikrates«, antwortete sie lächelnd. »Doch nun erzähle mir von deinem Land – ihr seid ein großes Volk, nicht wahr, mit einem Reich, das dem einstigen der Römer gleicht? Bestimmt willst du dorthin zurückkehren, und das ist recht, denn auch ich möchte nicht, daß du in diesen Höhlen von Kôr bleibst. Nein, wenn du erst einmal bist wie ich, werden wir von hier fortgehen – sei unbesorgt, ich finde schon einen Weg; wir werden nach diesem deinem England reisen und dort ein uns gemäßes Leben führen. Zweitausend Jahre habe ich auf den Tag gewartet, da ich Abschied von diesen verhaßten Höhlen und diesem düsteren Volk nehmen werde, und nun ist er da, und mein Herz schlägt ihm voll Ungeduld entgegen wie das eines Kindes dem ersten Ferientag. Und du wirst über dieses England herrschen –«

»Aber wir haben schon eine Königin«, warf Leo hastig ein.

»Man kann sie stürzen«, sagte Ayescha.

Wir stießen einen Entsetzensschrei aus und erklärten ihr, daß wie lieber uns selbst umbringen würden.

»Wie seltsam«, sagte Ayescha erstaunt, »– eine Königin, die von ihrem Volk geliebt wird! Wie muß die Welt sich verändert haben, seit ich in Kôr wohne!«

Wir versuchten ihr klarzumachen, daß das Wesen der Herrscher sich verändert hatte und daß unsere Herrscherin von allen rechtschaffenen Menschen in ihrem weiten Reich verehrt und geliebt wurde. Wir erzählten ihr auch, daß die wahre Macht in unserem Lande in den Händen des Volkes lag und daß wir eigentlich durch die Stimmen der niedrigsten und ungebildetsten Volksklassen regiert wurden.

»Ei«, sagte sie, »eine Demokratie? Dann gibt es doch sicherlich einen Tyrannen, denn es war schon immer so, daß in Demokratien, da sie keinen klaren Willen haben, am Ende ein Tyrann aufsteht und vom Volk angebetet wird.«

»Ja«, sagte ich, »wir haben unsere Tyrannen.«

»Nun ja«, erwiderte sie resigniert, »diese Tyrannen können wir sicher vernichten, und dann wird Kallikrates das Land regieren.«

Ich erklärte ihr sogleich, daß ›Vernichten‹ in England kein Vergnügen sei, dem man ungestraft frönen konnte, und daß jeder derartige Versuch gegen das Gesetz verstieß und meistens auf dem Schafott endete.

»Das Gesetz«, lachte sie verächtlich, »– das Gesetz! Begreifst du nicht, o Holly, daß ich über dem Gesetz stehe und daß auch Kallikrates darüber stehen wird? Alle menschlichen Gesetze sind uns nicht mehr als der Nordwind einem Berg. Beugt der Wind den Berg oder der Berg den Wind?

Und nun verlaßt mich bitte, auch du, mein Kallikrates, denn ich möchte mich zu unserer Reise rüsten, und ihr und euer Diener solltet es mir gleichtun. Nehmt aber nicht allzuviel mit, denn ich glaube nicht, daß wir länger als drei Tage fort sein werden. Dann kehren wir hierher zurück, und ich entwerfe einen Plan, nach dem wir für immer diesen Grüften von Kôr Lebewohl sagen werden. Ja, gewiß darfst du meine Hand küssen, Geliebter!«

So zogen wir uns denn zurück – ich tief in Gedanken über das schreckliche Problem versunken, das unser harrte. Die furchtbare ›Sie‹ war offenbar entschlossen, nach England zu reisen, und die Vorstellung, welche Folgen ihre dortige Ankunft haben würde, ließ mich erschaudern. Ich kannte ihre Macht, und es gab für mich keinen Zweifel, daß sie diese voll ausüben würde. Vielleicht würde man sie eine Weile zügeln können, doch ihr Stolz und Ehrgeiz würden bestimmt alle Fesseln sprengen und sich für die langen Jahrhunderte der Einsamkeit rächen. Sollte die Macht ihrer Schönheit für ihre Zwecke nicht ausreichen, so würde sie, um ihr Ziel zu erreichen, alle, die sich ihr in den Weg stellten, vernichten, und da sie nicht sterben und, soviel ich wußte, auch nicht getötet werden konnte, war sie nicht daran zu hindern.[1] Am Ende würde sie zweifellos die

[1] Leider konnte ich nie feststellen, ob ›Sie‹ auch gegen Unfälle gefeit war. Vermutlich war sie es, denn sonst hätte doch sicherlich im Laufe so vieler Jahrhunderte irgendein Unglücksfall ihrem Leben ein Ende gesetzt. Sie forderte zwar Leo auf, sie zu töten, doch höchstwahrscheinlich tat sie dies nur, um sein Temperament und seine innerliche Einstellung ihr gegenüber auf die Probe zu stellen. Ayescha handelte niemals ohne bestimmte Absicht aus einem augenblicklichen Impuls heraus. L. H. H.

absolute Herrschaft über England und seine Besitzungen sowie wahrscheinlich über die ganze Erde an sich reißen und unser Land zum größten und reichsten Imperium der Welt machen, doch würde dies schreckliche Opfer an Menschenleben kosten.

Das Ganze erschien mir wie ein Traum, wie die monströse Ausgeburt eines spekulativen Gehirns, und war doch eine Tatsache – eine unfaßbare Tatsache, welche die Welt zur Kenntnis zu nehmen bald gezwungen sein würde. Was war der Sinn alles dessen? Nach vielem Nachdenken kam ich zu dem Schluß, daß dieses seltsame Wesen, das so viele Jahrhunderte lang, von seiner Leidenschaft gewissermaßen gefesselt, verhältnismäßig harmlos gewesen war, nun von der Vorsehung dazu ausersehen war, die Ordnung der Welt umzustoßen und möglicherweise durch Errichtung einer Macht, gegen die es ebensowenig wie gegen die Fügungen des Schicksals eine Auflehnung gab, die Verhältnisse zu verbessern.

23

Der Tempel der Wahrheit

Unsere Vorbereitungen nahmen nicht viel Zeit in Anspruch. Wir packten für jeden einen zweiten Anzug und ein Paar Reservestiefel in meinen Koffer und nahmen unsere Revolver und Expreßgewehre mit – eine Vorsichtsmaßnahme, der wir, wie sich später erweisen sollte, mehrmals unser Leben verdankten. Alle unsere anderen Sachen, darunter die schweren Gewehre, ließen wir zurück.

Einige Minuten vor der vereinbarten Zeit stellten

wir uns in Ayeschas Boudoir ein und trafen sie, in ihren schwarzen Mantel gehüllt, gleichfalls reisefertig an.

»Seid ihr bereit für das große Wagnis?« fragte sie.

»Ja«, erwiderte ich, »obwohl ich, ehrlich gesagt, nicht recht daran glaube, Ayescha.«

»Ach, mein Holly«, sagte sie, »du bist wahrhaftig nur allzu geneigt, das Unbekannte als unmöglich zu betrachten. Doch du wirst sehen – wenn mein Spiegel dort nicht lügt«, und sie deutete auf das Becken mit dem kristallklaren Wasser, »so ist der Weg noch genauso wie damals. Und nun laßt uns aufbrechen zu jenem neuen Leben. Wer weiß, wohin es uns führen wird?«

»Ja«, wiederholte ich, »wer weiß?«, und wir durchquerten die große Haupthöhle und traten hinaus ins Freie. Vor dem Eingang der Höhle erwarteten uns eine Sänfte und sechs stumme Träger, und zu meiner Erleichterung erblickte ich bei ihnen unseren alten Freund Billali, zu dem ich eine gewisse Neigung gefaßt hatte. Aus Gründen, die näher zu erläutern ich nicht für nötig halte, wünschte Ayescha, daß wir alle – ausgenommen sie selbst – zu Fuß gingen, und dies war uns nach unserem langen Aufenthalt in den Höhlen ganz recht, denn mochten diese als Aufbewahrungsort für Sarkophage auch sehr geeignet sein, für atmende Sterbliche wie uns stellten sie doch überaus bedrückende Behausungen dar. Zufällig oder infolge Ayeschas Anordnungen befanden sich auf dem Platz vor der Höhle, wo wir Zeugen des schrecklichen Tanzes gewesen waren, keine Zuschauer. Nicht eine Seele war zu sehen, woraus ich schloß, daß niemand von unserer Abreise wußte, außer vielleicht ihren stummen Bedienten, die es natürlich gewohnt waren, alles, was sie sahen, für sich zu behalten.

Nach wenigen Minuten schritten wir flott über die große bebaute Ebene, die wie ein riesiger Smaragd inmitten der sie umgebenden düsteren Felsen lag, und wiederum staunten wir über den merkwürdigen Ort, den das alte Volk von Kôr für seine Hauptstadt auserwählt hatte, sowie über das wunderbare Maß an Arbeit, Erfindungsgeist und technischer Begabung, das die Gründer der Stadt aufgewandt haben mußten, um eine so große Wasserfläche trockenzulegen und in der Folge vor Überschwemmungen zu bewahren. Es ist in der Tat, soweit ich dies beurteilen kann, ein unvergleichlicher Beweis für die Fähigkeit des Menschen, die Natur zu zähmen, denn meiner Meinung nach können sich selbst der Suezkanal oder der Mont-Cenis-Tunnel mit dieser uralten Anlage, was Größe und Großartigkeit der Konzeption betrifft, nicht messen.

Nachdem wir etwa eine halbe Stunde marschiert waren und die erfrischende Kühle genossen hatten, die sich wie immer um diese Tageszeit auf die Ebene von Kôr herabsenkte, tauchten die Ruinen der großen Stadt auf, von denen Billali uns erzählt hatte. Schon von weitem sahen wir, wie prächtig diese Ruinen waren. Die Stadt war im Vergleich zu Theben, Babylon oder anderen Städten des fernen Altertums nicht sehr groß; ihre Außenmauer mochte etwa eine Fläche von zwölf Quadratmeilen oder ein wenig mehr umschließen. Auch schienen die Mauern, soviel wir, als wir sie erreichten, erkennen konnten, nicht sehr hoch gewesen zu sein, vermutlich nicht mehr als vierzig Fuß, denn diese Höhe hatten sie auch jetzt noch an Stellen, wo sie nicht in den Boden gesunken oder aus irgendeinem Grunde eingestürzt waren. Wahrscheinlich lag dies daran, daß das Volk von Kôr, gegen Angriffe von außen geschützt durch viel stärkere Festungswälle, als Menschenhand sie je errichten konnte, diese Mauern nur zur Schau und vielleicht zum Schutz vor inneren Unruhen gebaut hatte. Dafür waren sie jedoch ebenso breit wie hoch und bestanden zur Gänze aus behauenen Steinen, die ohne Zweifel aus den Höhlen stammten. Umgeben waren sie von einem großen, etwa sechzig Fuß breiten Graben, der an manchen Stellen immer noch mit Wasser gefüllt war. Ungefähr zehn Minuten vor Sonnenuntergang erreichten wir diesen Graben, stiegen in ihn hinab, durchquerten ihn, über die Trümmer einer alten Brücke kletternd, und erklommen mit einiger Mühe auf seiner anderen Seite die Mauer. Ich wünschte, ich besäße die Fähigkeit, von der Großartigkeit des sich uns bietenden Anblicks auch nur eine leise Vorstellung zu vermitteln. Vor uns erstreckten sich, in die rote Glut der untergehenden Sonne getaucht, Meilen und Meilen von Ruinen – Säulen, Tempel, Altäre und königliche Paläste, unterbrochen hier und dort von grünem Buschwerk. Die Dächer dieser Bauten waren natürlich längst eingestürzt und verschwunden, die meisten der Zwischenmauern und hohen Säulen dank der Härte und Dauerhaftigkeit des verwendeten Felsgesteins jedoch noch erhalten.[1]

[1] Daß diese Ruinen nach so ungeheuer langer Zeit – mindestens sechstausend Jahren – noch so ungewöhnlich gut erhalten waren, lag vielleicht daran, daß Kôr nicht durch einen Feind niedergebrannt oder durch ein Erdbeben zerstört, sondern infolge einer furchtbaren Seuche von seinen Bewohnern verlassen wurde. Deshalb blieben die Gebäude unversehrt. Überdies ist das Klima schön und trocken, und es gibt nur selten Regen oder Sturm. So hatten diese Ruinen nur dem Zahn der Zeit zu trotzen, der sein Werk bei so massiven Bauten nur sehr langsam tut. L. H. H.

Unmittelbar vor uns lag eine Straße, die offenbar einst die Hauptverkehrsader der Stadt gewesen war, denn sie war sehr breit und regelmäßig angelegt. Sie bestand, wie wir bald darauf entdeckten, gleich den Mauern aus behauenen Steinblöcken, zwischen denen nur wenig Gras und Strauchwerk wuchs, da es ihm an dem zum Gedeihen notwendigen Erdreich mangelte. Die einstigen Parks und Gärten hingegen bildeten ein undurchdringliches Dickicht. Man konnte deshalb selbst aus einiger Entfernung an dem verdorrten, spärlichen Gras deutlich den Lauf der verschiedenen Straßen erkennen. Zu beiden Seiten dieser breiten Durchfahrtstraße ragten riesige Blöcke von Ruinen auf, deren jeder vom nächsten durch eine freie Fläche getrennt war; vermutlich hatten sich dort einst Gärten befunden, jetzt wucherte nur dichtes, verfilztes Buschwerk. Sie bestanden durchwegs aus dem gleichen farbigen Gestein, und vor den meisten erhoben sich hohe Säulen, soweit wir dies bei dem schwindenden Licht erkennen konnten, als wir die Hauptstraße, die sicherlich seit Jahrtausenden keines Menschen Fuß betreten hatte, rasch durchschritten.[1]

[1] Wie Billali mir erzählte, glauben die Amahagger, daß die Stadt von bösen Geistern bewohnt sei, und sind deshalb durch nichts zu bewegen, sie zu betreten. Ich bemerkte deutlich, daß auch er es nur äußerst widerstrebend tat, und wahrscheinlich faßte er den Mut dazu nur deshalb, weil er sich unter dem direkten Schutz Ayeschas wähnte. Leo und mir erschien es sehr merkwürdig, daß ein Volk, dem es nichts ausmacht, inmitten von Toten zu leben, und das diese sogar als Brennmaterial verwendet, eine derartige Scheu davor empfindet, sich den einstigen Wohnstätten dieser Abgeschiedenen zu nähern. Wahrscheinlich handelt es sich um einen der bei Wilden so häufig anzutreffenden Widersprüche. L. H. H.

Bald stießen wir auf ein riesiges Gebäude, in dem wir einen Tempel erkannten, der mindestens eine Fläche von acht Morgen bedeckte und aus einer Reihe von Höfen bestand, welche, gleich den chinesischen Bauten, so angelegt waren, daß jeder jeweils einen kleineren umschloß, einer vom anderen getrennt durch Reihen hoher Säulen. Diese Säulen waren von überaus merkwürdiger Form, die keiner mir bekannten ähnelte, und zwar waren sie in der Mitte dünn und schwollen nach oben und unten an. Zuerst vermuteten wir, diese Form sei ein Symbol der weiblichen Gestalt, wie es die Tempelbaumeister vieler Religionen des Altertums zu verwenden pflegten. Als wir am nächsten Tag den Berg hinaufstiegen, entdeckten wir jedoch eine große Zahl stattlicher Palmen, deren Stämme ebendiese Form hatten, und ich bin überzeugt, daß der erste Erbauer dieser Säulen durch die anmutige Gestalt jener Palmen oder besser ihrer Ahnen, welche schon damals, vor acht- oder zehntausend Jahren, die einst die Ufer des vulkanischen Sees bildenden Berghänge schmückten, inspiriert wurde.

Vor der Vorderfront dieses riesigen Tempels, den ich für fast ebenso groß wie den von Karnak bei Theben halte und dessen größte Säulen am unteren Ende achtzehn bis zwanzig Fuß im Durchmesser stark und etwa siebzig Fuß hoch waren, machte unser kleiner Zug halt, und Ayescha stieg aus ihrer Sänfte.

»Hier gab es einstmals ein Gemach, Kallikrates«, sagte sie zu Leo, der hinzugeeilt war, um ihr zu helfen, »in dem man schlafen konnte. Vor zweitausend Jahren ruhten du und ich und diese ägyptische Natter darin, doch seither habe ich meinen Fuß nicht hierher gesetzt, und auch kein anderer Mensch. Vielleicht ist es eingestürzt.« Und gefolgt von uns, stieg sie eine breite, stark verfallene Treppe zum äußeren Hof hinauf und blickte im Halbdunkel um sich. Plötzlich schien sie sich zu erinnern und blieb nach einigen Schritten nach links stehen.

»Hier ist es«, sagte sie und winkte die zwei mit unserem Proviant und Gepäck beladenen Stummen heran. Der eine trat vor und entzündete eine Lampe an der Feuerpfanne, welche die Amahagger auf Reisen mit sich zu führen pflegen. Der Brennstoff darin besteht aus sorgfältig angefeuchteten Mumienbrocken, welche, wenn sie die richtige Feuchtigkeit haben, stundenlang glimmen.[1] Sobald die Lampe brannte, traten wir in das Gemach, vor dem Ayescha stehengeblieben war. Es war eine in der massiven Mauer befindliche Kammer, die vermutlich, wie ich aus dem noch darin stehenden steinernen Tisch schloß, einem der Torwächter des großen Tempels als Wohnraum gedient hatte.

Hier rasteten wir, und nachdem wir den Raum, so gut es die Umstände und die Dunkelheit zuließen, gesäubert hatten, verzehrten wir unser aus kaltem Fleisch bestehendes Abendbrot – das heißt, Leo, Job und ich, denn Ayescha rührte, wie ich wohl bereits erwähnte, nie etwa anderes als Kuchen, Obst und Wasser an. Während wir aßen, stieg der Vollmond über die Berge empor und erfüllte die Kammer mit seinem silbernen Licht.

[1] In dieser Hinsicht haben wir übrigens keinen Anlaß, uns über die Amahagger zu entrüsten. ›Mumie‹, eine aus zerstampften alten Ägyptern hergestellte Farbe, wird viel von Malern benutzt; vor allem von solchen, die sich mit der Nachbildung alter Meisterwerke befassen. – Der Herausgeber.

»Was glaubt ihr, warum ich euch heute abend hierher führte, mein Holly?« sagte Ayescha, ihren Kopf auf die Hand stützend und auf den Mond blickend, der wie eine himmlische Königin langsam über den erhabenen Säulen aufstieg. »Ich führte euch hierher – nein, es ist wirklich seltsam, doch weißt du, Kallikrates, daß du in diesem Augenblick auf derselben Stelle liegst wie dein Leichnam damals vor vielen Jahren, als ich ihn zu den Höhlen von Kôr zurücktrug? Ich sehe es ganz genau vor mir – ein entsetzlicher Anblick!«, und sie erschauderte.

Leo sprang auf und setzte sich rasch auf einen anderen Platz. So tief die Erinnerung Ayescha beeindrucken mochte – ihm war deutlich anzumerken, daß ihre Worte ihm gar nicht behagten.

»Ich führte euch hierher«, fuhr Ayescha fort, »um euch den wunderbarsten Anblick zu zeigen, den je eines Menschen Auge gesehen hat – die Ruinen von Kôr im Schein des Vollmonds. Wenn ihr mit eurer Mahlzeit fertig seid – ach, könnte ich dich dazu überreden, Kallikrates, nichts als Früchte zu essen, doch das wird sicher kommen, wenn du in dem Feuer gebadet hast. Auch ich aß dereinst Fleisch wie ein wildes Tier. Wenn ihr fertig seid, wollen wir hinausgehen, und ich will euch diesen großen Tempel und die Gottheit zeigen, welche die Menschen einst darin anbeteten.«

Natürlich erhoben wir uns sogleich und machten uns auf den Weg. Und hier versagt mir wiederum die Feder. Eine bloße Aufzählung von Maßen und Einzelheiten der verschiedenen Tempelhöfe würde nur langweilen, doch andererseits weiß ich nicht, wie ich die jegliche Einbildungskraft übersteigende Pracht, die wir sahen, beschreiben soll. Ein düsterer Hof löste den andern ab, getrennt durch Reihen mächtiger Säulen, von denen manche, vor allem jene an den Toren, vom Sockel bis zum Kapitell Skulpturen schmückten, und eine leere Kammer folgte der andern, die Phantasie lebhafter anregend als von Menschen gefüllte Straßen. Und über allem schwebten das tödliche Schweigen der Toten, das Gefühl völliger Verlassenheit, der düstere Geist der Vergangenheit! Wie schön und doch wie traurig! Wir wagten kein lautes Wort zu sprechen. Selbst Ayescha erfüllte vor diesem Alter, demgegenüber sogar die Zahl ihrer Jahre gering schien, tiefe Ehrfurcht; wir flüsterten nur, und unser Flüstern schien von Säule zu Säule zu eilen, bis es sich in der stillen Nachtluft verlor. Hell schien das Licht des Mondes auf die Säulen und Höfe und verfallenen Mauern, all die Risse und Spalten mit seinem silbernen Schleier umhüllend und ihre graue Majestät in die Glorie der Nacht kleidend. Die Tempelruine von Kôr im Schein des Vollmondes war ein wunderbarer Anblick. Und wunderbar war es, sich vorzustellen, wie viele Jahrtausende die tote Kugel dort oben und die tote Stadt hier unten einander angeblickt und in der Einsamkeit des Weltraums die Geschichte ihres versunkenen Lebens und ihres lang entschwundenen Ruhms erzählt hatten. In dem fahlen Licht sahen wir die stillen Schatten langsam über die grasbewucherten Höfe kriechen wie die Geister alter Priester, die durch die Behausungen ihrer Gottheit wandeln; und immer mehr wuchsen die langen Schatten, bis die Schönheit und Erhabenheit des Bildes und die Majestät des Todes ganz Besitz von unseren Seelen ergriffen und eindringlicher von einer längst ins Grab gesunkenen und vergessenen Pracht zu uns sprachen als das Geschrei ganzer Heerscharen.

»Kommt«, sagte Ayescha, nachdem wir, ich weiß nicht wie lange, in diesen Anblick versunken dagestanden hatten, »nun will ich euch der Schönheit steinerne Blume und die Krone aller Wunder zeigen, welche, der Zeit trotzend, die Herzen der Menschen mit Verlangen füllt nach dem, was hinter ihrem Schleier sich verbirgt«, und ohne auf eine Antwort zu warten, führte sie uns durch zwei weitere von Säulen umgebene Höfe in das Allerheiligste des uralten Tempels.

Und dort, in der Mitte des innersten Hofes, der etwa fünfzig Meter im Quadrat messen mochte, traten wir vor das großartigste allegorische Kunstwerk, das menschliches Genie vielleicht je hervorgebracht hat. Genau im Mittelpunkt des Hofes ruhte auf einem viereckigen Felsblock eine Kugel aus schwarzem Stein von etwa zwanzig Fuß Durchmesser, und auf dieser Kugel stand eine riesige, geflügelte weibliche Figur von solch bestrickender, göttlicher Schönheit, daß mir, als ich sie, ins sanfte Licht des Mondes getaucht, erblickte, der Atem stockte und der Schlag meines Herzens einen Augenblick aussetzte.

Die Statue war aus einem so reinen und weißen Marmor gehauen, daß sie selbst nach so vielen Jahrtausenden noch im Licht der sie umspielenden Mondstrahlen leuchtete, und ihre Höhe mochte etwas über zwanzig Fuß betragen. Es war die geflügelte Gestalt eines Weibes von solch wunderbarer Lieblichkeit und Anmut, daß die Größe ihre so menschliche und dennoch so überirdische Schönheit eher zu erhöhen als zu verringern schien. Sie stand vorgebeugt und hatte ihre Flügel halb ausgebreitet, wie um mit ihnen ihr Gleichgewicht zu bewahren. Die Arme streckte sie aus wie ein Weib, das den Geliebten umfangen will, und ihre ganze Haltung schien zärtlichstes Sehnen auszudrücken. Ihre makellose Gestalt war nackt, mit Ausnahme – und das war das seltsame – des Kopfes, den ein dünner Schleier verhüllte, so daß wir ihre Züge nur erahnen konnten. Das eine Ende des Schleiers fiel über ihre linke Brust, deren Umrisse darunter hervortraten; das andere, von dem ein Teil abgebrochen war, schwebte hinter ihr in der Luft.

»Wer ist sie?« fragte ich, mit Mühe meinen Blick von der Statue losreißend.

»Kannst du es nicht erraten, o Holly?« erwiderte Ayescha. »Hast du so wenig Phantasie? Es ist die Wahrheit. Sie steht auf der Welt und ruft den Menschen zu, ihr Antlitz zu entschleiern. Lies die Inschrift auf dem Sockel; sie dürfte aus dem heiligen Buch der Kôrer stammen«, und sie führte uns zu dem Fuß der Statue, in den eine aus den üblichen chinesisch aussehenden Hieroglyphen bestehende Inschrift so tief eingegraben war, daß sie, zumindest für Ayescha, noch lesbar schien. In ihrer Übersetzung lautete sie wie folgt:

»›Gibt es denn keinen Mann, der mich entschleiern und auf mein Antlitz blicken und meine Schönheit schauen will? Ihm, der mich entschleiert, will ich angehören, will Frieden schenken ihm und die süßen Kinder des Wissens und gute Werke.‹

Und eine Stimme rief: ›Mögen auch alle dich suchen und begehren, höre! Jungfräulich bist du, und Jungfrau sollst du bleiben bis ans Ende aller Zeiten. Kein Mann, kein Sterblicher wird je dir deinen Schleier lüften. Allein der Tod kann dich entschleiern, o Wahrheit!‹

Und die Wahrheit hob flehend ihre Arme und weinte, weil jene, die sie begehrten, sie nie gewinnen, nie ihr Antlitz schauen sollten.«

»Wie du siehst«, sagte Ayescha, als sie geendet hatte, »war die Wahrheit die Göttin des alten Volks von Kôr; ihr weihten sie ihre Altäre, sie suchten sie, obgleich sie wußten, daß sie sie nie finden würden.«

»Und so«, fügte ich traurig hinzu, »ist es bis zum heutigen Tage. Die Menschen suchen sie und können sie nicht finden und werden sie, wie diese Inschrift sagt, nie finden; denn nur im Tod läßt sich die Wahrheit finden.«

Nach einem letzten Blick auf diese verschleierte überirdische Schönheit – die so rein und vollkommen war, daß es fast schien, als leuchte durch die marmorne Hülle eines lebendigen Geistes Licht, die Menschen mit hehren und erhabenen Gedanken zu erfüllen –, auf diesen zu Stein gewordenen Dichtertraum von Schönheit, den ich mein Leben lang nicht vergessen werde, wandten wir uns ab und wanderten durch die weiten mondhellen Höfe zurück zu der Stelle, von der wir aufgebrochen waren. Ich sah diese Statue nie wieder, und dies bedauere ich um so mehr, als auf der großen, die Welt darstellenden Steinkugel, auf der sie stand, Linien gezogen waren, in denen wir wahrscheinlich, wäre es heller gewesen, eine Karte des Universums entdeckt hätten, wie es den Kôrern bekannt war. Auf jeden Fall darf man annehmen, daß diese längst versunkenen Anbeter der Wahrheit über wissenschaftliche Kenntnisse verfügten und erkannt hatten, daß die Erde rund ist.

24

Über die Schlucht

Am nächsten Tag weckten uns die Stummen schon vor Sonnenaufgang, und nachdem wir uns den Schlaf aus den Augen gerieben und uns an den Überresten eines Marmorbeckens im äußeren Hof, aus dem noch immer Wasser sprudelte, gewaschen und erfrischt hatten, erwartete uns Ayescha, zum Aufbruch bereit, bei ihrer Sänfte, während der alte Billali und die beiden stummen Träger sich um unser Gepäck kümmerten. Wie immer war Ayescha verschleiert gleich der Statue der Wahrheit, und mir kam der Gedanke, daß diese sie möglicherweise auf den Gedanken gebracht hatte, ihre Schönheit zu verhüllen. An diesem Morgen jedoch schien sie sehr bedrückt und trug nicht jene stolze, unbekümmerte Haltung zur Schau, an welcher man sie unter tausend Frauen, selbst wenn diese wie sie verschleiert gewesen wären, auf den ersten Blick erkannt haben würde. Sie blickte auf, als wir zu ihr traten – denn ihr Kopf war gesenkt –, und begrüßte uns. Leo fragte, wie sie geschlafen habe.

»Schlecht, mein Kallikrates«, antwortete sie, »schlecht! Seltsame und unheimliche Träume quälten mich in dieser Nacht, und ich frage mich, was sie wohl bedeuten. Mir ist fast, als drohe mir etwas Böses; doch wie könnte mir etwas Böses zustoßen? Würdest du wohl«, fuhr sie mit einem plötzlichen Anflug weiblicher Zärtlichkeit fort, »würdest du wohl, wenn mir etwas Schlimmes geschähe und ich eine Weile schlafen und dich verlassen müßte, meiner liebend gedenken? Würdest du, mein Kallikrates, meiner wohl harren, bis ich wiederkehre, so wie ich viele Jahrhunderte lang auf dich wartete?«

Ohne auf Antwort zu warten, fuhr sie fort: »Kommt, wir wollen aufbrechen, denn wir haben einen weiten Weg vor uns und müssen, bevor ein zweites Mal die Sonne über den Horizont steigt, am Platz des Lebens sein.«

Nach fünf Minuten schritten wir wiederum durch die ungeheure Ruinenstadt, deren Bauten in dem grauen Halbdunkel auf zugleich großartige wie bedrückende Weise um uns emporragten. Im gleichen Augenblick, da der erste Strahl der aufgehenden Sonne gleich einem goldenen Pfeil durch diese steinerne Wildnis schoß, erreichten wir das Tor der äußeren Mauer. Wir warfen einen letzten Blick auf die uralten, majestätischen Säulenbauten, stießen – bis auf Job, für den Ruinen keinerlei Reize hatten – einen Seufzer des Bedauerns aus, weil uns keine Zeit blieb, sie näher zu erforschen, und betraten nach Durchquerung des großen Grabens wieder die Ebene.

Mit der Sonne stieg auch Ayeschas Stimmung, und zur Frühstückszeit hatte sie wieder ihre sonstige Ausgeglichenheit zurückgewonnen und schob lachend ihre Bedrücktheit auf die Erinnerungen, die sich für sie mit dem Raum, in dem sie geschlafen hatte, verbanden.

»Diese Barbaren sind überzeugt, daß in Kôr böse Geister hausen«, sagte sie, »und fast glaube ich, sie haben recht, denn eine so schlechte Nacht wie diese habe ich bisher nur ein einziges Mal verbracht. Ich erinnere mich ganz genau daran. Es war in der gleichen Kammer, damals, als du tot zu meinen Füßen lagst, Kallikrates. Ich will sie nie wieder betreten; es ist ein unheilvoller Ort.«

Nach einer kurzen Frühstücksrast marschierten wir flott weiter, so daß wir um zwei Uhr nachmittags am Fuß der ungeheuren Felswand standen, welche den Rand des an dieser Stelle bis zu einer Höhe von fünfzehnhundert oder zweitausend Fuß schroff aufsteigenden Vulkans bildete. Wir machten halt, was mich nicht im mindesten verwunderte, denn eine Fortsetzung des Marsches schien gänzlich ausgeschlossen.

»Nun beginnt unsere Mühsal erst so recht«, sagte Ayescha und stieg aus ihrer Sänfte, »denn hier müssen wir uns von diesen Männern trennen und uns allein behelfen. Du«, wandte sie sich an Billali, »bleibst mit diesen Sklaven hier und wartest auf unsere Rückkunft. Bis morgen mittag sollten wir wieder hier sein – wenn nicht, so warte.«

Billali verneigte sich ehrfürchtig und versprach, ihrem erlauchten Befehl zu gehorchen, selbst wenn sie bis zu ihrem Tode warten müßten.

»Dieser Mann, o Holly«, sagte ›Sie‹, auf Job deutend, »sollte am besten auch hierbleiben, denn da er nicht sehr beherzt und mutig ist, könnte ihm Schlimmes zustoßen. Überdies sind die Geheimnisse des Ortes, zu dem wir uns begeben, für gewöhnliche Augen nicht bestimmt.«

Ich übersetzte dies Job, der mich sogleich inständigst, fast mit Tränen in den Augen, bat, ihn nicht zurückzulassen. Er sei überzeugt, sagte er, daß er nichts Schlimmeres erblicken werde, als er bereits gesehen habe, und der Gedanke, allein bei diesen »gräßlichen Wilden« zu bleiben, die sicherlich die Gelegenheit nützen würden, ihn mit dem heißen Topf zu töten, sei ihm entsetzlich.

Ich übersetzte seine Worte Ayescha, die achselzuckend erwiderte: »Nun gut, so mag er mitkommen, doch ich habe ihn gewarnt. Er kann diese Lampe tragen, und dies hier«, und sie deutete auf eine schmale Planke von etwa sechzehn Fuß Länge, die an die lange Tragstange ihrer Sänfte festgebunden war und anscheinend bei dem ungewöhnlichen Unternehmen einem unbekannten Zweck dienen sollte.

Wir beluden also Job mit dieser festen, doch dabei sehr leichten Planke und drückten ihm eine Lampe in die Hand. Die andere band ich zusammen mit einem Krug voll Öl auf meinen Rücken, während wir Leo mit den Lebensmittelvorräten und einem Ziegenschlauch voll Wasser versahen. Als wir fertig waren, befahl ›Sie‹ Billali und den sechs stummen Trägern, sich hinter ein etwa hundert Meter entferntes blühendes Magnoliengebüsch zurückzuziehen und dort bei Todesstrafe zu warten, bis wir verschwunden waren. Sie verbeugten sich demütig und entfernten sich. Der alte Billali drückte mir zum Abschied freundlich die Hand und flüsterte mir zu, daß er froh sei, nicht an dieser wunderbaren Expedition teilnehmen zu müssen. Im nächsten Augenblick waren sie fort, und nachdem Ayescha uns kurz gefragt hatte, ob wir bereit seien, wandte sie sich ab und blickte die steile Felswand empor.

»Du meine Güte, Leo«, sagte ich, »da sollen wir doch hoffentlich nicht hinaufklettern!«

Während Leo, der teils fasziniert, teils verwirrt schien, die Achseln zuckte, begann Ayescha den Felsen auch schon zu erklimmen, und uns blieb nichts anderes übrig, als ihr zu folgen. Es war erstaunlich anzusehen, mit welcher Leichtigkeit und Grazie sie von einem Felsblock zum andern sprang. Der Aufstieg war jedoch nicht ganz so schwierig, wie ich gedacht hatte, obgleich es eine oder zwei unangenehme Stellen gab, an denen es nicht ratsam war, sich umzublicken. Auf diese Weise gelangten wir ohne große Mühe bis in eine Höhe von etwa fünfzig Fuß, und lediglich Job wurde durch seine Planke ein wenig behindert. Da wir uns dabei seitwärts bewegten, befanden wir uns nun etwa fünfzig oder sechzig Schritte links von unserem Ausgangspunkt. Plötzlich stießen wir auf einen Felsvorsprung, der anfangs ziemlich schmal war, sich dann jedoch immer mehr verbreiterte und zudem gleich einem Blütenblatt nach innen bog, so daß wir, als wir ihm folgten, in eine Art Furche oder Felsfalte gerieten, die wie eine Gasse immer tiefer führte und uns den Blicken der unten Wartenden völlig verbarg. Diese Gasse, die von der Natur geformt schien, mündete nach fünfzig oder sechzig Schritten plötzlich in eine gleichfalls natürliche, im rechten Winkel zu ihr liegende Höhle. Daß es sich um eine natürliche und nicht künstlich angelegte Höhle handelte, schloß ich aus ihrer unregelmäßigen Form und ihrem gekrümmten Verlauf, die den Eindruck erweckten, als sei sie durch eine ungeheuer starke Explosion von Gasen entstanden, welche, dem Weg des geringsten Widerstandes folgend, sich eine Bresche durch das Gestein bahnten. Sämtliche von den alten Kôrern angelegten Höhlen waren hingegen von nahezu perfekter Regelmäßigkeit und Symmetrie. Am Eingang dieser Höhle blieb Ayescha stehen und befahl uns, die beiden Lampen anzuzünden. Ich tat es, gab ihr die eine und nahm die andere selbst. Darauf betrat sie, uns vorangehend, die Höhle, wobei sie sich größter Vorsicht befleißigte, denn der Boden war äußerst uneben, gleich einem Flußbett mit großen Steinen übersät und an manchen Stellen voller tiefer Löcher, in denen man sich leicht ein Bein brechen konnte.

Etwa zwanzig Minuten lang drangen wir in diese Höhle vor, welche, soweit ich dies bei den zahlreichen Krümmungen und Biegungen beurteilen konnte, etwa eine Viertelmeile lang war. Endlich erreichten wir das andere Ende, und während ich mich mühte, das Dunkel mit meinen Augen zu durchdringen, fegte plötzlich ein Windstoß über uns hinweg und löschte beide Lampen aus.

Ayescha, die uns ein Stück voraus war, rief uns, und als wir zu ihr krochen, wurden wir durch einen Anblick belohnt, dessen Düsterkeit und Größe uns überwältigte. In dem schwarzen Fels vor uns tat sich ein mächtiger Abgrund auf, gezackt, zerrissen und zerfetzt, als hätte in ferner Vorzeit ein schreckliches Naturereignis das Gestein gespalten, als hätten ungeheure Blitze darin eingeschlagen. Die Schlucht war auf unserer Seite von einer schroff abfallenden Wand begrenzt, und vermutlich auf der anderen, die wir nicht sehen konnten, ebenfalls, doch da es um uns nahezu völlig finster war und von der Oberfläche des fünfzehnhundert oder zweitausend Fuß hohen Felsens nur ein ganz schwacher Lichtschimmer zu uns herunterdrang, konnten wir nicht erkennen, wie breit sie war. Die Höhle, die wir durchschritten hatten, endete hier in einem höchst merkwürdigen riesigen Felsvorsprung, der etwa fünfzig Fuß weit in die Schlucht hineinragte und dessen Form dem Sporn am Fuße eines Hahnes ähnelte. Dieser ungeheure Sporn war nur an seiner Basis mit dem Felsgestein verbunden, ansonsten jedoch ohne jede Stütze.

»Hier müssen wir hinüber«, sagte Ayescha. »Seht

euch vor, daß ihr nicht schwindlig werdet oder der Sturm euch in die Schlucht hinabreißt, denn sie ist wahrlich bodenlos«, und ohne uns länger Zeit zu furchtsamen Überlegungen zu lassen, stieg sie den Sporn hinan, und wir folgten ihr, so gut wir konnten. Ich ging hinter ihr, dann folgte Job, mühsam seine Planke schleppend, und Leo bildete die Nachhut. Es war wunderbar anzusehen, wie diese unerschrockene Frau ohne Zagen den gefährlichen Weg erklomm. Ich selbst sah mich nach wenigen Schritten infolge des starken Luftzuges und aus Furcht vor einem Fehltritt veranlaßt, mich auf Hände und Knie niederzulassen und weiterzukriechen, und die beiden anderen taten es mir nach.

Ayescha hingegen schritt, ihren Körper den Windstößen entgegenstemmend, aufrecht weiter und schien nicht einen Augenblick die Ruhe oder das Gleichgewicht zu verlieren.

Als wir nach einigen Minuten etwa zwanzig Schritte auf dieser schrecklichen Brücke, die immer schmaler wurde, hinter uns gebracht hatten, fegte plötzlich ein starker Windstoß durch die Schlucht. Ich sah, wie Ayescha sich dagegen warf, doch die Bö fuhr unter ihren schwarzen Mantel und riß ihn ihr herunter, so daß er wie ein verwundeter Vogel in die Schlucht hinunterflatterte und im Dunkel verschwand. Ich klammerte mich fest an den Felsen, und um mich blickend spürte ich, wie der große Sporn gleich einem lebendigen Wesen mit einem dröhnenden Geräusch erzitterte. Es war ein schauriger Anblick, der sich uns bot, so im Dunkel zwischen Himmel und Erde schwebend: unter uns Hunderte und aber Hunderte Fuß gähnender Leere, allmählich immer dunkler werdend und schließlich in absoluter Schwärze endend, so daß die Tiefe sich nicht abschätzen ließ – über uns, ansteigend zu schwindelnder Höhe, der Fels, und weit, weit in der Ferne ein Streifen blauen Himmels. Und in die ungeheure Schlucht hinab fuhr brausend und brüllend der Sturm und trieb Wolken und Nebelfetzen vor sich her, bis wir fast blind und zutiefst verwirrt waren.

Unsere Lage war so entsetzlich und so unwirklich, daß sie uns anscheinend unsere Angst nahezu vergessen ließ, doch bis zum heutigen Tage tritt sie mir im Traum oft vor die Augen, und dann erwache ich in kalten Schweiß gebadet.

»Voran! Voran!« rief die weißgekleidete Gestalt vor uns, denn nun, da der Mantel ihr entrissen worden war, trug ›Sie‹ nur noch ihr weißes Gewand, in dem sie mehr einer Windsbraut als einem Weibe glich. »Voran, oder ihr stürzt ab und zerschellt in Stücke. Blickt fest auf den Boden und klammert euch mit aller Kraft an den Felsen.«

Wir gehorchten und krochen mühsam den zitternden, sturmumtosten Pfad entlang. Wie lange es so weiterging, vermag ich nicht zu sagen; nur hin und wieder, wenn es unbedingt nötig war, wagten wir um uns zu blicken, doch endlich sahen wir, daß wir uns auf der äußersten Spitze des Sporns befanden, einer Felsplatte, wenig größer als ein Tisch, die wie ein Schiff auf und nieder schwankte. Uns an den Felsen klammernd, legten wir uns nieder und blickten um uns, während Ayescha sich mit flatterndem Haar dem Wind entgegenstemmte und, der gräßlichen Tiefe unter uns nicht achtend, mit der Hand auf etwas vor sich deutete. Jetzt wurde uns klar, wozu die schmale Planke, die Job und ich mühsam mitgeschleppt hatten, bestimmt war. Jenseits des Abgrunds befand sich irgend etwas – was es war, konnten wir jedoch nicht erkennen, denn infolge des Schattens, den der auf der anderen Seite aufragende Felsen warf, war es hier finster wie in tiefer Nacht.

»Wir müssen eine Weile warten«, rief Ayescha; »bald wird es Licht geben.«

Ich fragte mich, was sie wohl meinte. Wie konnte es an diesem grauenvollen Ort jemals mehr Licht geben? Während ich noch darüber nachdachte, durchbohrte plötzlich gleich einem riesigen Flammenschwert ein Strahl der untergehenden Sonne die stygische Finsternis und hüllte, auf die Felsplatte fallend, Ayeschas liebliche Gestalt in unirdischen Glanz. Ich wünschte, ich könnte die wilde, wundervolle Schönheit dieses Feuerschwerts, das Dunkelheit und Nebelschwaden durchdrang, beschreiben. Woher es kam, weiß ich bis heute nicht, doch ich nehme an, daß sich in dem gegenüberliegenden Fels ein Spalt befand, durch den es drang, als die untergehende Sonne dahinter vorbeiglitt. Ich kann nur sagen, es war das prächtigste Bild, das ich je gesehen habe. Mitten durch das schwärzeste Dunkel stach dieses Flammenschwert, und wohin es drang, war Licht, ein so strahlend helles Licht, daß wir selbst auf diese Entfernung die Äderung des Gesteins erkennen konnten, während außerhalb davon – ja schon wenige Zoll von seinem Rand – tiefstes Dunkel herrschte.

Und im Lichte dieses Sonnenstrahles, auf den ›Sie‹ gewartet, nach dem sie unsere Ankunftszeit berechnet hatte, wissend, daß er bei Sonnenuntergang seit Tausenden von Jahren auf diese Stelle fiel, sahen wir nun, was vor uns lag. Etwa elf oder zwölf Meter vom äußersten Ende der Felszunge, auf der wir standen, erhob sich, offenbar vom Grund der Schlucht emporsteigend, ein zuckerhutförmiger Kegel, dessen Spitze uns direkt gegenüberlag. Diese Spitze allein hätte uns jedoch nicht viel genützt, denn ihr uns nächster Punkt war gute vierzig Fuß entfernt. Auf ihrem Rand aber, der kreisrund und ausgehöhlt war, ruhte ein mächtiger flacher Stein – anscheinend ein Gletscherstein –, dessen Kante nur etwa zwölf Fuß von uns entfernt war. Dieser riesige Felsblock schwebte auf dem Rand des Kegels oder Miniaturkraters wie ein Geldstück auf dem Rand eines Weinglases, und in dem grellen Licht, das auf ihn und uns fiel, sahen wir deutlich, wie er unter den Windstößen schwankte.

»Rasch die Planke!« sagte Ayescha, »– wir müssen hinüber, solange es hell ist; gleich wird das Licht verschwinden.«

»Oh, großer Gott, Sir«, stöhnte Job, »sie will doch nicht etwa, daß wir auf diesem Ding dort hinübergehen!«, und er schob mir gehorsam das lange Brett zu.

»Freilich, Job«, rief ich ihm in einem Anfall von Galgenhumor zu, obgleich mir bei dem Gedanken, über die Planke schreiten zu sollen, ebenso unbehaglich zumute war wie ihm.

Ich schob die Planke weiter zu Ayescha, welche sie geschickt so über den Abgrund legte, daß das eine Ende auf dem schwankenden Stein, das andere auf der äußersten Spitze des zitternden Sporns ruhte. Dann setzte sie, damit sie nicht vom Wind hinweggefegt wurde, den Fuß darauf und wandte sich zu mir um.

»Seit ich letztes Mal hier war, o Holly«, rief sie, »hat der Halt des schwankenden Steins etwas nachgelassen, und deshalb bin ich mir nicht sicher, ob er uns tragen wird. Ich will darum zuerst hinübergehen, denn mir kann nichts geschehen«, und ohne weitere Umstände trat sie leicht, doch entschlossen auf die unsichere Brücke und stand in der nächsten Sekunde auf dem schwankenden Stein.

»Er hält«, rief sie. »Jetzt halte die Planke! Ich will auf die andere Seite des Steins treten, damit er durch euer größeres Gewicht nicht umkippt. Komm jetzt schnell, o Holly, denn gleich wird das Licht verschwinden.«

Langsam erhob ich mich, denn nie in meinem Leben fühlte ich mich schrecklicher als in diesem Augenblick, und ich schäme mich nicht einzugestehen, daß ich zögerte und mich nicht entschließen konnte.

»Du hast doch nicht etwa Angst«, rief dieses seltsame Geschöpf, auf der höchsten Stelle des schwankenden Steins stehend. »Dann mache Platz für Kallikrates.«

Diese Worte rissen mich aus meiner Unentschlossenheit, denn es ist besser, in einen Abgrund zu stürzen und zu sterben, als von einem solchen Weib ausgelacht zu werden. Ich biß also die Zähne zusammen, und im nächsten Augenblick befand ich mich auf dieser furchtbaren, schmalen, sich biegenden Planke, unter mir und um mich bodenlose Leere. Große Höhe hatte mich schon immer mit Schaudern erfüllt, doch noch nie war ich mir der Entsetzlichkeit einer solchen Lage so bewußt gewesen. Oh, wie gräßlich war das Gefühl, mit dem dieses auf zwei unsicheren Stützen ruhende Brett mich erfüllte! Ein Schwindel befiel mich, und ich glaubte hinabzustürzen; und die Erleichterung, die ich empfand, als ich auf dem wie ein Boot in der Brandung schwankenden Stein zu mir kam, läßt sich nicht schildern. Ich weiß nur, daß ich mit einem kurzen, doch inbrünstigen Stoßgebet der Vorsehung für meine Errettung dankte.

Nun war Leo an der Reihe, und obgleich er ziemlich unbehaglich dreinblickte, überquerte er die Planke wie ein Seiltänzer. Ayescha ergriff seine Hand und rief, sie drückend: »Tapfer, mein Geliebter, tapfer! Der alte griechische Geist lebt noch in dir!«

Jetzt befand sich nur noch der arme Job auf der anderen Seite der Schlucht. Er kroch an die Planke heran und schrie jämmerlich: »Ich kann nicht, Sir. Ich werde in dieses Satansloch hinabstürzen.«

»Du mußt«, rief ich mit gespielter Munterkeit, »du mußt, Job, es ist kinderleicht.«

»Ich kann nicht, Sir – wirklich nicht!«

»Wenn er nicht kommt, muß er dort bleiben und zugrunde gehen. Siehe, das Licht schwindet schon! Gleich wird es fort sein!« sagte Ayescha.

Ich hob den Kopf. Sie hatte recht. Die Sonne glitt bereits über den Rand des Spaltes, durch den ihr Licht zu uns drang.

»Wenn du dort bleibst, Job, wirst du elend sterben«, rief ich. »Es wird gleich finster.«

»Komm, sei ein Mann, Job«, schrie auch Leo; »es ist ganz leicht.«

So von uns bestürmt, warf sich der Arme mit einem schrecklichen Angstschrei der Länge nach auf die Planke nieder und begann – den Mut, darauf zu gehen, besaß er nicht –, sich ruckweise hinüberzuziehen, wobei seine Beine zu beiden Seiten in die Tiefe baumelten.

Die heftigen Stöße, die er dem Brett versetzte, brachten den großen Stein, der auf einer nur wenige

Zoll großen Felsfläche ruhte, bedenklich ins Schwanken, doch noch schlimmer war, daß, als er erst halb herüber war, plötzlich das strahlend helle Licht erlosch und wieder tiefstes Dunkel um uns herrschte.

»Um Himmels willen, weiter, Job!« schrie ich voll Todesangst, während der Stein, durch jeden Stoß in stärkere Schwingung versetzt, so heftig schwankte, daß wir uns kaum darauf zu halten vermochten.

»Die Planke rutscht!« schrie der arme Job im Dunkel, und ich hörte ihn verzweifelt zappeln und glaubte schon, es sei um ihn geschehen.

Im gleichen Augenblick jedoch berührte seine in höchster Angst ausgestreckte Hand die meine, und ich packte sie und zog und zog mit aller Kraft, die mir die Vorsehung in solch reichem Maß geschenkt hat – und zu meiner tiefsten Erleichterung lag Job im nächsten Augenblick keuchend neben mir. Doch die Planke! Ich spürte, wie sie rutschte, hörte sie gegen einen Felsvorsprung schlagen – und dann war sie verschwunden.

»Wie kommen wir nun zurück?« rief ich.

»Keine Ahnung«, erwiderte Leo im Dunkeln. »›Ein jeder Tag hat seine eigene Plage‹. Ich bin froh und dankbar, daß ich hier bin.«

Da rief mir Ayescha zu, ihre Hand zu nehmen und ihr nachzukriechen.

25

Der Geist des Lebens

Ich gehorchte und spürte voll Furcht und Zittern, wie sie mich zum Rand des Steines führte. Als ich mich mit meinen Füßen vorwärtstastete, trafen sie ins Leere.

»Ich stürze!« keuchte ich.

»Nein, vertraue mir nur und laß dich fallen«, erwiderte Ayescha.

Wenn man meine Lage bedenkt, wird man sicherlich zugeben, daß dies ein wenig viel verlangt war, zumal ich ja Ayeschas Charakter kannte. Wie konnte ich wissen, ob sie mich nicht einem gräßlichen Schicksal zu überantworten gedachte? Doch wir sind im Leben nicht selten gezwungen, blindlings zu vertrauen, und so war es jetzt.

»Lasse dich los!« rief sie, und da ich keine andere Wahl hatte, tat ich es.

Ich fühlte, wie ich ein Stück die Kante des Steines hinabglitt; dann fiel ich ins Leere, und mich durchzuckte der Gedanke, ich sei verloren. Doch nein! Im nächsten Augenblick stießen meine Füße auf steinigen Boden, und ich spürte, daß ich auf etwas Festem stand, außer Reichweite des Windes, den ich über mir heulen hörte. Während ich so dastand und dem Himmel für diese neue Gnade dankte, hörte ich ein Scharren und Rutschen, und plötzlich erschien Leo neben mir.

»Holla, alter Junge!« rief er aus, »bist du's? Es wird allmählich interessant, nicht wahr?«

Kaum hatte er dies gesagt, da stürzte mit schrecklichem Gebrüll Job auf uns herab und riß uns zu Boden. Als wir uns hochgerappelt hatten, stand auch Ayescha bei uns und befahl, die Lampen anzuzünden, die zum Glück, ebenso wie der Ölkrug, unversehrt geblieben waren.

Ich holte meine Schachtel mit Wachszündhölzern hervor und strich eins an; es brannte an diesem unheimlichen Ort ebenso lustig wie in einem englischen Salon.

Nach wenigen Minuten brannten beide Lampen, und

in ihrem Licht erblickten wir ein seltsames Bild. Wir standen dicht zusammengedrängt in einer Felsenkammer, die etwa zehn Fuß im Quadrat messen mochte, und machten höchst ängstliche Gesichter; das heißt, bis auf Ayescha, die ruhig und gelassen mit verschränkten Armen auf die Lampen wartete. Die Kammer schien teils von der Natur geformt, teils aus der Spitze des Kegels herausgehauen. Das Dach des natürlichen Teils bildete der schwankende Stein, das des hinteren Teils der Kammer, der sich abwärts neigte, war aus dem Felsgestein herausgeschlagen. Im übrigen war die Kammer warm und trocken – verglichen mit dem schwankenden Stein über uns und dem zitternden Felssporn, der mitten ins Leere ragte, eine wahre Stätte der Geborgenheit.

»So!« sagte ›Sie‹, »die Gefahr ist überstanden, obgleich ich einmal schon fürchtete, der schwankende Stein würde herabstürzen und euch in die bodenlose Tiefe schleudern, denn diese Schlucht reicht, soviel ich weiß, bis in den tiefsten Schoß der Erde. Der Fels, auf dem der Stein ruht, ist unter seinem schwankenden Gewicht morsch geworden. Nun, da er«, und sie deutete mit ihrem Kopf auf Job, der sich, auf dem Boden hockend, mit einem roten Taschentuch die Stirn abwischte, »den man mit Recht das ›Schwein‹ nennt, da er dumm ist wie ein Schwein, nun, da er die Planke hinunterfallen ließ, wird es nicht einfach sein, die Schlucht wieder zu überqueren, und ich muß nachdenken, wie wir dies anstellen werden. Doch nun ruht eine Weile aus und seht euch um. Was für eine Höhle, glaubt ihr, ist dies?«

»Keine Ahnung«, erwiderte ich.

»Würdest du es für möglich halten, o Holly, daß dereinst ein Mann dieses luftige Nest zu seiner Behausung erkor und hier viele Jahre lebte? Daß er sie nur jeden zwölften Tag verließ, um die Nahrung, das Wasser und das Öl sich zu holen, das die Leute in reichlichem Maß brachten und als Opfergabe in den Eingang des Tunnels legten, durch den wir hierhergelangt sind?«

Wir blickten erstaunt auf, und sie fuhr fort:

»Ja, so war es. Es war ein Mann, der sich Noot nannte, und obgleich er später als das Volk von Kôr lebte, verfügte er doch über seine Weisheit. Ein Eremit war er und ein Philosoph, wohlvertraut mit den Rätseln der Natur; er war es, der das Feuer, welches ich euch zeigen will, entdeckte, das Feuer, in dem Blut und Leben der Natur sind und das dem, der darin badet und atmet, ein Leben spendet, das so lange währt, wie die Natur lebt. Doch gleich dir, o Holly, verschmähte es dieser Mann Noot, aus seinem Wissen Nutzen zu ziehen. ›Vom Übel‹, so sagte er, ›ist das Leben für den Menschen, denn der Mensch wird geboren, um zu sterben.‹ Deshalb vertraute er sein Geheimnis niemandem an; deshalb wählte er diese Höhle als Behausung, an welcher die das Leben Suchenden vorüberkommen mußten, und die Amahagger jener Zeit verehrten ihn als Heiligen und Eremiten. Und als ich in dieses Land kam – weißt du, Kallikrates, wie ich hierherkam? Ich will es dir ein andermal erzählen, es ist eine seltsame Geschichte –, damals also hörte ich von diesem Philosophen. Ich wartete auf ihn, als er seine Nahrung holte, und begleitete ihn, obwohl ich große Furcht hatte, die Schlucht zu überschreiten, hierher. Dann betörte ich ihn mit meiner Schönheit und meinem Witz und durch schmeichlerische Worte, so daß er mich schließlich hinabführte und mir die Geheimnisse des Feuers anvertraute, doch erlaubte er mir nicht, darin zu baden, und aus Furcht, er könnte mich erschlagen, gehorchte ich, zumal ich sah, daß er schon sehr alt war und bald sterben würde. Ich kehrte zurück, nachdem ich alles, was er von dem wunderbaren Weltgeist wußte, erfahren hatte, und das war viel, denn der Mann war weise und uralt und hatte durch Reinheit, Enthaltsamkeit und Betrachtung seines unschuldigen Geistes den Schleier zwischen dem uns Sichtbaren und den großen unsichtbaren Wahrheiten, deren leiser Flügelschlag zuweilen durch die grobe Luft des Irdischen zu uns dringt, nahezu zerrissen. Dann, wenige Tage später, traf ich dich, mein Kallikrates, der du mit der schönen Ägypterin Amenartas hierhergewandert warst, und ich lernte zum erstenmal, für immer und ewiglich, zu lieben, was mich bewog, mit dir an diesen Ort zu kommen und für dich und mich die Gabe des Lebens zu empfangen. So begaben wir uns gemeinsam mit der Ägypterin, die nicht von dir lassen wollte, hierher und entdeckten, daß der alte Noot gestorben war – wie es schien, noch gar nicht lange. Dort lag er, von seinem langen weißen Bart bedeckt«, und sie deutete auf eine Stelle neben mir, »doch sicherlich ist er indessen längst zu Staub zerfallen, und der Wind hat seine Asche fortgetragen.«

Ich streckte meine Hand aus und tastete im Staub herum, bis meine Finger plötzlich etwas berührten. Es war ein Menschenzahn, stark vergilbt, doch unversehrt. Ich hob ihn auf, zeigte ihn Ayescha. Lachend sagte sie:

»Ja, er ist ohne Zweifel von ihm. Siehe, was von Noot und von Noots Weisheit geblieben ist – ein kleiner Zahn! Das ganze Leben hätte er haben können und wollte es um seines Gewissens willen nicht. Dort lag er also, noch gar nicht lange tot, und wir stiegen dorthin hinab, wohin ich euch führen werde, und dann trat ich, all meinen Mut zusammennehmend und den Tod wagend, um die herrliche Krone des Lebens zu gewinnen, in die Flammen, und seht! Leben, wie ihr es niemals kennen werdet, bis auch ihr es fühlt, floß in mich, und ewig jung und schön über alle Maßen trat ich daraus hervor. Ich streckte meine Arme nach dir aus, Kallikrates, und bat dich, mich auf ewig zur Braut zu nehmen, doch du wandtest, als ich sprach, geblendet von meiner Schönheit, dich ab und legtest deine Arme um Amenartas' Hals. Da erfüllte mich wilder Zorn und raubte mir die Vernunft, und ich entriß dir deinen Speer und durchbohrte dich mit ihm, so daß du dort, vor meinen Füßen, am Ort des Lebens tot niedersankst. Ich wußte damals noch nicht, daß ich mit meinen Augen und der Kraft meines Willens töten kann, und erstach dich deshalb in meinem Zorn mit dem Speer.[1]

Ach! wie weinte ich, als du tot warst, daß ich die Gabe ewiger Jugend besaß. So sehr weinte ich dort

[1] Der Leser wird sicherlich bemerken, daß Ayeschas Bericht von Amenartas' Darstellung auf der Tonscherbe abweicht. Dort hieß es: »Da tötete sie ihn in ihrem Zorn mit ihrer Zauberkraft.« Es ließ sich nie feststellen, welches die richtige Version ist, doch man erinnert sich, daß sich in Kallikrates' Leiche eine Speerwunde befand, was für Ayeschas Darstellung zu sprechen scheint; es sei denn, sie wurde ihm nach dem Tode zugefügt. Auch ließ sich nicht ermitteln, wie die beiden Frauen – ›Sie‹ und die Ägypterin Amenartas – imstande waren, den Leichnam des Mannes, den sie beide liebten, über die grauenhafte Schlucht und den zitternden Felssporn zu schaffen. Was für ein schreckliches Bild müssen die beiden in ihrem Kummer und in ihrer Schönheit geboten haben, als sie den Toten gemeinsam über diese grauenhafte Stätte schleppten! Vielleicht jedoch ließ sie sich damals leichter passieren. – L.H.H.

am Ort des Lebens, daß mir sicherlich, wäre ich sterblich gewesen, das Herz gebrochen wäre. Und sie, die dunkelhäutige Ägypterin – sie verfluchte mich bei ihren Göttern. Bei Osiris verfluchte sie mich und bei Isis, bei Nephtys und bei Anubis, bei Sachmet, der Löwenhäuptigen, und bei Set; bei ihnen allen wünschte sie Böses auf mich herab, Böses und nie endende Einsamkeit. Ach! noch jetzt sehe ich ihr dunkles Gesicht wie eine Sturmwolke über mir dräuen, doch anhaben konnte sie mir nichts, und ich wußte nicht, ob ich sie vernichten konnte. Ich versuchte es nicht, mir lag damals nichts daran; und so trugen wir dich gemeinsam fort. Und später schickte ich sie – die Ägypterin – hinweg durch die Sümpfe, und es scheint, sie blieb am Leben und gebar einen Sohn und schrieb die Geschichte nieder, die dich, ihren Gemahl, zurückführte zu mir, ihrer Rivalin und deiner Mörderin.

Dies war die Geschichte, mein Geliebter, und jetzt ist die Stunde da, die sie krönen soll. Wie alles auf Erden, besteht sie aus Bösem und aus Gutem – vielleicht mehr aus Bösem als aus Gutem –, und sie ist in blutigen Lettern geschrieben. Es ist die Wahrheit; ich habe dir nichts verschwiegen, Kallikrates. Und nun noch eins vor dem Augenblick deiner Prüfung. Wir begeben uns hinab in des Todes Gegenwart, denn Leben und Tod sind enge Nachbarn, und wer weiß, ob nicht etwas geschehen wird, das uns wiederum für Ewigkeiten trennt? Ich bin nur ein Weib, keine Prophetin, welche die Zukunft lesen kann. Doch eines weiß ich – ich erfuhr es aus dem Munde des weisen Mannes Noot –: daß mein Leben nur verlängert und von stärkerem Glanz erfüllt ist. Doch ewig währt mein Leben nicht. Deshalb, o Kallikrates, sage mir, bevor wir gehen, daß du mir wahrhaft verzeihst und mich von Herzen liebst. Siehe, Kallikrates: ich tat viel Böses – vielleicht war es böse, vor zwei Nächten das Mädchen, das dich liebte, zu töten –, doch sie widersetzte sich mir und erfüllte mich mit Zorn, indem sie mir Unglück prophezeite, und deshalb erschlug ich sie. Sieh dich vor, wenn auch du die Macht erhältst, daß du nicht gleichfalls voll Zorn oder Eifersucht tötest, denn unbesiegbare Kraft ist eine gefährliche Waffe in eines irrenden Menschen Hand. Ja, ich habe gesündigt – gesündigt dank der Bitternis einer großen Liebe –, aber dennoch kann ich das Gute vom Bösen unterscheiden, und mein Herz ist nicht ganz verhärtet. Deine Liebe, Kallikrates, soll das Tor meiner Erlösung sein, so wie vor Zeiten meine Leidenschaft der Pfad war, der mich zum Bösen führte. Denn tiefe, nicht erhörte Liebe ist die Hölle edler Herzen und die Mitgift der Verdammten; Liebe jedoch, die noch reiner von der Seele des Erwählten widergespiegelt wird, verleiht uns Flügel, die über uns selbst uns erheben und zu dem machen, was wir sein können. Darum, Kallikrates, reiche mir deine Hand und lüfte meinen Schleier so furchtlos, als sei ich nur ein Bauernmädchen und nicht die weiseste und schönste Frau auf dieser weiten Welt, und sieh mir in die Augen und sage mir, daß du mir von ganzem Herzen vergibst und daß du mich von ganzem Herzen liebst.«

Sie hielt inne, und die seltsame Zärtlichkeit ihrer Stimme schien uns wie ein Vermächtnis zu umschweben. Ihr Klang rührte mich noch mehr als ihre Worte, so menschlich war er – so tief weiblich. Auch Leo war seltsam angerührt. Bisher war er wider sein besseres Urteil von ihr bestrickt gewesen, so wie ein Vogel von einer Schlange, doch nun schien all dies von ihm abzufallen, und er erkannte, daß er dieses seltsame und prächtige Geschöpf wahrhaft liebte, so wie, ach! ich es liebte. Ich sah, wie seine Augen sich mit Tränen füllten, und dann trat er rasch zu ihr, hob den dünnen Schleier, ergriff ihre Hand und sagte, tief ihr in die Augen blickend:

»Ayescha, ich liebe dich von ganzem Herzen, und soweit dies in meiner Macht steht, vergebe ich dir Ustanes Tod. Was sonst gewesen ist, mußt du mit deinem Schöpfer abmachen; ich weiß nichts davon. Ich weiß nur, daß ich dich liebe, wie ich nie zuvor geliebt, und daß ich, mag es nah oder fern sein, bis zum Ende der Deine bleiben werde.«

»Nun«, erwiderte Ayescha in stolzer Demut, »da mein Gebieter so königlich spricht und mich so reich beglückt, will ich ihm in Worten nicht nachstehen und mich an Hochherzigkeit beschämen lassen. Siehe!« und sie nahm seine Hand und legte sie auf ihr schönes Haupt und sank langsam vor ihm nieder, bis ihr Knie einen Augenblick den Boden berührte, »siehe! zum Zeichen meiner Ergebenheit sinke ich vor meinem Herrn aufs Knie! Siehe!« und sie küßte ihn auf den Mund, »zum Zeichen meiner Liebe küsse ich meinen Herrn. Siehe!«, und sie legte ihre Hand auf sein Herz, »bei meiner Sünde, bei den Jahrhunderten der Einsamkeit und des Wartens, die sie tilgten, bei der großen Liebe, die mich erfüllt, und bei dem Ewigen Geist, der alles Leben zeugt und zu dem alles Leben wiederum zurückkehren muß – schwöre ich:

Ich schwöre in dieser ersten heiligsten Stunde erfüllter Weiblichkeit, daß ich dem Bösen entsagen und mich dem Guten verschreiben will. Ich schwöre, daß ich, geleitet von deinem Wort, stets dem geraden Pfad der Pflicht folgen will. Ich schwöre, daß ich allen Ehrgeiz ablegen und mir für all meine endlosen Tage die Weisheit zum Leitstern küren will, der mich zur Wahrheit und zur Erkenntnis des Rechten führen soll. Ich schwöre, daß ich dich ehren und lieben will, Kallikrates, den die Woge der Zeit zurück in meine Arme trieb, ja, bis ans Ende, mag es bald kommen oder spät. Ich schwöre – nein, genug der Schwüre, was sind schon Worte? Doch du wirst erkennen, daß Ayeschas Zunge frei von Falsch ist.

Ich habe es geschworen, und du, mein Holly, bist Zeuge meines Eides. Nun, mein Gatte, sind wir vermählt, vermählt bis ans Ende aller Tage – das Dunkel ist unser Traualtar, und das Gelübde unserer Ehe schreiben wir in den Sturm, der es empor zum Himmel tragen soll und immer wieder rund um diese Welt, so lange sie sich dreht.

Als Hochzeitsgabe setze ich dir aufs Haupt die Sternenkrone meiner Schönheit und schenke dir unbegrenztes Leben, Weisheit ohne Maß und unbeschränkten Reichtum. Siehe! die Großen dieser Welt sollen dir zu Füßen liegen, ihre schönen Frauen vor dem strahlenden Glanz deiner Gestalt die Augen sich verhüllen, und ihre Weisen soll dein Wissen beschämen. Du sollst in den Herzen der Menschen lesen wie in einem offenen Buch und sie führen, wohin es dir beliebt. Gleich jener alten Sphinx Ägyptens sollst ewiglich du über ihnen thronen, anflehen sollen sie dich, ihnen das Rätsel deiner unvergänglichen Größe zu enthüllen, und du sollst mit deinem Schweigen ihrer spotten!

Siehe! noch einmal küsse ich dich, und mit diesem

Kuß gebe ich dir Herrschaft über Land und Meer, über den Bauern in seiner Hütte, über den König in seinem Palast, über die mit Türmen gekrönten Städte und alle, die in ihnen wohnen. So weit der Sonne Strahlen reichen, wo immer in stillen Wassern der Mond sich spiegelt, wo immer Stürme brausen und des Himmels blauer Bogen sich wölbt – vom reinen schneeverhüllten Norden bis zum liebestrunkenen Süden, der auf dem blauen Lager der Meere ruht gleich einer Braut –, soll deine Macht sich erstrecken, deine Herrschaft eine Heimstatt haben. Keine Krankheit, weder Furcht noch Sorge noch Vergänglichkeit des Leibes und des Geistes, wie sie allen anderen Menschen drohen, sollen mit den Schatten ihrer Flügel dich auch nur streifen. Einem Gotte gleich sollst du Gut und Böse in deiner Hand halten, und ich, selbst ich, demütige mich vor dir. Dies ist die Macht der Liebe, dies die Hochzeitsgabe, die ich dir schenke, Kallikrates, Geliebter, mein Gebieter und Gebieter des Alls.

Nun ist es geschehen; nun habe ich meine Jungfräulichkeit dir hingegeben; und ob Sturm kommt, ob Sonnenschein, ob Gutes oder Böses, ob der Tod – nichts kann es jemals ungeschehen machen. Denn wahrhaft, es ist, was ist, und was geschehen ist, ist geschehen für immer und unabänderlich. – Doch jetzt laßt uns aufbrechen, damit alles in rechter Ordnung sich erfüllt«, und eine der Lampen ergreifend, schritt sie uns voran zum Ende der von dem schwankenden Stein überdachten Kammer und blieb dort stehen.

Wir folgten ihr und bemerkten in der Wand des Felskegels eine Treppe oder besser einige vorspringende Steinzacken, die einer Treppe ähnelten. Ayescha sprang flink wie eine Gemse hinab, und wir folgten ihr weniger anmutsvoll. Nach etwa zehn oder zwölf derartigen Stufen endete die Treppe in einem schrecklich steilen Abhang, der sich zuerst nach außen und dann nach innen wandte. Trotz seiner Steilheit war er jedoch nicht unpassierbar, und wir stiegen ihn beim Licht der Lampen ohne große Mühe hinab, obgleich wir uns bei dem Gedanken, daß wir in das Innere eines toten Vulkans eindrangen, ganz und gar nicht behaglich fühlten. Zur Vorsicht prägte ich mir den Weg so gut wie möglich ein; was gar nicht so schwierig war, denn überall lagen Felsbrocken von höchst merkwürdiger und phantastischer Gestalt herum, von denen viele in dem schwachen Licht den grimmigen Fratzen mittelalterlicher Wasserspeier glichen.

Lange stiegen wir so hinab, mindestens eine halbe Stunde, bis wir nach vielen hundert Fuß endlich die Spitze des umgekehrten Kegels erreichten. Dort befand sich die Mündung eines Ganges, der so niedrig und eng war, daß wir uns bücken und im Gänsemarsch hindurchkriechen mußten. Nach etwa fünfzig Metern erweiterte sich der Gang plötzlich zu einer Höhle, die so riesengroß war, daß wir weder ihre Decke noch ihre Wände erkennen konnten. Nur am Echo unserer Schritte, der tiefen Stille und der stickigen Luft erkannten wir, daß es eine Höhle war. Viele Minuten lang schritten wir in ehrfurchtsvollem Schweigen weiter wie verlorene Seelen im Hades, vor uns Ayeschas weiße, geisterhaft schwebende Gestalt, bis wiederum die Höhle in einem Gang endete, der in eine zweite, viel kleinere Höhle führte. Deutlich konnten wir ihre gewölbte Decke und die Wände erkennen, und aus ihrem zerklüfteten Aussehen schlossen wir, daß sie gleich dem Gang, der uns durch das Innere des Felsens zu dem zitternden Felssporn geführt, durch eine ungeheure Gasexplosion entstanden war. Diese Höhle endete schließlich in einem dritten Gang, durch den ein schwacher Lichtschimmer drang.

Ich hörte, wie Ayescha erleichtert seufzte, als sie dieses Licht erblickte.

»Macht euch bereit«, sprach sie, »den tiefsten Schoß der Erde zu betreten, in dem sie das Leben empfängt, das Mensch und Tier erfüllt – ja jeden Baum und jede Blume. Seid bereit, o Männer, denn hier sollt ihr neu geboren werden!«

Flink eilte sie voran, und voll Furcht und Neugier stolperten wir ihr nach, so gut es ging. Was für ein Anblick würde sich uns bieten? Während wir den Gang hinabliefen, wurde der Lichtschein immer heller, und seine grellen Büschel trafen uns wie die Strahlen eines Leuchtturms, die einer nach dem andern über dunkle Meeresweiten huschten. Doch dies war nicht alles, denn mit den Strahlen drang uns ein markerschütterndes Getöse entgegen, das wie das Donnern und Krachen vom Blitz gefällter Bäume klang. Nun waren wir am Ende des Ganges und – o Himmel!

Wir standen in einer dritten Höhle, etwa fünfzig Fuß lang und hoch und dreißig Fuß breit. Ihr Boden war mit feinem weißem Sand bedeckt und ihre Wände durch irgendeinen mir unbekannten Prozeß seltsam geglättet. Die Höhle war nicht finster wie die anderen, sondern vom milden Schein eines rosigen Lichts erfüllt, schöner als alles, was ich je gesehen hatte. Wir sahen zuerst jedoch keine Strahlen und hörten das donnernde Geräusch nicht mehr. Plötzlich aber, als wir so dastanden, voll Staunen das wunderbare Bild betrachteten und uns fragten, woher dieser rosige Lichtschein wohl kam, geschah etwas Schreckliches und zugleich unsagbar Schönes. Vom anderen Ende der Höhle kam ein lautes Zischen und Krachen, welches so unheimlich und furchteinflößend war, daß wir alle erschauderten und Job sogar auf die Knie sank, und eine mächtige Wolke oder Säule aus Feuer, vielfarbig wie ein Regenbogen und grell wie ein Blitz, flammte auf. Vielleicht vierzig Sekunden lang schoß sie lodernd und donnernd und langsam sich im Kreise drehend empor, dann wurde der fürchterliche Lärm allmählich leiser und verstummte, während das Feuer verlosch, und zurück blieb nur der rosige Lichtschein, den wir anfangs gesehen hatten.

»Tretet näher, tretet näher!« rief Ayescha in jubelndem Ton. »Sehet den Quell, das Herz des Lebens, wie es pocht im Busen der großen Welt. Sehet den Stoff, aus dem alle Dinge ihre Kraft ziehen, den strahlenden Geist der Welt, ohne den sie nicht leben kann, sondern erkalten und sterben muß wie der tote Mond. Tretet näher und badet in den lebenden Flammen und laßt ihre Kraft in all ihrer jungfräulichen Stärke in eure armseligen Körper strömen – nicht wie sie jetzt schwach in euren Busen glüht, gefiltert durch die feinen Siebe Tausender dazwischen befindlicher Leben, sondern so, wie sie hier ist im Quell und Sitz allen irdischen Seins.«

Wir folgten ihr durch den rosigen Lichtschein zum Ende der Höhle, bis wir schließlich an der Stelle standen, wo der mächtige Puls schlug und die große Flamme entsprang. Und während wir uns ihr näherten, erfüllte uns eine wilde, köstliche Empfindung, ein herrliches Gefühl solch ungestümer Lebenskraft, daß unsere bisherige Stärke uns matt und lahm und schwach erschien. Es war das bloße Fluidum der Flamme, der hauchfeine Äther, den sie zurückgelassen hatte, der auf uns wirkte und uns das Gefühl verlieh, wir seien stark wie Riesen und flink wie Adler.

Als wir das andere Ende der Höhle erreichten, blickten wir einander in dem herrlichen Lichtschein an und brachen in unserer Leichtherzigkeit und göttlichen Berauschtheit in lautes Lachen aus – selbst Job, der seit einer Woche nicht ein einziges Mal gelacht hatte. Mir war, als seien alle genialen Kräfte, deren der menschliche Geist fähig ist, in mir aufgeblüht. Ich hätte Verse von Shakespearescher Schönheit sprechen können, und allerlei großartige Gedanken durchzuckten mich; es schien, als hätten sich die Fesseln meines Fleisches gelöst, als sei mein Geist frei, sich zum himmlischen Reiche seines Ursprungs emporzuschwingen. Die Empfindungen, die mich durchströmten, sind unbeschreiblich. Erfüllt von neuem, klarerem Leben und fähig einer nie empfundenen Freude, schien ich aus einem Pokal tieferen Wissens zu schlürfen, als mir je beschieden war. Mein Selbst war wie verwandelt und verklärt, und sämtliche Bereiche des Möglichen lagen offen vor mir.

Da plötzlich, während ich mich an dieser wunderbaren Kraft meines neugefundenen Selbst berauschte, drang von fernher ein unheimliches brodelndes Geräusch an mein Ohr, welches langsam zu einem Krachen und Tosen anschwoll und alles Schreckliche und alles Schöne, das einem Ton nur innewohnen kann, in sich vereinte. Näher und immer näher kam es, auf uns zurollend, wie alle Donnerräder des Himmels hinter den Pferden des Blitzes, und mit ihm die strahlend helle Wolke vielfarbigen Lichtes, die eine Weile, langsam sich um sich drehend, vor uns stehen blieb und dann, begleitet von dem Donnerlärm – wohin, weiß ich nicht – entschwand.

So überwältigend war dieser Anblick, daß wir uns alle, bis auf ›Sie‹, die aufrecht dastand und ihre Hände dem Feuer entgegenstreckte, davor niederwarfen und die Gesichter im Sand verbargen.

Als es verschwunden war, sprach Ayescha.

»Endlich, Kallikrates«, sagte sie, »ist der große Augenblick gekommen. Wenn die Flamme wiederkehrt, mußt du in ihr baden. Wirf deine Kleider von dir, denn sie würde sie verbrennen, obgleich sie dich selbst nicht verletzen wird. Du mußt in der Flamme stehen bleiben, so lange deine Sinne es ertragen, und wenn sie dich umarmt, sauge das Feuer tief bis zu deinem Herzen ein und laß es jeden Teil von dir umspielen, so daß kein Hauch von seiner Kraft verlorengeht. Hast du mich verstanden, Kallikrates?«

»Ja, ich habe verstanden, Ayescha«, erwiderte Leo, »doch, obwohl ich wahrlich kein Feigling bin, fürchte ich dieses schreckliche Feuer. Wie kann ich wissen, ob es mich nicht gänzlich zerstören wird, so daß ich mich und auch dich verliere? Trotzdem will ich es tun«, fügte er hinzu.

Ayescha dachte einen Augenblick nach und sagte dann:

»Es wundert mich nicht, daß du dich fürchtest. Sage mir, Kallikrates: Wenn du mich in der Flamme stehen und unversehrt aus ihr hervortreten sähest, würdest du dich ihr auch anvertrauen?«

»Ja«, antwortete er, »ich will es tun, selbst wenn sie mich tötet! Ja, ich will es tun!«

»Und ich will es auch!« rief ich.

»Ei, mein Holly!« lachte sie laut. »Ich dachte, du wolltest nichts von langem Leben wissen? Hast du dich eines anderen besonnen?«

»Ich weiß nicht«, entgegnete ich, »doch eine innere Stimme ruft mir zu, von der Flamme zu kosten und aus ihr Lebenskraft zu schöpfen.«

»Das höre ich gern«, sagte sie. »So bist du also doch nicht ganz der Torheit verfallen. Seht, ich will ein zweites Mal in diesem Lebensquell mich baden. Vielleicht kann ich dadurch meine Schönheit und meine Lebensspanne noch vergrößern. Und sollte dies nicht möglich sein, so kann es mir doch gewiß nicht schaden.

Doch es gibt noch einen anderen Grund«, fuhr sie nach kurzer Pause fort, »warum ich noch einmal in das Feuer tauchen will. Als ich das erstemal von seiner Kraft kostete, war mein Herz voll Leidenschaft, voll Haß auf diese Ägypterin Amenartas, und deshalb sind trotz allen Strebens, mich davon zu befreien, Leidenschaft und Haß seit jener traurigen Stunde meiner Seele eingeprägt geblieben. Jetzt aber ist es anders. Jetzt bin ich glücklicher Stimmung, und reinste Gedanken erfüllen mich, und so soll es für immer sein. Darum, Kallikrates, will ich noch einmal in die Flamme tauchen und mich reinigen und läutern, auf daß ich deiner noch mehr würdig bin. Darum auch verbanne du, wenn du in dem Feuer stehst, alles Böse aus deinem Herzen und lasse milden Frieden in deine Seele ziehen. Entfalte die Schwingen deines Geistes, gedenke deiner Mutter Kuß und beschwöre in dir das Höchste herauf, das je auf silbernen Schwingen durch die Stille deiner Träume schwebte. Denn aus dem Keime dessen, was in diesem erhabenen Augenblick du bist, wird die Frucht dessen erwachsen, was du hinfort für alle Zeiten sein wirst.

Nun rüste dich, nun sei bereit, als nahe deine letzte Stunde, als solltest du ins Land der Schatten treten und nicht durch der Glorie Pforten in das Reich strahlend schönen Lebens. Sei bereit!«

26

Was wir sahen

Es folgte eine kurze Pause, in der Ayescha all ihre Kraft für die Feuerprobe zu sammeln schien, während wir dicht aneinandergedrängt in tiefem Schweigen warteten.

Endlich ertönte aus weiter Ferne das erste leise Grollen, das immer lauter anschwoll, bis es in Krachen und Donnern überging. Als Ayescha es hörte, warf sie rasch ihren Schleier ab, löste den Schlangengürtel, hüllte sich in ihr langes Haar und streifte unter dessen Schutz ihr Gewand ab, worauf sie den Gürtel wieder um die wallenden Wogen ihres Haares legte. So wie Eva vor Adam gestanden haben mochte, stand sie vor uns, nur umhüllt von üppigen Locken, welche das goldene Band zusammenhielt; und keine Worte reichen aus, zu schildern, wie schön sie war, wie göttlich schön. Immer näher rollten des Feuers Donnerräder, und während sie ihrer harrte, streckte sie ihren Elfenbeinarm durch die dunkle Flut ihres Haares und legte ihn um Leos Hals.

»Oh, mein Geliebter, mein Geliebter!« flüsterte sie, »wirst du je wissen, wie sehr ich dich liebte?«, und nachdem sie ihn auf die Stirn geküßt, trat sie nach kurzem Zögern in den Weg der Lebensflamme.

Ihre Worte und der Kuß, welchen sie auf Leos Stirne hauchte, rührten mich zutiefst. Er glich dem Kuß einer Mutter, und es schien, als wolle sie ihn damit segnen.

Das Donnergrollen nahte, und es klang, als ob ein mächtiger Sturm einen Wald niederreiße, als hebe er ihn dann wie Gras empor und schleudere ihn krachend einen Hang hinab. Näher und näher kam es; jetzt flammten Blitze auf, Vorboten der sich drehenden Feuersäule schossen Pfeilen gleich durch den rosigen Schein; und jetzt erschien der Rand der Säule selbst. Ayescha wandte sich ihr zu, die Arme ihr zum Gruß entgegenstreckend. Ganz langsam schwebte sie heran und umhüllte sie mit ihren Flammen. Ich sah, wie das Feuer züngelnd ihren Leib emporkroch. Ich sah, wie sie es mit beiden Händen gleich Wasser schöpfte und über ihren Kopf goß. Ich sah den Mund sie öffnen und es tief in ihre Lungen saugen, und es war ein schaurigschönes Bild.

Dann hielt sie inne, streckte ihre Arme aus und stand ganz still, ein himmlisches Lächeln auf ihrem Antlitz, als sei sie selbst der Geist des Feuers.

Die geheimnisvollen Flammen umspielten die Wogen ihrer dunklen Locken, wie goldene Fäden sich durch und um sie windend; sie liebkosten ihre weiße Brust und Schulter, von der das Haar herabgeglitten war; sie strichen über ihren schlanken Hals und ihre zarten Züge und schienen ihre Augen mit überirdischem Glanze zu erfüllen.

Oh, wie war sie schön in dieser Flamme! Kein Engel des Himmels konnte sie an Liebreiz übertreffen. Noch heute stockt mein Herzschlag, wenn ich daran denke, wie sie so dastand, lächelnd über unsere Furcht, und mit Freuden würde ich die Hälfte der auf dieser Erde mir noch zugemessenen Zeit dafür geben, sie noch einmal so zu sehen.

Doch plötzlich – schneller als ich es beschreiben kann – veränderte sich ihre Miene, auf eine Weise, die sich weder schildern noch erklären läßt. Das Lächeln schwand, und ein düsterer, harter Blick trat an seine Stelle; das rundliche Gesicht schien sich zu verzerren, als drücke eine große Angst ihm seinen Stempel auf. Der Glanz in ihren Augen erlosch, ja es schien gar, als schwinde ihrer Gestalt makellose Form und Anmut.

Ich rieb mir die Augen, mich das Opfer einer Sinnestäuschung wähnend, und während ich es tat, entfernte sich die Flammensäule donnernd und kehrte, Ayescha stehenlassend, in den unbekannten Schoß der Welt zurück.

Sobald sie verschwunden war, trat Ayescha wieder ane Leos Seite – ihr Schritt war, wie mir schien, nicht mehr so federnd – und streckte ihre Hand aus, um sie auf seine Schulter zu legen. Ich starrte auf ihren Arm. Wo war seine wundervolle Rundung und Schönheit? Er wurde dünn und dürr, und ihr Gesicht – beim Himmel! – ihr Gesicht alterte vor meinen Augen! Vermutlich sah es Leo ebenfalls, denn er wich einen Schritt zurück.

»Was ist dir, mein Kallikrates?« sagte sie, und ihre Stimme – wo war der tiefe Wohlklang ihrer Stimme? Sie klang fast schrill und kreischend.

»Wie ist mir denn?« sagte sie verwirrt. »Mir ist so schwindlig. Die Eigenschaft des Feuers kann sich doch nicht geändert haben. Ist es möglich, daß das Prinzip des Lebens sich ändert? Sag mir, Kallikrates, was ist mit meinen Augen? Ich kann nicht klar sehen«, und sie hob die Hand und legte sie auf ihr Haar – und o Schrecken aller Schrecken! – es fiel zu Boden.

»Oh, seht! – seht! – seht!« kreischte Job in höchstem Entsetzen, und seine Augen traten ihm fast aus dem Kopf, und Schaum trat auf seine Lippen. »Seht! – seht! – seht! Sie schrumpft zusammen! Sie wird zu einem Affen«, und schäumend und zähneknirschend stürzte er, von einem Krampf gepackt, zu Boden.

Und in der Tat – mir schwinden heute noch, während ich dies niederschreibe, vor dieser gräßlichen Erinnerung die Sinne –, sie begann zu schrumpfen! Die goldene Schlange, die ihre liebliche Gestalt umschlossen hatte, glitt über ihre Hüften und fiel zu Boden; immer kleiner wurde sie; ihre Haut verfärbte sich, und das makellose schimmernde Weiß wurde zum schmutzigen Braun und Gelb eines alten, zerfallenden Pergaments. Sie griff nach ihrem Kopf: die zarte Hand war nur noch eine Klaue, eine menschliche Kralle, wie man sie bei schlecht erhaltenen Mumien sieht; und dann schien ihr bewußt zu werden, welche Veränderung mit ihr vor sich ging, und sie schrie auf – mein Gott, was für ein Schrei! – und wälzte sich schreiend auf dem Boden.

Immer und immer kleiner wurde sie, bis sie nicht mehr größer war als ein Affe. Tausend Runzeln durchzogen ihre Haut, und ihr häßliches Gesicht trug den Stempel unsagbaren Alters. Ich habe dergleichen nie gesehen; kein Mensch auf Erden sah je solch grauenhaftes Alter wie jenes, das ihr Gesicht prägte, das nicht mehr größer war als das eines Säuglings, obgleich der Schädel immer noch die gleiche Größe hatte, und alle

Menschen mögen darum beten, daß sie vor solchem Anblick bewahrt bleiben, wollen sie ihren Verstand behalten.

Endlich lag sie ganz still oder schien nur ganz schwach sich noch zu rühren. Sie, vor zwei Minuten noch das schönste, edelste, herrlichste Weib, das je die Welt gesehen, lag regungslos vor uns, neben sich die Lockenpracht ihres eigenen dunklen Haares, nicht größer als ein Affe und häßlich – ach, so häßlich, daß es sich nicht schildern läßt! Und doch, man bedenke – in jenem Augenblick kam mir der Gedanke – war es dasselbe Weib.

Sie lag im Sterben: wir sahen es und dankten Gott dafür – denn solange sie lebte, fühlte sie, und was muß sie gefühlt haben? Sie stützte sich auf ihre knochigen Hände und blickte mit trüben Augen um sich, den Kopf gleich einer Schildkröte langsam hin und her bewegend. Sicherlich konnte sie nichts mehr sehen, denn eine hornige Haut bedeckte ihre weißen Augen. Oh, wie grauenhaft war dieser Anblick! Nur sprechen konnte sie noch immer.

»Kallikrates«, sagte sie mit heiserer, bebender Stimme. »Vergiß mich nicht, Kallikrates. Habe Mitleid mit meiner Schmach; ich sterbe nicht. Ich werde wiederkommen und wieder schön sein, ich schwöre es – es ist wahr! Oh – oh –«, und sie verstummte und fiel auf ihr Gesicht.

Auf derselben Stelle, wo sie vor mehr als zwanzig Jahrhunderten Kallikrates, den Priester, getötet hatte, sank jetzt Ayescha selbst nieder und starb.

Von Grauen überwältigt, stürzten auch wir auf den sandigen Boden dieses gräßlichen Ortes nieder und fielen in Ohnmacht.

Wie lange wir so lagen, weiß ich nicht – wahrscheinlich viele Stunden. Als ich endlich die Augen öffnete, lagen die beiden anderen noch immer ausgestreckt auf dem Boden. Wieder strahlte das rosige Licht in himmlischem Glanz, und die Donnerräder des Lebensgeistes rollten ihre gewohnte Bahn, denn als ich erwachte, verschwand die große Feuersäule eben. Und da lag auch, umhüllt von geschrumpfter gelber Pergamenthaut, der abscheuliche kleine Affenkörper, welcher einst die strahlend schöne ›Sie‹ gewesen war. Ach! es war kein böser Traum – es war schreckliche, unfaßbare Wirklichkeit!

Was hatte diese grauenhafte Wandlung bewirkt? Hatte die Natur des lebensspendenden Feuers sich verändert? Strahlte es vielleicht von Zeit zu Zeit statt eines Lebensfluidums ein Fluidum des Todes aus? Oder konnte ein mit dieser wunderbaren Kraft bereits erfüllter Körper eine Steigerung derselben nicht ertragen, so daß bei einer Wiederholung des Prozesses die beiden Aufladungen einander neutralisierten und den Körper in jenen Zustand versetzten, in dem er sich befinden würde, wenn das Lebensfluidum nie auf ihn eingewirkt hätte? Nur so war Ayeschas plötzliches und schreckliches Altern, in dem die ganze Länge ihrer zweitausend Jahre zutage trat, zu erklären. Es gab für mich nicht den leisesten Zweifel, daß die Gestalt, die dort vor mir lag, der eines Weibes glich, deren Leben durch ungewöhnliche Mittel so verlängert worden war, bis es endlich im Alter von zweitausendzweihundert Jahren starb.

Doch wer kann wissen, was geschehen war? Unverrückbar fest stand nur die Tatsache. Seit jener furchtbaren Stunde habe ich mir oft gesagt, daß es keiner großen Phantasie bedarf, in dem Geschehenen den Finger der

Vorsehung zu erkennen. Lebendig eingeschlossen in ihr Grab und von Jahrhundert zu Jahrhundert der Ankunft des geliebten Mannes harrend, hatte Ayescha nur wenig am Lauf der Welt geändert. Doch eine starke, in ihrer Liebe glückliche Ayescha, begabt mit ewiger Jugend, göttlicher Schönheit und grenzenloser Weisheit, hätte die Gesellschaft gänzlich umwandeln, ja vielleicht gar das Geschick der Menschheit wenden können. Da sie sich so aufgelehnt hatte gegen das ewige Gesetz, war sie von ihm trotz ihrer Stärke ins Nichts zurückgeschleudert worden – voll Schmach und schauerlicher Schande!

Nachdem ich einige Minuten erfüllt von dieser schrecklichen Erkenntnis dagelegen hatte, kehrte in dieser belebenden Atmosphäre meine körperliche Kraft rasch zurück. Mir fielen meine Gefährten ein, und ich erhob mich taumelnd, sie zu wecken. Doch zuvor hob ich Ayeschas Gewand und Schleier auf, mit welchem sie ihre blendende Schönheit vor den Augen der Menschen verborgen hatte und, meinen Kopf abwendend, damit mein Blick sie nicht traf, bedeckte ich damit die gräßlichen Überbleibsel der einst so bezaubernden Frau, diese grauenhaften Reste menschlicher Schönheit und menschlichen Lebens. Ich tat es rasch, damit sie Leo, wenn er zu sich kam, nicht sah.

Dann trat ich über die im Sande liegende duftende Lockenpracht hinweg und beugte mich zu Job nieder, der auf dem Gesicht lag, und drehte ihn herum. Dabei fiel auf eine Weise, die mich erschaudern ließ, sein Arm zurück, und ich musterte ihn scharf. Ein Blick genügte. Unser treuer alter Diener war tot. Bereits zerrüttet von all dem Gesehenen und Erlebten, waren seine Nerven unter dem letzten fürchterlichen Anblick vollends zusammengebrochen, und er war vor Schreck oder infolge eines durch den Schreck ausgelösten Anfalls gestorben. Ich brauchte nur in sein Gesicht zu blicken, um es zu erkennen.

Dies war ein neuer Schlag; doch – man mag daran vielleicht ermessen, wie unsagbar Grauenhaftes wir durchgemacht – wir spürten ihn nicht allzusehr. Es erschien uns als ganz natürlich, daß der Arme tot war. Als etwa zehn Minuten später Leo stöhnend und zitternd zu sich kam und ich ihm mitteilte, daß Job tot sei, sagte er nur: »Oh!« Man darf jedoch nicht glauben, daß er dies aus Herzlosigkeit tat, denn er und Job hingen sehr aneinander, und heute noch spricht er oft voll Trauer und Mitgefühl von ihm. Er war lediglich nicht fähig, noch mehr zu ertragen, wie auch eine Harfe, so sehr man sie anschlägt, nur Töne von beschränkter Stärke von sich geben kann.

Ich bemühte mich also, Leo, der zu meiner unendlichen Erleichterung nicht tot, sondern nur ohnmächtig war, wieder ins Bewußtsein zurückzurufen, was mir, wie ich schon sagte, endlich gelang. Doch als er sich aufrichtete, sah ich wiederum etwas Entsetzliches. Als wir diesen Ort des Grauens betraten, war sein gelocktes Haar von strahlendstem Gold gewesen; jetzt wurde es grau, und als wir später ins Freie traten, war es schneeweiß. Er wirkte um zwanzig Jahre gealtert.

»Was nun, alter Junge«, sagte er mit dumpfer, lebloser Stimme, als er sich ein wenig erholt hatte und die Erinnerung an das Geschehene mit aller Macht über ihn hereinbrach.

»Wir müssen versuchen, von hier fortzukommen«, entgegnete ich; »es sei denn, du möchtest gerne dort hinein«, und ich deutete auf die soeben wieder auftauchende Feuersäule.

»Ich ginge hinein, wenn ich sicher wüßte, daß es mich das Leben kostet«, sagte er, leise lachend. »Nur meine verwünschte Unentschlossenheit ist an allem schuld. Hätte ich nicht gezweifelt, so würde sie es vielleicht nicht getan haben. Doch wer weiß – vielleicht hat das Feuer auf mich die entgegengesetzte Wirkung. Es könnte mich unsterblich machen; und ich, alter Junge, habe nicht die Geduld, ein paar tausend Jahre auf sie zu warten, so wie sie auf mich. Ich möchte lieber sterben, wenn meine Stunde kommt – ich habe das Gefühl, sie ist nicht mehr allzu fern – und mich auf die Suche nach ihr machen. Aber wenn du hineingehen willst, nur zu.«

Ich schüttelte lediglich den Kopf; meine Begeisterung war geschwunden und mein Widerwillen gegen eine Verlängerung meines Lebens stärker denn je zuvor. Zudem wußte auch ich nicht, welche Wirkung das Feuer haben mochte. Das Ergebnis bei Ayescha war alles andere als ermutigend, und wir wußten nichts über seine Ursachen.

»Nun, mein Junge«, sagte ich, »wir können nicht hierbleiben, bis wir den gleichen Weg gehen wie diese beiden«, und ich deutete auf den kleinen Haufen unter dem weißen Schleier und auf den erstarrenden Leichnam des armen Job. »Wenn wir fort wollen, sollten wir lieber gleich aufbrechen. Ich fürchte nur, die Lampen sind längst ausgebrannt«, und ich hob eine auf und sah, daß meine Vermutung stimmte.

»Es ist noch ein wenig Öl in dem Krug«, sagte Leo gleichgültig, »– das heißt, wenn er nicht zerbrochen ist.«

Ich untersuchte ihn; er war unversehrt. Mit zitternder Hand füllte ich die Lampen, deren Dochte zum

Glück noch nicht ganz verbrannt waren. Dann steckte ich sie mit einem unserer Wachszündhölzer an. Währenddessen hörten wir, wie die Feuersäule auf ihrer endlosen Wanderung sich wieder näherte.

»Laß sie uns einmal noch betrachten«, sagte Leo; »dergleichen werden wir auf Erden nie wieder sehen.«

Leos Wunsch schien müßiger Neugier zu entspringen, doch auch ich war nicht ganz frei davon, und so warteten wir, bis sie, sich langsam um ihre eigene Achse drehend, aufgeflammt und donnernd an uns vorbeigezogen war; und ich weiß noch, daß ich mich fragte, wie viele Jahrtausende wohl schon dieses Phänomen im Schoß der Erde vor sich ging und wie viele weitere Jahrtausende es noch stattfinden würde. Würden wohl je wieder Menschenaugen es erblicken, Menschenohren von seinem majestätischen Donnergrollen erschreckt und bezaubert werden? Ich glaube nicht. Ich glaube, daß wir die letzten menschlichen Wesen waren, die diesen unirdischen Anblick sahen. Nun war er verschwunden, und wir wandten uns zum Gehen.

Doch vorher nahmen wir noch beide Jobs kalte Hand und drückten sie. Es war eine recht unheimliche Zeremonie, doch es gab für uns keine andere Möglichkeit, dem treuen Toten unsere Achtung zu bezeugen und ihm die letzte Ehre zu erweisen. Das Häuflein unter dem weißen Schleier ließen wir zugedeckt. Wir hatten kein Verlangen, uns diesem schrecklichen Anblick noch einmal auszusetzen. Wir traten jedoch zu dem Haar, das in ihrem grauenhaften Todeskampf, der schlimmer war als tausend natürliche Tode, von ihr abgefallen war, und zogen jeder eine glänzende Locke daraus hervor; und diese Locken besitzen wir heute noch – als einziges Andenken, das uns von Ayescha, so wie wir sie in all ihrer Herrlichkeit und Anmut kannten, geblieben. Leo drückte das duftende Haar an seine Lippen.

»Sie flehte mich an, sie nicht zu vergessen«, sagte er mit dumpfer Stimme, »und sie schwor, daß wir uns wiedersehen werden. Beim Himmel! Ich will sie nie vergessen. Ich schwöre es: Wenn wir lebend von hier fortkommen, will ich bis ans Ende meiner Tage mit keinem anderen lebenden Weib zu tun haben und, wohin ich auch gehe, ebenso treu auf sie warten wie sie auf mich.«

›Ja‹, dachte ich bei mir, ›wenn sie so schön wiederkehrt, wie wir sie kannten. Aber was, wenn sie *so* wiederkehrt!‹[1]

Dann machten wir uns auf den Weg. Wir gingen und ließen jene beiden zurück am Lebensquell und dennoch in der kalten Gegenwart des Todes. Wie verlassen lagen sie so da, und welch ungleiches Paar! Jenes kleine Häuflein – zwei Jahrtausende war es das weiseste und schönste und stolzeste Geschöpf – ein Weib kann ich es kaum nennen – auf Erden gewesen. Zwar war sie böse auch und sündhaft; doch, ach! so schwach ist nun einmal des Menschen Herz, und ihre Sündhaftigkeit hatte ihren Zauber nicht vermindert, sondern vielleicht gar noch vermehrt. Ohne Zweifel war das Böse in ihr von hohem Rang, denn nichts an Ayescha war klein und gemein.

[1] Was ist es doch, nebenbei bemerkt, für ein schrecklicher Gedanke, daß nahezu immer unsere Liebe zu Frauen, soweit wir nicht mit ihnen verwandt sind – zumindest im ersten Augenblick –, von ihrer äußeren Erscheinung abhängt. Wenn wir sie verlören und äußerlich entstellt und abstoßend anzusehen, ansonsten aber unverändert wiederfänden, würden wir sie dann noch immer lieben? – L.H.H.

Und der arme Job! Seine Ahnung hatte sich erfüllt und der Tod ihn ereilt. Nun, immerhin hat er einen ungewöhnlichen ewigen Ruheplatz; es heißt schon etwas, mit den irdischen Überresten der stolzen ›Sie‹ in einer Gruft zu liegen.

Wir warfen einen letzten Blick auf die beiden und den wundervollen rosigen Lichtschein, der sie umfloß, und wankten schweren Herzens dann davon – so gebrochen, daß wir sogar die Möglichkeit, so gut wie ewiges Leben zu erlangen, nicht nützten, denn alles, was unserem Leben Wert verlieh, hatten wir verloren, und wir wußten, unser Leben unendlich zu verlängern, würde nur bedeuten, auch unser Leid unendlich zu verlängern. Denn wir fühlten – ja, wir alle beide –, daß wir Ayescha, nachdem wir einmal in ihre Augen geschaut, nie und nimmer vergessen würden, solange wir auf Erden wandelten. Wir liebten sie jetzt und für alle Zeit; sie war in unsere Herzen eingeschlossen, und kein anderes Weib und keine andere Macht konnte ihr glanzvolles Bild darin löschen. Dabei – und dies erfüllt mich mit besonderer Qual – hatte und habe ich kein Recht, ihrer auf diese Weise zu gedenken. Sie hatte mir gesagt, daß ich ihr nichts bedeute und ihr nie in aller Ewigkeit etwas bedeuten würde, es sei denn, die Bedingungen ändern sich und es käme einst ein Tag, da zwei Männer eine Frau lieben und alle drei gemeinsam glücklich sein dürfen. Dies ist die einzige Hoffnung meines gebrochenen Herzens – doch was für eine schwache! Es ist alles, was ich habe. Ich habe einen sehr hohen Preis gezahlt, und dies ist das einzige, was ich dafür empfangen habe. Bei Leo ist es anders, und oft und oft neide ich ihm bitterlich sein Glück, denn wenn ›Sie‹ recht hatte und ihre Weisheit und ihr Wissen sie zu guter Letzt nicht trogen, was ich für höchst unwahrscheinlich halte, so hat er eine Zukunft, in die er getrost blicken kann. Ich aber habe keine, und dennoch – o Torheit und Schwäche des Menschenherzens! möge der Weise Weisheit daraus ziehen – wünsche ich es mir nicht anders. Mir ist es genug, zu geben, was ich gegeben habe und weiterhin geben muß, und zum Lohn dafür die Krumen zu empfangen, die vom Tische meiner Herrin fallen; mir genügen die Erinnerung an einige gütige Worte, die Hoffnung auf ein süßes Lächeln des Erkennens in unvorstellbar ferner Zukunft, ein wenig Zuneigung und Freundschaft und ein wenig Dankbarkeit für meine innige Liebe zu ihr – und Leo.

Wenn dies nicht wahre Liebe ist, so wüßte ich nicht, was es ist, und ich kann dazu nichts weiter sagen, als daß es für einen Mann, der den Zenit des Lebens bereits überschritten hat, sehr schlimm ist, in einen solchen Gemütszustand zu verfallen.

27

Wir springen

Wir durchquerten die Höhlen ohne Schwierigkeiten, und erst als wir den Abhang des umgekehrten Kegels erreichten, standen wir zwei Problemen gegenüber. Das erste war die Mühseligkeit des Abstiegs, das andere die ungeheure Schwierigkeit, den Weg zu finden. Hätte ich mir nicht zum Glück die Form verschiedener Felsen gemerkt, so hätten wir ihn sicherlich überhaupt nicht gefunden, sondern wären im schauerlichen Schoße des toten Vulkans herumgewandert, bis wir vor Erschöpfung und Verzweiflung gestorben wären. Trotzdem verirrten wir uns ein paarmal, und einmal wären wir beinahe in eine ungeheure Felsspalte gestürzt. Es war entsetzlich, in der tiefen Finsternis und unheimlichen Stille von Fels zu Fels zu klettern und beim schwachen Schein der Lampen Ausschau zu halten, ob ich ihre Form erkannte. Wir sprachen kaum, denn dazu war uns zu schwer ums Herz; wir stolperten nur, hin und wieder stürzend und uns verletzend, verbissen weiter. In unserer tiefen Bedrücktheit war es uns fast gleich, was uns geschah, und lediglich ein natürlicher Instinkt trieb uns dazu an zu versuchen, unser Leben zu retten. So schleppten wir uns drei oder vier Stunden dahin – genau vermag ich es nicht zu sagen, denn unsere Uhren gingen nicht mehr. Während der letzten zwei Stunden kamen wir völlig vom Wege ab, und ich fürchtete schon, wir seien in den Trichter eines anderen Kegels geraten, als ich plötzlich einen riesigen Felsblock wiedererkannte, an dem wir kurz unterhalb des Gipfels beim Abstieg vorbeigekommen waren. Es war ein Wunder, daß ich ihn erkannte, und wir waren tatsächlich bereits, im rechten Winkel vom richtigen Weg abweichend, daran vorbeigegangen, als mir irgend etwas an ihm ins Auge stach und ich mich umwandte und ihn genauer betrachtete, was sich als unsere Rettung erwies.

Danach erreichten wir ohne weitere Schwierigkeiten die natürliche Felstreppe und bald darauf die kleine Höhle, in welcher der Einsiedler Noot gelebt hatte und gestorben war.

Doch nun harrte unser ein neues Schrecknis. Man wird sich entsinnen, daß die Planke, auf der wir von dem großen Felssporn zu dem schwankenden Stein hinübergeschritten waren, infolge Jobs Angst und Ungeschicklichkeit in den grauenhaften Abgrund gestürzt war.

Wie sollten wir nun ohne die Planke hinüberkommen?

Es gab nur eine Möglichkeit – wir mußten, wollten wir nicht hierbleiben und verhungern, versuchen hinüberzuspringen. Die Entfernung war an sich nicht so groß, etwa elf bis zwölf Fuß, und ich hatte Leo als jungen Studenten über zwanzig Fuß weit springen sehen; doch man bedenke, in welcher Lage wir uns befanden! Zwei zutiefst erschöpfte Männer, der eine bereits jenseits der Vierziger, ein schwankender Stein als Sprungbrett, eine zitternde Felsspitze als Ziel, und ein bodenloser, von Sturm durchtobter Abgrund! Es war bei Gott schlimm genug; doch als ich Leo auf all dies hinwies, erwiderte er kurz und treffend, daß wir, so entsetzlich dies auch sein mochte, nur die Wahl hätten, mit Gewißheit in der Höhle eines langsamen Todes zu sterben oder zu springen und damit einen raschen Tod zu riskieren. Dagegen gab es freilich nichts zu sagen, doch eines stand fest: Wir durften den Sprung nicht im Dunkeln wagen, sondern mußten warten, bis der Lichtstrahl bei Sonnenuntergang durch den Felsen drang. Wie lange es noch bis zum Sonnenuntergang dauern würde, ahnten wir nicht; wir wußten nur, daß es, wenn der Strahl hereindrang, lediglich einige Minuten lang hell sein würde und daß wir deshalb jederzeit bereit sein mußten. So beschlossen wir, auf den schwankenden Stein zu klettern und dort zu warten, was sich allein schon deshalb als notwendig erwies, weil unsere Lampen wieder dem Erlöschen nahe waren – das heißt, die eine war bereits ausgegangen, und die andere flakkerte nur noch schwach, wie es eine Flamme zu tun pflegt, wenn das Öl am Versiegen ist. So krochen wir denn im Scheine dieses schwachen Lichtes eilends aus der Höhle und erklommen den großen Stein.

Kaum waren wir oben angelangt, erlosch die Lampe.

Unsere Lage hatte sich auf diese Weise ganz wesentlich verändert. Unten in der kleinen Höhle hatten wir das Toben des Sturmes lediglich gehört – hier, bäuchlings auf dem schwankenden Stein liegend, waren wir seiner vollen Gewalt und Wut ausgesetzt. Bald brauste er aus dieser, bald aus jener Richtung, durch den ungeheuren Abgrund und zwischen den Felsklippen heulend wie zehntausend verdammte Seelen. Stunde um Stunde lagen wir, von unbeschreiblicher Angst und Qual erfüllt, so da und lauschten den wilden Sturmstimmen jenes Tartarus, welche, abgestimmt auf den tiefen Unterton des Felssporns, auf dem der Wind spielte wie auf einer riesigen Harfe, von Wand zu Wand hallten. Kein Alptraum, der einen Menschen je gequält, nicht die wildeste Phantasie eines Dichters kann den Schrecknissen dieses Ortes, dem unheimlichen Kreischen jener nächtlichen Stimmen gleichkommen, das uns umtoste, als wir so gleich schiffbrüchigen Matrosen auf einem Floß in schwarzem, unergründlichem Dunkel uns dem Sturm entgegenstemmten. Zum Glück war es nicht allzu kalt, ja der Wind war sogar warm, denn sonst wären wir bald zu Tode erschöpft gewesen und umgekommen. Als wir so, fest uns aneinander klammernd, auf dem Stein lagen und lauschten, geschah plötzlich etwas überaus Seltsames, das, obgleich es sicher ein reiner Zufall war, die Anspannung unserer Nerven noch erhöhte.

Man erinnert sich, daß der Sturm Ayescha, als wir vor Überquerung der Schlucht auf dem Felssporn standen, den Mantel entriß und fort in den Abgrund wehte. Es ist so seltsam, daß ich es kaum zu erzählen wage, doch als wir dort auf dem schwankenden Stein lagen, kam aus dem schwarzen Nichts gleich einer Botschaft von der Toten eben dieser Mantel geflogen und fiel auf Leo nieder, ihn nahezu vom Kopf bis zu den Füßen bedeckend. Zuerst erkannten wir nicht, was es war, doch durch Betasten stellten wir es alsbald fest, und zum erstenmal verlor Leo die Beherrschung, und ich hörte ihn schluchzen. Offenbar hatte sich der Mantel an irgendeinem Felsvorsprung verfangen, und ein Windstoß hatte ihn zu uns geweht; aber dennoch war es höchst merkwürdig und beeindruckend.

Bald darauf durchstach ganz plötzlich der große rote Flammenspeer das Dunkel, streifte den schwankenden Stein, auf dem wir saßen, und berührte mit seiner glühenden Spitze den uns gegenüberliegenden Felssporn.

»Auf«, sagte Leo, »jetzt oder nie.«

Wir erhoben uns und blickten, uns streckend, auf die von dem Strahl blutrot gefärbten Nebelfetzen, welche durch den schwindelnden Abgrund fegten, und sodann auf die bodenlose Schlucht zwischen dem schwankenden Stein und dem zitternden Felssporn. Tiefe Verzweiflung packte uns, und wir wähnten uns dem Tod geweiht, denn dieser Sprung konnte nicht gelingen.

»Wer zuerst?« fragte ich.

»Du, alter Junge«, erwiderte Leo. »Ich will mich auf die andere Seite des Steines setzen, damit er besser aufliegt. Du mußt so weit wie möglich Anlauf nehmen und hoch springen. Möge Gott uns gnädig sein.«

Ich nickte zum Einverständnis und tat dann etwas, was ich seit Leos Kinderzeit nicht mehr getan hatte.

Ich wandte mich um, legte meinen Arm um ihn und küßte ihn auf die Stirne. Es klingt vielleicht etwas pathetisch, doch schließlich nahm ich Abschied von jemandem, den ich nicht inniger hätte lieben können, wenn er mein eigener Sohn gewesen wäre.

»Lebwohl, mein Junge«, sagte ich. »Ich hoffe, wir werden uns wiedersehen, wenn nicht in dieser, so in einer anderen Welt.«

Und in der Tat rechnete ich nicht damit, noch länger als zwei Minuten zu leben.

Darauf zog ich mich an den anderen Rand des Steins zurück, wartete, bis mich einer der scharfen Windstöße von hinten packte, rannte dann über den ganzen, etwa dreißig Fuß langen Stein und sprang mit aller Kraft in die wirbelnde Luft hinaus. Oh! welch grauenhafte Angst erfüllte mich, als ich auf die kleine Felsspitze zuflog, und welch entsetzliche Verzweiflung, als ich gewahr wurde, daß ich *zu kurz* gesprungen war! Doch so war es; meine Füße erreichten die Spitze nicht, nur meine Hände und mein Körper berührten sie. Mit einem Schrei griff ich danach, doch meine eine Hand glitt ab, und ich drehte mich, mit der anderen mich festklammernd, um mich selbst, so daß ich auf den Stein blickte, von dem ich abgesprungen war. Wild fuhr ich mit der linken Hand empor, und diesmal gelang es mir, eine Felszacke zu packen, und so hing ich nun in dem feurig roten Licht über der Tausende von Fuß tiefen Schlucht. Mit meinen Händen umklammerte ich den unteren Teil des Sporns, und mein Kopf berührte seine Spitze. Deshalb wäre es mir, selbst wenn ich die dazu nötige Kraft besessen hätte, nicht gelungen, mich hinaufzuschwingen. Ich konnte mich bestenfalls eine Minute lang so halten, dann würde ich hinunterstürzen, hinab in den bodenlosen Abgrund. Ich glaube nicht, daß eine grauenvollere Lage sich ausdenken läßt, und mir schwanden in der Qual dieser halben Minute fast die Sinne.

Ich hörte, wie Leo aufschrie, und dann sah ich ihn plötzlich einer Gemse gleich weit in die Luft hinausspringen. Es war ein prächtiger Sprung, der ihm in seiner Angst und Verzweiflung gelang. Die fürchterliche Schlucht wie nichts überfliegend, landete er sicher auf dem Felssporn und warf sich sogleich aufs Gesicht, um nicht in die Tiefe abzustürzen. Ich spürte, wie sein Aufprall den Sporn über mir erzittern ließ, und zugleich sah ich, wie der ungeheure schwankende Stein, den er beim Absprung tief herabgedrückt hatte, von seinem Gewicht befreit, wieder zurückschnellte und, zum erstenmal in all den Jahrhunderten das Gleichgewicht verlierend, mit gewaltigem Krachen mitten in die Felsenhöhle stürzte, welche dereinst dem Philosophen Noot als Einsiedelei gedient, und somit zweifellos für immer den Gang, der zu dem Ort des Lebens führte, mit Hunderten von Tonnen Felsgesteins verschloß.

All dies geschah in Sekundenschnelle, doch seltsamerweise sah ich es trotz meiner furchtbaren Lage in allen Einzelheiten. Sogar der Gedanke durchzuckte mich, daß nun kein menschliches Wesen mehr diesen schrecklichen Pfad beschreiten würde.

Im nächsten Augenblick spürte ich, wie Leo mit beiden Händen mein rechtes Handgelenk ergriff. Lang ausgestreckt auf dem Felssporn liegend, konnte er mich gerade erreichen.

»Laß den Felsen los, damit du frei in der Luft hängst«, sagte er mit ruhiger, fester Stimme. »Dann will ich versuchen, dich heraufzuziehen. Gelingt es nicht, so stürzen wir beide ab. Bist du bereit?«

Zur Antwort ließ ich los, zuerst mit der linken und dann mit der rechten Hand, so daß ich von dem überhängenden Felsen fortschwang und mit meinem ganzen Gewicht an Leos Armen hing. Es war ein gräßlicher Augenblick. Ich wußte, Leo war sehr stark, doch würde in der ungünstigen Lage, in der er sich befand, seine Kraft ausreichen, mich so weit hinaufzuziehen, daß ich mich an die Spitze des Felssporns klammern konnte?

Ein paar Sekunden, während deren er all seine Kräfte zusammennahm, schwang ich hin und her; dann hörte ich über mir seine Sehnen knacken und fühlte mich wie ein kleines Kind emporgezogen, bis ich meinen linken Arm um den Fels legen und meine Brust darauf stützen konnte. Das übrige war leicht; in weiteren zwei oder drei Sekunden war ich oben, und wir lagen, zitternd wie Espenlaub und von kaltem Angstschweiß bedeckt, nebeneinander.

Gleich darauf erlosch, wie beim erstenmal, plötzlich das Licht.

Etwa eine halbe Stunde lang lagen wir so, ohne ein Wort zu sprechen; dann erst krochen wir, so gut es in dem tiefen Dunkel ging, über den großen Sporn. Als wir uns der Felswand näherten, wurde es jedoch etwas heller, wenngleich nur ein wenig, denn über uns war Nacht. Gleich darauf ließ auch der Sturm nach, und wir kamen wesentlich besser voran und erreichten endlich den Eingang des ersten Tunnels. Doch nun ergab sich eine neue Schwierigkeit: unser Öl war aufgebraucht, und unsere Lampen hatte zweifellos der herabstürzende Stein zu Staub zerschmettert. Überdies hatten wir nicht einen Tropfen Wasser, unseren Durst zu stillen, denn den letzten Rest hatten wir in Noots Höhle getrunken. Wie sollten wir durch diesen von Felsblöcken übersäten Tunnel hindurchkommen?

Uns blieb nichts anderes übrig, als unserem Gefühl zu vertrauen und zu versuchen, im Dunkel hindurchzufinden, und so krochen wir ohne Zögern hinein, denn wir fürchteten, daß bei längerem Warten unsere Erschöpfung uns überwältigen könnte, so daß wir auf der Stelle zusammenbrechen und sterben würden.

Oh, über die Schrecknisse dieses letzten Tunnels! Der Boden war mit Felsbrocken übersät. Immer wieder stürzten wir über sie oder stießen uns daran, bis wir aus Dutzenden von Wunden bluteten. Wir konnten uns nur nach der Wand der Höhle richten, an der entlang wir uns tasteten, und schließlich verwirrte uns die Dunkelheit so sehr, daß uns einige Male der schreckliche Gedanke kam, wir seien umgekehrt und gingen in die falsche Richtung. So taumelten wir Stunde um Stunde, immer schwächer werdend, dahin und hielten alle paar Minuten an, um zu rasten, denn unsere Kraft war nahezu erschöpft. Einmal schliefen wir ein, und ich vermute, daß wir einige Stunden geschlafen haben, denn als wir erwachten, waren unsere Glieder ganz steif, das Blut aus unseren Wunden getrocknet, und harte Krusten bedeckten unsere Haut. Wieder schleppten wir uns weiter, bis wir endlich, als schon tiefste Verzweiflung uns erfüllte, wieder Tageslicht erblickten und bald darauf die Felsfurche außerhalb des Tunnels erreichten, welche, wie man sich erinnert, an der Außenwand des Felsens zu dem Tunnel führte.

Es war früher Morgen – wir merkten es an der herrlich süßen Luft und an der Farbe des gesegneten Himmels, den jemals wieder zu erblicken wir schon nicht mehr gehofft hatten. Da wir den grauenhaften Tunnel etwa eine Stunde nach Sonnenuntergang betraten, hatten wir also die ganze Nacht gebraucht, ihn zu durchkriechen.

»Noch eine letzte Anstrengung, Leo«, keuchte ich, »dann sind wir an dem Abhang, wo Billali wartet, falls er nicht längst gegangen ist. Komm, verzage nicht«, denn er hatte sich der Länge nach zu Boden geworfen. Er erhob sich und, uns aufeinander stützend, stiegen wir die letzten fünfzig Fuß des Felsens hinab – ich habe keine Ahnung, wie. Ich weiß nur noch, daß wir unten zusammenbrachen und aufeinanderliegend wieder zu uns kamen, und dann schleppten wir uns auf Händen und Knien wiederum weiter, dem Hain entgegen, wo auf ihre Rückkehr zu warten ›Sie‹ Billali geboten hatte. Wir hatten auf diese Weise noch keine fünfzig Meter zurückgelegt, als plötzlich hinter einigen Bäumen zu unserer Linken, zwischen denen er vermutlich einen Morgenspaziergang machte, einer der Stummen hervortrat und auf uns zueilte, um zu sehen, was für seltsame Tiere wir wohl waren. Mit weit aufgerissenen Augen starrte er uns an, dann streckte er entsetzt die Hände in die Höhe und stürzte fast zu Boden. Im nächsten Augenblick rannte er, so schnell er konnte, dem etwa zweihundert Meter entfernten Hain zu. Kein Wunder, daß unser Anblick ihn entsetzte, denn wir müssen wahrhaft schrecklich ausgesehen haben. Leos goldene Locken waren schneeweiß geworden, seine Kleider hingen in Fetzen von seinem Körper, sein Gesicht und seine Hände waren eine einzige Masse von Beulen, Rissen, verkrustetem Blut und Schmutz, und ich selbst sah sicherlich nicht viel besser aus. Als ich zwei Tage später in einem Gewässer mein Spiegelbild sah, hätte ich mich beinahe nicht erkannt. Ich bin nie sehr schön gewesen, doch außer Häßlichkeit war meinen Zügen noch etwas anderes eingeprägt, das ich bis zum heutigen Tage nicht verloren habe – etwas, das dem bestürzten Blick ähnelt, mit dem ein Mensch erschrocken aus tiefem Schlaf auffährt. Und das ist wirklich nicht verwunderlich. Ein Wunder ist lediglich, daß wir alldem entrannen, ohne unseren Verstand zu verlieren.

Plötzlich sah ich zu meiner tiefsten Erleichterung den alten Billali uns entgegeneilen, und selbst unter diesen Umständen konnte ich mich eines leisen Lächelns über den verblüfften Ausdruck auf seinem würdevollen Gesicht nicht erwehren.

»Oh, mein Pavian! mein Pavian!« rief er, »mein lieber Sohn, seid wirklich ihr es, du und der Löwe? Ei, seine Mähne, die doch golden war wie reifes Korn, ist ja schneeweiß! Wo kommt ihr her? Und wo ist das Schwein und wo ist ›Sie‹, die Herrscherin?«

»Tot, beide tot!« erwiderte ich; »doch keine Fragen jetzt, bring uns Essen und Trinken, oder wir sterben vor deinen Augen. Siehst du nicht, daß unsere Zungen schwarz vor Durst sind? Und du glaubst, wir könnten reden?«

»Tot!« keuchte er. »Unmöglich! ›Sie‹, die Unsterbliche – tot? Wie kann das sein?« Doch dann merkte er wohl, daß die Stummen, welche herbeigeeilt waren, aufmerksam sein Gesicht betrachteten, denn er schwieg und bedeutete ihnen, uns zum Lager zu tragen, was sie taten.

Zum Glück kochte gerade ein wenig Suppe auf dem Feuer. Da wir zu schwach waren, sie selbst zu essen, flößte Billali sie uns ein, und ich bin fest überzeugt, daß er uns dadurch vor dem Tod infolge gänzlicher Entkräftung bewahrte. Darauf befahl er den Stummen, uns mit feuchten Tüchern von Blut und Schmutz zu säubern, und dann wurden wir auf einen Haufen herrlich duftenden Grases gelegt und sanken sogleich, körperlich und geistig völlig erschöpft, in einen todesähnlichen Schlaf.

28

Über den Berg

Das nächste, dessen ich mich entsinne, ist, daß ich mich schrecklich zerschlagen fühlte und daß mich in meiner Benommenheit einen Augenblick der seltsame Gedanke durchzuckte, ich sei ein Teppich, den man soeben fest durchgeklopft hatte. Als ich die Augen öffnete, fiel mein Blick auf das würdevolle Gesicht unseres alten Freundes Billali, der neben meinem improvisierten Lager saß und sich nachdenklich seinen langen Bart strich. Sein Anblick rief mir sogleich alles, was wir durchgemacht hatten, ins Gedächtnis zurück, und als ich gleich darauf das nahezu zu Mus zerschlagene Gesicht des mir gegenüberliegenden Leo und seine schneeweißen, einst so herrlich goldenen Locken[1] sah, schloß ich stöhnend wieder meine Augen.

»Du hast lange geschlafen, mein Pavian«, sagte der alte Billali.

»Wie lange, mein Vater?« fragte ich.

[1] Seltsamerweise hat Leos Haar vor kurzem wieder ein wenig von seiner Farbe wiedererlangt; es ist jetzt gelblichgrau, und ich hege die Hoffnung, daß es mit der Zeit sein ursprüngliches Aussehen zurückgewinnen wird. – L.H.H.

»Einen Lauf der Sonne und einen Lauf des Mondes, einen Tag und eine Nacht hast du geschlafen, und der Löwe ebenfalls. Siehe, er schläft noch immer.«

»Gesegnet sei der Schlaf«, erwiderte ich, »denn er verschlingt die Erinnerung.«

»Berichte mir«, sagte er, »was euch widerfahren ist und was es mit dieser seltsamen Geschichte vom Tode der unsterblichen ›Sie‹ auf sich hat. Bedenke, mein Sohn; wenn es wahr ist, dann seid ihr, du und der Löwe, in größter Gefahr – ja dann ist zu befürchten, daß der Topf, mit dem ihr getötet werden sollt, bereits glüht und daß die Mägen derer, die euch essen wollen, schon nach dem Festschmaus gieren. Weißt du nicht, daß die Amahagger, meine Kinder, diese Höhlenbewohner, euch hassen? Sie hassen euch, weil ihr Fremdlinge seid, und noch mehr hassen sie euch, weil ›Sie‹ ihre Brüder euretwegen foltern ließ. Sobald sie erfahren, daß sie den Zorn Hiyas, der schrecklichen Herrscherin, nicht mehr zu fürchten brauchen, werden sie euch bestimmt mit dem Topf töten. Doch nun erzähle, mein armer Pavian.«

So begann ich denn zu erzählen – nicht alles freilich, denn das hielt ich nicht für ratsam, sondern nur so viel, wie nötig war, ihm begreiflich zu machen, daß ›Sie‹ wirklich nicht mehr am Leben war; da er die Wahrheit nicht verstanden hätte, sagte ich ihm, sie sei in ein Feuer gefallen und darin verbrannt. Auch einige von unseren schrecklichen Erlebnissen auf dem Rückweg erzählte ich ihm und beeindruckte ihn damit tief. Ich merkte jedoch deutlich, daß er an Ayeschas Tod nicht glaubte. Er glaubte lediglich, daß wir sie für tot hielten, doch schien er überzeugt, es habe ihr nur gefallen, für eine Weile zu verschwinden. Bereits zu Lebzeiten seines Vaters, so sagte er, sei sie einmal für zwölf Jahre verschwunden, und nach einer alten Überlieferung sei sie vor vielen Jahrhunderten einmal ein ganzes Menschenleben lang nicht gesehen worden; dann sei sie jedoch plötzlich wieder erschienen und habe ein Weib, das sich die Stellung der Königin angemaßt hatte, getötet. Ich sagte nichts darauf, sondern schüttelte nur traurig den Kopf. Ach! nur zu gut wußte ich, daß Ayescha nicht wieder erscheinen oder daß zumindest Billali sie nie wiedersehen würde. Vielleicht würden wir ihr dereinst in einer anderen Welt begegnen; in dieser ganz sicher nicht.

»Und was gedenkst du nun zu tun, mein armer Pavian?« fragte Billali.

»Ich weiß es nicht, mein Vater«, sagte ich. »Können wir nicht aus diesem Lande fliehen?«

Er schüttelte den Kopf.

»Das ist sehr schwer. Den Weg über Kôr dürft ihr nicht nehmen, denn wenn diese Wilden euch sehen und entdecken würden, daß ihr allein seid, dann –«, und er lächelte bedeutsam und machte eine Geste, als setze er sich einen Hut auf den Kopf. »Es gibt jedoch, wie ich dir schon einmal erzählte, einen Weg über die Berge, über den man das Vieh auf die Weide treibt. Jenseits der Weiden müßt ihr drei Tagesmärsche weit durch Sümpfe, und wie es dann weitergeht, weiß ich nicht. Angeblich soll sieben Tagesmärsche weiter ein großer Fluß sein, der in das schwarze Wasser fließt. Wenn ihr dorthin gelangt, könntet ihr vielleicht entkommen – aber wie dort hingelangen?«

»Billali«, sagte ich, »du weißt, ich rettete dir einmal das Leben. Nun vergilt es mir, mein Vater, und rette mir das meine und das meines Freundes, des Löwen.

Wenn einst deine letzte Stunde kommt, wird es ein tröstlicher Gedanke für dich sein, und es wird das Böse, das du vielleicht in deinem Leben getan hast, aufwiegen. Und wenn du recht hast und ›Sie‹ sich nur verborgen hält, dann wird sie dich bei ihrer Rückkehr sicherlich dafür belohnen.«

»Mein Pavian, mein Sohn«, entgegnete der Alte, »du sollst mich nicht für undankbar halten. Ich entsinne mich sehr wohl, wie du mich rettetest, als ich zu ertrinken drohte und diese Hunde keine Hand rührten. Maß für Maß will ich's dir vergelten, und wenn du gerettet werden kannst, will ich sicherlich das Meine dazu tun. Höre: Haltet euch morgen vor Sonnenaufgang bereit; dann wird man euch mit Sänften abholen und über die Berge und jenseits davon durch die Sümpfe tragen. Ich werde sagen, ›Sie‹ habe es befohlen und wer ihr nicht gehorche, solle den Hyänen zum Fraße vorgeworfen werden. Wenn ihr jedoch die Sümpfe hinter euch habt, müßt ihr selbst zusehen, wie ihr weiterkommt, und wenn ihr Glück habt, werdet ihr vielleicht das schwarze Wasser, von dem du mir erzähltest, erreichen. Doch siehe, der Löwe ist erwacht; eßt jetzt das Mahl, das ich euch bereitet habe.«

Als Leo richtig zu sich gekommen war, stellte sich sein Befinden als nicht so schlecht heraus, wie man nach seinem Aussehen hätte annehmen können, und wir ließen es uns herzhaft schmecken, was zu unserer Kräftigung auch dringend nötig war. Danach hinkten wir hinab zur Quelle und badeten, und dann schliefen wir wiederum bis zum Abend, um darauf erneut ein ausgiebiges Mahl zu verzehren. Billali ließ sich den ganzen Tag nicht blicken; offenbar traf er Vorkehrungen wegen der Sänften und Träger, denn mitten in der

Nacht wurden wir durch die Ankunft einer ansehnlichen Zahl Männer geweckt.

Vor Tagesanbruch erschien auch Billali selbst und berichtete uns, daß es ihm, wenngleich nicht ohne Schwierigkeiten, unter Hinweis auf den gefürchteten Namen der Herrscherin ›Sie‹, gelungen sei, die nötigen Träger sowie zwei Führer, die uns durch die Sümpfe geleiten sollten, zu gewinnen. Er riet uns, sogleich aufzubrechen, und erbot sich, uns zu begleiten und vor Verrat zu schützen. Diese freundliche Geste eines verschlagenen alten Barbaren gegenüber zwei völlig hilflosen Fremden rührte mich zutiefst. Ein Marsch von drei – oder in seinem Falle, da er zurückkehren mußte – sechs Tagen durch jene tödlichen Sümpfe war für einen Mann seines Alters kein leichtes Unterfangen, doch um für unsere Sicherheit zu sorgen, nahm er es mit Freuden auf sich. Dies beweist, daß es selbst unter jenen schrecklichen Amahaggern – mit ihrem düsteren Wesen und ihren satanischen, wilden Bräuchen gewiß die weitaus fürchterlichsten Barbaren, von denen ich je hörte – gutherzige Menschen gibt. Natürlich mag es sein, daß auch ein wenig Eigennutz dabei im Spiel war. Vielleicht fürchtete er, ›Sie‹ könnte plötzlich erscheinen und von ihm Rechenschaft über uns verlangen, doch trotz allem war es wesentlich mehr, als wir unter diesen Umständen erwarten durften, und ich kann nur sagen, daß ich den alten ›Vater‹ Billali mein Leben lang in liebevollstem Andenken behalten werde.

Nachdem wir rasch noch ein paar Bissen zu uns genommen hatten, bestiegen wir, nach dem langen Schlaf körperlich wunderbar ausgeruht, die Sänften und brachen auf. Sich unseren Gemütszustand auszumalen, wird dem Leser gewiß nicht schwerfallen.

Bald erreichten wir die Berge, und es folgte ein schrecklicher Aufstieg, teils über natürliche Pfade, teils über einen gewundenen Weg, der zweifellos einst von den alten Kôrern angelegt worden war. Angeblich treiben die Amahagger darauf einmal im Jahr ihr Vieh auf die jenseits gelegenen Weiden; wenn dies stimmt, so muß dieses Vieh überaus gut zu Fuß sein. Natürlich konnten wir die Sänften hier nicht benützen, sondern mußten zu Fuß gehen.

Gegen Mittag langten wir endlich auf dem großen flachen Gipfel der mächtigen Felswand an, und uns bot sich eine prächtige Aussicht auf die Ebene von Kôr, in deren Mitte deutlich die verfallenen Säulen des Tempels der Wahrheit zu erkennen waren. Dahinter erstreckte sich das unermeßliche, düstere Sumpfland. Diese Felswand, einst zweifellos der Rand des Kraters, war etwa eineinhalb Meilen breit und immer noch mit Lava übersät. Nichts wuchs hier, und das einzige, was die Eintönigkeit belebte, waren Wassertümpel, die sich bei einem kürzlich niedergegangenen Regen da und dort in Vertiefungen gebildet hatten. Wir überschritten den Kamm dieses mächtigen Bollwerks, und dann kam der Abstieg, der etwas leichter als der Aufstieg, doch immer noch genügend halsbrecherisch war und bis zum Sonnenuntergang dauerte. Die Nacht über kampierten wir auf dem weiten Hang, der unten in die Sümpfe überging.

Am nächsten Morgen gegen elf Uhr begann unser schrecklicher Marsch durch das bereits geschilderte gräßliche Sumpfgebiet.

Drei ganze Tage lang schleppten sich unsere Träger durch Gestank, Morast und die überall schwelenden Fieberdünste, bis wir endlich das weite, feste, gänzlich unbebaute, doch von allerlei Wild bevölkerte Land erreichten, das jenseits dieser ohne Führer völlig undurchdringbaren Ödnis liegt. Hier nahmen wir am nächsten Morgen, nicht ohne Bedauern, Abschied von unserem guten alten Billali, der sich seinen weißen Bart strich und uns feierlich segnete.

»Lebe wohl, mein Sohn, mein Pavian«, sprach er, »und auch du lebe wohl, o Löwe. Weiter kann ich euch nicht helfen. Solltet ihr wirklich eure Heimat wiedersehen, so hört auf meinen Rat und wagt euch niemals wieder in Länder, welche ihr nicht kennt, sonst werdet ihr nicht mehr zurückkehren, und eure bleichen Knochen werden zeigen, wie weit ihr auf euren Reisen gekommen seid. Nochmals, lebt wohl; ich werde eurer oft gedenken, und auch du wirst mich nicht vergessen, mein Pavian, denn so häßlich dein Gesicht ist, so treu ist dein Herz.« Und dann wandte er sich ab und schritt, begleitet von den großen, düster dreinblickenden Amahaggern, davon. Mit den leeren Sänften zogen sie den gewundenen Weg hinan gleich einer Prozession, die tote Krieger aus einer Schlacht forträgt; und wir blickten ihnen nach, bis die vom Sumpf aufsteigenden Nebel sie umhüllten und unserem Blick entzogen, um uns dann, völlig verlassen in der endlosen Wildnis, umzuwenden und einander anzusehen.

Vor rund drei Wochen waren vier Männer in die Sümpfe von Kôr vorgedrungen, und nun waren zwei von ihnen tot, und die anderen zwei hatten Abenteuer erlebt und Erfahrungen gesammelt, so seltsam und schrecklich, daß selbst das Antlitz des Todes nicht grauenvoller sein konnte. Drei Wochen – nur drei Wochen! Wahrhaftig, nach Ereignissen sollte man die Zeit messen, nicht nach der Zahl der Stunden. Es schien, als seien dreißig Jahre verstrichen, seit wir zum letztenmal unser Walboot gesehen.

»Wir müssen auf den Sambesi zuhalten, Leo«, sagte ich, »doch nur Gott weiß, ob wir ihn je erreichen werden.«

Leo, der in letzter Zeit sehr schweigsam geworden war, nickte, und mit nichts als den Kleidern, die wir am Leib trugen, einem Kompaß, unseren Revolvern und Expreßgewehren und etwa zweihundert Schuß Munition brachen wir auf, und so endete die Geschichte unserer Expedition zu den Ruinen des einst so mächtigen kaiserlichen Kôr.

Was unsere darauffolgenden Abenteuer betrifft, so habe ich mich, so merkwürdig und mannigfaltig sie auch sein mögen, nach reiflicher Überlegung entschlossen, sie hier nicht zu schildern. Es war lediglich mein Bemühen, auf diesen Seiten einen kurzen, klaren Bericht von einem meines Erachtens unvergleichlichen Erlebnis zu geben, und ich tat dies nicht im Hinblick auf eine rasche Publikation, sondern nur in der Absicht, die Einzelheiten unserer Reise und ihr Ergebnis zu Papier zu bringen, solange sie uns noch frisch im Gedächtnis sind, denn ich bin überzeugt, daß sie, sollten wir uns je zu einer Veröffentlichung entschließen, auf weitgehendes Interesse stoßen werden. Es ist jedoch nicht unsere Absicht, dies zu tun, solange wir noch beide am Leben sind.

Unsere weiteren Erlebnisse dürften kaum von allgemeinem Interesse sein, denn sie unterscheiden sich wenig von jenen, die schon viele andere Reisende im Inneren Afrikas hatten. Es genügt zu sagen, daß wir nach unglaublichen Strapazen und Entbehrungen etwa einhundertsiebzig Meilen südlich der Stelle, wo Billali uns verließ, den Sambesi erreichten. Dort wurden wir von einem wilden Stamm, der uns, vor allem wegen Leos jugendlichen Gesichtes und seines schneeweißen Haares, für übernatürliche Wesen hielt, sechs Monate lang gefangengehalten. Endlich gelang es uns zu entfliehen, und wir wanderten, den Sambesi überschreitend, südwärts, bis wir, dem Hungertode nahe, das Glück hatten, einem Elefantenjäger, einem Portugiesenmischling, zu begegnen, der eine Elefantenherde weiter als je zuvor ins Landesinnere verfolgt hatte. Dieser Mann erwies sich als äußerst gastfreundlich, und mit seiner Hilfe gelangten wir schließlich nach zahllosen weiteren Leiden und Abenteuern, über achtzehn Monate nach Verlassen der Sümpfe von Kôr, zur Delagoa-Bucht und gingen am Tag darauf an Bord eines der Dampfer, die um das Kap herum nach England fahren. Nach einer glücklichen Heimfahrt setzten wir genau zwei Jahre, nachdem wir zu unserer leichtfertigen und vielleicht unsinnig erscheinenden Reise aufgebrochen waren, unseren Fuß auf den Kai von Southampton, und nun schreibe ich, während Leo mir über die Schulter blickt, in meinem alten Collegezimmer, dem gleichen, in das vor zweiundzwanzig Jahren in der denkwürdigen Nacht seines Todes mein armer Freund Vincey mit dem eisernen Kasten wankte, diese letzten Worte.

Dies ist das Ende dieser Geschichte, soweit sie die Wissenschaft und die Außenwelt angeht. Wie sie für Leo und mich enden wird, vermag ich nicht zu sagen, doch haben wir beide das Gefühl, daß sie noch nicht zu Ende ist. Eine Geschichte, die vor mehr als zweitausend Jahren begonnen hat, kann noch weit in die ferne, dunkle Zukunft reichen.

Ist Leo wirklich eine Reinkarnation des alten Kallikrates, von dem die Inschrift spricht? Oder ließ Ayescha sich durch eine seltsame ererbte Ähnlichkeit täuschen? Und eine weitere Frage: Verband Ustane irgendeine Verwandtschaft mit der Amenartas ferner Zeiten? Möge der Leser sich hierüber wie über vieles andere sein eigenes Urteil bilden. Mein Urteil steht fest: ›Sie‹ hat sich, was Leo betrifft, nicht getäuscht.

Oft sitze ich des Nachts allein und suche mit den Augen des Geistes das Dunkel der noch ungeborenen Zeit zu durchdringen und frage mich, wie wohl dereinst dies große Drama enden und welches der Schauplatz seines nächsten Aktes sein wird. Und wenn dieses Ende schließlich kommt, wie es gemäß einem vorbestimmten Schicksal und einem unabänderlichen Lauf der Dinge einmal kommen muß – welche Rolle wird dann wohl die schöne Ägypterin Amenartas spielen, die Prinzessin aus dem königlichen Geschlecht der Pharaonen, der zuliebe der Priester Kallikrates sein der Isis abgelegtes Gelübde brach und, verfolgt von der erbarmungslosen Rache der erzürnten Göttin, gen Libyens Küste floh, wo in Kôr sein Verhängnis ihn ereilte?

Phantastische und Science-Fiction-Literatur im Diogenes Verlag

● **John Bellairs**

Das Haus, das tickte
Roman. Aus dem Amerikanischen von Alexander Schmitz. Mit Zeichnungen von Edward Gorey. detebe 20368

● **Ambrose Bierce**

Die Spottdrossel
Ausgewählte Erzählungen und Fabeln. Auswahl und Vorwort von Mary Hottinger. Aus dem Amerikanischen von Joachim Uhlmann, Günter Eichel und Maria von Schweinitz
Mit Zeichnungen von Tomi Ungerer
detebe 20234

● **Ray Bradbury**

Der Tod ist ein einsames Geschäft
Roman. Aus dem Amerikanischen von Jürgen Bauer. Leinen

Die Mars-Chroniken
Roman in Erzählungen. Deutsch von Thomas Schlück. detebe 20863

Der illustrierte Mann
Erzählungen. Deutsch von Peter Naujack
detebe 20365

Fahrenheit 451
Roman. Deutsch von Fritz Güttinger
detebe 20862

Die goldenen Äpfel der Sonne
Erzählungen. Deutsch von Margarete Bormann. detebe 20864

Medizin für Melancholie
Erzählungen. Deutsch von Margarete Bormann. detebe 20865

Das Böse kommt auf leisen Sohlen
Roman. Deutsch von Norbert Wölfl
detebe 20866

Das Kind von morgen
Erzählungen. Deutsch von Hans-Joachim Hartenstein. detebe 21205

Die Mechanismen der Freude
Erzählungen. Deutsch von Peter Naujack
detebe 21242

Familientreffen
Erzählungen. Deutsch von Jürgen Bauer
detebe 21415

● **Fredric Brown**

Flitterwochen in der Hölle
SF- & Schauergeschichten. Aus dem Amerikanischen von B. A. Egger. Mit Illustrationen von Peter Neugebauer. detebe 20600

● **Karel Čapek**

Der Krieg mit den Molchen
Roman. Aus dem Tschechischen von Eliška Glaserová. detebe 20805

● **Wilkie Collins**

Ein schauerliches fremdes Bett
Gruselgeschichten. Aus dem Englischen von Elizabeth Gilbert und Peter Naujack. Zeichnungen von Bob van den Born. detebe 20589

● **Guy Cullingford**

Post mortem
Roman. Aus dem Englischen von Helmut Degner und Peter Naujack. detebe 20369

● **Walter de la Mare**

Phantastische Erzählungen. Herausgegeben und aus dem Englischen von Elizabeth Gilbert
Mit Zeichnungen von Edward Gorey

Sankt Valentinstag
detebe 21197

Die Orgie – eine Idylle
detebe 21236

● **Alexandre Dumas Père**

Horror in Fontenay
Roman. Aus dem Nachlaß herausgegeben von Alan Hull Walton. Deutsch von Alexander Schmitz. detebe 20367

● **Lord Dunsany**

Smetters erzählt Mordgeschichten
Fünf Kriminalgeschichten. Aus dem Englischen von Elisabeth Schnack. Zeichnungen von Paul Flora. detebe 20597

Jorkens borgt sich einen Whisky
Zehn Clubgeschichten. Deutsch von Elisabeth Schnack. Zeichnungen von Paul Flora. detebe 20598

● Egon Friedell
Die Rückkehr der Zeitmaschine
Phantastische Novelle. detebe 20177

● Gespenster
Englische Gespenstergeschichten von Daniel Defoe bis Elizabeth Bowen. Herausgegeben von Mary Hottinger. Mit 13 Zeichnungen von Paul Flora. detebe 20497

● Mehr Gespenster
Die besten Gespenstergeschichten aus England, Schottland und Irland. Herausgegeben von Mary Hottinger. detebe 21027

● Noch mehr Gespenster
Die besten Gespenstergeschichten aus aller Welt, von Balzac bis Čechov. Herausgegeben von Dolly Dolittle. detebe 21310

● Rider Haggard
Sie
Abenteuerroman. Aus dem Englischen von Helmut Degner. detebe 20236

König Salomons Schatzkammer
Roman. Deutsch von V. H. Schmied
detebe 20920

● W. F. Harvey
Die Bestie mit den fünf Fingern
Gruselgeschichten. Aus dem Englischen von Günter Eichel und Peter Naujack. Mit Zeichnungen von Peter Neugebauer. detebe 20599

● Patricia Highsmith
Der Schneckenforscher
Gesammelte Geschichten. Vorwort von Graham Greene. Aus dem Amerikanischen von Anne Uhde. detebe 20347

Leise, leise im Wind
Erzählungen. Deutsch von Anne Uhde
detebe 21012

Keiner von uns
Erzählungen. Deutsch von Anne Uhde
detebe 21179

● Joris-Karl Huysmans
Gegen den Strich
Roman. Aus dem Französischen von Hans Jacob. Einführung von Robert Baldick Essay von Paul Valéry. detebe 20921

Tief unten
Roman. Deutsch von Gustav Gugitz. Mit einem Essay von Manfred Ach. detebe 21146

● Gerald Kersh
Mann ohne Gesicht
Phantastische Geschichten. Aus dem Englischen von Peter Naujack. detebe 20366

● Sheridan Le Fanu
Carmilla, der weibliche Vampir
Vampirgeschichte. Aus dem Englischen von Helmut Degner. detebe 20596

Der ehrenwerte Herr Richter Harbottle
Unheimliche Geschichten. Deutsch von Helmut Degner und Elisabeth Schnack
detebe 20619

● W. Somerset Maugham
Der Magier
Ein parapsychologischer Roman. Aus dem Englischen von Melanie Steinmetz und Ute Haffmans. detebe 20165

● Hans Neff
XAP oder Müssen Sie arbeiten? fragte der Computer
Ein fabelhafter Tatsachenroman
detebe 21052

● Edgar Allan Poe
Die schwarze Katze
und andere Verbrechergeschichten
detebe 21183

Die Maske des roten Todes
und andere phantastische Fahrten
detebe 21184

Der Teufel im Glockenstuhl
und andere Scherz- und Spottgeschichten
detebe 21185

Der Untergang des Hauses Usher
und andere Geschichten von Schönheit, Liebe und Wiederkunft. detebe 21182
Alle Bände herausgegeben von Theodor Etzel. Aus dem Amerikanischen von Gisela Etzel, Wolf Durian u.a.

Die denkwürdigen Erlebnisse des Arthur Gordon Pym
Roman. Deutsch von Gisela Etzel. Mit einem Nachwort von Jörg Drews. detebe 21267

● **Herbert Rosendorfer**

Der Ruinenbaumeister
Roman. detebe 20251

● **Saki**

Die offene Tür
Ausgewählte Erzählungen. Aus dem Englischen von Günter Eichel. Mit einem Nachwort von Thomas Bodmer und Zeichnungen von Edward Gorey. detebe 20115

● **Hermann Harry Schmitz**

Buch der Katastrophen
Tragikomische Geschichten. Vorwort von Otto Jägersberg. Holzstichmontagen von Horst Hussel. detebe 20548

● **Science-Fiction-Geschichten des Golden Age**

Von Ray Bradbury bis Isaac Asimov. Herausgegeben von Peter Naujack. detebe 21048

● **Klassische Science-Fiction-Geschichten**

Von Voltaire bis Conan Doyle. Herausgegeben von William Matheson. detebe 21049

● **Bram Stoker**

Draculas Gast
Sechs Gruselgeschichten. Aus dem Englischen von Erich Fivian und H. Haas. Mit Zeichnungen von Peter Neugebauer
detebe 20135

● **Roland Topor**

Der Mieter
Roman. Aus dem Französischen von Wolfram Schäfer. detebe 20358

● **Jules Verne**

Werke
in 24 Bänden. Diverse Übersetzer. detebe

● **H. G. Wells**

Der Krieg der Welten
Roman. Aus dem Englischen von G. A. Crüwell und Claudia Schmölders. detebe 20171

Die Zeitmaschine
Eine Erfindung. Deutsch von Peter Naujack
detebe 20172

● **Cesare Zavattini**

Liebenswerte Geister
Erzählung. Aus dem Italienischen von Lisa Rüdiger. Mit einem Vorwort von Vittorio de Sica und Illustrationen von Corina Steinrisser
detebe 21058

R. L. Stevenson

Werke in 12 Bänden

nach der Edition und Übersetzung
von Curt und Marguerite Thesing

Die Schatzinsel
Roman. detebe 20701

Der Junker von Ballantrae
Roman. detebe 20703

Die Entführung
Roman. detebe 20704

Catriona
Roman. detebe 20705

Die Herren von Hermiston
Roman (Fragment). detebe 20702

Der Pavillon auf den Dünen
Der seltsame Fall von Dr. Jekyll und Mr. Hyde
Zwei Geschichten. detebe 20706

Der Selbstmörderklub
Der Diamant des Rajahs
Zwei Geschichtensammlungen
detebe 20707

Die tollen Männer
und andere Geschichten. detebe 20708

Der Flaschenteufel
und andere Geschichten. detebe 20709

Der Leichenräuber
und andere Geschichten. detebe 20710

Der gefährliche Archipel
In der Südsee I. Roman. detebe 21449

Der Palast der vielen Frauen
In der Südsee II. Roman. detebe 21450

Joseph Conrad im Diogenes Verlag

Lord Jim
Roman. Aus dem Englischen von Fritz Lorch
detebe 20128

Der Geheimagent
Roman. Deutsch von Günther Danehl
detebe 20212

Herz der Finsternis
Erzählung. Deutsch von Fritz Lorch
detebe 20363

Ein Vorposten des Fortschritts
Erzählung. Deutsch von Fritz Lorch. In:
Das Diogenes Lesebuch englischer Erzähler
detebe 20272